感谢教育部人文社会科学规划基本项目"当代莎士比亚小说重写研究"（19YJA752024）对本研究的资助

入戏·出戏

当代莎士比亚小说重写研究

A Study of Contemporary Novelization of Shakespeare

张琼　张冲　著

中国戏剧出版社
CHINA THEATRE PRESS

图书在版编目（CIP）数据

入戏·出戏：当代莎士比亚小说重写研究 / 张琼，张冲著. -- 北京：中国戏剧出版社，2024.7
ISBN 978-7-104-05487-0

Ⅰ.①入… Ⅱ.①张…②张… Ⅲ.①小说创作－文学创作研究 Ⅳ.①I054

中国国家版本馆CIP数据核字(2024)第086688号

入戏·出戏：当代莎士比亚小说重写研究

责任编辑：赵宇欣
责任印制：冯志强

出版发行	中国戏剧出版社
出 版 人	樊国宾
社　　址	北京市西城区天宁寺前街2号国家音乐产业基地L座
邮　　编	100055
网　　址	www.theatrebook.cn
电　　话	010-63385980（总编室）　010-63381560（发行部）
传　　真	010-63381560

读者服务：010-63381560
邮购地址：北京市西城区天宁寺前街2号国家音乐产业基地L座

印　刷	北京九州迅驰传媒文化有限公司
开　本	787mm×1092mm　1/16
印　张	24
字　数	330千字
版　次	2024年7月　北京第1版第1次印刷
书　号	ISBN 978-7-104-05487-0
定　价	128.00元

版权专有，违者必究；如有质量问题，请与出版社联系调换。

目　录

导　论　"莎士比亚小说化"：回顾与问题　/ 001

第一章　《时隙》重写《冬天的故事》

　　第 1 节　时间罅隙中的诠释流变：从《冬天的故事》到《时隙》 / 019

　　第 2 节　对标《冬天的故事》、对标莎士比亚　/ 043

第二章　《贱种》重写《暴风雨》

　　第 1 节　范式的颠覆与创新：阿特伍德重写《暴风雨》的教育启示　/ 069

　　第 2 节　重写·续写·对话：阿特伍德"执导"《暴风雨》 / 089

第三章　《我叫夏洛克》重写《威尼斯商人》

　　第 1 节　互文变奏的和弦：论雅各布森的《我叫夏洛克》 / 103

　　第 2 节　夏洛克对夏洛克：《我叫夏洛克》中的双重协商　/ 114

第四章　《醋女孩》重写《驯悍记》

　　第 1 节　驯服的偏离与反向：莎剧《驯悍记》与小说《醋女孩》 / 129

　　第 2 节　消针尖麦芒于温柔陷阱　/ 150

第五章 《新来的男生》重写《奥赛罗》

第 1 节 成长文学的莎剧互文：《新来的男生》与《奥赛罗》 / 169

第 2 节 "她眼前一黑"：《新来的男生》的种族话题凸显与泛化 / 192

第六章 《邓巴尔》重写《李尔王》

第 1 节 悲剧塑造与再生的个体经历与反思：《李尔王》与《邓巴尔》 / 205

第 2 节 两难的重写：奥宾《邓巴尔》重写莎士比亚《李尔王》 / 225

第七章 《麦克白》重写《麦克白》

第 1 节 莎剧与当代犯罪小说的悲剧"共谋" / 237

第 2 节 留空的魅力与填空的陷阱：《麦克白》从莎士比亚到奈斯博 / 261

第八章 霍加斯之外：《哈姆雷特》与《李尔王》

第 1 节 "核"内聚与裂变：《哈姆雷特》引发《坚果壳》 / 279

第 2 节 《哈姆雷特》"前传"：厄普代克的《格特鲁德与克劳迪斯》 / 303

第 3 节 生命与生存的生态反思：《一千英亩》之于《李尔王》 / 321

第 4 节 谁在言说？谁的故事：《一千英亩》对《李尔王》的重写策略 / 342

莎士比亚小说重写：成就、局限、创新与价值（代结语）/ 354

附 录

附录一："莎士比亚小说化"重写及衍生作品选录 / 365

附录二：主要参考文献 / 369

后 记 / 377

导论

"莎士比亚小说化"：回顾与问题

导 论　"莎士比亚小说化"：回顾与问题

　　四百多年来，莎士比亚戏剧一直激发着剧场与艺术改编的想象与创造力。当然，无论是在理论中还是实践中，绝对意义的"原汁原味莎士比亚"是不存在的，而所有的"莎剧演出"，都是程度不同性质有别因人（导演、演员、观众）而异的"改写"或"改编"，这样的改编随着莎士比亚"走向世界"，更产生了因地域、文化、语言、戏剧传统而起的差异。剧场之外，以艺术手法再现莎士比亚也可被认为是一种独特的"改编"，以影视、音乐、舞蹈、绘画等呈现莎士比亚主题、情节、人物、场景的，向来为阐释莎士比亚提供着独特的形式、视角和洞见。这些类型的改编，特别是影视改编莎士比亚，也一直是莎士比亚评论有意义有特色的话题和角度，研究成果极为丰富，无法列举一二要目以偏概全[①]。

　　不过，莎士比亚改编还有一个类型：散文化或小说化，即以散文的形式改写或改编莎士比亚，把莎士比亚的整部戏剧、莎士比亚的戏剧情节、莎士比亚的戏剧人物，甚至莎士比亚本人和他的同时代人，写成或写进散文故事。散文改写莎士比亚的成果中知名度最高的，应数兰姆姐弟的"女童读物"《莎士比亚戏剧故事集》[②]了。有意思的是，莎士比亚的小说改编，同样源远流长，形式纷繁，成果丰富，却并未受到足够的学术关注，包括莎士比亚评论界本身。在关于莎士比亚大众化的研究中，小说化研究缺席属于惯常，马斯

---

① 文末参考文献所列条目，只是莎士比亚改编研究的少部分重要成果。
② Charles and Mary Lamb, *Tales from Shakespeare*, Penguin, 1995, pp.5-7.

登《借用莎士比亚》①的关注点仅限于舞台改编中的借用,肖纳西主编的《剑桥莎士比亚与大众文化》中有一章讨论"虚构作品",其研究对象仅限于小说化的莎士比亚生平"秘史"②,拉尼尔在《莎士比亚与现代大众文化》中提到了"粉丝虚构"(fan fiction)现象③,但所涉及的对象依然是表演改编,真正专治"莎士比亚小说化"研究的,只有桑德斯的《小说莎士比亚:20世纪女性小说家与借用》④,但即使是这样的研究专著,其研究范围也因"女性"而多少受限。另外,该书对"莎士比亚小说化"的类型定义不明,时常混淆了"改编"(adaptation)和"借用"(appropriation)的界限⑤,而且,这部著作距今业已有二十年的时间了。

事实上,"莎士比亚小说化"的进展在近二十年间多为出版业的成果,学术评论界依然缺乏足够的有分量的关注。国际上的反响主要是图书出版时的各种书评,以及对系列中部分作品的研究性论文⑥;国内出版界引进翻译了全部已出的 7 部小说,学术界有分量的研究成果有数量不多的期刊论文⑦,研究对象集中于《时隙》《我叫夏洛克》和《贱种》等几部作品。然而,小说作为最大众化的文化产品,它对莎士比亚大众化的推动意义绝非"一个有

---

① J.I. Marsden, *The Appropriation of Shakespeare*, St. Martin's Press, 1991.

② R. Shaughnessy, *The Cambridge Companion to Shakespeare and Popular Culture*, Cambridge, 2007, pp.93-113.

③ Douglas Lanier, *Shakespeare and Modern Popular Culture*, Oxford, 2002, p.82. "Fan fiction" 常见的中文对应是"同人小说",考虑到该术语的使用语境比较广泛,"粉丝虚构"可能更为贴切。

④ Julie Sanders, *Novel Shakespeares: Twentieth-century women novelists and appropriation*. Manchester UP, 2001. 有意思的是,桑德斯著作的标题中"novel"一词有"小说"和"新型"的双关释义,恰好点出了"莎士比亚小说化"的特征。

⑤ 桑德斯此后对两个概念做了改编学(Adaptation Studies)维度下的理论思考,提出了比较明确的概念界限,参阅 J. Sanders, *Adaptation and Appropriation* (2nd edition), Routledge, 2015。

⑥ 目前国际上关于当代莎剧小说化的学术研究主要围绕改写《冬天的故事》(*The Winter's Tale*)的《时间的间隙》(*The Gap of Time*)、改写《李尔王》(*King Lear*)的《邓巴尔》(*Dunbar*)和改写《暴风雨》(*The Tempest*)的《贱种》(*Hag-Seed*)三部作品。

⑦ 例如:田俊武、马玥:《论珍妮特·文特森在〈时间之间〉中对威廉·莎士比亚〈冬天的故事〉的误读与改写》,《外语研究》2020 年第 37 卷第 1 期,第 95—99 页;田俊武、侯丽娜:《雅各布森〈夏洛克是我的名字〉中的当代犹太人形象》,《外国语文》2020 年第 36 卷第 1 期,第 50—56 页;罗靖:《数字技术与权力:〈女巫的子孙〉的现代复仇》,《广东外语外贸大学学报》2020 年第 31 卷第 5 期,第 120—128 页、第 138 页、第 159—160 页;谭言红:《论〈女巫的子孙〉的创伤叙事与时间机制》,《外国语文》2020 年第 36 卷第 1 期,第 92—97 页。

趣的故事"那么简单,因此,有必要从学术的角度,将当代莎士比亚小说改写作为一种整体的文学与文化趋势来研究,明晰小说改编莎士比亚的类型定义,通过代表性作品探讨小说对莎士比亚的改编策略和改编成果,同时努力探讨改编作品与莎士比亚原件之间发生的对话(dialogue)与商榷(negotiation),以及小说改编在构建经典与当下(the present)的关联的意义,以引起学术界特别是莎评界的兴趣与关注,以助推经典文学大众化和当下化[①]的研究。

莎士比亚的小说改写、续写与重写

"莎士比亚小说化"或散文化成果庞杂,要对其进行研究,有必要对其做一个尽可能准确的定义,特别是进一步厘清"改编""改写""重写""借用"这样的概念。需要指出的是,此处的"改写""续写""重写"的分类,是专为方便本研究所需而设的概念,有一定的主观和人为性,尚缺十分严格的逻辑界定,因此并非十分严格的学术术语。另外,也很难为"改写""续写"和"重写"找到符合条件的英语译名,目前恐怕只能较宽泛地用解释性的"prose retelling"(散文重写)、"fan fiction"(需要拓展该术语本身的含义)以及"novelization"(小说化)或"novelized rewriting"(小说风格重写)来表述。如何妥善合理地解决这一问题,有待进一步的思考和努力。

从本质上说,"莎士比亚小说化(散文化)"的内涵,应该是"将莎士比亚作品(或完整,或部分的剧情,以及相关的剧中人物)以散文(小说)形式呈现",而在中文的语境下,考虑到"散文"一词所指较为特定,"莎士比亚小说化"的概念可能更为明确。在此概念之下,根据"莎士比亚小说化"的不同书写策略及产品,又可将其分为"改写""续写""重写"三个类型。

[①] "当下化"(presentist criticism)指将对经典作品的解读与当下语境关联的文学批评策略。

在这里，我们有意避免使用"改编"（adaptation）一词，是考虑到"改编"多用于剧场或影视语境，而排除"借用"（appropriation），是因为"借用"往往只是移用了莎剧的一词半句、人名地名，讲述的故事情节在主题和实质上与莎剧并无关系，而多具有大众文化"蹭热度"的特点，类似"同人小说"或"同人虚构"。当然，此类作品中也有一些的确具有比较深刻的历史文化内涵，例如苏珊·金的《麦克白夫人》和卡雷尔的《阴魂不散》①，前者借莎士比亚悲剧中的麦克白夫人为主角，叙写古代苏格兰历史和那段历史中的女性，后者则以《麦克白》中的三女巫为主角，用悬疑叙事溯源苏格兰女巫传统，为莎士比亚这部著名悲剧提供了颇有意思的文化注脚。

在本研究框架中的"改写""续写"和"重写"三个概念中，"改写"主要用于描述把整部莎士比亚戏剧情节以散文或小说形式呈现的策略，作品可长可短，类似"剧情梗概"或"戏剧故事"，此类作品以兰姆姐弟的《莎士比亚戏剧故事集》为代表。当代的莎士比亚散文化改写有弗莱施的《小说莎士比亚》系列②，2014年至今已出版《恺撒》《麦克白》《哈姆雷特》《威尼斯商人》《安东尼与克利奥帕特拉》等5部。作品将莎士比亚戏剧情节完整再现于散文（小说）形式，相当于"小说版莎士比亚作品"。兰姆姐弟的改写，其目标读者是少年儿童，特别是女童，因此采用的是"简写本"或加长了的"剧情简介"的形式，在叙事中间或保留或使用了莎剧台词中的语句，但同时也加进了他们自己对剧情和人物的一些观点③。弗莱施的改写，主要目的是方便不太习惯戏剧文本的读者通过小说形式了解莎士比亚，为他们能更好地领略莎剧精粹享受莎剧魅力做一铺垫。因此，他的作品从人物到情节到进展，完全依照莎士比亚原作展开，改写者除了在必要时增加某些形容词、副词、连接词等之外，不做任何的改动，没有自己加进去的任何因素，没有任何"当代化"

---

① Susan F. King, *Lady Macbeth*, Three Rivers Press, 2009; Jennifer Lee Carrell, *Haunt Me Still*, Penguin, 2010.
② Thomas Fresh, *Shakespeare as Fiction*, CreateSpace Independent Publishing Platform, 2014.
③ 主要是从青少年道德教育需要出发的一些评判。

导　论　"莎士比亚小说化"：回顾与问题

的设计。

"续写"一词系为方便厘清概念而造，实际所指的是一种特定类型的"衍生"（spin-off），即对莎士比亚剧情或人物的创造性虚构，其作品或叙写莎剧开场之前的因缘，或接续莎剧终场之后的发展，因此在一定程度上类似我们的"续红楼""后三国"。在这一类型中，最受关注的可能就是克拉克于19世纪中叶创作出版的三卷本①。克拉克是出版商的女儿，她于1845年编辑出版了莎士比亚戏剧索引，由此迷上莎士比亚，特别是莎剧中的各色女性人物，便凭借"合理的想象"，以15部篇幅比中篇稍长的小说，将鲍西亚、麦克白夫人、苔丝黛梦娜等15部莎剧中的19位女性角色置于可能的历史社会语境之下，虚构其少女时代的生活经历，并在小说结尾"对接"她们在莎剧的首次出场。

这样的"续写"在20世纪和21世纪依然活跃。比较重要的作品有毕生反对奴隶制、主张女权和监狱改革的著名社会改革家、作家魏曼的《丹麦的格特鲁德》与卡贝尔的《哈姆雷特曾有个叔父》②，前者采用幽灵叙事的形式，整个情节在第一人称作者与误饮毒酒而死的格特鲁德之间以倒叙对话展开，并把充分的话语权赋予了在莎士比亚的《哈姆雷特》中几乎失语的格特鲁德，用一段浪漫凄苦的爱情与情欲"补阙"了莎剧之"憾"；后者试图溯源北欧历史与文化，为莎士比亚的哈姆雷特提供一段基于史事与传说的完整故事，更重要的是，为被打上"奸王"烙印的克劳迪斯平反。当代最重要的小说家之一厄普代克在世纪之交出版的《格特鲁德与克劳迪斯》③，更是续写《哈姆雷特》的作品中分量比较重的一部。在小说中，厄普代克创造性地虚构了丹麦王后格特鲁德的王室家史，讲述她被迫接受与老哈姆雷特的政治婚姻，她在骁勇好斗的丈夫常年离家在外征战时的孤独忧伤，以及与小叔克劳迪斯虽

---

① Mary Cowden Clarke, *The Girlhood of Shakespeare's Heroines*, 3 vols., Smith & Son, 1850.

② Lillie Buffum Chace Wyman, *Gertrude of Denmark*, Marshall Jones Co., 1924; James Branch Cabell, *Hamlet Had an Uncle*, Farrar & Rinehart, 1940.

③ John Updike, *Gertrude and Claudius*, Knopf, 2000. 引文见该书第210页，译文为作者自译。

然不多却温情脉脉的交往,而这样的关系被突然回家的老哈姆雷特撞破,他要和两人分别"谈谈",由此导致克劳迪斯痛下毒手,完成了莎士比亚《哈姆雷特》开场前的那桩谋杀,"明媒正娶"了曾经的"嫂夫人",在婚礼上安抚了哈姆雷特,于是,"克劳迪斯时代曙光初露,并将在丹麦编年史上闪闪发光"①。

在本书研究中,"重写"系指基本沿用莎士比亚相关剧情线索,对其中情境、人物、事件做"当代化"处理,以长篇小说的形式在当代语境下重写莎士比亚戏剧故事。这样的重写,有的并不改变莎剧母本原来的主题,有的则有意避开莎剧原来多重主题中的某一个而着意凸显另一个,而且往往是传统上被观众读者批评家多少忽略的那一个。21世纪以来,这样的重写在文学出版领域已蔚然成风,而其中比较重要的成果,从本质上说是以散文形式重写莎士比亚的当下性,它们完全属于传统意义上的"严肃文学",与其他更接近"大众文化产品"的"莎士比亚衍生"有着学术意义上的不同②,应当引起文学批评界,特别是莎士比亚批评界足够的关注。

在莎士比亚当代小说重写中,美国当代小说家斯迈利的《一千英亩》③是一部颇得评论界首肯的作品,其重写策略也具有一定的代表性。这部荣获普利策奖和国家书评人奖的小说,把莎士比亚《李尔王》的情节、时间、地点搬到了当代美国中西部的一个农场上,年迈的父亲突然决定将自己经营了一辈子的"一千英亩"农场平均分给三个女儿,在城里做律师的小女儿不喜欢农村生活,直截了当地拒绝了父亲的好意,被撵出家门。老人在暴风雨夜酒驾肇事,而三姐妹之间似乎也重演着《李尔王》中的偷情、嫉妒、投毒等事

---

① 这一情节显然影响到胡雪桦根据《哈姆雷特》改编导演的电影作品《喜马拉雅王子》(2006)。
② 事实上,即使是"衍生",有些大众小说依然具有很高的文学和批评价值,同时对读者的文学素养也提出了颇高的要求,如珍妮弗·李·卡雷尔(Jennifer Lee Carrell)的《莎士比亚迷案》(*The Shakespeare Secret*, 2008)和《阴魂不散》(*Haunt Me Still*, 2010)、菲利普斯(Arthur Phillips)的《亚瑟的悲剧》(*Arthur's Tragedy*, 2013)等。
③ 斯迈利(Jane Smiley)是当代美国著名小说家和散文家、美国文学艺术院院士,获美国笔会文学终身成就奖。除了《一千英亩》(*A Thousand Acres*, 1991)外,她还发表有"百年家史三部曲"《些许幸运》(*Some Luck*, 2014)、《预警》(*Early Warning*, 2015)和《黄金时代》(*Golden Age*, 2015)等。

件。但是,《一千英亩》并没有遵循莎士比亚的李尔王那条悲剧线索走,而是借用这一矛盾冲突的框架,演绎着当代美国社会中备受父权制压抑、精神情感饱受摧残的女性的生活。在叙事策略上,小说更是改以大女儿吉尼第一人称叙事的方式,讲述着暴君般的父亲对自己和妹妹们的身体、精神和情感成长留下的阴影和创伤。更有意义的是,斯迈利在讲述人与人的悲剧因果的同时,有意无意地使用了莎士比亚双情节的结构,讲述了人对自然和自然对人的关系:农场土地日益贫瘠,收成日益减少,原因就在于人类活动对土地造成的巨大伤害:无休止的化肥农药破坏了土质,不断在土地上开沟设渠,又阻断了土壤内部的自然通道。人类在毒化土壤,土壤毒化作物,作物毒害人类。由此,《李尔王》中在荒原暴风雨中的李尔王的悲愤呼喊和质问,在《一千英亩》中以20世纪70年代以来的生态主义以及后来的女性生态主义的关注焦点呈现在读者眼前。

霍加斯莎士比亚系列

"当代莎士比亚小说化"重写比较重要的成果出现在2015—2017年间,以文学和文学研究图书出版知名的霍加斯出版社①遍邀当代欧美重要作家,实施了"霍加斯莎士比亚项目",以当代内容的长篇小说形式重写莎士比亚。计划第一批出8部,目前已出版并已有中文译本的7部,分别是:英国著名作家温特森的《时隙》,加拿大著名作家、布克奖获得者阿特伍德的《贱种》,英国著名小说家、布克奖获得者雅各布森的《我叫夏洛克》,美国著名作家、普利策奖获得者泰勒的《醋女孩》,美国出生的英国作家谢瓦利埃的《新来的男生》,多次获奖的英国小说家奥比恩的《邓巴尔》,以及有"北欧犯罪小说

---

① 霍加斯(Hogarth)出版社由英国作家伍尔夫(Virginia Woolf, 1882—1941)与其丈夫共同创立于1917年,1946年停业,2012年重新成立,为兰登书屋旗下的一个出版社。

天王"之称的挪威作家兼歌手奈斯博的《麦克白》。① 这 7 部长篇小说代表着当代莎士比亚重写的成就，其中有传统意义上的"严肃文学"，（如《我叫夏洛克》），有揭示当代社会种族歧视幽灵不散的社会批判作品（如《新来的男生》），有状写当代社会中老人问题与大龄女性婚恋问题的故事（如《邓巴尔》与《醋女孩》），有融合现实与奇幻因素，却依然指向现代生活和社会问题的作品（如《贱种》与《时隙》），甚至有大众文学范畴内的惊悚与警匪小说（如《麦克白》）。这些作品巧妙地将莎剧原作的核心剧情移置到当代语境中，凸显其关键矛盾与冲突，叙述着当代社会文化与当代人遭遇的各种问题，同时又与莎士比亚的经典作品发生着微妙而深刻的互动与互文。有些作品还部分保留了原作人物的名字，时刻提醒着读者关注作品与莎士比亚原作的关联。它们显示了当代经典重写的丰富样式与可能性，也让读者和批评者注意到了经典文学与大众文学之间的关联与差异。

　　莎士比亚的四大悲剧向来是改编改写的热门，霍加斯的小说重写莎士比亚系列中，虽然《哈姆雷特》的重写尚未出版，但《奥赛罗》《麦克白》和《李尔王》三部的重写，可以被认为是设下了将莎士比亚写进当代社会的标杆。谢瓦利埃的《新来的男生》将《奥赛罗》中威尼斯政治社会中的种族歧视及其悲剧性后果，移置到当代纽约的一所白人精英学校，讲述了一位随外交官父亲搬家到纽约被安排"插班"的黑人小男生入学第一天发生的故事。他早晨一踏进学校就受到全体同学的"另眼相看"（他者化），走进教室后无人愿意与他坐在同一课桌（种族隔离），但一位聪明美丽的女同学勇敢地过去与他同桌（苔丝黛梦娜与奥赛罗的私奔），男生将自己的一只缀着塑料草

---

① Jeanette Winterson, *The Gap of Time*, 2015.（《时间之间》，2016；本书译《时隙》）；Margaret Atwood, *Hag-Seed*, 2015.（《女巫的子孙》，2017；本书译《贱种》）；Howard Jacobson, *My Name Is Shylock*, 2015.（《夏洛克是我的名字》，2017；本书译《我叫夏洛克》）；Anne Tyler, *Vinegar Girl*, 2016.（《凯特的选择》，2017；本书译《醋女孩》）；Tracy Chevalier, *New Boy*, 2017.（《新来的男孩》，2018；本书译《新来的男生》）；Edward St. Aubyn, *Dunbar*, 2017.（《寻找邓巴》，2018；本书译《邓巴尔》）；Joe Nesbø, *Macbeth*, 2018.（《黑城》，2018；本书译《麦克白》）。计划由弗林（Gillian Flynn）担笔的《哈姆雷特》（*Hamlet*）尚未出版。

莓的笔盒与女生交换（《奥赛罗》中那条致命的绣着草莓的手帕）。他们的友谊招来全班同学的嫉妒，尤其是那个自以为配得上女孩的男生（伊阿古）。在他的一番挑拨撺掇下，学校里流言四起，男孩女孩也相互猜忌，反目成仇。下午放学时，这一冲突终于导致了悲剧性事件。虽然不堪辱骂的女孩只是伤心欲绝地逃离学校，读者也并不能肯定，从高高的爬杆上砰一声跳下来的男生是否死去。以"梅尔罗斯五部曲"①出名的"家庭小说家"奥比恩，则在莎士比亚的《李尔王》中看到了一出家庭伦理悲剧，便借用了这个主题，写下了《邓巴尔》这部当代家庭伦理小说。小说中的邓巴尔曾经掌管着一家全球媒体公司，可当他把公司大权交给两个女儿之后，自己却被"软禁"在了英格兰乡间的一所豪华疗养院里。邓巴尔设法从那里逃离后，一场近乎警匪片情节的追踪和营救开始了，而在家庭成员（邓巴尔和他的三个女儿）之间围绕着金钱和权力展开的明争暗斗，则成为这部当代《李尔王》的情节线索，也成了当代家庭悲剧的根源。奈斯博将《麦克白》的悲剧放置在一座充斥着毒品、腐败、谋杀的小城中，主要人物为自己的政治图谋时而相互勾结利用，时而相互背叛陷害，这样的情节稍加改编，完全可以成为一部惊悚悬疑警匪大片。

入选霍加斯计划的两部莎翁喜剧中，《驯悍记》被安妮·泰勒重写为《醋女孩》。莎士比亚的这部戏，近半个世纪以来，因其中表达的对女性的偏见和歧视而一直争议不断，特别是饱受女性主义批评家的指责。不过，泰勒巧妙地避开了无论是在评论中还是改编中一向被当作主线的"性别歧视"，捡起了"驯"这条线索，把小说情节框进当代社会中颇为常见的"剩女"问题，以幽默的喜剧方式，状写了接受过高等教育的适婚女性在恋爱婚姻中的困境，也讲述了女主人公的父亲在看似波澜不惊、时时和颜悦色的日常言谈中，成功

---

① 奥宾描写英国上流社会家族史的长篇小说五部曲：《别在意》(*Never Mind*, 1992)、《坏消息》(*Bad News*, 1992)、《一线希望》(*Some Hope*, 1994)、《母乳》(*Mother's Milk*, 2006)、《终于》(*At Last*, 2011)。

地把女儿推进了自己实验室新来的博士后助手的怀中,其可信度与莎士比亚剧中的彼特鲁桥"驯"卡特琳娜正好形成鲜明对照。《我叫夏洛克》则以交错的叙事线索和幽默风趣的风格,讲述了两位当代犹太人各自的社会和家庭生活,特别是夫妻和父女关系中的矛盾冲突,在揭示作为犹太人的本质及当代犹太人所面临的文化、社会、身份境况的同时,通过两人中名叫夏洛克的那位人物,与莎士比亚的《威尼斯商人》发生着颇有意思的对话与商榷,尤其是关于莎士比亚的《夏洛克》的女儿杰西卡,以及那位在剧中只被提到过一次名字的夏洛克的亡妻莉亚。

莎士比亚后期的创作通常被称为"传奇剧"(Romance),其中最著名的当数有"天鹅绝唱"之称的《暴风雨》。霍加斯系列中的该剧小说重写,是由当代著名加拿大作家、常写精巧谋杀惊悚故事的阿特伍德担笔的《贱种》。作者在小说中再次以精巧的设局,讲述一位常设戏剧节艺术导演被突然罢免,自我放逐住进山林里一幢废弃房屋,以虚构身份报名到监狱打工,自告奋勇地将那些被控斗殴伤害、保险欺诈、盗窃抢劫、网络黑客等罪名的囚犯们组织起来,排演莎士比亚戏剧,包括这部著名的《暴风雨》。小说情节中展现的剧院政治、人生拼搏、监狱生活、演剧进程等场景,时而严肃庄重,时而幽默可笑,特别是讲述《暴风雨》从定本、选角、说戏、围读、置景到排演的详细过程的那些部分,差不多可以作为莎剧导演的参考读物。在这些倒叙中,莎剧主题中的背叛、阴谋、复仇一一呈现,但小说开篇时的正式演出中突发断电(停电?),那几声(不知真假的)枪响把读者重新投进了深深的悬疑之中:莎剧中说好的妥协与和解,被阿特伍德在小说中放到哪里去了?

作为霍加斯系列首发的是英国作家温特森的《时隙》,重写了莎士比亚后期另一部广受欢迎的传奇剧《冬天的故事》。莎士比亚原作主情节讲述的是主人公因无端猜忌导致家庭破碎和友谊崩析,几乎造成悲剧,但因为相关人物的坚韧和善良,并经过一系列奇妙的巧合,终得家庭重圆,友谊再建。温特森将充溢着原剧的"爱""友谊""嫉妒""隔阂""坚韧"等因素搬到了当代的伦敦与一个被称为"新波希米亚"的美国城市,揭示了现代社会和生活中金钱、地位、科技等对人性和人际关系的侵蚀,但同时也展示了故事人物通过坚定不移的爱,最终战胜黑暗,获得新生。

"莎士比亚小说化"研究的文化、文学与学术意义

从根本上看,当代莎士比亚小说重写至少具有三个方面的意义,即关联互动、阐释对话、传承发扬。

首先,无论作者在自己小说重写莎士比亚的作品中采用了什么样的书写策略,无论他们对经典原作做了怎样的取舍改动,无论他们把莎剧的剧情和人物换成了当代的什么地方和当代社会中的什么人,这些作品都构建起了莎士比亚经典与当代社会、当代文化、当代文学的关联。这样的重写自然会提出很多有意思的话题:当代作家如何对莎剧进行取舍?当代人事如何重现莎剧里的经典桥段?小说中的某些细节,如何对应或呼应着莎剧中的那些细节?这样的重写有哪些成功与不足?等。因此,作为一个颇有普遍意义的案例,当代莎剧小说化研究可以从多方面为如何构建传统经典与当代的关联和互动提供有价值的思考。

其次,从一定意义上说,当代莎士比亚的小说改写、续写和重写均具有"阐释莎士比亚"或"对话莎士比亚"的功能时,可以把它们看作"另类莎评",这样的莎评不是在传统的学术研究框架下展开,而是以文学形式进行的,作家们在自己的作品中对莎剧原作中的情节、人物、对话,甚至主题等做出相应改变,在一定程度上体现了作家本人对莎士比亚的态度和观点,在这样的重写中,有时甚至能发现各种当代文学批评理论的影子,例如在改写《驯悍记》的作品中,可以明显感觉女性批评的视角,在改写《暴风雨》的作品中,后殖民主义一定是常用的"视阈"。这样的重写可以被看作对莎士比亚独具特

色的"阐释"或"对话",而支撑这样的阐释和对话的,是当代的文学文化批评理论。因此,这样的"阐释"和"对话"实际上是时代与经典对话,除前文所述的文学和文化的方式之外,更以具有学术研究意义的方式,建构着经典与当下的关联。

总之,作为经典文学当代化趋势中的重要范例,"莎士比亚小说化"的现象和成果,不仅是当代大众文化发展趋势的一个重要标志,如拉尼尔所指出的,经典改编或改写"已成为为大众文化价值辩护的方式,彰显其文化重要性"①,同时也具有艺术、文学和文学批评(特别是莎士比亚批评)的研究价值。它给学术界,特别是莎评界提出了一系列课题:经过当代化和小说化(跨文类化)的莎士比亚(经典),是否至少保留着原作部分的经典性,是否弘扬了原作的某些经典性?"经典的"莎士比亚和重写的莎士比亚与当代社会文化、批评思想等有什么样的互动、如何互动?等等。因此,梳理和呈现当代莎士比亚小说重写的发展与成就,并对其进行有学术深度的研究,能为当代语境下经典传承的可能与策略提供十分有意义的案例和借鉴。

关于本书依据文本及引用文献的说明

本研究所依据的主要小说及戏剧文本如下(不再在"附录"中重复列出):

研究作品

1. *A Thousand Acres* (Jane Smiley, Anchor, 1991)

2. *Gertrude and Claudius* (John Updike, Knopf, 2000)

3. *The Gap of Time* (Jeanette Winterson, Hogarth, 2015)

4. *Hag-Seed* (Margaret Atwood, Hogarth, 2015)

---

① 见 Douglas Lanier, *Shakespeare and Modern Popular Culture*, Oxford, 2002, 第 95 页。

5. *Shylock Is My Name* (Howard Jacobson, Hogarth, 2015)

6. *Nutshell* (Ian McEwan, Jonathan Cape, 2016)

7. *Vinegar Girl* (Anne Tylor, Hogarth, 2016)

8. *New Boy* (Tracy Chevalier, Hogarth, 2017)

9. *Dunbar* (Edward St. Aubyn, Hogarth, 2017)

10. *Macbeth* (Joe Nesbø, Hogarth, 2018)

莎士比亚剧本

1. *The Winter's Tale*, In Stanley Wells & Gary.Taylor eds., *The Oxford Shakespeare: The Complete Works* (2nd edition), Clarendon Press, 2005.

2. *The Tempest*, In Virginia Mason Vaughan & Alden T. Vaughan eds., *The Arden Shakespeare* (*Third Series*), Thomas Nelson & Sons, 1999.

3. *The Merchant of Venice*, In Jonathan Bate & Eric Rasmussen eds., *William Shakespeare: Complete Works*, Royal Shakespeare Company, Random House, 2007.

4. *The Taming of the Shrew*, In Brian Morris ed., *The Arden Shakespeare*, London: Thomas Nelson & Sons, 1981.

5. *Othello*, In E.A.J. Honingmann ed., *The Arden Shakespeare*, Thomas Nelson & Sons, 1997.

6. *King Lear*, In R.A. Foakes ed., *The Arden Shakespeare* (*Third Series*), Thomas Nelson & Sons, 1997.

7. *Macbeth*. In K.Muir ed., *The Arden Shakespeare*, Thomas Nelson & Sons, 2005.

8. *Hamlet*, In Harold Jenkins ed., *The Arden Shakespeare*, Methuen & Co. 1982.

本书取自以上文本的引用均按原书（刊）页码标注，译文均为自译，除非另有说明。正文中的莎剧引文只注剧名和幕场行号，不一一注明出处版本。

引用及参考文献

本书附录二"主要参考文献"中仅列纸质版著作及刊物论文的信息，网络资源及报刊文章引用的来源信息均在引用当页以脚注形式说明。

第一章

《时隙》重写《冬天的故事》

第一章 《时隙》重写《冬天的故事》

第1节 时间罅隙中的诠释流变：从《冬天的故事》到《时隙》

若是将莎士比亚与英国当代作家温特森（Jeanette Winterson，1959）产生关联，除了后者以小说《时隙》（*The Gap of Time*，2015）重写了莎剧《冬天的故事》（*The Winter's Tale*），历来以富有创意著称的温特森还以自己小说创作的诗性彰显，对文学形式和传统等的大胆突破，不断致敬莎翁所给予的取之不竭的文学想象、灵感、诗意和激情。自处女作《橘子不是唯一的水果》（*Orange Are Not the Only Fruit*, 1985）获得当年的惠特布莱德奖（Whitbread Prize）之后，温特森就以这部自传色彩浓郁的作品，以及她直率的性别态度和性爱诠释，引起了文学界的关注[①]。她始终坚持性别身份和认同的动态变化和非确定性，深信并致力于文学和文字对人的重塑和影响作用。在一次BBC的电视访谈中，温特森坦言"文字既是武器也是爱情"[②]。

---

① 《橘子不是唯一的水果》之后，温特森陆续有长篇作品《划船新手》（*Boating for Beginners*, 1985）、《适应未来：致认真生活的女性》（*Fit for the Future: The Guide for Women Who What to Live Well*, 1986）、《激情》（*The Passion*, 1987）、《性爱樱桃》（*Sexing the Cherry*, 1989）、《身体书写》（*Written on the Body*, 1992）、《艺术和谎言》（*Art and Lies*, 1994）等问世。

② 转引自 Nicola King, *Jeanette Winterson: Overview*, In Michael J. Tyrkus and Michael Bronski ed., *Gay & Lesbian Biography*, St. James Press, 1997. Gale Literature Resource Center, link.gale.com/apps/doc/H1420008748/LitRC?u=fudanu&sid=bookmark-LitRC&xid=c68f2569. Accessed 2 July 2021。

几百年来，不同时代、文化背景下的人们从莎剧作品中由衷地感受到文学艺术的力量超越宗教、国别、政治等因素，而莎翁对于前人的借鉴、再利用、改编、重塑，及其不断用文字影响和突破传统的努力，或许一直成为众多作家的创作目标和高度，包括温特森在内。毕业于牛津大学的温特森曾有过担任剧场助理以及为出版社工作的经历，她对莎士比亚的了解、研读和热爱，以及她对文字的专注，都是她最终接受莎剧小说重写挑战的基础。因此，在比较和分析莎剧《冬天的故事》及其温特森的现代小说重写之前，请留意温特森的这段叙述："通过文字来找寻我吧，我诉说故我在。为了匹配虚构世界的无声雄辩，我必须学会诉说。……文字穿越时间，时间自文字回溯。"①

如果自时间回溯，在1610年前后问世②的《冬天的故事》是莎士比亚晚期传奇剧之一，这部被学界归为悲喜剧的作品有着界限较为清晰的二分结构，前三幕渲染悲情，第四、第五幕充满田园牧歌式的浪漫色彩，不乏喜剧性的诙谐，结局皆大欢喜。其中的各种因素和情感的矛盾交叠与比重，包括情节和情绪走向的突兀等，一直在莎学界争议颇多，而克里尔提出了该剧悲喜两个部分对于时间的差异观念在戏剧尾声得以和解③，凸显了该剧中时间这个关键概念，成了全剧结构、主题、舞台重现等方面的重要元素，也是温特森小说重写的切入点。在霍加斯出版社的莎剧小说重写系列中，温特森是第一位承担重任和挑战的作家。或许《冬天的故事》中失落公主潘狄塔（Perdita）被牧羊人领养的经历与温特森本人从小生活在领养家庭有着微妙的重叠，而时间对于个体生命的核心意义也一直是作家贯穿作品始终并不断思考的主题。

---

① 转引自 Nicola King, *Jeanette Winterson: Overview*, In Michael J. Tyrkus and Michael Bronski ed., *Gay & Lesbian Biography*, St. James Press, 1997. Gale Literature Resource Center, link.gale.com/apps/doc/H1420008748/LitRC?u=fudanu&sid=bookmark-LitRC&xid=c68f2569. Accessed 2 July 2021。

② 该剧大约创作于1611年，于1623年收录于第一对开本出版。该剧的取材主要来自格林（Robert Greene）具有小说雏形的故事《潘朵斯托》（*Pandosto*, 1588）。

③ Theresa M. Krier, "The Triumph of Time: Paradox in The Winter's Tale", *Centennial Review* 26, no. 4, 1982, pp.341-353 (350).

第一章 《时隙》重写《冬天的故事》

在原作《冬天的故事》一剧中，西西里亚国王里昂提斯（Leontes）因为嫉妒妻子赫米温妮（Hermione，昵称咪咪）与自己的好友，即波希米亚国王波力克希尼斯（Polixenes）的情谊，无端怀疑两人之间有奸情，从而导致与波力克希尼斯反目成仇，爱妻产后病逝，襁褓中的女儿潘狄塔失落于民间。16年后，经过了一系列离奇、巧合、夸张的事件，剧中各个人物的悲欢情仇得以消解，多年来忏悔不已的里昂提斯不仅修复了友谊、爱情，还重获了爱女潘狄塔，公主也和波力克希尼斯的儿子弗罗利泽（Florizel）成婚，一切皆大欢喜。在小说《时隙》中，温特森将时间转换到了20世纪90年代的英国伦敦，原剧的里昂提斯变成了伦敦金融大亨莱奥（Leo），而妻子赫米温妮则是一位法国流行歌手，原剧中设计让王后死而复生的西西里亚国宝丽娜（Paulina）夫人则变身为莱奥的犹太裔私人行政助理。莱奥与希诺（Xeno，即波力克希尼斯）自小是寄宿学校的密友，后者最终成了电子游戏设计师，与莱奥一家关系亲近，甚至帮助莱奥娶到赫米温妮。莱奥被嫉妒心吞噬了理智，认定希诺和赫米温妮偷情，导致与戏剧中类似的悲剧：新生女婴潘狄塔被美国路易斯安那州新波希米亚地区（类似新奥尔良）的一个黑人乐手谢普（Shep，莎剧中的 Shepherd，养父牧羊人）及其儿子克罗（Clo，原剧的小丑，Clown）发现并收养，此后谢普和克罗在偏僻地带经营起一家爵士吧，多年后潘狄塔遇见了希诺之子泽尔（Zel，即弗罗利泽），而泽尔当时正在放荡不羁、幽默狡黠的奥托里库斯（Autolycus，原剧中的流氓无赖，也是莎翁笔下最受人喜爱的反面人物之一，此人金句频出，反讽机智）的车行当机修工。

在情节、人物近乎一一对位，时空转换的小说中，嫉妒、复仇、谅解、赎罪、爱情、友谊等母题都得以深刻诠释，而温特森本人甚至将莎士比亚《冬天的故事》一剧视为对自己"近乎护身符般的文本"[①]，将原剧中失落和复得

[①] Lauren Bufferd, "The Gap of Time", *BookPage*, 2015(10), p.19+. *Gale Literature Resource Center*, link.gale.com/ apps/doc/A430494619/LitRC?u=fudanu&sid=bookmark-LitRC&xid=3af491de. Accessed 2 July 2021.

的情节与自身的生活经历与感受交织交融，倾注了大量的心血。有书评指出，"温特森最有意思的添加是让两位国王和一位王后的三角关系更具有明显的性爱特征"①，国王之间不限于挚友关系，他们曾是彼此少年时期的情人。此外，小说中遍布的心理微妙也让这部当代重写焕发出独特意义。

《冬天的故事》中失而复得、死而复生的情节元素，诸多的巧合和离奇，以及逻辑上的跳跃等，多年来一直让学者、观众、读者等对此剧产生各种争议，因而温特森的再创作在某种程度上也承担着对这些困惑争议的解决任务。如何通过小说体裁和形式，让原本夸张浓重的舞台戏剧张力得以缓和，如何尽量保持莎剧的诗意魅力和艺术模糊性，这些都是温特森必然面临的挑战。正如小说第一页就刊印的《纽约书评》中的一句："试问哪一位作家又能跳脱莎翁之影？"好在，对于读者而言，《时隙》引人入胜，情节生动刺激，语言在诗意含蓄和率真平实间穿梭交织，阅读的愉悦和忘我感受贯穿始终，温特森交出了一部不失水准的佳作。

此外，这部莎剧重写的又一个重要挑战和难点在于，原剧是莎士比亚的晚期作品，代表了莎翁臻于成熟的思想，尤其代表了剧作家对人性和生命的重要反思和世界观，以及莎翁晚期的伦理和美学观。霍尔就指出，该剧"揭示了生命的真相，或者说生命一旦被信念重新激活所蕴藏的潜能"②。尤其是这个重新激活的过程也是全剧从悲剧转向喜剧的契机，其中涉及的时间跨度，这一时间进程中人物内在的变化，超自然的、神性的外力的影响，各种事件的神秘叠加和巧合融汇等，元素众多而复杂，在体裁转换的重写中，既无法以简明、直接的解读来叙述，又难以用现代语境来展现富有希腊神话色彩的神谕和狂欢庆典，而如何重述赫米温妮的雕像变成真人的情节，其中的多重、

---

① Jeanette Winterson, "The Gap of Time", *Kirkus Reviews*, 2015(8). *Gale Literature Resource Center*, link.gale.com/apps/doc/A425152590/LitRC?u=fudanu&sid=bookmark-LitRC&xid=09b79ec9. Accessed 2 July 2021.

② 转引自 Michelle Lee ed., "The Winter's Tale", *Shakespearean Criticism*, vol. 101, *Gale*, 2006. *Gale Literature Resource Center*, link.gale.com/apps/doc/H1410001785/LitRC?u=fudanu&sid=bookmark-LitRC&xid=1359c71 e. Accessed 2 July 2021.

多元转换，其核心都聚焦于时间的罅隙，而温特森的小说标题《时隙》恰好点明了这一中枢。

时间罅隙：重写转换的本意与修辞意

温特森在小说开始前，先叙述了《冬天的故事》原剧的情节概要，清晰表明人物、时间、地点，她对于全剧尾声的概述为："未经任何解释、提醒，或心理诠释，剧终所有人物拥有了新的生活。他们将如何生活，就留给'时隙'吧。"① 时隙，或时间罅隙，英语原文 the gap of time，出自这部莎剧第 4 幕开篇，本意为公主潘狄塔被遗弃和重写发现的时间间隔，剧中屡次被提及，也被温特森用来作为小说标题。

读者和观众或许会认为，《冬天的故事》这一莎剧原名稀松平常，不过根据历史语境和相关介绍，这一标题指的就是"老妪们讲述的故事"，"是一则炉边故事，大多在孩子们入睡前，或是老友们深夜围坐时叙述。它常常关于老宅传奇，夸张离奇，抑或是童话传说，或关于仇家宿敌，或那些让你心头一凛的鬼怪故事"（Wilson, xii-xiii）。原剧标题大概解释了剧情诸多离奇巧合的特征，不过，莎士比亚所借鉴的格林的《潘朵斯托》还有一个副标题《时间的胜利》（The Triumph of Time），而莎翁在标题中淡化略去"时间"一词的用意，我们已然无从考证，他将当时英国民间流行的故事素材，与早期英国的宗教和政治语境结合并将嫉妒和欲望主题加以渲染，尤其具有意味的是，人们普遍接受的个体在时间进程中从生到死的自然过程，在《冬天的故事》中通过赫米温妮逆转为随时间死而复生，也有学者将其解读为爱和欢悦的回归②。经 20 世纪末对莎剧创作时间的梳理探究达成基本共识后，莎学研究者

---

① Jeanette Winterson, *The Gap of Time*, Hogarth, 2015, p.6.

② A. D. Nuttall, "The Winter's Tale: Ovid Transformed", In A. B. Taylor ed., *Shakespeare's Ovid: The Metamorphoses in the Plays and Poems*, Cambridge University Press, 2000, pp.135-149 (140)

的分析都认为,莎士比亚的晚期传奇剧(《冬天的故事》被归于其中)有着"显著的氛围变化,随着这位伟大天才步入晚境,具有温和、成熟的特质"①。这一观点似乎隐含着对莎翁创作式微退化的评价,但是学者们也坚信,在晚期莎剧中,莎士比亚正是借由各种手法,"达成戏剧性的时间和谐"②。

尽管对该剧中莎士比亚戏剧创作能力的评论和解读众说纷纭,但时间这一症结主题的关键性毋庸置疑,因为,要寻找莎氏一部剧的核心关注点,最佳方法之一便是注意他对剧本素材的重要扩充:他对原始素材的背离是最能展现其自我风格的。同样,温特森对于莎剧的扩充,创作上的"背离",或者确切说,她重写中所揭示的时间罅隙中的经典诠释变迁,也就成了我们此时关注的重点。尤其是在"时间"处理上,莎剧中的悲剧和喜剧的分隔或过渡由致辞者(Chorus)担任"时间"一角,用拟人化的修辞,道出了岁月流转中的世事变迁,也令后人对此颇多争议,认为这之间的转变令全剧"失却一致性",但学界认为莎剧"自小说改编为戏剧必然,也始终是最难之举"③。因此,温特森又将戏剧以小说重写,不啻知难而上,加之她又以时间为切入点,无论在小说标题、情节发展的时间轴、时间的本意还是修辞意义上更深入、拓展地进行探究和叙述,因而也成为我们进行比较分析的着力点。

戏剧中的时间罅隙被名为"时间"的致辞者明确道出:

> 为使一些人满意,我拿出全部本事,
> 无论是善恶欢悲,将谬误一展无余,
> 现在请随我而来,以时间的名义,
> 请插上我的翅膀。我一下掠过了
> 十六年时间,其内容我不加详述。

---

① John Dover Wilson, *Introduction*, *The Winter's Tale*, Cambridge UP, 2008, xviii.
② 同上,xix.
③ 同上,xxv.

请不要怪罪我留下了一大片空隙,
因为我有权推翻定律。一小时内,
竖起规矩又把它推倒。无论远古
还是现在,请把我当作同一个人
对待。古时候的事情我亲眼所见,
我也能旁观眼下发生的最新事件,
又把新鲜的现在变成陈腐的往日,
同我故事中搬演的情景完全一样。
既然我赢得了各位的耐心,
我就转动沙漏,趁你们熟睡之际
使场景继续变动。
……我如此述说这一切发展,
是担心各位曾有过些许的不满;
若没有,时间本人就一定会说,
他真诚地希望各位决不会这样。①

小说中,作家将时间隐含地嵌于人物的所思所为中,贯穿始终地交织着自己对时间的思索。作品以谢普的自述开篇,头三段的第一句反复着"我走在回家路上"②,并以其黑人的身世叙述开始,深刻地道出了关于时间和生命的关联:"你以为你活在当下,可是往昔如影随形。"③ 同时,谢普和儿子克罗目击撞车事件,并意外抱养了弃婴潘狄塔,"我抱着婴儿沿街走着,感觉自己跌入了时隙,此时和彼时重叠一致"④。这是小说标题第一次明确而醒目出现,

---

① Shakespeare, *The Winter's Tale* (Act 4, Scene 1, Lines 1-32). In Stanley Wells & Gary Taylor eds., *The Oxford Shakespeare: The Complete Works* (2nd edition), Clarenton: Oxford, 2005 reprint. 译文自译。
② Jeanette Winterson, *The Gap of Time*, Hogarth, 2015, p.11.
③ 同上,p.12.
④ 同上,p.18-19.

往昔、当下、未来的时间点相互影响、交叠、塑造的意义呼之欲出，经受了丧妻之痛的谢普潜在地呼应和对位着之后莱奥因嫉妒跋扈而失去赫米温妮的情节。谢普在小说之初的那句"我发现痛苦意味着你始终执着于消失的那个人"①，会萦绕在小说始终，同样盘旋于作品内外，温特森将时间的能动性凸显，在作品中对性别、身份、情感和文化价值等进行了当下的诠释。

另外，小说中还以希诺设计的电脑游戏象征性地强调了时隙一词，莱奥问及希诺游戏中羽毛如雪花般飘落的细节，希诺解释说"这就是天使自我繁殖的方式，羽毛飘落在地面、水面或火焰中……游戏中当然有不同等级，在第4级，时间以玩家参与其中，时间可以停滞不前，可以加速移动，可以放慢速度，但是你得与时间对抗，这游戏就叫'时隙'"。②时间以游戏参与个人的命运，试想，不同的角色本质上就是在和时间博弈游戏，或曰对抗，而看似精准不变的时间，因为个体的情感、遭遇、心绪等，会停滞、加速或放缓，每种不同状态的时间之间的罅隙，就是小说要人们深入反思的意义。

小说中的奥托里库斯依然保持着原剧的狡黠、放荡的本性，从不循规蹈矩，颠覆道德的善恶界限。奥托里库斯摇身一变成了车行老板，凭着狡辩和机智，要骗克罗购买车辆，称其为"时光机"，并出乎读者意料地援引美国作家福克纳的名言："往昔并未僵死，甚至未曾离去。"③这貌似戏谑的一句话，其实也是作家在小说中有意穿凿的时间深意。

当然，更具有普遍意义的是，不仅是戏剧或小说故事中的人物在时间的变迁和罅隙中经历、感受、领悟着生命的意义，文学作品之外的创作者，包括莎士比亚和小说家，以及受众，包括观众、读者、学者们，都在时间流变和罅隙中产生作品诠释和感受上的异同。对里昂提斯的嫉妒和跋扈暴虐的无中生有，对其中个人的情感，历史文化语境下性别认同和情爱取向的理

---

① Jeanette Winterson, *The Gap of Time*, Hogarth, 2015, p.19.
② 同上，p.46.
③ 同上，p.158.

解，阶层地位及价值观的改编，还有对虚构人物的接受与诠释的日益开放多元，这种种时间罅隙中的流变就是我们此时要关注的经典重读和重塑的诸多重点。

嫉妒和谵妄的流变

温特森不仅以时间罅隙为创作线索，勾连起莎剧中的众多情节，她还打破了戏剧中相对连贯的时空转换，将时间、地点的变迁以相对碎片、跳跃的形式重新布局组合，让情节元素在不同的文化、时间、情感空间里往返穿梭，大胆增加和渲染了"罅隙"（gap）的作用，换言之，正如威廉斯所言："温特森在换挡技艺上游刃有余，在伦敦的西西里亚办公区、类似美国新奥尔良城的新波希米亚城区转换，并不断插入虚实相间的巴黎。"① 更重要的是，温特森在这些罅隙中增补了莱奥和希诺少年时在寄宿学校的生活和交往，让成年后莱奥的嫉妒和猜忌有了更多层次的解读意义。

里昂提斯与波力克希尼斯的过往交集在莎剧中未着任何笔墨，但是在小说中他们曾有过一段颇为尴尬不适的同性恋关系，它发生于性爱懵懂的青涩期，希诺成年后逐渐确定了自己的同性恋取向，但囿于世俗观念，建立家庭生育儿子泽尔。莱奥爱上了歌手咪咪，并在希诺的帮助下劝服咪咪，娶之为妻。原剧中里昂提斯突然对好友与妻子有了偷情的无端怀疑和嫉妒，小说中莱奥以现代的监视系统窥探两者的关系，从断章取义的片段中主观臆断自己遭受背叛。其中骤起的嫉妒情绪，类似另一部莎士比亚悲剧《奥赛罗》，丈夫对爱妻和好友之间的友好相处激发疑虑和嫉妒心，这关乎男性尊严，尤其是有着权力、财力、话语权的男性自尊，在《冬天的故事》中，孕妻腹中的胎儿甚至在妒火中烧的丈夫心里也成了不贞罪孽的证据。在小说中，温特森决

---

① Rowan Williams, "Bohemian rhapsody", *New Statesman*, vol. 144, no. 5282, 2015(10), p.73.

定将戏剧中的时间线往前推移,"建构之前的诸多故事",以此弄明白"为何这两个男人的关系如此亲近……这是一种怎样的嫉妒?因为这本质上是一种三角关系。"①

至于莎剧表象之下的性别研究,此文会在稍后部分聚焦分析。温特森增加了莱奥和希诺在寄宿学校中的生活,通过少年的情感和校园生活,展现了两人不同思想成长轨迹,在嫉妒引发暴怒和悲剧的主要线索没有展开之前,两人相处友好和谐,即便各有困惑,但是莱奥在金融业、希诺在游戏设计行业都各有业绩。嫉妒和暴怒的引发,尤其在之前彼此坦诚相向、忠于对方的前提下,就更有了崩坍瓦解的剧烈效果。温特森在访谈中坦言,男性愤怒和仇恨,会在瞬间毁灭长期固若金汤、坚不可摧的关系,试想这个星球上的战争,此起彼伏的炮火飞炸,而在废墟中修复信任、友好、爱情、失落的生命又需要多长时间?莎剧和小说中的16年时间,又是一种怎样的罅隙?

嫉妒和空想短时间摧毁的一切,是否16年的时间可以弥合?这成了人们在分析情感动因时更多了一层的考虑因素,时间的罅隙让负面情感和思维方式有了变化、发展的动态和方向性。尽管有不少观点认为莎士比亚在晚期剧作中融入了较多对罗马天主教意识形态的关注,以忏悔式净化和弥补来彰显仁慈、谅解的意义②,并更多借助于超自然的力量干涉人物思想情感的转变,甚至是神奇而不可思议的死而复生,例如赫米温妮自雕像变成活人,以显然颠覆常人理性的方式,在后期剧作中运用了存在的仪式化模式。里昂提斯的嫉妒和猜忌导致忠臣和挚友背离,爱妻和儿子死亡,女儿被遗弃丢失,错误情感和思绪引发的悲剧象征着肃杀的冬季,戏剧的第二部分包含了自冬季过渡至春季的变化,描写了潘狄塔和弗罗利泽相爱的田园景象,第三部分则是

---

① "Where There's A Will: Shakespeare Remixed In 'The Gap Of Time'", *Weekend Edition Sunday*, 2015(10). *Gale Literature Resource Center*, link.gale.com/apps/doc/A431647577/LitRC?u=fudanu&sid=bookmark-LitRC&xid= ba25512a. Accessed 2 July 2021.

② David N. Beauregard, "Shakespeare against the Skeptics: Nature and Grace in *The Winter's Tale*", In Stephen W. Smith and Travis Curtright eds., *Shakespeare's Last Plays: Essays in Literature and Politics*, Lexington Books, 2002, pp.53-72.

赫米温妮奇迹般回来,让全剧进入"宗教和超自然的维度",而莎士比亚自身也步入了"更为精神层面的、慈悲恩典的境地"①。小说淡化了宗教和仪式化意义,更多强调嫉妒和空想的非理智性,以全然世俗的解读来面对人物情绪变化。里昂提斯突发的妒火被他的一句感喟"太热烈了,太热烈了!"②激发,随之那句"友谊搅得过火会搅出真情"③逻辑混乱地对应着他之前恳请夫人盛情好客挽留挚友的举动,而此后大臣卡密罗规劝"胡思乱想害人不浅"④无果,里昂提斯一意孤行地只相信自己的主观臆断,而他对于神谕的忤逆更是将武断跋扈推至极端。面对戏剧和小说对嫉妒与空想展现的差异,后者将突兀减弱,情绪随时间发展的方向性加强,毁灭的短暂和修复的漫长之反差被渲染。

嫉妒是莎剧的典型主题,一个个鲜明的人物,如理查三世、麦克白、奥赛罗、伊阿古、里昂提斯等都深入人心,而性爱嫉妒引发的胡乱猜忌和悲惨下场,在莎学研究上又与文学中的性别、边缘群体、社会排斥、异化、专制等研究产生关联。针对里昂提斯的性爱嫉妒,尤其是其背后的动机合理性及产生的突发性,长久以来是学界争议的焦点。不少人认为里昂提斯的嫉妒和空想是怪异、不太合情理的,尽管根据文本解读,剧中赫米温妮和波力克希尼斯的诙谐交谈中多少有令丈夫多疑的蛛丝马迹,但是里昂提斯突兀的暴怒还是被大多数人理解为"瞬时性疯癫"(temporary madness)⑤,毕竟文本中确实没有直接明显的外因导致他的嫉妒。因此,温特森的小说中对莱奥偏执和谵妄行为大幅度地增补了心理学层面的情节,以此缓和其嫉妒暴怒的突兀。例如,在莎剧中,赫米温妮在挽留波力克希尼斯时提到了丈夫与他少年时的

---

① David N. Beauregard, "Shakespeare against the Skeptics: Nature and Grace in *The Winter's Tale*", In Stephen W. Smith and Travis Curtright eds., *Shakespeare's Last Plays: Essays in Literature and Politics*, Lexington Books, 2002, pp.53-72.

② *The Winter's Tale* (Act 1, Scene 2, Line 108)

③ 同②,(Act 1, Scene 2, Line 109)

④ 同②,(Act 1, Scene 2, Line 297)

⑤ "Jealousy." In Michael L. LaBlanc ed., *Shakespearean Criticism*, vol. 72, Gale, 2003. *Gale Literature Resource Center*, link.gale.com/apps/doc/H1410000848/LitRC?u=fudanu&sid=bookmark-LitRC&xid=9675bed 9. Accessed 2 July 2021.

友谊，后者的回答匆匆且简略：

> 美丽的王后，那时的我们
> 就是两个少年，没想过未来，
> 只以为每一个明天就像今天，
> 我们永远是男生。①

我们只知道两个男人曾一起度过无忧无虑的少年岁月，而这段戏剧中的空白成了温特森创作的潜能场域。友谊和性爱懵懂得以揭示，原生家庭对少年的身心成长影响巨大，彼此性爱行为的尝试和沟通上的某些挫败经历，变成日后两人关系中更错综复杂的因素。成年后，莱奥从事金融产业，2008 年的金融风暴让大多数财团损失惨重，而莱奥"在金钱运作上鲁莽无畏"，他也因为"鲁莽无畏的收益"被解雇，并为此愤愤不平。此后独立创业的他将其风投基金命名为西西里亚，因为"听起来有点黑手党意味，他母亲一方有意大利血统"。② 阴郁隐秘、多疑的心理因素潜伏在莱奥的血液里。他命令手下卡梅隆③在妻子卧室里安装监视系统，认为咪咪背叛了自己，要抓个现行，还咬定对方就是希诺，当卡梅隆以希诺是莱奥最好的朋友，也是生意上的伙伴反驳时，莱奥意味深长地对卡梅隆说："靠近朋友就是接近敌人，卡梅隆，是吧？"④ 这样的猜忌，用"永远是男生"（boy eternal）的情结来解读，其中的任性无理甚至跋扈傲慢略显突兀。然而，小说中那段少年时期两个男孩的学校生活和交流，尤其是当希诺骑车坠落山崖的事故发生后，莱奥不知所措的回应和此后对两人超乎传统和规矩的性爱关系的回避隐藏，在不同层面丰

---

① "We were, fair queen, / Two lads, that thought there was no more behind, / But such a day tomorrow, as today, / And to be boy eternal." (*The Winter's Tale*, Act 1, Scene 2, Lines 63-66)
② Jeanette Winterson, *The Gap of Time*, Hogarth, 2015, p.29.
③ Cameron，对应《冬天的故事》中的 Camillo。
④ Jeanette Winterson, *The Gap of Time*, Hogarth, 2015, p.32.

富了成年后这一嫉妒心理的形成因素，其中除了关乎男性自尊和性爱嫉妒，还涉及微妙的三角关系，对往事反应的自我辩解，甚至是对自我认知的一种武断的界定，即通过常规化的男女情爱嫉妒和猜忌，粗暴地作出自我判断和解释，而其中掩盖的心理矛盾和复杂，并不能以简单的嫉妒和谵妄来涵盖。

由此来看，剧中赫米温妮在遭遇无端诬陷和迫害后对丈夫所说的"您说话的用语我一点也听不懂：我的生命由您的谵妄来判断，我把它交出"① 这一"谵妄"（dreams）的错综复杂，在温特森的重塑中，让读者越过嫉妒母题，进而从当代的性别研究和情感心理角度进行诠释，这自然也是莎剧越过时间罅隙的解读发展结果。

情感与性别研究流变

《冬天的故事》中情感的起伏变化一直是舞台表演和戏剧研究中的难点，而小说中情绪换挡的处理，冰火两重的转化，必然与当代性别研究的文化语境互为关联。里昂提斯突兀的妒火中烧，近乎怪诞的性爱嫉妒，从慷慨好客急转为夺命报复，在历经岁月的解读中逐渐丰富了多层次、多视角的解读，其中性别研究赋予其各种复调的诠释。性别话语、厌女症、母性复原能力、社会性别与性别取向的流动性、自然的诊疗功能、植物花卉的人体隐喻、酷儿理论等，都从不同侧面探究这部莎翁晚期传奇剧中争议最多的情感突转。

温特森自身在成长中遭遇性别和情感困惑，对"反常情感"（unnatural passions）有反思和深入理解，尤其对"男性特权"（masculine privileges）影响下的文化秩序进行批判与挑战，"温特森反对那些符合社会主流价值的自然性别和社会性别观念，因为她坚信性别并无先天固有或生物的基质。"② 由此

---

① "You speak a language that I understand not:/ My life stands in the level of your dreams, / Which I'll lay down." (*The Winter's Tale*, Act 3, Scene 2, Lines 80-82)

② Jeanette Winterson, In Gregory J. Rubinson, *The Fiction of Rushdie, Barnes, Winterson and Carter*, McFarland, 2005, pp.112-146.

可见，《冬天的故事》中里昂提斯男性霸权在情感转化中的逐步瓦解，不啻表达温特森反思的理想案例。性别角色的传统认知在小说中被动摇，男性至上的价值更是荡然无存，很多细节都跳出了传统理念的束缚，她让莱奥、希诺、咪咪的性爱认同始终有着流动和模糊性，既颠覆普通读者的期待，又拓展深入了莎剧经典在当下的诠释能动性。她甚至在小说文体中结合诗歌、寓言等体裁杂糅的形式，与情感性别颠覆产生形式上的呼应，将后现代的解构实践贯穿创作始终。在当代西方资本主义的故事情境中，高科技、大众消费市场、酒吧、演唱会等淡化消解了古代帝国君主的权力霸主地位，男权的压迫进一步减弱退位，神的意志和谕旨被人的选择和欲望取代，更具颠覆意义的是，电子游戏中游戏故事脚本的设计，成了文化象征和意义的载体，诠释了天使和人类情感困惑的同理性。同样，具有女性特征的传统审美，在爱情吸引中的比重也在小说得以调整，如果说莎翁传奇剧中强调的女性之美符合传统浪漫传奇的审美原则，那么无论是咪咪抑或是潘狄塔在小说中的形象，还是莱奥、希诺、咪咪、潘狄塔、泽尔等人坠入爱河的原因，都超越了传统的价值观。

莱奥和希诺13岁时同在一个寄宿学校，原生家庭影响了彼此的心理成长，双方的母亲都出走婚姻，其中："莱奥的母亲因爱上了另一个女人而离开他父亲。希诺的母亲酗酒且精神不稳定。"① 两个少年在某个夜晚的淋浴过程中自然地发生了性关系，次日莱奥更为主动地亲吻、抚摸，而颇有女性气质的希诺更为被动羞涩。温特森将两人分别描写为："莱奥更加壮硕、粗犷、高大、强悍……自信满满却少了点优雅。他喜欢希诺身上如水的特质。"② 可是希诺在传统性观点的束缚下，对自己的性觉醒充满了困惑，带着些微羞耻和焦虑，担心自己是同性恋。这种不适感，在小说中的一次车祸中得以爆发。在两人的性爱困惑下，希诺骑车跌下山崖，莱奥第一时间的反应竟然是逃离，此后才报警救援，希诺因藤蔓植物的缓冲而幸存，此后住院治疗，而两个少年自此

---

① Jeanette Winterson, *The Gap of Time*, Hogarth, 2015, pp.32-33.
② Jeanette Winterson, *The Gap of Time*, Hogarth, 2015, p.34.

有了隐而不宣的心结，无法真正亲密无间。成年后，希诺离经叛道，成了嬉皮士，反传统和物质主义，以游戏设计为生。从事金融的莱奥在生活事业上更符合社会价值观。成年的莱奥直截了当地问希诺是不是同性恋，"希诺耸耸肩，他有过几任女友，但没遇到特别心仪的，他从未陷入爱河，不过他喜欢过女人。他喜欢真正意义的交谈"[1]。问这个问题时，莱奥也从未真正爱过谁，两人夜晚常常一同出去买醉。莱奥的性别认知与希诺的大相径庭，他认为："男女有别，男人需要拉帮结派，需要运动、俱乐部、协会，还有女人，因为男人明白否则生活徒有空虚和自我怀疑。女人则总是努力形成沟通，建立关系，弄得就像一个人真能了解另一个人。"[2] 这种性别差异的观念，在小说中被逐渐质疑和解构，而怀疑人与人能够达成真正了解的莱奥，正是因为他对于沟通的怀疑和倾听沟通能力的匮乏，才会引发情感和家庭的悲剧，他的嫉妒和谵妄的燃点，恰恰是性别认知和情感观念的局限。

莎剧中另一个女性重要角色宝丽娜夫人，如果说莎翁笔下的宝丽娜本身对男性独裁、父权体制敢于质疑反抗，那么温特森则将这个人物的颠覆作用更加深挖和运用。在小说中宝丽娜是莱奥得力的私人助理，她是犹太人，精通三国语言，经济学专业毕业，有着优秀的教育背景，"细节是她的专长"，在莱奥的金融事业上，两人真正实现了"男主外女主内"的格局。[3] 然而，宝丽娜也是唯一能对莱奥顶嘴、揶揄、批评的女人。戏剧中宝丽娜有丈夫安提戈努斯（Antigonus），后者是里昂提斯朝廷大臣，在遵旨遗弃公主潘狄塔时被熊追逐从此下落不明，凶多吉少，而小说中宝丽娜一直单身，她和莱奥的园丁托尼之间互有好感，托尼在送还襁褓中的潘狄塔的途中被杀害，而他最后的遗言就是对宝丽娜名字的呼唤。这两者之间的暧昧与剧中明确夫妻关系的差异，是温特森在性别情感上的微妙处理。宝丽娜无论是在戏剧还是小

---

[1] Jeanette Winterson, *The Gap of Time*, Hogarth, 2015, p.39.
[2] 同上，p.40.
[3] 同上，p.41.

说中，对情节的推动都起着主体能动性，她安排的女主人死而复生设计，本身就超越了女性被动顺从的桎梏形象，她一次次为赫米温妮申诉，虽然不得已地说出"唉，作为女人，我太不顾后果"①，但是其中隐藏着以退为进、欲扬先抑的话语策略。小说中莱奥坦言无法控制她，宝丽娜在各种困局中的智慧和主动性，最终安排演唱会让咪咪有了隐喻性的重生，她和托尼情感上的互动，都更具有主动、强悍的特质，对性别二元对立造成了巨大的挑战和颠覆。

温特森对于故事中爱情生发和维持的叙述也值得探究。几对恋人的相爱都程度不一地偏离传统的爱情模式和性别套式，文化性别的模糊和流动在各个人物身上都或多或少得以呈现，拒绝被定义、安排似乎贯穿小说情节。小说尾声处更有一个出人意料的情节安排，即克罗带着一个女伴来参加音乐会，父亲谢普看着两人走开，评论道："这女人真不错。"宝丽娜接着回应道："她是个变性人。"作家自然不会偏离情节主线进一步叙述，而潘狄塔随意补上一句："不必担心的，爸爸。"② 点到即止，用意独特而深刻。

因此，在《冬天的故事》剧终，里昂提斯对宝丽娜的那句"你要选谁做丈夫，必须征得我的首肯"③，在小说中必然不复存在。宝丽娜会主动选择和安排自己的情感归宿，即便谢普和她在小说尾声似乎有含混未明的关系。失落后回归的潘狄塔成为小说终曲的最后咏叹者，对爱情，应该是广义的人类之爱，道出了温特森心灵深处的感受，她借着潘狄塔之口，坦言"虽然历史不断重复自身，而我们始终会跌落，尽管我承载着历史，在时间的短暂旅行中留不下任何足迹，但是我领悟了值得理解的东西，它狂野、不可思议、不落俗臼"④。

对《冬天的故事》皆大欢喜的结局，温特森变奏为经过了时间罅隙的爱

---

① "alas, I have showed too much. / The rashness of a woman." (*The Winter's Tale*, Act 3, Scene 2, Lines 219-220)

② Jeanette Winterson, *The Gap of Time*, Hogarth, 2015, p.265.

③ "O peace, Paulina! / Thou shouldst a husband take by my consent." (*The Winter's Tale*, Act 5, Scene 3, Lines 135-6)

④ Jeanette Winterson, *The Gap of Time*, Hogarth, 2015, p.272.

的终曲，以跨越了时空的情感意义变迁，给小说画上了句点，这情感的诠释超越性别："爱，爱的幅度，爱的规模，难以想象。你爱我，我爱你，我们彼此有爱，真切，实在。……我生命中的点点滴滴。"①

阶层地位和价值流变

在性别和情感诠释的流变中，当代重写对莎剧中的阶层地位和价值观念同样有着越过时间罅隙的变迁。

当西西里亚国王变成伦敦金融巨头，财力不时受到世界经济格局的影响，波希米亚国王成了电子游戏设计者，权贵意识和王室阶层的庄严被当代重写略去，剧中里昂提斯在众大臣为王后求情时，那句"朕为何要与你讨论此事，你本该对朕的旨意俯首听命？"②中的专制和阶层差异，被小说强烈淡化，而《冬天的故事》中悲喜两部分的宫廷之尊卑严谨肃穆和田园之平等随性狂欢的对比，也在当代的重写中被稀释疏解。主人公的阶层差异，被性格的多元丰富取代，莱奥生性狂傲、偏执、粗线条，偏于实际世俗，希诺则浪漫、内向，脱离现实，赫米温妮不再是那个在极端委屈屈辱下，认为自己"犯了星运"③，并告诫自己"我向来很少流泪，不像通常的女人那样"④她流行音乐歌手的社会身份，多疑、犹豫、诗性、吉卜赛风格的个性，也在小说家笔下自然消弭了当代畅销流行和经典艺术的隔阂，而她在丈夫莱奥身处金融危机之时，靠歌手收入养家，成为家庭的经济支柱，这本身就颠覆了男尊女卑的传统价值观。

小说中，阶层差异被淡化，个性差异被彰显，希诺"无法掌控人际的过

---

① Jeanette Winterson, *The Gap of Time*, Hogarth, 2015, p.273.

② "Why, what need we / Commune with you of this, but rather follow / Our forceful instigation?" (*The Winter's Tale*, Act 2, Scene 1, Lines 162-164)

③ "some ill planet reigns." (*The Winter's Tale*, Act 2, Scene 1, Line 105)

④ "I am not prone to weeping, as our sex / Commonly are." (*The Winter's Tale*, Act 2, Scene 1, Lines 108-109)

分亲近。他孤独而内向，却有一种被人们误解为善于社交的热情"①。莱奥竟然会请求希诺去替自己向咪咪再次求婚，就因为莱奥明白自己无法连篇累牍地诠释"我爱你"这三个字。无论是莱奥和咪咪的婚姻，还是下一代潘狄塔和泽尔的爱情，那连篇累牍的爱情考量中偏偏没有阶层差异的元素。莱奥罗列的对咪咪的爱情中，首要的价值评判即："我的生活可否没有你？"尽管他的答案是"可以"，但随后的一条即："我愿意如此吗？"答案为"不"。在长达 13 条自问自答式的评断中，最后才是"你很美丽"。② 这种条分缕析的爱情匹配分析，读者从故事发展中显然看出其负面效果。莱奥在价值取向上的直接、现实和工具理性，他的生活理念和世界观，与希诺、咪咪的相去甚远。希诺帮助好友向咪咪求婚，他们在巴黎漫步时探讨的是"宛若流水的生命；关于虚无、幻象、关于被理论破坏的本为实践的爱情。他们还谈论性之不可能……"③，两者从爱情本质谈及基督教原罪理论的不可靠性，甚至对爱之痛苦和缺憾的本质达成共识，这些超越原剧的生存价值探讨，本质上就是温特森借助戏剧对当下人们的价值观和世界观的反思。

同样，剧中波希米亚国王波力克希尼斯对王子弗罗利泽爱上牧羊人养女潘狄塔的干涉与反对，其门当户对的阶层差异，随着时间的变迁，被小说家删去，而潘狄塔美貌价值的爱情考量比重被大幅度消减。更错综复杂的是，原剧国王和牧羊人的阶层差异，在当代的变迁中演绎为种族肤色的异同，温特森把潘狄塔的养父谢普设计为早期被贩卖到美洲的黑奴后代，DNA 中明白无误地有着非洲血统，莱奥的园丁托尼则是墨西哥裔，宝丽娜是犹太裔，谢普收养了白人弃婴潘狄塔后，为了避人耳目，隐姓埋名，在黑势力猖獗的地区开了音乐酒吧，周围居民族裔各异，鱼龙混杂，话语多元丰富，在潘狄塔的朋友中甚至还有三胞胎华裔姑娘，她们与潘狄塔几乎同龄，从小一起嬉戏

---

① Jeanette Winterson, *The Gap of Time*, Hogarth, 2015, p.67.
② 同上，p.68.
③ 同上，p.69.

玩耍。

戏剧中里昂提斯再暴虐狂傲，仍然受控于阿波罗神谕对其命运的判定，无论是人世间的阶层等级，抑或是人神的高下差异，小说中仿佛省却消散，神谕对事实的揭示，被宝丽娜建议的亲子鉴定取代，科学消解了人对未知信息的敬畏，唯有莎剧中那句"无能为力则无须悲伤"①成了小说中互文的信息，那是超越沧海桑田的价值反思。世间没有悔恨药，追悔莫及无法逆转时间的流走。这句话在小说中由宝丽娜对园丁托尼说出，托尼回应道："这是莎士比亚说的。"②

在小说的语境中，莎士比亚是贯通大众和经典的文化象征和要素，既出现在宝丽娜生活的大都市商业文化圈，也被生长于复杂文化生态群中的潘狄塔喜爱。当好友们问潘狄塔最想与谁共餐时，她的选择竟然是《暴风雨》中的米兰达，当被质疑米兰达是虚构人物时，潘狄塔意味深长地说："为何不行？名人都是虚构的，并不因为他们活着就显得真实。"③细心的读者在凝神思量之后，应该领悟到精英名流和所谓上层人士的价值虚妄，并不因为他们活着，就显得真实，这样的价值反思，完全质疑和颠覆了《冬天的故事》中壁垒森严的阶层差异和价值观局限。

在生活的物质观念上，温特森还加入了美国19世纪超验主义的代表作家梭罗，让他的《瓦尔登湖》成为潘狄塔热衷阅读的书籍，由养父谢普推荐给女儿，在潘狄塔和泽尔的交谈中，她评论此书道出了"工作只为赚取足以简单生活的收入，这样就能过上更有意义的生活"④的真谛。或许是有意为之，在泽尔和潘狄塔关于阅读的交流中，泽尔坦言《瓦尔登湖》十分晦涩，他正在阅读富兰克林的自传，该书提倡实用主义和自律、独立、实践精神，在泽

---

① "What's past help should be past grief." (*The Winter's Tale*, Act 3, Scene 2, Lines 221-222)
② Jeanette Winterson, *The Gap of Time*, Hogarth, 2015, p.103.
③ 同上，p.150.
④ 同上，p.152.

尔的概述中，他倾向于接受富兰克林的观点，即："如果你要在自由和安定中二选一，那就选择自由。"①想必，曾经失落的潘狄塔即便最后回归父母身边，与泽尔终成眷属，她依然会尊重甚至羡慕养父曾经住在车里，四处游荡，一无所有的简单生活，而泽尔也必定会在这一价值认同上衷心地理解她。

如果说《冬天的故事》让里昂提斯无中生有的嫉恨和暴怒后果依照阿波罗的神谕——展现，观众所见的人物生存本质和真理趋向于遵循超自然的宏大秩序，尽管身为人本主义典范的莎翁在人性的挖掘上已然技艺高超地不断拓展深入，赋予个人层次丰富、错综复杂的个性魅力，那么小说重写则将人之个体的自足和自治彻底交付，这也是时间推移中，文化发展的必然，是人类在认识论上的必然进步。里昂提斯的那句"我对神谕的最大亵渎！"②，必然经过时间的罅隙，成为个体扪心自问时对自己过错的修辞性感喟，而非字面意义对忤逆神谕的忏悔。

戏剧中另一位次要角色奥托里库斯在最近几十年里，越来越被学界关注和分析。关于对他的接受演变，稍后会进一步探讨。莎翁笔下的这个智性反叛的小丑角色，在舞台上起到狂欢化和秩序颠覆的重要作用，而温特森对该人物的刻画，更多着力于他对当下价值观的冲击。在奥托里库斯巧舌如簧地推销那辆老爷车时，哲理性地揭示了时间的意义，除了引用福克纳的名言，还批判了人们购车动机上的粗俗（vulgar），声称这辆不跑路的汽车"其实让你在这个执迷于不断向前冲的世界中有了一个禅定时刻"③。他戏谑地劝导人们要停下来静思，批判美国不停赶路要引领世界的匆忙和焦虑。他由此触发了泽尔和潘狄塔此后同一主题的变奏式交流，诸如要享受漫步雨中被淋湿的快乐，要毫无目的地行走，不时自言自语，遥望星辰，向往大海。④

---

① Jeanette Winterson, *The Gap of Time*, Hogarth, 2015, p.153.
② "My great profaneness 'gainst thine oracle!" (*The Winter's Tale*, Act 3, Scene 2, Line 153)
③ Jeanette Winterson, *The Gap of Time*, Hogarth, 2015, p.158.
④ 同上，p.161.

人物接受和主题诠释流变

人们对情感、性别、价值的理解和观点发生了不同程度的改变,这些变化的承载主体是艺术作品中活生生的个人,除了常常被关注并分析的上述各人物,对于人物接受和主题诠释流变,也鲜明地体现在一些看似次要,容易被忽略的细节中。

赫米温妮的雕像复活,在近年来的一些学术探讨中,与莎剧田园部分潘狄塔大量介绍和谈论植物花卉的生长和盛放片段形成呼应,由此使人类和植物的生命进行仪式性关联,王后和失落的女儿之间产生犹如新陈代谢的生命更迭①。同样,宝丽娜一角更是渲染了女性在强权和压制下的顽强、隐忍、爆发的生命力,与自然界植物的生长有了隐喻关联。

剧中安提戈努斯匆匆离场一直成谜。他将潘狄塔放在海滨,留下珠宝和家世背景的证据,竟然被莎士比亚用一头熊的追逐而从此销声匿迹,我们只有从克罗对牧羊人父亲的叙述中间接地得知安提戈努斯被熊撕扯吞食。其中的突兀和潜在的用意,答案始终游离不定,虚实难辨,究竟是剧本写作和舞台设计上的疏漏,还是有意埋下的巧妙一笔,人们无处查询。不过小说将安提戈努斯和宝丽娜确凿的夫妻关系,改写成互有好感、尚未明确的恋爱关系,让托尼被觊觎财宝之人杀害,最后呼唤宝丽娜姓名离世,并在16年后被谢普转述给宝丽娜,为这段感情留下悠扬回荡的余音。这对男女对冤情和专制的不同态度,男人的服从和女人的叛逆,一个违背了自我认知,另一个忠于内心,导致了截然不同的结局。戏剧中宝丽娜对丈夫警示:"你做了这件主上逼迫你去做的坏事,你将永远见不到你的妻子宝丽娜"②,已经埋下了安提戈努

---

① "The Winter's Tale", In Lynn M. Zott ed., *Shakespearean Criticism*, vol. 68, *Gale*, 2003.

② "For this ungentle business, / Put on thee by my lord, thou ne'er shalt see / Thy wife Paulina more." (*The Winter's Tale*, Act 3, Scene 3, Lines 34-36)

斯命运的伏笔；小说中两人情愫表而不露，彼此并未挑明，但是两者相爱的事实不变，个中的意思，其诠释的潜力十分丰富。

奥托里库斯在戏剧表演的舞台上是受观众喜爱的小丑，他的在场带动了全戏的氛围，将之前的凝重悲情一扫而空，而插科打诨中的机智和入木三分的诙谐，又让人们在爆笑之后不时思索。当然，历史上对此人物的接受和诠释各异，玛丽·兰姆就在编撰著名的《莎士比亚故事集》时将其完全删除。这个恶作剧不断、谎话连篇的小丑无论是在戏剧还是小说中，都成为年轻男女主人公相爱的枢纽人物。奥托里库斯和莎剧《第十二夜》《李尔王》等作品中的丑角类似，看似次要却不时串联、推动剧情，让观众在笑声中领悟到话语背后深藏的意义，很多学者认为他们是艺术创作者直接跳入作品对作品受众说话的载体。温特森本人也在小说伊始概述莎剧情节时，很明确地将奥托里库斯评价为："莎士比亚笔下最受人喜爱的反派，机智、善辩、抗压能力极强，以不可思议的手段获得快乐……"① 小说中奥托里库斯在骗取克罗购买车辆时的诙谐话语，尤其是关于时间的哲理性启示，起到了穿插和勾连时间主题的重要作用。奥托里库斯既是作品从悲情严肃过渡至狂欢戏谑的环节，也隐喻地契合了关键词"罅隙"，无论是经典原版，还是当代改写，他都巧妙承担了跨越罅隙的重要一环，在阶层、节奏、认知、情绪、氛围的转换中游刃有余。

小说的标题从"冬天的故事"转到"时隙"，时间主题成为显性、关键的重点，读者也由此从经典莎剧的原点，进入了对当下时间的深度反思。如之前所述，希诺设计的游戏"时隙"以时间为主线，而时间的功能和意义超越了莎剧的范畴，配合小说中不时插入的倒叙闪回、穿插往复等，时间如游戏设计所彰显的，"可以被加速、减缓、截取、停滞，诸如此类的，叙述多少能显现出这种穿梭和混合"②。同样，咪咪援引19世纪的法国诗人奈瓦尔（Gerard

---

① Jeanette Winterson, *The Gap of Time*, Hogarth, 2015, p.5.
② Rowan Williams, "Bohemian rhapsody", *New Statesman*, vol. 144, no. 5282, 2015(10), p.73.

de Nerval），并以其诗歌中"坠落"主题创作歌曲，与希诺的游戏异曲同工，它叙述天使坠落在巴黎房屋建筑的罅隙中，身处两难困境，挣脱飞走，街道房屋会被毁坏，否则自身就枯萎僵死。这一进退维谷的"坠落"意象，象征着人在时间中的矛盾困惑，人在情感中的喜忧悲欢。希诺的时间游戏设计中，线性时间变成了圆形，循环往复，就像玛雅人的日历，玩家的级数就是不同的时间层次。于是小说中不同时间层次的理解悉数出现。步入中年的希诺对潘狄塔感喟时间的流逝，他说："老去是瞬间发生的事情，就像在海中畅游时，你意识到要游泳抵达的海岸并非最初要去的那一个。"① 他甚至叹息着对潘狄塔感叹："你很年轻，依然相信爱情。"谢普对此解释道："因为她被人爱着。"经历时间沧桑的希诺反问："那要是不被爱了呢？读一读奥斯卡·王尔德吧，人人都会抹杀他深爱的东西。"② 这愤世嫉俗的时间认知，却在希诺的游戏设计中得到了积极的修补，其中的微妙之处，也是温特森对《冬天的故事》最终在波希米亚的皆大欢喜结局的诠释演变：希诺修改了奈瓦尔坠落天使的困局，他突出目睹天使悲剧的孩童的不同命运，让孩子看见天使身上脱落的每一片羽毛因为接触了世间的不同元素，有了不同的结局，尽管大多数结局导向黑暗、死亡的悲剧，但是在游戏的任何一个时间点，都有封锁冰冻事态的功能。"你可以让事情不发生。"③ 让事情不发生，或许是小说对于喜剧结局的重新解读，莎剧让忏悔、失而复得、第二代的相爱、死而复生等，弥补修复之前的悲剧，而"让事情不发生"则在人的行为和观念的能动性上更推进了一步，小说消解了神谕和超自然的介入，让潘狄塔劝说希诺："你不能改变已经做过的事，但可以改变正在做的事。"④

赫米温妮的死而复生在小说中不复神奇和宗教意味，咪咪在演唱会的灯

---

① Jeanette Winterson, *The Gap of Time*, Hogarth, 2015, p.171.
② 同上，p.174.
③ 同上，p.197.
④ 同上，p.202.

光下如雕像般伫立，一袭黑衣，而后为女儿唱了一首名为"潘狄塔"的歌，潘狄塔本义为失落，而这失落终于在故事落幕前失而复得。这时，作家温特森的举动颇令人意外，可以视为她的一种创意性行为艺术，"可以改变正在做的事"：她自身进入了创作的故事中，现身演唱会，"我之前坐在后排，等着看事态变化，此时我走入了夏夜的大街，任雨水流过自己的脸庞"①。

温特森对小说的收尾或许会引发争议，她讲述了自己与《冬天的故事》的渊源，并真诚地对读者说："超过30多年了，这部戏一直对我个人有着独特的意义。"②她坦言自己与此交融关联，因为自己也是弃儿，而这部莎剧揭示了谅解和可能的未来，毕竟时间可以逆转，"《冬天的故事》就是讲述往昔和未来之间的相互制约和依存"③。温特森由此跳出了小说家的身份，进入了莎剧研究者的角色中，将小说最后变成了大段近乎学术性的评论，谈及该剧与《奥赛罗》的关联，莎翁对谅解主题的创作态度，以及他晚年致力于谅解的语境分析，甚至提到了《哈姆雷特》《李尔王》和《暴风雨》等剧作。

幸好，任性地进入作品后，温特森还是将结语交付给潘狄塔。曾经的弃儿潘狄塔既是虚构人物，也是温特森投射自身体验的个体，承载历史的她目睹着历史不断重复自我，正如温特森也在创意地重复着莎士比亚经典，依然写着欢笑悲哀、聚散离合，在时间的一段段罅隙中，与身前和身后的读者们达成恒久的艺术共鸣。

---

① Jeanette Winterson, *The Gap of Time*, Hogarth, 2015, p.207.
② 同上，p.267.
③ 同上，p.270.

第2节　对标《冬天的故事》、对标莎士比亚
——温特森《时隙》章节标题的源与变

温特森的《时隙》是霍加斯"重写莎士比亚"系列中对莎翁晚期传奇剧《冬天的故事》(*The Winter's Tale*, 1609)[①]的小说重写。与其他几位参与此项目的小说家一样，温特森在主要人物姓名、关系及命运走向上，也尽可能地在读者耳边回响起源本中的声音，在读者眼前回闪起源本中的形象，在读者记忆中唤起源本中的情节框架：

《时隙》

莱奥（Leo；父；少时与希诺为密友）

咪咪（Mimi/Hermione；母；被疑不忠）

米洛（Milo；子；死于事故）

潘狄塔（Perdita；女；被遗弃后找回）

希诺（Xeno；父；少年时与莱奥为密友）

[①] 本节《时隙》与《冬天的故事》台词及人物名均为自译。

泽尔（Zel；子；与潘狄塔热恋）

谢普（Shepherd；父；潘狄塔养父）

克罗（Clo；子）

宝丽娜（Pauline；莱奥公司的秘书）

冈萨雷斯（Gonzales；宝丽娜的恋人；被黑帮枪杀）

奥托里库斯（Autolycus；车行经营人）

《冬天的故事》

里昂提斯（Leontes；父；西西里亚王）

赫米温妮（Hermione；母；被疑不忠）

马米利乌（Mamillius；子；病夭）

潘狄塔（Perdita；女；被遗弃后找回）

波力克希尼斯（Polixenes；父；波希米亚王）

弗罗利泽（Florizel；子；与潘狄塔热恋）

牧羊人（Shepherd；潘狄塔养父）

小丑（Clown；子）

宝丽娜（Paulina；安提戈努斯之妻）

安提戈努斯（Antigonus；大臣，宝丽娜之夫）

奥托里库斯（Autolycus；卖布料杂货、惯偷）

事实上，找一篇《冬天的故事》剧情梗概，把莎剧人物替换成温特森的人物，除了需要从作家时空交错的改写策略中梳理一下时间线索，主要情节（以友谊破碎、家破人亡的悲剧开始，凭坚韧和信念及年青一代的真挚爱情，终于挽回了上代人的悲剧，以破镜重圆完成喜剧结尾）并不需要太大的改动，包括《冬天的故事》所传达的坚韧、宽容、原谅和爱，可以丝毫无缺地在温特森的《时隙》中找到。

如果可以把小说章节标题描述为"叙事路标",温特森为《时隙》设立的路标独具特色:这些标题长短不一,不仅有片语,还有几乎是完整的句子,而且所有标题都取自小说"致敬"的原文本,即莎士比亚的《冬天的故事》①。对于事先没有读过或看过《冬天的故事》的读者,这些标题的所指完全是"向内"的,即完全关乎相应章节的情节发展和人物塑造,但是,对有过各种《冬天的故事》的经历(无论是文本、舞台还是银幕)的人,它们所指不仅"向内"进入小说,也"向外"进入莎翁剧本,更"交互相向",即形成了《时隙》与《冬天的故事》的对话,而这一点正好体现了经典重写的一个重要特质。出此考虑,本篇以《时隙》的章节内容为线索,探原标题语句在《冬天的故事》中剧情内外的意义,分析该语句在温特森重写中的指涉、借用和衍生发展,借以探讨温特森在重写莎剧经典过程中原本幽灵的存在与影响,以及重写与原本的对话和发展。

如水之月(Watery Star)

语出《冬天的故事》第一幕第2场,波希米亚王波力克希尼斯谈起打算向西西里亚王里昂提斯提出返回自己国度:

> 自从我一身轻松离开王座,牧羊人共数过那如水之月有九次圆缺。
>
> Nine changes of the watery star hath been The shepherd's note since we have left our throne Without a burthen. (*The Winter's Tale*, Act 1, Scene 2, Lines 1-3)

---

① 参见田俊武《论珍妮特·文特森在〈时间之间〉中对威廉·莎士比亚〈冬天的故事〉的误读与改写》,《外语研究》2020年第1期,No.179,第95—99页。

在任何文化中，月亮都是一个寓意丰富的意象——黑夜、女王、贞洁、宁静、阴柔、陪伴，月光与爱情也有脱不了的关系，英文就有用"被月亮砸了脑袋"（moonstruck）形容因爱而疯痴迷狂的人们或举动。不过，这段台词与浪漫无关，"水"喻潮汐，潮涨潮落，是受月控制的运动，涨落有时，"如水之月"最终落到了"时间"，而"九次圆缺"以时长表明波希米亚王波力克希尼斯在西西里亚乐不思蜀，同时也表明他与西西里亚王里昂提斯之间关系之亲密非同一般，后者的好客显然超出常道，竟可以让前者一住九个月之久。

对剧情中随即发生的里昂提斯力劝不成，请王后赫米温妮出面，几句话之后便留客成功，引发了里昂提斯突然的、不可理喻的猜忌和怨恨，把剧情直接推到了悲剧路上。对此一段，通常的阐释是将责任完全归于里昂提斯，归于里昂提斯内心陡然升起的猜忌魔鬼，而无论是王后赫米温妮还是一分钟前的少时密友波力克希尼斯，都是这不可理喻的猜忌的受害者。但是，至少在波力克希尼斯这方面，有一些细节似乎应该追究的：友人的热情挽留，竟可以让作为一国之君的他抛下一国之君的责任达九个月之久，差不多到了"懒政""渎职"的地步，这样的行为显然无法让人相信其"国人需要我"的真实和真诚；另外，里昂提斯在竭力挽留时，把续留时长从"九个月"降到"七天"再降到三四天（"减半"），波力克希尼斯依然坚辞不允，这在社会交际中虽然会让对方略有失望，但若真有缘由，邀请方也不至于反目，但是，王后一段台词，波力克希尼斯立刻应允，如此迅速地从拒绝到答应的突变，很难说没有授人以柄的嫌疑和引发猜忌的可能，其话语行为本质，与《一报还一报》中伊萨贝拉突然对安哲鲁的那句"听我说我会怎么贿赂您"[①]异曲同工。

温特森的《时隙》在叙事策略和情节线索上围绕"时间"下功夫，这个

[①] "Hark how I'll bribe you." (*Measure for Measure*, Act 2, Scene 2, Line 149). In Stanley Wells & Gary Taylor eds., *William Shakespeare: The Complete Works* (2nd ed.), Clarendon Press, 2005.

话题自然引起不少研究者的关注①，不过，本章标题中的"如水之月"，是以月喻夜，是一日之时，是事件发生之时，与原本中指涉的"时长"无关，而"水"则喻境，显然是事件发生时的那场突然而至的暴雨。《冬天的故事》中那一幕衔前接后转悲折喜的场景，即牧羊人在海滩拾到被遗弃的女婴潘狄塔，被温特森直接放在了小说开卷，用黑夜、暴雨、枪击、神秘的弃婴等一系列惊悚元素，引发了全书随后的回溯过往与叙述当前，以及过往与当前的时空交接。弃婴潘狄塔、装着 50 万美元和珠宝的箱子、一页以"潘狄塔"为标题的曲谱，让读者感觉到莎士比亚幽灵的存在。莎剧的悲剧性开场被推迟，取而代之的是一场悬念满满的故事。

酒杯里掉进蜘蛛（Spider in the Cup）

语出《冬天的故事》第二幕第 1 场。里昂提斯此前对波力克希尼斯听从赫米温妮之劝答应多盘桓几日突生妒意，不受理性约束的妒意立刻变成了毫无根据（或自以为证据确凿）的恶意推断：王后一定与自己的昔日密友有染！此时，里昂提斯一面"庆幸"自己一眼看见了"真相"，但同时却陷入了看见"真相"之后的深切痛苦：

> 幸运啊，我的判断太公正了！我的看法也太正确了！唉，还是一无所知的好！这幸运反让我倒霉透顶！就像酒杯里面掉进了蜘蛛，有人一口喝干了酒，走了，没觉得中毒，因为他不知这酒里有毒液。可如果有人把这可恶的东西端在他眼前，告诉他喝下的是毒液，他定会又呛又咳，肚子剧痛。
>
> How blest am I In my just censure, in my true opinion! Alack, for

---

① 参见 Adanur, E. Doğan, "The Trauma of Time in Shakespeare's *The Winter's Tale* and Winterson's *The Gap of Time*", *Gaziantep University Journal of Social Sciences*, 2018(17:2), pp.471-478。

lesser knowledge! how accursed In being so blest! There may be in the cup A spider steep'd, and one may drink, depart, And yet partake no venom, for his knowledge Is not infected: but if one present The abhorr'd ingredient to his eye, make known How he hath drunk, he cracks his gorge, his sides, With violent hefts. (Act 2, Scene 1, Lines 38-47)

莎士比亚对人性和人（无论是正常还是病态）心理的理解、对人类感性理性孰重孰轻的纠结，在这段台词中得到了极为生动的呈现。"杯中蛛影"之喻，很容易让人联想到汉语成语"杯弓蛇影"，但其实两者还是有差别的：酒杯中的"蛇"并不存在，斜映在杯中的也只是并无物质存在的"影"，是挂在墙上那张弓的投射，甚至可能是观察者心理作用下的幻象，如麦克白走向邓肯卧室时"看见"的那柄全息成像式的短刀；然而，酒杯中的"蜘蛛"是真实存在的，之所以有人饮酒后浑然无知，有人剧咳狂吐，差别仅在于感官是否参与，没看见的，没事，看见的，反应剧烈。"我见蛛在"，我庆幸我的感官功能"正常"，但我同时也成为感官所获的受害者和牺牲品。但是，在里昂提斯的逻辑推论中有一个根本性的失误或问题：酒杯里的确有蜘蛛吗？还是他自己病态的嫉妒不仅屏蔽了理智，连感官也一并受到了蒙蔽？在这样的语境下，麦克白显然保持着更多的理智和清醒，因为他意识到（哪怕仅仅是在怀疑）：他用"心之眼"看见的那柄短刀，很可能是自己内心弑君恶念的外化投射①。

事实上，《时隙》的这一章，主要是回溯背景，如莱奥对儿子米洛的怜爱，莱奥与希诺少年时期的朦胧情事及导致两人生活分岔的故事等。莱奥此时不仅还没有看见杯中之蛛，连杯中蛇影对应的那柄弓都还只是（他自己并未意识到的）病态想象，他让人在怀孕妻子的卧室里安装监视器，显然是在为"目睹"杯中之蛛做准备，因为此时，无论是墙上的弓、杯里的蛇影或蜘蛛，

---

① *Macbeth* (Act 2, Scene 1, Lines 33-49)

都只是他一步跨过"眼见"跳进"为实"的想象构建。莎士比亚在剧中为里昂提斯的病态突变留下了足够的想象空间，而温特森则设法用一系列的细节去做这道填充题：莱奥曾因"冲动交易"导致公司蒙受"莽撞损失"被解聘，被抗议人群砸了鸡蛋后"情绪失控"去殴打了袭击者，多少能为他后来爆发的妒意和敌意做一些铺垫，而希诺在莱奥妻子咪咪（赫米温妮的昵称）恳请下答应再留住几日后，允许她靠在自己身边让她给自己看手相，同样为莱奥的妒意提供了一些事实根据。

淫荡的行星（Bawdy Planet）

语出《冬天的故事》第一幕第2场里昂提斯的一段台词。此前他"目睹"妻子赫米温妮与密友波力克希尼斯的亲密举止，愠怒陡起，后者见状提出去一旁花园走走，里昂提斯支开儿子马米利乌，因此，这段台词更像是他的内心独白：

> 这是颗淫荡的行星，照到哪里就让人吃尽苦头，它太强大。肯定的，东西南北，四面八方，说来说去，城堡终究拦不住肚子。
>
> It is a bawdy planet, that will strike Where 'tis predominant; and 'tis powerful. think it: From east, west, north and south: be it concluded, No barricado for a belly. (Act 1, Scene 2, Lines 202-205)

这段台词如果脱离了剧情，其中关于"淫荡"（中性一点的说法是"性欲"或"色欲"）之强大，以及以"城堡""肚子"喻"道德法律约束"和"性欲"，充分体现了莎士比亚对人性（人的天性）的了解。放回剧情，似乎可以这样来解释里昂提斯的这一情绪和心理突变：他按"眼见为实"的"理性推断"，耳闻目睹了赫米温妮（在他本人请求下）对波力克希尼斯的热情挽留以及后者的欣然应允，立刻对两人的关系下了定论，然后又将此定论泛指到人性共通，并以卑俗的比喻来描述他认定的卑俗关系。在这一点上，他与奥赛罗凭"眼见为实"坚信妻子和部下有苟且关系如出一辙。

在小说的相应桥段中，莱奥通过监视器目睹希诺走进妻子的卧室，目睹他帮助妻子拉开上衣背后的拉链，目睹他把脸朝妻子的后脖颈贴过去，目睹两人之间的各种亲密举止，他认定，两人通奸证据确凿，他录下这一段场面准备作为证据在起诉离婚时用。看起来，这些内容与上面所说的"事实"一样，可以在一定程度上作为"有罪推定"的基础，但是，莎剧中的"事实"，是真实发生在里昂提斯和观众眼前的，具备了"事实"的基本要素，而小说中的"事实"，一方面只是监视器呈现的有限影像，仅一斑而非全豹，而且是无声的；另一方面，从小说这一部分的叙事语言来看，是意识已经被嫉妒毒化了的莱奥的第一人称观察和叙事，无论他说在监视器里看到了什么，这叙事很不可靠，甚至可能完全相反，特别是在小说后来的发展中，那段"录像"似乎并未重新出现，作为读者，我们不知道录像上到底录下了什么。这就不能排除：莱奥所见，并非通过"肉眼"，而是通过"心之眼"，是意念控制下的妄想制造出的"事实"。这一点，从他根本没有从监视器上看到任何事实就妄想两人在进行的性活动，可以得到佐证。总之，从他的那句反复使用"事实上"的话①中可以推测，"事实"是全部问题的关键，但莱奥所谓的"事实"，恰恰是他意念妄想的虚构。

这算不得什么（Is this nothing）

语出《冬天的故事》第一幕第 2 场里昂提斯的台词。此时，忠心耿耿的

---

① "希诺事实上正躺在那张事实存在的床上。咪咪事实上并没有和他躺在那张事实存在的床上，但两人很可能已经在那个超大浴缸里干过那件事了。"("Xeno was actually lying on the actual bed. Mimi was not actually lying on the actual bed with him but they had probably had sex already in the oversized bathtub.", Jeanette Winterson, 54)

第一章　《时隙》重写《冬天的故事》

大臣卡米洛万分焦急,力劝里昂提斯丢掉病态的妄想,后者立刻用了一连串的"算不得什么",语气激烈地反问:

> 窃窃私语算不得什么?两人脸贴脸呢?两人鼻碰鼻呢?一人把舌头放进另一人嘴里呢?嬉笑中一声叹息呢?这举动就说明贞洁败坏。骑马时脚踏脚呢?角落里偷偷摸摸呢?盼时钟如飞一分钟过了一钟点,正午秒变黑夜,盼别人眼睛都害白内障,看不见他们在做丑事,这些都算不得什么?如果这算不得什么,世上的一切都算不得什么,头上苍天脚下国土都算不得什么,我妻子算不得什么,一切的一切都算不得什么!

> Is whispering nothing? Is leaning cheek to cheek? is meeting noses? Kissing with inside lip? stopping the career Of laughing with a sigh?-a note infallible Of breaking honesty-horsing foot on foot? Skulking in corners? wishing clocks more swift? Hours, minutes? noon, midnight? and all eyes Blind with the pin and web but theirs, theirs only, That would unseen be wicked? is this nothing? Why, then the world and all that's in't is nothing; The covering sky is nothing; Bohemia nothing; My wife is nothing; nor nothing have these nothings, If this be nothing. (Act 1, Scene 2, Lines 287-298)

如果里昂提斯所指控的行为事实上存在,这段台词的确十分形象地呈现了一位丈夫在遭遇妻子和好友背叛后的愤懑、绝望、愠怒和激烈的情绪爆发,但在分析《冬天的故事》时,这样的爆发通常被指"无端妄念"而归于里昂提斯的病态心理,这样的判断的确有一定道理。在里昂提斯的指责中,除了"希望别人害白内障"与"希望正午秒变黑夜"完全可以用"妄想"来解释,所有其他的"事实"都可以由另一个事实来解释:"窃窃私语"可能是因为两人不愿意打扰里昂提斯，或后者自己有听障而没听清楚；脸贴脸鼻碰鼻有可能是观察者的角度问题；两人合骑马时脚踏脚十分自然，就像生活中女生被男生带着飞车，前胸贴后背、双手搂腰，那都是再自然不过的动作；至于嬉笑中一声叹息，可能是听到故事中的悲惨桥段，走着走着进了暗处，可能是躲阴凉去了；诸如此类。但里昂提斯拒绝按常理思考，听任"妄念"支配着走向悲剧。

然而从逻辑上说，我们也无法完全对里昂提斯对事实的认识加以证伪：因为在所有的"可能是A"（里昂提斯的判断是错的）的另一边，一定有一个"同样可能是B"（里昂提斯的判断没有错）的推论能成立，在没有足够的证据能证明"同样可能是B"的情况下，A就永远只是一个"可能"，而这样的"可能性"随时可能被推翻。换句话说，在缺乏赫米温妮与波力克希尼斯两人的确没有超出友谊关系的"铁证"的前提下，里昂提斯凭所见做出的判断，就不完全是他的"妄念"，而这样一来，人们无论是对里昂提斯还是波力克希尼斯甚至赫米温妮的"既定"判断就成了问题，对《冬天的故事》前半部的悲剧进程的责任，恐怕就不能让里昂提斯一个人承担。

有意思的是，如果说莎士比亚的《冬天的故事》多少提供了可以排除"同样可能是B"的事实，从而更多地支持了对里昂提斯出于"妄念"几乎导致自己和他人悲剧的判断（"可能是A"），温特森的《时隙》却没有提供做出同样的逻辑判断的事实，换句话说，情节中的许多细节，不仅给否定"希诺不可能与咪咪有婚外情"的判断带来困难，甚至还把"莱奥的判断是错的"推向了危险的边缘，特别是希诺应莱奥之请前往巴黎去追回咪咪的那段回溯，两人在夜色中的塞纳河畔携手并肩散步，谈论爱情，咪咪带希诺走进自己的卧室，希诺在最后时刻悄然离开，以及后来他承认自己的确爱咪咪，后悔当初没有勇气提出结婚，所有这些，都动摇了做出符合事实与逻辑的明确判断的基础。这样的改写，显然凸显了在爱情婚姻友谊中，当事各方的关系与互动的不稳定性，从而导致对此做出道德判断的困境。

第一章 《时隙》重写《冬天的故事》

蛤蟆、棘刺、荨麻、蜂刺（Goads thorns nettles tails of wasps）

语出《冬天的故事》第一幕第2场里昂提斯的台词。此时，他继续向卡米洛证明自己决不会无端猜忌王后和波力克希尼斯，但这时的理据已不是外部的"证据"，而是以自身的理智逻辑为基础的反诘。

> 你以为我那么愚钝，举棋不定，这样地自寻烦恼？竟然会自己弄脏那白净的床单？床单干净才能使人安然入睡，一旦玷污，就成了蛤蟆、棘刺、荨麻、蜂刺，更会让我爱的亲子，我的王子，遭受不白的诽谤。我会这么做吗？有谁会这样的荒唐？
>
> Dost think I am so muddy, so unsettled, To appoint myself in this vexation, sully The purity and whiteness of my sheets, Which to preserve is sleep, which being spotted Is goads, thorns, nettles, tails of wasps, Give scandal to the blood o' the prince my son, Who I do think is mine and love as mine, Without ripe moving to't? (Act 1, Scene 2, Lines 328-334)

当然，这个反诘同样非常有力，无可辩驳，但是，它是否真能站住脚，取决于其前提，即反诘者自身理智稳定可靠，然而，剧情中的里昂提斯恐怕无法提供这样的前提。在《时隙》中，温特森并没有顺着标题的意象去继续拓展，代之以十足惊悚片风格的车库追杀（莱奥在地下车库试图制造车祸谋杀希诺）、劫持囚禁（莱奥切断家中所有与外界的联络，将妻子咪咪和初生女婴劫持囚禁家中）、人质营救（宝丽娜等通过手机呼救叫来救护车）等描述，把情节推向悬念的顶端。

我的生死全在你梦中（My life stands in the level of your dreams）

语出《冬天的故事》第三幕第 2 场赫米温妮的台词。此时，里昂提斯以"庭审"的形式当众指责王后赫米温妮出轨波力克希尼斯，不顾一众朝臣为后者力证清白的抗争，将自己梦中谵妄的种种不齿罪行全部强加于王后头上。赫米温妮震惊之余，在回应中说了这几行台词：

  陛下，您说的话我一点也听不明白。我的生死全在你梦中，任由你随意处置。

  Sir, You speak a language that I understand not: My life stands in the level of your dreams, Which I'll lay down. (Act 3, Scene 2, Lines 79-81)

"愤怒而保持节制""委屈却不失优雅"，应该是描述赫米温妮这段台词以及随后与里昂提斯多次当面对质的几段台词的最贴切的用语。有意思的是，剧情里对里昂提斯的荒唐念头和行为提出最激烈反对和抗争的，并不是男性角色，而是大臣安提戈努斯的妻子宝丽娜。莎士比亚并没有为这个快人快语直言不讳的女性角色提供足够的前情和理据，从而留下了一个大大的疑问：宝丽娜何以能"犯颜直谏"而无性命之忧？里昂提斯如何能容忍臣下之妻指着其鼻子破口大骂而没有要加以惩罚的意思和举动？按"常理"，如此激愤的斥责和批评，应该出自被冤枉的王后之口，可王后却始终保持仪态，完全是"怒而不怨"的风度。

事实上，虽然这样的人物性格设计多少有不太符合常理之嫌，但却完全符合莎士比亚后期戏剧的主题：身陷各种困顿险境的人物，唯有凭借坚韧和信仰，才能实现最后的宽恕、和解、破镜重圆。莎士比亚在《冬天的故事》中把"骂人"的任务交给宝丽娜，而让赫米温妮表现出最大的克制和优雅，正是为最终的结局留下充分的空间和理据。温特森在《时隙》中虽然没有过分渲染这样委曲求全隐忍退让的场景，但遭丈夫无端怀疑并被夺走了刚出生的女婴的咪咪，也同样平静地坚信："失去的一定会被找回来。"没有这些，无论是莎剧还是温特森的小说，都无法实现最后的欢喜结局。

随风飘动的羽毛（Feathers for each wind）

语出《冬天的故事》第二幕第 3 场里昂提斯的台词。本场开始，宝丽娜把王后新生的女婴抱到里昂提斯面前，并严词痛责其对王后的无端怀疑和禁闭，后者勃然大怒，不顾各位大臣好言苦劝，命宝丽娜的丈夫安提戈努斯立刻将婴儿付诸火焚，否则他将亲手把婴儿摔死在宫廷大理石地面上（与《麦克白》中的麦克白夫人所云如出一辙）：

我就是根羽毛，哪边来风哪边飘，难道我活着得听这野种跪在面前喊我父亲？还不如现在一把火烧掉，也好过将来去诅咒它。

I am a feather for each wind that blows: Shall I live on to see this bastard kneel And call me father? better burn it now Than curse it then.
(Act 2, Scene 3, Lines 154-157)

其实第一行台词可以作反问来理解：难道你们把我当成一根随风飘动的羽毛？你们随便说句话我都得听你们的？难道我不能自己做出判断？而他的判断就是赫米温妮有罪，女婴非他血脉，必须立即"一把火烧掉"，以绝后患。值得注意的是，台词中的"烧"字，显然带有宗教裁判和世俗"驱巫"的意象：在欧洲历史上，被宗教裁判所判为"异教者"和"行巫者"的，都有被执行火刑的判决。不过，莎士比亚还是让里昂提斯"留了一手"，没有亲自去杀死女婴，也没有目睹安提戈努斯完成王命，走到悲剧的边缘，收住了最后一脚。

温特森的重写用老花匠冈萨雷斯替代了安提戈努斯，莱奥拒绝接受咪咪和他所生的女儿潘狄塔，一口拒绝了宝丽娜提出的做亲子鉴定的建议（用当代生命科学换掉了莎剧中的索求神谕一节），但与莎剧中几乎走到悲剧的里昂提斯相比，温特森的莱奥的人性似乎更合情理：他和里昂提斯一样认定，潘狄塔是希诺（波力克希尼斯）和咪咪（赫米温妮）的女儿，但是他和里昂提斯有根本的不同：后者杀机起意，尽管在最后时刻止步悬崖，而莱奥则没有伤害女婴性命的念头，甚至对咪咪也只是起诉离婚，他随后计划让花匠冈萨雷斯把襁褓中的潘狄塔和一只小箱子送交希诺，"物归原主"。这样的改动，更多地保留了莱奥的人性，也使小说最后的突转更加符合情理。

荒郊僻野（Strangely to some place）

语出《冬天的故事》第二幕第 3 场里昂提斯的台词，紧接着上面一段，给安提戈努斯下达了更为具体的"弃婴"诏令：

> 我现在以法律的名义命令你，去把它丢弃在荒凉偏僻之地，生死由命。你若敢违抗，我就诅咒你的灵魂，折磨你的肉体。
>
> I do in justice charge thee, On thy soul's peril and thy body's torture, That thou commend it strangely to some place Where chance may nurse or end it. (Act 2, Scene 3, Lines 180-183)

当然，君王本身就具有立法和执法双重政治功能，王即法，王即正义，因此，把台词中的"justice"理解为"法律"，应该没有问题，反而更适合普遍的情况：大凡独裁，总喜欢借"正义"之名行"王法"之实。当然，"生死由命"一语，实际上使他免除了自己下毒手戕害婴儿的罪行，但弃婴于荒野，依然是有违人性之举，与温特森小说中莱奥命冈萨雷斯将女婴交付给希诺之举不可同日而语。

不过,《时隙》的这一章虽然以"荒郊僻野"为题,悬念迭起的情节却发生在机场,尽管机场多建造在城市之外。

鹞鹰、黑鸦、野狼、黑熊（Kites ravens wolves bears）

语出《冬天的故事》第二幕第3场安提戈努斯的台词。此时,他被迫去执行里昂提斯的命令,要将潘狄塔遗弃于"荒郊僻野"。王命难违,他只能祈求上天垂怜于女婴了:

愿神灵让鹞鹰和黑鸦做你的奶娘！人们说,野狼和黑熊也会把野蛮丢在一边,对你表现出怜悯和同情。

Some powerful spirit instruct the kites and ravens To be thy nurses! Wolves and bears, they say Casting their savageness aside have done Like offices of pity. (Act 2, Scene 3, Lines 186-189)

台词中的四种动物本属天性凶恶残忍之辈,但在修辞中常被用来与人类的残忍形成对照:连凶残的兽类都有"怜悯之心",动物的"凶恶"被人世的凶恶超越,从而反衬人类的凶残狠心,比单纯的"连畜生都不如"更为形象。《哈姆雷特》中哈姆雷特痛责母后闪婚,说出的狠话之一就是"连没有理性的畜生都会伤心得更长久一些"（一幕2场）,《威尼斯商人》中的安东尼奥认为自己一定逃不出夏洛克的复仇,让朋友不要再问夏洛克为什么不能表现"仁慈之心"了,因为与其这样,不如去让狼不要吃羊（四幕1场）。

当然,修辞归修辞,现实生活中,鹞鹰、黑鸦、野狼、黑熊依然天性凶残,依然会对人类构成危险,尽管它们这样做是不是上天授意,则取决于人类的解读了。《冬天的故事》中,丢弃了潘狄塔的安提戈努斯"被一熊追下",

凶吉莫测，虽然安提戈努斯主观绝无恶意，弃婴实属被迫，还是有人相当合理地把这一细节解读为"上帝的惩罚"。相比之下，温特森对冈萨雷斯的处理，从惊悚悬疑叙事角度看完全没有问题，但老花匠是按莱奥的要求将潘狄塔送去"生父"之处，所携的巨款也是莱奥所出，他一无"遗弃"之过，二无"黑钱"之累，却横遭杀身之祸，这样的安排，似乎在情节中缺了点铺垫，有点突兀牵强，不合逻辑和情理。

营生（Traffic）

语出《冬天的故事》第四幕第 3 场奥托里库斯的台词。此时的奥托里库斯正往乡村五月花盛会赶去，那里是他偷窃扒拿的好地方。

咱的营生是卖床单；鹞鹰要做窝，得留神你的小布片。
My traffic is sheets; when the kite builds, look to lesser linen. (Act 4, Scene 3, Lines 23-24)

《冬天的故事》第四幕第 3 场是全剧剧情从冬向春、由悲向喜的转折，而占了很大戏份的惯偷奥托里库斯（小丑角色）则以福斯塔夫式的"小恶"（坑蒙拐骗）为这样的转折增添了更多的喜剧气氛。在温特森的重写中，奥托里库斯干起了车行的营生，潘狄塔的恋人泽尔在那里打工，而在当代的汽车文化中，车行（无论是修车还是卖车）也是个不乏坑蒙拐骗的地方。不过，《时隙》中的奥托里库斯缺少了舞台上丑角的轻松谐谑功能，虽然在一定程度上起到了穿针引线的作用，把错乱的故事情节和散离的各组人物渐渐收拢集聚到了一起。从本章开始，小说标题与内容和莎剧情节渐行渐远，能见的呼应也趋表面浅层。当然，主题不在这个判断之内。

欢庆的日子（The day of celebration）

语出《冬天的故事》第四幕第 4 场。弗罗利泽从西西里亚逃到波希米亚，在潘狄塔养父的农庄上巧遇潘狄塔，两人情意相投，决意相守终身。是日，温暖清朗，四下乡亲接踵而来，弗罗利泽对女孩说：

客人们来了，快抬起头来，就当今天是欢庆婚礼的日子，这一天我俩发誓要让它到来。

Your guests are coming:Lift up your countenance, as it were the day Of celebration of that nuptial which We two have sworn shall come. (Act 4, Scene 4, Lines 48-51)

从台词看，潘狄塔此时应该是垂着头的，可能是因为天性害羞，也可能是因为想到相爱的两人前途未卜，不知道等着他们的是终成眷属还是劳燕分飞，情绪有些低落，而温特森重写中的潘狄塔则明显形成对照：开朗、主动、真诚、智慧。不过，虽然小说重写在此走上了自己的叙事路线：没有原作中为父的波力克希尼斯改装追踪儿子到农场，也没有父亲突现显露真身惊散年轻的情侣，没有似乎要再次发生悲剧的情节（《冬天的故事》中弗罗利泽携潘狄塔仓皇逃避盛怒的父亲而前往波希米亚），但是，莎士比亚的散—聚／离—合主题依然通过细节与人物呈现得相当清晰：音乐会上一个三姐妹（出生后就被遗弃在婴儿箱）组合原名"孤儿组合"，但女孩子们不喜欢带有负面情绪的"孤儿"称呼，认为自己只是与父母"分离"而已，便将组合的名称改为"分离组合"；泽尔和潘狄塔虽然一见钟情，但两人的感情和情绪都十分稳定、深沉，坚信可以以自己的挚爱修复父辈的错误。就连潘狄塔的"哥哥"克罗（潘狄塔的养父谢普之子）也明确告诉潘狄塔：不是谢普救了她，而是她"修复"了谢普。可以说，《时隙》比《冬天的故事》更为凸显了年青一代的积极和正面形象，凸显了年青一代修正上代甚至前代的错误的能力，也与《罗密欧与朱丽叶》里的年轻恋人用自己的生命才唤醒老一辈摒弃世仇的悲剧形成强烈对照。

时间来报（Time's news）

语出《冬天的故事》第四幕正戏开始前的"合唱队"台词。

> 还会有何奇事，自有时间来报。
> ⋯ but let Time's news Be known when 'tis brought forth. (Act 4, Scene 1, Lines 26-27)

莎士比亚的戏，并不常用"合唱"或具有"合唱"功能的角色对剧情进行贯前连后的叙述，但凡用到，则多为烘托全剧的庄重气氛，助力于渲染情节时间跨度之大、场景空间移动之宽、人物主题宣示之深，如《亨利五世》中，每一幕前都有一托名"高厄"的"合唱者"出来，总结前情，展示将来，给这出叙事宏大的英雄史剧平添了许多古希腊悲剧的庄严。但在《冬天的故事》中，担任"合唱"功能的拟人"时间"只出现在第四幕的开头，指挥观众的想象一跃而过十六年，在标示时间流变的同时，为观众留下对剧中人物命运变换的几许悬念。温特森的重写，显然在"时间"上下足了功夫，做足了文章，这自然引得许多对《时隙》的研究围绕着小说中时间的书写、流变及其意义展开讨论。不过从小说叙事看，温特森的"转向"更多地体现在了叙事手法上，在创建悬疑、埋伏线索的同时，加进了颇具哥特小说风格的场景描述，这在本节及下一节"间场"中泽尔带潘狄塔回老屋寻找父亲希诺的那一段情节中尤其明显，与莎剧中阳光下节庆欢快的牧场和波涛汹涌的大海相比，小说中的枯藤青砖老屋阴暗了许多，幽闭了许多。

行走的幽魂（Ghosts that walk）

语出《冬天的故事》第五幕第 1 场宝丽娜的台词。此时，痛悔不已的里昂提斯在追忆着赫米温妮的美好，说自己再也无法迎娶新人，宝丽娜则用新旧对比，彻底阻断了里昂提斯娶新的可能：

> 我若是那不散的幽魂，就要你看着她的眼睛，告诉我你娶她是看中了她哪一处光彩黯淡的部分。
> Were I the ghost that walk'd, I'd bid you mark Her eye, and tell me for what dull part in't You chose her. (Act 5, Scene 1, Lines 63-65)

宝丽娜先入为主地判定"新人"的任何部分与赫米温妮相比都显得黯淡无彩，这几行台词无意中也呼应着《哈姆雷特》中哈姆雷特多次将父亲形象与其弟克劳迪斯相比的片段，以既往的美好抨击或阻断当下或可能的替代。往昔虽已成"幽灵"，但并未消失，它一直"不散"，它其实一直就在我们周围。很显然，"不散的幽魂"不仅呼应着"营生"前的"间场"中关于过去现在未来的关联的那段叙事，也呼应着本节前的"间场"中泽尔对潘狄塔说的一段话：

> 你和我在车里，我们一直在这里，我们永远在这里，这一晚，这条路，即便我们不在了，路不在了，城市不在了，我们还是会在这里，因为一切都会在曾经所在之地刻下印记。①

在温特森的重写里，往昔的美好凝固在巴黎桥头路边的石像中，也遗留

---

① Jeanette Winterson, *The Gap of Time*, Hogarth, 2015, p.206.

在莱奥不经意间打开的尘封已久的衣橱闻到从咪咪衣服上飘出的香味。尽管小说情节已经走上了自己的叙事路线，但凝固的时间和留驻的美好，依然殊途同归地导向共同的结局。

没有她的爱这些都一文不值（I would not prize them without her love）

语出《冬天的故事》第四幕第 4 场弗罗利泽的台词。这时候，改了装的波力克希尼斯正在试探儿子弗罗利泽对潘狄塔的爱情是否真诚，深到了什么地步，不知就里的弗罗利泽朗朗作答：

即使我是最俊美的青年，使万众仰目，即使我还有超常的力量和知识，但如果没有她的爱，这些都一文不值，一切都为她而用。
… were I the fairest youth That ever made eye swerve, had force and knowledge More than was ever man's, I would not prize them Without her love; for her employ them all. (Act 4, Scene 4, Lines 371-374)

事实上，这并非弗罗利泽第一次公开表白对潘狄塔的深情爱慕，本场稍早一些，弗罗利泽的另一段爱情宣示，同样真诚深情，没有《皆大欢喜》或《第十二夜》中示爱桥段的调侃戏弄，也没有《罗密欧与朱丽叶》中爱情宣泄的急促热烈①，正好呼应着创作晚期、历尽人生的莎士比亚，情感看似波澜不惊，却更为深沉坚定。这样深沉坚定的爱，为剧情的转折和最后的团圆奠定了可信的基础。温特森虽然用了这句台词作为此节标题，但叙事线索是平行推进的一系列事件，看不到泽尔和潘狄塔之间，特别是泽尔对潘狄塔有同样深沉的爱。或许，弗罗利泽与潘狄塔的爱已显过时？或许，现代人已经无法

---

① 参见《皆大欢喜》（*As You Like It*）第三幕第 2 场、《第十二夜》（*The Twelfth Night*）第一幕第 5 场、《罗密欧与朱丽叶》（*Romeo and Juliet*）第一幕第 5 场、第二幕第 2 场等。

产生那样发自内心和肺腑的爱?

就在您的城里（Here in your city）

语出《冬天的故事》第五幕第 1 场里昂提斯与大臣的对话。

里昂提斯： 快说，波希米亚王在哪里？

大臣： 就在您的城里；我从他那里来。我说话有点语无伦次，是因为我太吃惊，这消息太让人惊讶。

Leontes: Where's Bohemia? speak.

Lord: Here in your city; I now came from him: I speak amazedly; and it becomes My marvel and my message. (Act 5, Scene 1, Lines 184-187)

里昂提斯惊讶于"天边眼前"的界限原来可以随时消失，当年自己一时妄念要追杀的波力克希尼斯就在自己的邦国，而温特森的小说则继续沿着悬疑叙事加哥特风格的路线，朝着解开谜团、碎片拼全的方向进展，等待魔法还原真实的那一刻。

如果这是魔法（If this be magic）

语出《冬天的故事》第五幕第 3 场里昂提斯的台词。宝丽娜用"魔法"唤动了披纱的石像赫米温妮，命令它，她缓步走下，里昂提斯惊讶中伸手过去：

啊，她是温暖的！若这是魔法，让它成为合法的艺术，就像人要吃饭一样。

O, she's warm! If this be magic, let it be an art Lawful as eating. (Act

5, Scene 3, Lines 109-111)

凡人施行"魔法",在莎士比亚时代被归于巫术一类,是僭越的行为,但在莎剧中,特别是在其传奇剧中,魔法却至少得到了两次认可:在《暴风雨》中,普洛斯佩罗一生研习魔法,在荒岛上数次施用魔法惩罚宿敌,而《冬天的故事》中,宝丽娜"石像变真人"设计也被里昂提斯认为是必须为其"正名"的"魔法",因为它符合人的天性和本性。① 当然,很多被认为是"魔法"的现象,不过是人们尚未了解其原因而已,因此,那些现象只是"像魔法"而非"是魔法"。温特森在小说重写中通过摆弄时间线索上的事件,同样制造出了类似魔法的"匪夷所思"效果,将人物和事件逐渐引到"圆屋音乐台",聆听雕像般神秘动人的女歌手演唱自己的作品"潘狄塔"。

奏乐,将她唤醒(Music wake her)

语出《冬天的故事》第五幕第3场宝丽娜的台词。这时,她正引导着里昂提斯等人"观赏"那座酷似赫米温妮的石雕杰作,并向里昂提斯保证,自己有能力让石雕动起来:

奏乐,把她唤醒!(乐起)是时候了,下来吧,不再做雕像。过来吧,让大家都看得目瞪口呆。

Music, awake her; strike! (Music) Tis time; descend; be stone no more; approach; Strike all that look upon with marvel. (Act 5, Scene 3, Lines 98-100)

---

① 可以与此相互参照的是马洛(Christopher Marlowe, 1564—1593)的著名悲剧《浮士德博士的悲剧》(*The Tragedy of Dr. Faustus*, 1588)中的浮士德,他用灵魂与魔鬼交换来的至高追求就是魔法,但这一僭越欲念最终导致了他的悲剧。

这口吻俨然是发号施令的总导演。的确,宝丽娜正是串起全剧剧情和情绪线索的人物:前半部戏中,她提供了愤怒的评判、热心的帮助和智慧的设计,后半部戏中,她更是制定和操控了一切。作为《冬天的故事》大团圆结尾的高潮,赫米温妮的"石像变真人"原来并非魔法,并非超自然现象,而是宝丽娜一手设计运作操控的"艺术"。但在舞台上,宝丽娜的角色显然与《暴风雨》中的普洛斯佩罗类似,完全可以通过手中举一根魔法小杖,一声"奏乐",造成"点石成人"的神奇幻象。不过,是否魔法或幻象,在剧情的这个关口已经不重要了,重要的是:"石像变真人"是爱的结果,是宝丽娜对王后赫米温妮的爱,使她在后者遭遇不白之冤时仗义执言,痛斥里昂提斯的妄念谬行,使她以王后已故的假信息救下王后并在暗中让她调养生息,更使她以"石像"作为对里昂提斯情感的最后测试,并以魔法师的举动完成了"石像变真人",让赫米温妮和里昂提斯曾经破碎和失去的爱重新有了着落。从这个意义上说,宝丽娜是全剧剧情的真正操控者。如果说,剧情主线的进展由女性角色来操控是莎士比亚传奇剧的一个明显的转向,那么,《冬天的故事》中的宝丽娜、《暴风雨》中的米兰达、《辛白林》中的伊摩琴、《配里克利斯》中的玛丽娜等,她们在情感和行动中所呈现的坚定真诚的爱,与作为戏剧主题的"宽恕""原谅"等具有同样重要的意义,甚至可以说,正因为有了这样的爱,宽恕和原谅才有了可能。

温特森应该是敏锐地感受到了这一点,因此她让小说中的潘狄塔来为整个故事做总结:

> 爱。无边无垠的爱。无法想象。广阔无限。你对我的爱。我对你的爱。我们相互之间的爱。真实。是的。尽管我用电光在黑暗中找到路径,我是我所知的事实的目睹:这份爱。我存在的原子与

颗粒。①

即便希诺设计的电脑游戏"时隙",也是爱的产物;即便在真实生活中,人和人之间会有误解怨恨,会形成宽窄深浅的沟壑缝隙,但爱可以跨越间隙,爱也可以填平间隙。爱可以让我们在最后关头保留一丝人性,更可以让这一丝人性经历磨难而最后绽放美丽,可以让"失去的被找到"(267)。温特森在重写的后半部中,在自己的路径上游走片刻,绕了一圈,最终还是回到莎士比亚《冬天的故事》的主题。

---

① Jeanette Winterson, *The Gap of Time*, Hogarth, 2015, p.273.

第二章

《贱种》①重写《暴风雨》

---

① 此书中译本标题为《女巫的子孙》，朱生豪莎剧译本相应译为《妖妇的贱种》，梁实秋译为"儿子""怪胎"，方平译为"狗儿子""怪胎"。考虑到"hag-seed"一词作为台词口语表达及传达语气和态度的需要，"贱（妇的）种（子）"似乎更为合适，本书遂用此译。

第二章 《贱种》重写《暴风雨》

第 1 节 范式的颠覆与创新:阿特伍德重写《暴风雨》的教育启示

加拿大当代著名作家玛格丽特·阿特伍德(Margaret Atwood,1939—)一直以其高产、优质、富有批判和洞察的创作令世人瞩目[①]。2016年,她出版了自己对莎士比亚传奇剧《暴风雨》的小说重写《贱种》(*Hag-Seed*),为霍加斯出版社莎士比亚重写系列又增添了独特绚烂的一笔。400多年的经典传奇在阿特伍德笔下幻化着时空转化的新生命。据说,阿特伍德的莎剧小说重写是源于她和霍加斯出版社一位编剧的电子邮件交流,作家毫不犹豫地接受邀请并选择了《暴风雨》,因为她在这之前就曾有过涉及这部剧作的作品,即《与逝者的商榷:一个作家的创作谈》[②],该作的其中一章的内容就是关于普洛斯佩罗和墨菲斯特菲利斯。因而阿特伍德早已对《暴风雨》有过探究和思考,认为"它充满了神秘离奇"[③],有着无以穷尽的解读可能。

[①] 阿特伍德在诗歌、小说、儿童文学、文学评论上作品丰富,也获得过包括总督奖等各种文学奖项,代表作包括《圈圈游戏》(*The Circle Game*, 1966)和《使女的故事》(*The Handmaid's Tale*, 1985)、《猫眼》(*Cat's Eye*, 1988)、《好骨头》(*Good Bones*, 1992)、《强盗新娘》(*The Robber Bride*, 1993)等。

[②] Margaret Atwood, *Negotiating with the Dead: A Writer on Writing*, Cambridge University Press, 2002.

[③] "Margaret Atwood: Celebrated author looks to the past and future for inspiration", *American Libraries*, Vol. 47, No. 6, 2016(6), p.26.

米兰公爵普洛斯佩罗被胞弟安东尼奥篡位，带着幼女米兰达被放逐于荒岛 12 年，苦心钻研魔法，在机缘成熟后制造了一场暴风雨，以此进行复仇并最终得偿所愿。阿特伍德在小说重写创作时，对于魔幻、复仇元素加以独特的运用，将故事移译至当下的加拿大，让一所监狱成了魔法师的荒岛，从而把原剧中教育、感化、滋养、净化灵魂的主题元素进行了创意渲染，甚至对文学阅读和教育的范式进行了深入的探究，在小说的阅读娱乐之外，更是涉及了当下数字时代人们与文学经典的关系，在如何解读、诠释、教学、推广和深入文学意义上，不啻带给人全新的启示和深刻的反思。

小说中的当代普洛斯佩罗成了多年从事戏剧导演和艺术研究的加拿大著名艺术总监菲利克斯（Felix），他在为每年一度的梅克施维格戏剧节执导莎剧《暴风雨》的过程中，被自己的副手托尼（Tony）有意陷设，失去了艺术总监职位，被董事会辞退。彼时菲利克斯已经经历了妻子不幸离世的伤痛，更雪上加霜的是，他心爱的幼女米兰达早夭。几重打击之下，几乎丧失生存欲望的菲利克斯远离城市，独自隐居在偏僻乡村的一所废弃的农舍，隐姓埋名，以杜克先生①之名低调行事。在菲利克斯的幻觉中，女儿米兰达如影随形地一直陪伴着他，并随着时间成长。虽然整日被痛苦的回忆侵扰，菲利克斯在蛰伏中依然等待着复仇的机会。9 年后，他得到了当地一家监狱为犯人进行文学教学的工作，并开展戏剧教育和演出计划，恰好在他离开剧场的第 12 年，机缘巧合中菲利克斯得知地方当局为了监狱戏剧项目经费目的，要有重要人物亲临现场考察，而其中来者正是当年让菲利克斯陷入职业终结的仇人。在如此有如天助的良机下，菲利克斯决定让自己戏剧文学课上的监狱犯人们排演一场《暴风雨》。在教学和排演的过程中，菲利克斯得有效地寻求最佳模式，尤其得让这些绝非循规蹈矩的特殊人群在理解莎剧的前提下，成功诠释各个戏剧人物，推动剧情的发展，确保演出的进行，从而达成预期中的

---

① 杜克，英文为 Duke，即公爵之意，巧妙隐含着《暴风雨》中米兰公爵的身份。

"复仇"目的。

不仅是阿特伍德,读者们,包括众多教育工作者,甚至学院派人士等,都从《贱种》这部小说重写创作中获得了莫大的乐趣和收获。无论是对莎剧的独特、有趣地汲取利用,还是小说的故事叙述自身,其中的经典重塑、创新,尤其是对不少经典范式,特别是教育层面的范式颠覆和重构,都有着值得挖掘和探讨的意义。

在霍加斯出版社莎士比亚重写系列中,莎剧的当代意义不断得以彰显和反思,而阿特伍德所完成的此系列第四部重写作品[1],当时据书评是该系列中"最有趣"[2]的重写,聚焦监狱空间的创作,打破了人们的惯常认识,将粗俗鄙陋的犯人与殿堂级经典文学联系在一起,用文学的魔法功能在文化荒岛般的监狱中展开引人入胜、扣人心弦的情节,甚至有争议地在监狱演出之后,让角色扮演者进一步讨论和分析剧中人物,从元批评的视角将《暴风雨》的当代诠释跨时空和文化语境地深入。

阿特伍德尤其在原剧的普洛斯佩罗这一角色上刻意渲染,集流放者、魔法师、父亲、复仇者、教育者等角色于菲利克斯,让这位专业从事戏剧艺术执导的专家在教育他人的过程中潜在而方向地教育自身,诊疗痛失爱女、遭受背叛算计等的精神痛苦,最终走出了复仇的困局。菲利克斯挣脱出困境的过程,与普洛斯佩罗走出荒岛形成某种对位的呼应,而其中菲利克斯从头至尾愿意敞开心扉、抛却偏见地倾听犯人们对角色的选择、理解、反馈,这种教育输入和输出的双向运作,特别是对当下数字化多媒体资源的利用,是对莎剧原作的一种反思甚而颠覆性探索。关于小说最终诸多犯人对全剧和角色的总结性课堂讨论,有学者指出:"(小说)对戏剧最后的诠释也许稍嫌过火,但是整体叙述非常有创意,充满了热情,因此瑕不掩瑜,很快就抵消了所有

---

[1] 根据出版时间先后,在《女巫的后代》之前的霍加斯莎士比亚重写系列的前三本分别为文特森(Jeannette Winterson)的《时隙》(*The Gap of Time*),雅各布森(Howard Jacobson)的《我叫夏洛克》(*Shylock Is My Name*),泰勒(Anne Tyler)的《醋女孩》(*Vinegar Girl*)。

[2] Terry Hong, "Atwood, Margaret. Hag-Seed", *Library Journal*, vol. 142, no. 1, 2017(1), p.54.

的质疑。"① 也有书评认为："如果说小说最终的各种安排有些过于刻意巧妙，那原剧也有同样的特质，阿特伍德的精巧融合带给人多角度的愉悦，让人们目睹犯人们诠释角色，旁观菲利克斯如何利用监狱能提供的有限资源（无论是合法的还是有些触犯法规的），并惊叹作家在其中的调度、更新，以及对原作魔幻、情感痛楚、复仇、技艺展现的独特依循。"②

阿特伍德的莎剧重写，除了丰富经典的当下意义，揭示莎士比亚戏剧不断拓展的内涵和外延，以及在新的语境中始终焕发的生命力，也从教育启示方面，延展和深化了《暴风雨》中的这一主题，从某种意义看，尤其在范式的创新和颠覆上，值得研究和反思。

教育范式：特殊空间与"反学习"

在传统的教育范式下，理想的学习环境，循循善诱、引导性的讲解，以及对文本资料翔实细致的解读等，都是人们普遍接受的方式。然而，阿特伍德有意将经典莎剧的研读、演绎、批评、教学等搬入监狱空间，此间的特殊性给文学教学带来了颠覆性的震动。

经典演绎的空间选择实属人物所面对的无奈选择，因为菲利克斯在以往的戏剧工作中，一直以目光挑剔和高要求为准，他会设立几乎遥不可及的标准线，让梅克施维格戏剧节成为所有其他戏剧节望其项背的标杆。然而，在一系列人生打击和遭遇背叛算计之后，蛰居了9年的前著名艺术总监为了自我排解生活的苦闷和烦忧，以临时教师的身份接手当地监狱的文学课，而课程的基本目的是提高犯人的基础读写能力，以备出狱后能适应社会生活。

在接受监狱方面相关负责人艾斯特尔面谈时，菲利克斯说了这样一番话："在戏剧发展的早期，人们认为演员和犯人相差无几……应付手法多的是。而

---

① Terry Hong, "Atwood, Margaret. Hag-Seed", *Library Journal*, vol. 142, no. 1, 2017(1), p.54.
② "Hag-Seed", *Publishers Weekly*, 2016(8), p.82.

且，跟着我学习，我能保证让他们变得更有自控力。"①当艾斯特尔很自然地质疑莎士比亚戏剧是否对犯人合适时，菲利克斯甚至提出了"您以为莎剧演员一定做大量阅读吗？"②的诘问，他此后那番"他们（演员们）自己从不阅读全部剧作，只是记住自己的台词和舞台提示，此外还即兴发挥，从不把剧本奉为圭臬。"此外，菲利克斯断言"他（莎士比亚）从未有成为经典的意图"！③他竭力将殿堂经典拉下位于高端的学院派教育，在颠覆自我的前见中，也解构了人们面对经典文学的敬畏之心。

在此后的研读和演绎过程中，犯人们甚至参与了布景、舞美、制作、视听效果等的一系列演出程序。他把自己的"实践教学"（hands-on）贯穿始终，甚至淡化教化、感悟等教育理念，其初衷本质上是排解无聊烦闷，此后发展为服务于个体的复仇，从核心理念上反讽地颠覆了灵魂改造或疗愈的教育宗旨。颇有意味的是，普洛斯佩罗在《暴风雨》接近终曲时，对卡列班这个女巫后代的愤愤然评断："是个魔鬼，天生的魔鬼。他的本性怎么扭也扭不过来。"④普洛斯佩罗的教育理念，在莎士比亚笔下有着错综复杂的深意，父亲对女儿关于谨慎的情爱克制教诲，他对卡列班的认知和知识体系改造等，都没有顺应传统教育理念的理想方向发展，由此带给不同时代的人们对教育的批判性反思。

监狱历来是系统化、制度化、等级化等严谨秩序的表征，而戏剧演绎的狂欢化特质从本质上就是对体制化的动摇和威胁，尤其是在特定的演出时空下，出现了权威的颠覆和错乱，戏剧人物关系改变了现实中的真实现状，它既是菲利克斯釜底抽薪地摧毁托尼和阴谋联手人，即司法部部长奥纳利（Sal O'Nally）的绝佳时机，也是他重新调整认知价值体系的唯一途径。因此，经

---

① Atwood, *Hag-Seed*, Hogarth, 2015, p.51.
② 同上，p.52.
③ 同上，p.53.
④ "A devil, a born devil, on whose nature / Nurture can never stick." (*The Tempest*, Act 4, Scene 1, Lines 188–189)

典莎剧中的权力关系和秩序，在阿特伍德小说重写中，借由文学教育和戏剧教学式演绎，如普洛斯佩罗的魔法般重新调整了格局。

从核心价值而言，《暴风雨》是一部关于教育和觉醒的戏剧。无论是对人，还是对环境的认知，前者关乎对自我或他人缺陷的认识，并由此导向宽容，后者是对生存环境以及个性、行为模式塑造的理解。其中，自然（Nature）、本性（Nature）、教育滋养（Nurture）之间的错综关系得以深层揭示。同样，阿特伍德笔下的菲利克斯也在戏剧文学教学上充分利用了环境和受教育者的特征，对于莎剧作品的选择审慎独特，从《裘力斯·凯撒》《理查三世》，一直讲解到《麦克白》，着力于权力斗争、背叛、犯罪等，因为他认为犯人们对这些主题能迅速领悟，"他们以各自的方式早已成为这些方面的专家。"① 这种看似偏离传统"真善美"和"道德感染力"的选材，本身具有犯罪叙述特质，颇有以毒攻毒的实验性。对于这些戏剧作品中的反面人物，犯人们对其悲剧的命运和行为方式有着视角独特的批评分析，犯人眼中的人物致命弱点，并非人们常规道德判断中的正误对错，而是一步走错、满盘皆输的策略性分析，如麦克白不该轻信女巫、理查三世杀人选择上的失误等，理由令人错愕，但是菲利克斯由此让犯人们深入分析，完成讨论的实践，却加深了后者对于文本的了解。菲利克斯竭力避免浪漫喜剧，认为轻率，过多涉及性爱，容易引发骚动，《哈姆雷特》和《李尔王》则有抑郁自杀导向。这种颠覆式的见解，同样有着语境和对象的考量，莎剧删减版的阅读，古雅词汇的罗列解释，重要主题的阐述，最关键的是，"他（菲利克斯）会限制课堂使用的骂人脏话。学员们可以从剧本中挑选相关脏话使用。……他接着展开竞赛：脏话用错了扣分。"② 每部戏剧表演结束后，学员们还得为各自角色创作此后的生活，若是角色在剧中死去，则探讨其他人物会对该角色进行如何总结评价。

这种形式的文学教学，从一定意义上挑战了传统理念、作家自治、学者

---

① Atwood, *Hag-Seed*, Hogarth, 2015, p.55.

② 同上，p.56.

批评的权威，将作品的外延不断拓展，而这种看似经院之外的文学教育，类似解构式的批评实践，本质上与莎士比亚对现代主义的影响不谋而合，即："莎翁对于古典和文艺复兴经典作品的重写，为现代主义作家提供了一种有效利用昔日文学资源的实践性案例。"① 因而，菲利克斯的戏剧教学，更确切地说是因势利导的对资源的有效利用，这种利用，尤其当他得知当年陷害他的宿敌，即当今的司法部部长奥纳利和副手托尼即将来监狱考察时，让学员们上演《暴风雨》这部关于"创伤"和"幻象"的莎剧立即跃入脑海，因为"它在召唤恶魔的同时旨在驱邪避魔"！② 当这一通过监狱剧场进行个人复仇的计谋成型时，菲利克斯有意对项目负责人提到了"净化"（catharsis）一词，这个针对悲剧对人情感思想进行导泄式净化和灵魂升华的词汇，恰恰在菲利克斯说出的瞬间，极具反讽地成为酝酿复仇和释放愤怒积怨的触发剂，于是监狱的教室即将成为复仇者的"荒岛、流放地、苦修所、剧场"（81）。它自然也是各种传统范式的颠覆之地，是包括菲利克斯、犯人学员、昔日劲敌和仇家等人接受另类教育的核心区域。

在戏剧表演的角色安排上，菲利克斯也一反传统方式，根据19岁至45岁年龄，肤色从白、黄、棕、黑的差异程度，以及种族背景的多样性，犯罪类型的各异等，在导演和演员的意愿之间不断协商磨合，他尤其得借助于犯人中瘦削灵巧的"八手怪才"（8Handz），此人是黑客高手，有着少年天才的气质，适合扮演精灵艾利尔，承担普洛斯佩罗的得力助手。在确定角色前，菲利克斯以《暴风雨》中那句脍炙人口的"一切过往皆为序章。"③ 来鼓励学员们抛却往昔的一切和固有的偏见，全情投入角色，只有角色，无论好坏。

阿特伍德和菲利克斯对待莎剧的态度自然是高度融合一致的，即将个人

---

① Yang Lingui, "How influence works in Shakespeare's creation and re-creation", *Forum for World Literature Studies*, vol. 6, no. 1, 2014, p.90+. *Gale Literature Resource Center*, link.gale.com/apps/doc/A376509901/LitRC?u=fudanu&sid=bookmark-LitRC&xid=5462989e. Accessed 30 May 2021.

② Atwood, *Hag-Seed*, Hogarth, 2015, p.80.

③ "what's past is prologue." (*The Tempest*, Act 2, Scene 1, Line 253)

对经典剧作的感受和想象置于核心位置，丝毫不受学院派阐释或正典批评研究的影响。她和霍加斯莎士比亚重写系列的其他作家类似，善于抓住原作中具有开放性和争议的主题，加以深化，如霍华德·雅各布森对于《威尼斯商人》中反犹太主义的探讨，安妮·泰勒对《驯悍记》中女性被压制屈服的质疑等，阿特伍德则从教育范式的挑战加以深入，以个人的感受，尤其是痛苦经历，来引发共情，正如高普尼克所言："假如你认为莎士比亚是我们同时代的人，那并非因为他和我们观点态度一致，而是因为他与我们有着同样的困惑苦痛。"① 因此，菲利克斯的个人遭遇和困境，他在监狱中对犯人的戏剧文学教育，其对传统教育范式的颠覆，本质上源于对困境和逆势的共情和理解，是对高大上、真善美暂时搁置，首先关注个体缺憾、消解优胜劣汰差异的教育方式。他让学员从《暴风雨》中摘选10个骂人脏话词汇开始，让他们记住如何拼写，并成为个人专属词汇，可以在课堂范围任意使用。"这些亵渎脏话，菲利克斯心想，常常是文学的淫荡女巫所诞下的孽子。"② 这与剧中的女巫后代卡列班一样，在普洛斯佩罗的知识启蒙下先学会了咒骂。可即便是咒骂，菲利克斯要求必须突破常规，陈词滥调的骂人话不被课堂接纳和允许，必须得从经典作品中习得并使用。

  于是，个体的痛苦和折磨，从猥亵脏话中找到了宣泄的出口，而文学意义的汲取，也从这个口子突破，有了兴趣和心理动因而助推的学习主动性。这种教育范式的颠覆，其实本质上并非阿特伍德的独创，在根源上也得益于莎剧《暴风雨》自身所引发的各种力量角逐。有学者明确提出："无数文学创作和学术作品都不断证明，《暴风雨》中有诸多争夺权力的人物，他们都成了'源隐喻'，既是占优势主导的西方文化以及反抗文化的组成部分，也受控于

---

① Adam Gopnik, "Brush Up Your Shakespeare", *The New Yorker*, vol. 92, no. 33, 2016 (10), p.85.
② Atwood, *Hag-Seed*, Hogarth, 2015, p.89.

后两者。"① 因此无论显在或潜在的颠覆企图,在《暴风雨》全剧中贯穿始终。如果卡列班和普洛斯佩罗之间是被殖民和殖民者的关系,在西方传统的逻各斯中心主义系统下,是蛮荒低俗和文雅高贵的对比,那么小说重写中文化他者的队伍扩大了,这一群狱中学员和演员,与身为教员的菲利克斯,不再是原剧中二元对立的关系,而是一种协同的范式颠覆,如果说读者或观众从莎剧中解读出对欧洲中心论和父权的质疑,那《贱种》中的监狱教学和演出,是在被数字化消解的社会边缘,进一步解构正统教育的效果和意义。

菲利克斯通过技术手段,将表演分为银幕展现和实景表演两部分,目的是通过重叠制造幻象,而他对学员们讲解《暴风雨》时,也从重叠的反向进入,从女巫希克拉库斯的缺席说起,她诞下了卡列班,他们才是孤岛上的原住民,卡列班是"唯一真正喜欢这个荒岛的人"②。这种剧情讲述上主次的颠倒扭转,甚至对卡列班"富有隐秘诗意","远非一张丑陋的脸"的描述③,都在讲解中悄然解构权威和传统叙述。真实和镜像的对立被菲利克斯调取,他以此打破并重新建立秩序。"也许那岛屿真的充满魔力,"他说,"也许它就是一种镜面:每个人能从中看到内在自我的映照。也许它能激发出那个真正的你。也许那就是一个你应该悟得些什么的地方。"④ 在菲利克斯心中,《暴风雨》中的岛屿可以是很多东西,尤其可以是他的剧场。普洛斯佩罗是荒岛剧场的导演,上演着复仇大戏,而他菲利克斯就是监狱课堂的主导者,那里也是他的岛屿和剧场,是他要扭转不公的主战场,而所有在这个场域中人,都会悟得些什么,获得课堂内外的教育。

果不其然,学员中竟然有15人都要竞争扮演女巫后代卡列班这一角色,这个传统认知中丑陋、邪恶、顽劣的人物,竟成了"最好的"角色,"卑微得

---

① Karen McCarthy Brown, "The Power to Heal: Haitian Women in Vodou". In Consuelo López-Springfield ed., *Daughters of Caliban: Caribbean Women in the Twentieth Century*, Bloomington: Indiana University Press, 1997, pp.123-143 (123)

② Atwood, *Hag-Seed*, Hogarth, 2015, p.113.

③ 同②, p.117.

④ 同②, p.115.

好酷""我们懂他",甚至有人提出,"每个人都能欺负他,可他就是打不垮,他怎么想就怎么说"。在这种逆反式的分析中,这个热爱音乐、能歌善舞、对环境了如指掌的反派,成为对全剧深入了解的入口,由这个人物的特征和心态,其他的剧中人物有了相互的关联,全剧的价值、理念、伦理道德观一步步开启。普洛斯佩罗一反这个美丽新世界的岛屿形象,进而让学员们围绕着核心词"监狱",从全剧中寻找所有显在、潜在、形式多样的监狱,包括在戏剧发生前的故事背景中。

对于狱中的学员,监狱的限制是生活的核心。然而,谁又能挣脱生活中无处不在的"监狱"呢?狱卒、囚徒、监狱的隐喻遍布戏剧内外,据菲利克斯(也是阿特伍德)对《暴风雨》的细致解读:"剧中至少存在七处监狱。也许你们还能发现更多。"① 于是在课堂的讨论中,困住艾利尔的松树也被算在其中,而除了普洛斯佩罗,女巫希克拉库斯、爱丽尔、卡列班等都是囚徒,而普洛斯佩罗挣脱囚禁生活的复仇,尤其是他要让费尔迪南和米兰达相爱成婚,其中的策略和用心,尤其是复仇和联姻的一石二鸟之举,都从一定程度上偏离了人们在这部浪漫传奇剧中所期待的爱情与宽容。

在这种引导式的戏剧课堂里,似乎人人有着平等探讨、发表看法、选择角色的机会,但是最终导向,角色确定,却依然掌握在菲利克斯手里,他的一段总结式陈述令人深思:"我是导演,选择权在我手里,也许你们没有获得想要的角色,但这就是生活。别来施压,不要讨价还价,不许抱怨。剧场不是共和国,是君主政体。"② 于是,这一看似狂欢化的教育场景,不时地散乱无序,最终回归秩序,始终有核心引导力;这种在颠覆中建构,在建构中创新的模式,值得我们借鉴反思。

尽管菲利克斯让犯人学员上演莎剧,其核心目的已然偏移出教学重心,本质是为了复仇。但为了这一目的,他强调自己的绝佳位置就是"我能关注一切,

---

① Atwood, *Hag-Seed*, Hogarth, 2015, p.127.
② 同上,p.147.

又不被看到"①。往深一层挖掘，在传统教育范式中，教育者时时彰显，不断输出知识信息，而在这个特定的场景里，如果我们暂时搁置复仇情节，若是面对引导者能藏匿于无形，又密切关注并潜移默化地输出信息，又会做何种教育深思？反讽的是，帮助菲利克斯用科技手段达成这一理想的隐形状态的八手怪才，他戏里戏外都扮演着精灵艾利尔的角色，戏中艾利尔得到普洛斯佩罗给予自由的承诺，戏外菲利克斯则答应八手怪才，帮他获得提前假释。

于是，身为文学代班教师的菲利克斯展现了一段并不高大上，毫无灵魂净化或秩序纪律井然的教学进程。与此同时，他在现实生活中还要和幻想中的女儿米兰达进行交流互动，后者参与《暴风雨》的演出，并对菲利克斯的执导加以评述和建议。米兰达从坚持要扮演剧中的同名角色，到接受自己身为幻象的无奈，最终妥协地接受了隐身候补和协助八手怪才扮演爱丽尔一角，呼应着菲利克斯反复回味的普洛斯佩罗那句"我们都是由梦的材质组成"②。这个早已逝去的女儿，完全不存在于当下的现实世界，却不断在菲利克斯的教学和演出执导中出现，"天衣无缝地融入了排演。只有他能不时地看到她，听到她，她对所有其他目光都是遁形的。"③米兰达的存在，从隐喻上看就是教育场域中引导者内心的理念和感受，属于梦的范畴。既然"我们都是由梦的材质组成"，那梦又是由何而成呢？"睡眠就是围绕它的边界"，如同莎士比亚的环球剧场，"莎士比亚难道始终明白自己在做什么，或者说他在某段时间里是在梦游吗？在飘浮中？在恍惚中创作？演绎着他自己也深陷其中的魔法？"④这一恍惚、白日幻梦、飘浮的感受，与理性控制、有序构造、逻辑严谨的系统截然不同，它不断留出质疑和解构的空白，提醒人们注意那些隐形的、沉默的、不被关注的东西，如小说题目中缺失的女巫存在、被压抑殖

---

① Atwood, *Hag-Seed*, Hogarth, 2015, p.150.
② "We are such stuff/As dreams are made on." (*The Tempest*, Act 4, Scene 1, Lines 156-157)
③ Atwood, *Hag-Seed*, Hogarth, 2015, p.180.
④ 同③，p.183.

民的卡列班的心声、没有肉体生命的米兰达、表演生涯被中断的安妮－玛丽，直到那些监狱中的边缘群体。

标题中的女巫在人们传统的解读和意识中是阴暗、丑陋、邪恶的，而这段被沉默压抑的情节，类似幽暗的文化记忆，在整个小说的发展中被悄然溶解，因为小说尾声时各组角色的演出后分析，让文本内外的人们都进一步意识到，各种观念、认识、好恶，无非是个人视野和焦距中的所见，笃信、标准和确定从来不存在，都是心念。即便是让菲利克斯最终可以释然的恶有恶报、罪有应得，在他的戏剧总结课上，也终于被化解，凝结成了尾声的标题"让我自由"。菲利克斯的领悟有异于普洛斯佩罗，小说最后，他卸下了监狱教员的临时工作，回归戏剧界，并领悟到"是时候让年轻人接手了"。他让昔日宿敌塞尔的儿子弗雷迪成为助理导演，将自己的经验倾囊相授，让他在实践中学习。更重要的是，他在接受对方的感恩时，愉悦中仍不失睿智地意识到身为肉体凡胎所必然经历的共同命运——逐渐走向生命消亡，因而生发出：何不善待自我，好好吃饭？

这"好好吃饭"①的大实话，反高潮地消解冲淡了经典复仇主题的浓烈和严肃性，表面看似与《暴风雨》最终归于平静、包容、谅解、释然相像，一切愤懑、痛苦、忧伤通过魔法或艺术得以转化，但监狱学员们对剧中角色的总结式解读和命运展望，让教育参与的共生平等最终取代了权威诠释和引导的核心，相互倾听和对话让滋生诅咒的不平消融。

于是，执导《暴风雨》的菲利克斯在终曲时领悟，他一直错误地理解了《暴风雨》，整整错了12年，米兰达不会死而复生，她和爱丽尔的角色重叠的意义在于，菲利克斯终于像普洛斯佩罗释放爱丽尔一样，为自己和女儿松绑，从一切固有的偏见和执念中真正释放。这种与教育范式中强调的学习（to learn）恰恰相对的"反学习"（to unlearn），即最后对思想枷锁和套式理念的

---

① Atwood, *Hag-Seed*, Hogarth, 2015, p.282.

挣脱，恰恰是全书最重要的教育输出。

于是，菲利克斯最终执导的戏剧本质上是沉浸式、交互的剧场表演，他预想了演员和入瓮的仇人观者在一定场景下会如何互动，并成功将曾经的不白之冤揭示并获得了有效的法律证据。当读者认为复仇达成，所有的纠结不公得以解开时，莎剧中的复仇和宽容模式再一次得到颠覆和创新式消解。

复仇范式的变奏和出新

菲利克斯在监狱演出结束后，又增加了一个环节作为戏剧学习的最终作业，即让学员们诠释剧中人物剧终后的发展，而这些众说纷纭、奇思怪想的讨论，恰好聚焦了剧中的普洛斯佩罗和剧外的菲利克斯的复仇主题。艾利尔一组的学员提出了一个核心问题，"这部剧就是关于改变想法，正是艾利尔改变了普洛斯佩罗的想法，化复仇为谅解"①，他们的论据在于，谅解的前提是普洛斯佩罗为仇人的痛苦感到遗憾和同情，而同情引发宽容。

篡位夺权的安东尼奥在学员们的分析中，其野心也得到了可信的解释，因为普洛斯佩罗醉心研究魔法，对政权疏忽大意，就像"没锁车就离开了"，"像鸵鸟将脑袋埋在了魔法的沙地里"②，其行为本身就是诱惑胞弟安东尼奥犯罪，正是米兰公爵自己的粗心和愚蠢酿成了自己遭罢黜之祸。学员们甚至天马行空地又为安东尼奥设计了再一次犯罪。不过无论他们的诠释如何荒谬，其中的道理在于，如果普洛斯佩罗的轻信和大意依旧，他的悲剧就会重新发生，一次复仇成功无济于事，这就促使"我们要坚信生活就是这样，不要加糖衣"。③ 由此看，复仇达成后的宽容谅解或许是加在残酷现实上的糖衣，这种深入的认识，让菲利克斯（本质上是作家阿特伍德自身）在莎剧原作中也

---

① Atwood, *Hag-Seed*, Hogarth, 2015, p.247.
② 同上，p.251.
③ 同上，p.253.

找到了他需要的答案：莎士比亚自己也并没有对安东尼奥心生怜悯，哪怕普洛斯佩罗谅解了他，但是在《暴风雨》中，这个角色此后被剥夺了任何说话的权利，没有一句台词。于是，人们一直笃信的谅解在此有了分歧，大家忽然意识到，原来表演上的失语，莫过于戏剧家做出的最残酷的惩罚，原来《暴风雨》的结局中，得不到话语权的安东尼奥是毫无救赎可能的。

米兰达一组的解读同样为复仇结局增添了疑虑。尽管在原剧中普洛斯佩罗对女儿信心满满地确证："我亲自做你的教师，使你得到比别的公主小姐们更丰富的知识，因为她们大部分的时间都是花在无聊的事情上，而且她们的师傅也决不会这样认真。"① 然而学员们认为米兰达真正受益的教育是学会了一点点魔法，而这才是复仇之后她能自保和自救的最佳技能，而非人们普遍认为的，一旦恩怨化解，结局必然平安幸福。身为剧中荒岛上唯一的女性，她孤立隔绝的教育经历只能让她在回归现实时成为社会异类，就像小说中米兰达的扮演者安妮－玛丽，她也得从长期中断舞台生涯的空白中克服诸多障碍，才能真正回归艺术事业。复仇和宽容对于米兰达来说，预示着新世界的挑战和前在秩序的彻底消散，她要面对的各种困难甚至幻灭，都并非人们想象的那样和平、浪漫和美好。

出乎意料又颇有意味的是学员们对大臣贡萨罗一角的命运讲述。普洛斯佩罗的复仇和谅解的达成，和这位次要角色贡萨罗有着重要关系，可是这位善良的友人往往不在观众的核心关注中。于是小说中的狱中学员在分析这个角色时，将《暴风雨》的所有角色分为乐观和悲观两类，其中爱丽尔、米兰达、费尔迪南属于前者；安东尼奥、他勾结的那不勒斯国王阿隆索，以及阿隆索的弟弟塞巴斯蒂安都属于后者；卡列班在两者间左右摇摆不定。但是，忠臣贡萨罗被认为是处于乐观一类的顶端，尽管他缺失真正的权力，但是既然全剧的主旨在于给予困境中的人们新的生机，解读者便让贡萨罗自行选择返回

---

① "Have I, thy school master made thee more profit/Than other princes can that have more time/For vainer hours, and tutors not so careful." (*The Tempest*, 1.2.172-174)

荒岛，带着一群和他一样乐观善良的人们，"在岛上建立共和王国，没有阶层差异，没有苦力，没有不道德的性行为，没有战争、犯罪，没有监狱"。然而，实现这种理想图景，"他依靠的是其他人更美好的本性，但也许是命运的垂青……"① 归根结底，学员们普遍认同命运的垂青才是人生秩序真正的缔造者，他们相信剧中卡列班所说的，即便是拥有权力的普洛斯佩罗，"失去了他的书籍，他就一无是处"②。

卡列班想要通过强占米兰达繁衍荒岛人口的愿望，被普洛斯佩罗的魔法遏制，而后者通过实施魔法，将仇人船只上的人们分散在岛屿各处，由此推演复仇和此后因宽容而重构良好秩序。从戏剧的发展看，似乎这种复仇和宽容模式，缔造了人们所能欣然接受的稳固、有序、良性秩序。然而，小说最后常规出逸的学员报告和解读，却在告知某种不断变动的，并不趋于理想化、可预见化的意义。尽管从经典莎剧的走向看，安东尼奥的篡位、卡列班的强奸企图等都被制止纠正，但是普洛斯佩罗的魔法仅限于"暴风雨"所展现的舞台时空，假设性预见和推测性反思让剧中走向宽容谅解的复仇出现了各种被动摇和颠覆的可能。于是小说最后貌似画蛇添足的人物命运推测和诠释，和学界的一些莎剧评论有了异曲同工的批评意义。正如萨卡尔在研究《暴风雨》后所提出的："卡列班未实现的强奸和繁衍同样强调了，为何这部戏剧形式构思的策略核心就是充满推测性的演绎：一旦确保特殊事件得以发生，未来就可以被掌控。"③ 由此，事件发生的潜能，未经实现的现实，都是不断侵扰和动摇稳固剧情的他者。

因此阿特伍德让菲利克斯似乎多此一举地再布置一次推测总结人物的作业，目的是将《暴风雨》传统和常规意义的解读，尤其是复仇之后宽容谅解

---

① Atwood, *Hag-Seed*, Hogarth, 2015, pp.261-262.

② 同上，p.260.

③ Debapriya Sarkar, "The Tempest's Other Plots", *Shakespeare Studies*, vol. 45, 2017, p.203+. *Gale Literature Resource Center*, link.gale.com/apps/doc/A509723485/LitRC?u=fudanu&sid=bookmark-LitRC&xid=5b2f06f5. Accessed 30 May 2021.

的理想模式得以解构，特别是把人们普遍预期的教育意义和道德理想放在不同的视角和空间，让其不再如我们想当然地保持稳固和完整，始终处于"理念化的戏剧世界"中[1]。

如果再细思，《贱种》作为小说标题，其明确指向卡列班，而这个人物的来龙去脉，在学员演出后的评论中得到了最荒诞而彻底颠覆的推测：普洛斯佩罗其实是卡列班的生父！学员们甚至对此进行了音乐剧形式的创作，而此间需要被谅解、渴望被谅解的，反讽般转到了普洛斯佩罗身上。此处不啻对《暴风雨》的戏谑甚至戏弄，以至于菲利克斯都深陷困惑。莎士比亚在全剧结束时，近乎让普洛斯佩罗说出了他自身对于戏剧创作生涯的落幕式告别，发人深省，令人感怀，收场白的最后那句"各位若欢喜，便放我自由离去。"[2]让观众意犹未尽，可是卡列班究竟如何了？莎士比亚没有、也似乎没有必要再给予任何笔墨，他就此挣脱了这部戏剧，挣脱了普洛斯佩罗，成了真正得到自由的人，从此不再受限制。菲利克斯不禁疑虑："普洛斯佩罗会被放过吗，某个漆黑之夜，报应会从他的窗口潜入，扼住他的脖子吗？"更反讽而荒谬的是："菲利克斯困惑不已。小心翼翼地，他摸了摸自己的脖子。"[3]至此，小说对于复仇范式的颠覆明确不已。

菲利克斯在自己复仇达成后，反观普洛斯佩罗的命运，夺回了公爵地位后，"他赢了，可是也输了。最重要的是，他失去了两个至爱：米兰达，她和费尔迪南成婚后将生活在遥远的那不勒斯；还有爱丽尔，他头都不回地离开了普洛斯佩罗，不再为他效力"[4]。菲利克斯深信普洛斯佩罗还为一件事感到内疚，可究竟是何事，他觉得这就是此剧的又一个谜团。"《暴风雨》是一部关于一个男人制作了一出戏的戏剧，这出戏源自这个男人的脑海，他的'奇

---

[1] Debapriya Sarkar, "The Tempest's Other Plots", *Shakespeare Studies*, vol. 45, 2017, p.203+. *Gale Literature Resource Center*, link.gale.com/apps/doc/A509723485/LitRC?u=fudanu&sid=bookmark-LitRC&xid=5b2f06f5. Accessed 30 May 2021.

[2] "Let your indulgence set me free." (*The Tempest, Epilogue*, 20)

[3] Atwood, *Hag-Seed*, Hogarth, 2015, p.272.

[4] 同[3]，p.272.

思'——因此或许他需要被谅解的过错就是这出戏本身。"①

于是阿特伍德通过菲利克斯,将莎剧《暴风雨》最后普洛斯佩罗跳脱戏剧的收场白进行了一番元批评式的解读:那句"放我自由"的内在逻辑得以挖掘,即说出此话的人必然不自由,才会有获得自由的恳求,所以普洛斯佩罗的复仇虽然成功,可是他依然困在其中,即便戏中他对仇人已然谅解,但复仇之人仍深陷其中。"普洛斯佩罗就囚禁在他自己创作的戏剧中,这就是这部戏剧中的第九处监狱。"②

通过菲利克斯的解读,普洛斯佩罗的复仇成了困住他自身的监牢,而他必然由此警醒,从之前的既定生活模式和工作方式及态度中及时抽离。试想,这一贯穿莎剧和小说的双重复仇,最终成为主人公菲利克斯获得领悟并挣脱束缚的契机,复仇者最终将抛却因复仇而收复的旧秩序,从更深层面上理解,即抛却潜在的固有观念和价值认同,重新调整自身和他人,生活和事业的关系,挣脱有限、偏狭的视域,看到曾经的盲点。

这种突破,应该也是阿特伍德通过复仇故事,为加拿大"监狱文学"带来的一种创新,即经典莎剧中的复仇主题在有关监狱的重写创作中,对禁锢、共情、秩序理性的重塑,促成了经典变奏出新的意义。正如阿特伍德在全书最后的致谢中所强调的:"监狱文学有着非常悠久的历史。"由此,她对此领域文学创作的推陈出新,也在于她不断对监狱中再教育和经典复仇范式的深入探究和创新构思。

经典重写"范式"的拓展

莎剧《暴风雨》的重写版本众多,一定程度上也是对剧作疑点重重的结尾的再处理,希望能让复仇与和解的终局更令人信服,在心理层面上更易接

---

① Atwood, *Hag-Seed*, Hogarth, 2015, p.275.
② 同上。

受。1850年至1960年，莎剧改编的内涵和外延不断拓展，经典重写持续发展；1960年，莎剧改编日益政治化①，因为新的诠释需要不断和当时的社会、历史问题产生关联和回应。其中女性主义、后殖民主义、多元文化等视角的解读和利用不断出现。不少现代作家从后殖民主义的视角创新原作，其中包括塞泽尔的《暴风雨》、贝克特的《终局》、默多克的《海洋，海洋》、努涅斯的《普洛斯佩罗的女儿》等②，这些作品"都通过对意识形态的质询，以及叙述的闭合，融入自身的政治权力和叙事建构，叠加了一系列的文本重构式重写"③。里斯④认为，"在现实的社会危机面前，有效的审美性的闭合是不可能达成的"，理查森则在其关于《暴风雨》的后殖民主义重写的分析中，对这一观点加以总结，这也对应了阿特伍德的这版最新的《暴风雨》的重写的范式颠覆和创新，作家以悠久的监狱文学创作为突破口，从教育和复仇范式的改变入手，让经典剧作的潜能得以不同角度的挖掘，同时让读者认识到，固有的前见和认知会在语境变化中遭到质疑。

莎士比亚在《暴风雨》的终场，通过普洛斯佩罗对戏外观众的那段告别词，将自己即将告别伦敦的剧场生涯和戏剧创作的感触，把内心的声音和情感真实传达，可是正如戏剧尾声时普洛斯佩罗颇为突兀仓促的谅解，以及全剧他和爱丽尔、卡列班之间控制和受控关系的简化处理，都给此后的重写干涉留下了力量角逐的空间。不同于上述后殖民主义重写中对政治权力和性别研究等的深入探讨，阿特伍德关注更普遍、本质的人性塑造意义，她将戏剧教学、排演、个人创伤经历编织和融入《暴风雨》的解读，侧重对往昔不断

---

① Jill L. Levenson, "'The Bard is Immanent': politics in adaptations of Shakespeare's plays since the 1960s", *Forum for World Literature Studies*, vol. 6, no. 1, 2014, p.98+. *Gale Literature Resource Center*, link.gale.com/apps/ doc/A376509902/LitRC?u=fudanu&sid=bookmark-LitRC&xid=6f77189b. Accessed 30 May 2021.

② Aimé Cesairé: *Une Tempete* (1969); Samuel Beckett: *Endgame* (1957); Iris Murdoch: *The Sea, The Sea* (1978); Elizabeth Nunez: *Prospero's Daughter*(2006)

③ Brian Richardson, "Negotiating Closure in Victory and Postcolonial Rewritings of *The Tempest*", *Conradiana*, vol. 48, no. 2, 2016, p.245+. *Gale Literature Resource Center*, link.gale.com/apps/doc/A653056176/LitRC?u= fudanu&sid=bookmark-LitRC&xid=a31e7505. Accessed 14 June. 2021.

④ Russell Reising, 转引自同③。

建构当下，隔绝和疏离改变认知等，将莎剧作为最理想的教育转化和理念冲突的案例。

从戏剧类型上说，《暴风雨》属于"田园悲喜剧"（tragicomedy），这是英国于17世纪早期引入的一种大众娱乐形式，即经过改编和翻译的意大利戏剧作品。此后，莎士比亚的戏剧合作者弗莱彻①还对意大利剧作家瓜里尼②对悲喜剧的理论加以翻译引介，总体上以作品中没有导致死亡，却接近死亡的痛苦为悲喜剧的特征。莎士比亚的悲喜剧创作中，因神奇、不可思议的事件导向的皆大欢喜普遍存在，尤其是在《暴风雨》中，原本充满悲剧潜能的戏剧最终情绪释放似的转入喜剧，这种双重结构使戏剧走向也具有一定的宫廷假面舞会（Court Masques）特点。尽管这部戏剧普遍被视为是莎士比亚较少借鉴其他素材和资源的原创作品，但是莎翁依然在核心主题上借用了之前的作品，也是他对已有文化资源和戏剧范式的拓展实践。阿特伍德将这种突破和拓展贯穿在她的重写式创作中，她不惧莎剧经典深入人心和受众广泛的基础，将原作中的教育和自省主题深入挖掘，尤其是通过个体在不同环境中的自省和醒悟，对戏剧艺术的启迪作品加以大胆的尝试，将人们对莎剧中卡列班普遍负面的诠释，以及学界对这一人物的诸多质疑，做了进一步解构，特别是让这一个体生命的来龙去脉、前生后世得到延展，由此推翻了泾渭分明的善恶美丑界限。

此外，《贱种》在对经典的内涵拓展上，也潜在隐晦地涉及了《暴风雨》在当代的"族裔述行"问题（race as a performative issue）。菲利克斯在担任戏剧节艺术总监时，曾设想由异装癖扮演艾利尔，卡列班则由黑人或印第安人扮演，而托尼与他讨论时，也以董事会对政治正确问题十分敏感，在菲利克斯的选角和设计上有诸多关于对残疾人、少数族裔等弱势群体的扭曲或丑化嫌疑，

---

① John Fletcher（1579—1625），英国文艺复兴时期重要戏剧家，与莎士比亚合作写有《亨利八世》（*Henry VIII*）和《两贵亲》（*The Two Noble Kinsmen*）。

② Giovanni Battista（1538—1612），意大利文艺理论家、剧作家，著有《悲喜剧诗体指南》（1601—1602），田园剧《忠实的牧羊人》（1580—1583）等。

菲利克斯因此抱怨："这完全是政治正确的过火和失控！"①遭遇了罢免和背叛后，菲利克斯在监狱中选角，采取了双向自由选择的方式，在资源和人力受限的前提下淡化了这一敏感问题。但是通过细致的解读和分析，阿特伍德其实借由菲利克斯的那句"过火失控"表达了她个人对这一争议问题的看法。

小说中菲利克斯夭折的女儿米兰达和《暴风雨》中小精灵爱丽儿的交叠，合二为一，又是阿特伍德的独特创新。身为女性作家，她的创作历来有人作女性主义视角的诠释和解读，而在莎剧重写上，女作家的创作虽然早在20世纪60年代之前就已多见，但是学界认为重写作品的关注度相对不高②。阿特伍德或许为此"相对不高"进行了某种弥补，她在作品中对米兰达倾注了复杂而微妙的用心，以菲利克斯的女儿米兰达和曾经的体操运动员安妮-玛丽的交叠来充盈女性角色在《暴风雨》中的作用，为原剧中相对单纯的公爵女儿增添了多重而复杂的人物特征，尤其彰显了米兰达和爱丽儿对自由的渴望和向往，而非让她简单地臣服于普洛斯佩罗的人生教育和思想控制之下，甚至在小说最终促成了菲利克斯对生命的进一步领悟和释然。

在《贱种》的创作中，阿特伍德在教育、复仇与宽容、经典重写等的范式上努力创新，果敢地尝试颠覆和质疑，由此拓展、深化了莎剧重写的意义。至今，无论承认与否，无数读者，包括学者在内，都有意或无意地通过莎士比亚"想象、幻象、反思着这个世界"③，而通过阿特伍德的当代经典重写，这又一道莎剧的棱镜和后现代意义的小说创作，我们也仿佛能通过这样的阅读载体，越过时间的浅濑，既看到前在，又经历当下，进而展望未来。

---

① Atwood, *Hag-Seed*, Hogarth, 2015, p.21.

② Jill L. Levenson, "'The Bard is Immanent': politics in adaptations of Shakespeare's plays since the 1960s", *Forum for World Literature Studies*, vol. 6, no. 1, 2014, p.98+. *Gale Literature Resource Center*, link.gale.com/apps/ doc/A376509902/LitRC?u=fudanu&sid=bookmark-LitRC&xid=6f77189b. Accessed 30 May 2021.

③ Margot Heinemann, "How Brecht Read Shakespeare", In Jonathan Dollimore and Alan Sinfield ed., *Political Shakespeare: Essays in Cultural Materialism* (2nd edition), eds. Manchester: Manchester UP, 1994, pp.202-230 (228)

第 2 节　重写·续写·对话：阿特伍德"执导"《暴风雨》

几百年来，《暴风雨》以其融魔幻、梦境、复仇、爱情、殖民、理想、和解等因素为一体，一直被认为是莎士比亚晚期最优秀的剧作，激发着各时代的改编、导演、演员们的想象，在舞台或大小银幕上展示自己心目中的这场暴风雨。进入 21 世纪的视觉与高科技技术的时代，人们更是动用了数字合成到全息影像等手段，将"我们都是梦织成的东西"① 这一行点题之句惟妙惟肖地展示在观众眼前。霍加斯莎士比亚系列中的重写《暴风雨》由当代著名的加拿大作家玛格丽特·阿特伍德担笔，实在是最理想的人选。阿特伍德向来善于将想象与现实、超自然与自然、诡谲与平常、哥特与浪漫等因素在作品中融为一体，让被认为是大众文化的"中品"（mid-brow）与被认为是高雅文化的"高品"（high-brow）发生互动，由此传递作品深层的社会和文化关切。她的《使女的故事》和《证言》② 将当代的女性、环境、社会制度等问题置于反乌托邦语境，同样写女性问题的《盲杀手》③ 不仅有暗喻莎士比亚《暴风雨》

---

① *The Tempest* (Act 4, Scene 1, Lines 156-157).
② *The Handmaid's Tale* (1985), *The Testaments* (2019)。后者获布克奖。
③ *The Blind Assassin* (2000)，获布克奖。

的细节，更是充满着哥特小说的浪漫、悬疑、惊悚、超自然和科幻因素，短篇小说集《石床垫》①中的"阿尔芬地"和标题短篇"石床垫"，前者写一位老太太在电脑上编造光怪陆离的鬼神世界，借以对丈夫和介入她婚姻生活的女子"复仇"，而后者则用十分"传统"的叙事手法，讲述女主人公精心设计并成功完成对花心男子的复仇。莎士比亚的《暴风雨》所展示的一切，阿特伍德都有了，因此，执笔《贱种》理所当然。

与谢瓦利埃《新来的男生》紧随莎剧原作人物情节重写《奥赛罗》②不同，阿特伍德重写的《暴风雨》，在基本呼应莎剧主题情节人物的同时，在许多方面加进了很多充满自己独特的创作构思的因素，使《贱种》超越了简单的、复制式的经典重写，而在多层面上与原作展开对话和商榷，并通过小说最后全体演员对剧中人物的"未来人生"的想象，展示了莎剧经典与当今大众的互动。从表面上看，阿特伍德还是套用了莎士比亚原剧的五幕结构，把整个故事情节放进"序场+五幕+终场"的框架，但是从这7个部分的标题看，作者的叙事路线与莎士比亚的《暴风雨》并不相同，《贱种》的情节从第一部分"黑暗过往"到第四部分"粗糙魔法"的半程（第34节），都以倒叙的方式回溯着序场"现场拍摄"（突发断电和枪声）之前的事情，而在莎剧中，倒叙只发生在第一幕第2场，普洛斯佩罗用莎剧中少见的冗长向女儿米兰达"痛说宫廷家史"，力图使似乎不谙世事的女儿相信自己被"邪恶的弟弟"（安东尼奥）篡位、流放荒岛十二年等的过往之事。阿特伍德重写的特色，则不仅体现在将小说主体（即第二部分至第四部分："奇妙王国""演员形色""粗糙魔法"）用于讲述主角复仇计划的缘起、设计与实施，还加上了以"这个黑物"为标题的第五部分，让所有演员发表对自己所扮演剧中人物的"未来"的设想，形成了又一部小小的《续暴风雨》式的衍生作品③。

---

① *The Stone Mattress* (2014)。下文提到的两个短篇分别是 *Alphinland* 和 *The Stone Mattress*。
② 参见本书第五章。
③ "续写"《暴风雨》有很悠久的历史。参见 Virginia Mason Vaughan & Alden T. Vaughan eds., *The Tempest*; "The Arden Shakespeare", Thomas Nelson & Sons, Surrey, 1999, p.75.

不过，阿特伍德在重写《暴风雨》时对原作所做的增改并未仅限于结构。她在莎士比亚原剧的"复仇—谅解"线索之外，加上了菲利克斯（《暴风雨》主人公普洛斯佩罗）要自我救赎于失去幼女米兰达的深切痛苦一条线，由此构成了小说主人公"他向复仇、自向救赎"的双线情节。小说中的菲利克斯是梅克施维格戏剧节艺术导演，因妻子产后病故、爱女米兰达三岁夭折而深陷悲痛，决意要在当年的戏剧节上演出莎士比亚的《暴风雨》，以舞台上的米兰达形象来宣泄自己对爱女之念，把自己拯救出痛苦的深渊。但是，他的这一自我情感救赎的计划刚一开始就遭遇重挫：他多年来将剧院日常事务全部托付与同事托尼，而此刻，托尼却背着他伙同其他人在董事会上将他罢免，并立刻将他驱逐出戏剧节。失女的悲痛，失权的愤怒，几乎将菲利克斯推向了生死边缘。他隐匿深山，找到一间多年未住人的房子住下，爱女米兰达的精魂也一直陪伴着他。多年后，他以假名"杜克"①在网上找到一份当地监狱正在试验中的"艺术扫盲项目"，组织服刑人员演出莎士比亚的戏。他说服管教人员接受自己的计划，认为戏剧就是制造幻觉的艺术，"编造虚幻的魔鬼以驱除真正的魔鬼"②，通过亚里士多德所说的"净化"，完成艺术对人的救赎。他也说服文化素养参差不齐的服刑人员，打消他们不懂莎士比亚的顾虑："你以为演莎剧的人都读过很多书？……他们只是背了自己的那部分台词，还自己现编了不少"③，从而消解了经典的神话，以一种极为特殊的方式，让莎士比亚走回到普通人、社会下层人的生活之中。在演莎剧项目实施的第四年（菲利克斯被罢免、普洛斯佩罗被篡位的第十二年），他决定排演《暴风雨》，并借"互动剧场"的演出方式，惩罚了前来看戏的几个当年背叛出卖自己的同事（此时已是政府部门大人物），夺回了戏剧节艺术总监的职位，同时也走出了情感痛苦的深渊。"终场·放我自由"中最后对米兰达精魂所说的那句

---

① Duke，暗喻《暴风雨》中普洛斯佩罗的"公爵"（duke）身份。
② Atwood, *Hag-Seed*, Hogarth, 2015, p.79.
③ 同②，p.52-53.

"随风自由而去吧"①，实际上传达的，是菲利克斯与过往的愤怒和痛苦的告别，是最终实现了自我救赎后的放下和宽慰，是自己和自己达成妥协与谅解。

事实上，阿特伍德的这部小说重写对莎士比亚原剧的增减改动，远不止情节、结构和人物，也远不止小说中十分引人注目、给读者留下生动和深刻印象的当代大众文化元素，如3D虚拟成像、鬼魂故事、说唱表演等，《贱种》重写《暴风雨》的意义，更体现在作者用了整个第三部"演员形色"和散布在小说各处的穿插，描述菲利克斯向服刑者演员讲戏，揭示戏剧主题，分析剧情人物，几乎使小说成了戏剧艺术导演的"《暴风雨》执导笔记"，在实际上起到了"阐释莎剧""对话莎剧"的莎士比亚评论功能。

关于《暴风雨》的主题，莎评界通常认为是"重生／再生"，而"复仇"与"宽恕"则是普洛斯佩罗实现重生的两条途径②，《贱种》中被突然罢免导演职务的菲利克斯则认为，《暴风雨》的主题就是复仇，从他个人生活中先失妻女后丢工作的遭遇来看，这一理解十分合理：失去妻女的痛苦只能自己默默承受并希望用专注事业来稍稍减轻，但同事的背叛不仅使他震惊愤怒，更是断了他的生路，断了他情感救赎的途径，再加上罢黜他的那两个家伙此后并未继续戏剧节事业，而是政途通畅，身居官场，菲利克斯在普洛斯佩罗身上读到了复仇，是再自然不过的事了。

小说中菲利克斯对《暴风雨》中"荒岛"和"梦境"这两个关键词的解释，同样为主题阐释提出了有价值的思路。在与"演员"们讨论剧情时，他指出荒岛对不同剧中人物的不同意义，可以是机运（对一心篡位的塞巴斯蒂安等人而言），可以是伤心地（米兰国王阿隆佐以为儿子斐迪南已遭遇海难），可以是理想国（威尼斯大臣贡扎罗可以在此实现乌托邦），也可以是恋爱之地

---

① 《暴风雨》中的原文是 "Then to the elements/Be free,…"(Act 5, Scene 1, Lines 318-319)，是普洛斯佩罗对爱丽儿说的。

② Russell Fraser, *Shakespeare: The Later Years*, New York: Columbia University Press, 1991, p.242; Elizabeth Bieman, *William Shakespeare: The Romances*, New York: Twayne Publishers, 1990, p.90; David Bevington, *Introduction to The Tempest*, *The Complete Works of Shakespeare* (4th edition), HarperCollins, 1992, p.1526.

（对米兰达及米兰王子斐迪南而言），但是对他们来说，这座荒岛同时也是一座困住他们身心的大监狱：荒岛是普洛斯佩罗和米兰达的监狱，树洞是爱丽儿的监狱，岩缝和锁链是卡列班的监狱，遭遇海难的大船是那一船人的监狱，而普洛斯佩罗的魔法则是将所有人物牢牢控制的无形监狱。考虑到提供这些解读的都是正在服刑的囚徒，"监狱"对他们自然有着更切身的意义，而这样的联想，也为所有其他阐释《暴风雨》的读者学者提供了更多的可能。

"梦"是《暴风雨》的另一个关键词，普洛斯佩罗的那句"我们都是梦织成的东西"，以及弥漫全剧的各种梦境，始终激发着人们的无尽想象，并尝试提出各种阐释。小说中的菲利克斯也在思考：人是梦织成的，那梦又是什么做的呢？莎士比亚在写这部戏的时候，自己是醒是梦？当普洛斯佩罗念出那句"我们小小的生命都包圆在睡梦之中"①的台词时，被近乎圆形的环球剧院包裹其中的观众是否也像被催眠了？②菲利克斯让演员们注意，戏里面有多少人多少次突然睡去又突然醒来，而施魔法的普洛斯佩罗本人，难道是唯一清醒的人？抑或是他自己也身处梦境之中？小说的这些细节描写，完全可以换一种话语方式，写成一篇"《暴风雨》中'梦'之解析"一类的学术论文来。

史密斯指出，阿特伍德的主要兴趣之一是描写莎士比亚及其剧中人物的话语如何在采用、改编、吸收的过程中发生变形③，而这样的采用、改编、吸收、变形，正好体现了小说中那个特殊群体对莎士比亚经典的解读，这个特殊群体就是社会底层、大多教育程度不高、有各种犯罪记录、正在监狱服刑的人们。他们是这样来认识自己所扮演的角色的：

---

① "We are such stuff / As dreams are made on, and our little life / Is rounded with a sleep." The Tempest, (Act 4, Scene 1, Lines 156-158)

② Atwood, *Hag-Seed*, Hogarth, 2015, p.184.

③ Philip Smith, "Margaret Atwood's Tempests: Critiques of Shakespearean Essentialism in Bodily Harm and *Hag-Seed* ", *Margaret Atwood Studies*, 2017(11), pp.29-40 (30)

卡列班

（1）相貌丑陋，却富有诗意。

（2）背负恶名，却熟悉当地情况，怀有浪漫情怀。

（3）一心复仇，是普洛斯佩罗的投射。

（4）孤独坚忍，唯母亲没有嫌他丑陋而弃，抚养他长大；受尽他人嘲弄咒骂，还被普洛斯佩罗收为奴隶，试图反抗而频频受罚。

普洛斯佩罗

（1）使用奴隶、强窃土地。

（2）性格矛盾：既是安然的隐居者，又是控制欲极强的暴君；既是睿智长者，又因复仇而丧失理智；既对人善良关爱，又对人暴躁无理；既对人多疑，也对人信任；既有虐待狂倾向，又能随时宽恕原谅。

爱丽儿

（1）此角色是空中精灵（air-spirit），因为普洛斯佩罗最后让他/她/它"随风自由而去吧"，所以不可能如有些莎评所言是"普洛斯佩罗的内心投射"。

（2）此角色的言行使普洛斯佩罗放弃复仇，宽恕曾经或设计加害于他的人们。

安东尼奥

（1）属于"邪恶核心"。

（2）即使参与谋杀米兰国王阿隆佐也不是为其弟塞巴斯蒂安而是为自己，因为这样一来他不用向米兰国纳税。

（3）普也有过：耽于魔法（鸵鸟），就像下车不锁门。

（4）安开始不一定邪恶或无机会；安如麦克白，一错再错。

米兰达

（1）并不软弱，在荒岛生活中成长；一定接受过防身训练，体能不差（有肌肉，能搬木柴）。

（2）不清楚她从父亲那里受过什么教育，但很可能趁父亲午睡时偷看魔法书，因此她应该也有一些魔法。

贡扎罗

（1）天性极端乐观，不知道他如何能在充满投机谄媚的米兰宫廷中活下来。

（2）在米兰宫廷始终不倒，反证阿隆佐尚明善恶，为其后来的悔过提供了理据。

这份"剧中人物表"对各人物的分析，可能并不完全符合"传统"诠释，有的甚至给人以耽于狂想的感觉，但正如导演菲利克斯（其实就是阿特伍德自己）在谈到"我们这个普洛斯佩罗"时所辩称的，任何一个普洛斯佩罗，都是"某人的这一个"，改编的本质，就是删台词，编话语，把莎士比亚的普洛斯佩罗塞进自己的框架，把他变成一个特定的人物，就是"某人的普洛斯佩罗"[①]。因此，从本质上看，无论是舞台改编还是小说重写，无论是课堂教学还是书斋研究，莎士比亚的普洛斯佩罗一定会在一系列改编之后，成为某导演某演员某博士某教授的"那一个"普洛斯佩罗的。

当然，《贱种》在提供对《暴风雨》戏内情节与人物的独特阐释之外，还有两个部分同样具有大众文化对话经典的功能，即结合着英美莎剧演出的

---

① Atwood, *Hag-Seed*, Hogarth, 2015, p.179.

"戏后对谈"①与"续写莎剧"两个因素的第五部"这个黑物"。在这部分情节中，阿特伍德运用了她在其他作品中一贯展示的特有的奇思异想，通过小说中参与演出的《暴风雨》的人物之口，为一众剧中人物想象了各自的未来。这些想象的后续发展，虽然时时因其匪夷所思而令人意外，却也多少能在莎剧原本中寻到蛛丝马迹，加上相关演员本人的领悟和生活经验，倒显得并非毫无理据，并非完全的恶作剧无厘头。"爱丽儿团队"为《暴风雨》中的这位有"好奴隶"之称的精灵设计的未来是：一剧终了，爱丽儿首先休了个假（这很合理，因为他/她/它）在戏里上下纷飞，东跑西颠，为自己的自由拼命地应对普洛斯佩罗交给他的差事，而且还不能出半点差错。因此，累是必然的，只不过并不是所有的观众读者都会考虑到，休假结束后继续留在地球上（凭他/她/它的本事是可以飞去外太空的），飞来飞去帮助人类应对大气层变化带来的各种问题。关键是，这是爱丽儿自己的意愿，而不是被人指使下的行为，与莎翁戏中被普洛斯佩罗威胁强迫而做那些事情有本质的不同。

事实上，任何对剧中他人物的"未来畅想"，都从一个侧面体现着演员的自身经历与认知。正如史密斯在论及阿特伍德的这部小说时指出的："《贱种》中的人物并非毫无准备地读到碰巧与他们的生活相关的莎士比亚段落，相反，他们是有意识地做出努力，将莎士比亚按自己的经验来塑形，将自己的经验按莎士比亚来塑形。"② 小说中演米兰达的是一位有舞蹈技巧的专业女演员，她为米兰达设计的"续写"是：当回大陆的船上出现恶人暴动时，米兰达用悄悄学到的魔法召唤出精灵，击败了船上的恶人，甚至还用舞蹈加武术打折了卡列班的胳膊，而"恶人团队"为篡位的安东尼奥及其同伙设计的后续，则极尽对社会和人生的黑暗想象：被迫交还公爵位置的安东尼奥不思悔改，随众人回到米兰后与同样有篡位之意的塞巴斯蒂安谋杀了国王阿隆佐，

---

① 英美莎剧演出常有的环节，即在剧目演出后当场或第二天（通常需要另行购票），安排一个时段，让主要演员和导演上台，与观众互动，解释自己对人物和舞台演出的理解，与观众展开互动对话。

② Philip Smith, "Margaret Atwood's Tempests: Critiques of Shakespearean Essentialism in Bodily Harm and Hag-Seed", *Margaret Atwood Studies*, 2017(11), pp.29-40 (33)

随后又杀掉了国王的儿子斐迪南,杀掉了已经没有魔法失去爱丽儿的普洛斯佩罗,最后把卡列班也杀了。演员们承认这一"未来"实在太过黑暗绝望,但"这就是现实",他们"不愿意美化生活"①。由一群服刑囚犯设计的这一续写,与他们自己人生经历的黑暗时刻,的确有一定程度的重合,但更重要的是,普洛斯佩罗在《暴风雨》终场词中自己就预言:"我的结局是一场绝望。"②

非常有意思的是,卡列班团队为"贱种"设计的后续,其依据就是《暴风雨》中普洛斯佩罗离开荒岛时的那句"这个黑物,我不得不承认是属于我的"③。对莎士比亚戏中的这句话,学术界向来有两种主要的阐释,一种解释是认为"黑物"以"黑"喻指卡列班恶劣的道德品行及内心的黑暗,但这样一来,就很难解释普洛斯佩罗为何承认是属于他的,除非他要表达的意思是"我不得不承认这恶棍的确是我的奴隶",或更为牵强一点的"我不得不承认这家伙心中的黑,我自己心中也有"④。对"黑物"的另一种解释是认为该词就是指卡列班的种族肤色,照此推论,普洛斯佩罗此语的意思就是"我认了,这黑皮肤的家伙就是我的奴隶"。但是,小说《贱种》中的"贱种团队"最后为卡列班选定的续写,却提供了有别于以上两种解读的思路:普洛斯佩罗的这段台词实际上承认了卡列班是他的儿子,他们的(就是阿特伍德的)理由是:在这段台词的前半部分,普洛斯佩罗说:"这个样貌丑陋的恶棍,他母亲是一个巫女,法力强大,能控制月亮,命潮汐消长。"⑤,提到了母亲,却没说父亲是谁。于是,"贱种团队"展开合理想象:普洛斯佩罗身为魔法大师,而卡列班的母亲希克拉库斯是巫女,两人都是装神弄鬼呼风唤雨之辈,在一次魔法大会上不期而遇,惺惺相惜,遂有了一夜之情,此后相忘于江湖。待普

---

① Atwood, *Hag-Seed*, Hogarth, 2015, p.253.
② "And my ending is despair." (*The Tempest*, Epilogue, 15)
③ "… this thing of darkness I / Acknowledge mine." (*The Tempest*, Act 5, Scene 1, Lines 275-276)
④ 参见 *The Arden Shakespeare The Tempest* 第 281 页对相关台词的脚注中关于 *thing of darkness* 的讨论。
⑤ "… this thing of darkness I / Acknowledge mine." (*The Tempest*, Act 5, Scene 1, Lines 268-270)

洛斯佩罗被逐荒岛，与卡列班相遇，他一眼就意识到这"野蛮人"就是他与希克拉库斯偷情的果，并在卡列班言行举止上看到了另一半自我。普洛斯佩罗深感愧疚，将卡列班收养在自己的寓所，这样就顺便"解答"了一个困扰人多年的疑问：普洛斯佩罗为什么会允许"野蛮人"卡列班与自己同住，导致后来他差一点实施对米兰达的性侵？顺着这样的思路，普洛斯佩罗在剧终时公开承认与卡列班的血缘关系，标志着他与自己邪恶的另一半取得和解。他带卡列班回到欧洲，在文明的调教下，卡列班恢复了善良天性，并显露出音乐天赋，最后成了一名音乐艺术家。就这样，阿特伍德完成了对莎士比亚笔下的卡列班的续写，看似荒诞不经，其实却处处有本，展示了一条经典衍生的可能线路，同时，这一续写还挑战着大众与学术界对卡列班的传统阐释，拓展了对这一人物的批评视野。

从总体上看，阿特伍德的《贱种》显然具有"戏中戏"的结构：作为小说情节大框架的，是菲利克斯向剥夺了他戏剧节导演职位的人实施报复，而以排演《暴风雨》为报复手段的整个过程，又是一出包括了从招募演员、导演讲戏、角色分配、服装置景、视觉音效、编排上演整个过程的大戏。虽然故事的基本情节发生在监狱这一相当特殊的空间，但无论是在主题、情节、人物、动作还是台词等方面，都与《暴风雨》中的相应因素紧密交织，呼应回响。阿特伍德重写《暴风雨》采取了"以大众文化为框、以经典为本、与经典对话"的叙事策略，其目的或效果，就是豪威尔斯所指出的，是借以表达她自己的后现代美学，叙事实验，女性主义内涵，以及对当代社会及政治的批判①。史密斯在分析阿特伍德关于莎士比亚与当代人的关系的思考时指出，阿特伍德的关注点是在当代人如何通过莎士比亚想象和认识自我，并如

---

① Coral Howells, *True Trash: Genre Fiction Revisited in Margaret Atwood's Stone Mattress, The Heart Goes Last, and Hag-Seed*, *Contemporary Women's Writing*, Oxford University Press, 2017, pp.297-315 (297)

何"在莎士比亚中找见自己的价值观"①,但事实上,阿特伍德的《贱种》所揭示和成就的,并不只是让小说中的主人公菲利克斯以及所有参加演出的服刑者演员找到自我,这部"戏中戏"小说借戏说戏,即借小说中的戏与莎士比亚的戏展开对话和商榷,借大众文化的形式与经典文学发生着互动,并在这样的互动和对话中,为经典文学在当下的文化中获取新的意义,既提升了当下文化的价值和深度,也重新开发和延续了经典文学的生命。这是阿特伍德重写莎士比亚的意义和价值,也是当下文化重写经典文学的意义和价值。

---

① Philip Smith, "Margaret Atwood's Tempests: Critiques of Shakespearean Essentialism in Bodily Harm and *Hag-Seed*", *Margaret Atwood Studies*, 2017(11), pp.29-40 (30, 39)

第三章

《我叫夏洛克》重写《威尼斯商人》

第三章 《我叫夏洛克》重写《威尼斯商人》

第1节 互文变奏的和弦：论雅各布森的《我叫夏洛克》

在霍加斯出版社的莎士比亚小说重写系列中，身为莎学学者兼当代著名小说家的霍华德·雅各布森（Howard Jacobson，1942— ，下文简称雅各布森）[①]自然责无旁贷地承担了其中的一部，这就是他于2015年完成并出版的长篇小说《我叫夏洛克》(Shylock is My Name)，从与莎剧《威尼斯商人》的互文性出发，演绎和探讨当今文化热点，探究文化身份与困惑，剖析创作影响与焦虑，并对由犹太人所推及的普遍文化进行反思。

在雅各布森的不少作品中，读者常见其犹太主人公角色，并由此了解人物的困惑和不解，以及对生活和族裔问题的思索和反应，因而他本人也被视为"英国的菲利普·罗斯"[②]。这部新作从某种角度看，正是作家借莎士比亚戏剧的互文，再一次揭示了他一直在探索的主题：何为犹太人，他的普遍意义究竟何在？是否因为犹太人的自我文化认同和态度，以及既得的宗教信念，让他成了一种社会异在？事实上，在这个颠覆一切稳固、平衡、绝对概念的

[①] 雅各布森2010年以其长篇小说《芬克勒问题》获得布克奖，他本人是犹太裔英国人。
[②] Philip Roth（1933—2018），当代美国最著名的作家之一，著有《再见，哥伦布》（1960，获美国国家图书奖）、《美国牧歌》（1998，获普利策小说奖）、《人类的污点》（2000）、《垂死的肉身》（2002）、《报复》（2010）等多部长篇小说及"报应系列"中短篇小说。

时代,"犹太人"也成了一种动态的生成过程,更具有普适性,也早已不再局限于族裔或血统。因此,如果带着"人人都是犹太人"的观点阅读这部作品,同时反观与对照《威尼斯商人》,又会有怎样的触动和启发呢?

小说中,与戏剧情节里商业城市威尼斯对应的是英国柴郡的黄金三角区,那里聚集着富有、文雅的居民,在他们身上读者也同样能找到戏剧中的对应人物。例如,《威尼斯商人》中损失最惨重的犹太高利贷商人夏洛克在小说中的对应角色是第二代慈善家、艺术收藏家西蒙·斯特拉洛维奇(Simon Strulovitch),而剧中忤逆夏洛克并携巨款与情人私奔的女儿杰西卡则对应斯特拉洛维奇的女儿贝特丽丝(Beatrice),后者完全是当代的英国少女,事事求新求异,时时反叛创新,她"为反叛而反叛"的精神在一定程度上像一种行为艺术,无法被保守的父亲理解和接纳。莎士比亚的鲍西亚则与小说中的普鲁拉贝尔(Plurabelle)对应,后者是一位思想浅薄的反犹主义者,频频与名流打交道,说服他们出现在自己制作的电视节目《厨房顾问》中。同样,普鲁拉贝尔的父亲也给女儿留下了类似遗产,即考验女儿求婚者的三辆轿车,分别是对应喜剧中金银匣的保时捷与宝马,以及对应铅匣的大众甲壳虫。普鲁拉贝尔不顾及父亲意愿,选择了英俊却软弱无能、假扮前来修大众车的巴纳比(Barnaby,对应巴萨尼奥),而巴纳比正是在德安东(D'Anton,对应安东尼奥)的暗中帮助下才与普鲁拉贝尔结识的。德安东本人是一位出生于几内亚的法国裔,是个富有、英俊、有品位的年轻男子,艺术商人,只是性向颇为模糊。德安东既喜欢巴纳比,又迷恋另一位身上有刺青的足球运动员格拉坦(Gratan),德安东甚至还让格拉坦结识贝特丽丝,并促成两人的恋爱关系。

小说中,斯特拉洛维奇和夏洛克在曼彻斯特一处犹太人公墓巧合相遇,前者来纪念亡母,后者则来看望亡妻。这样的相遇出乎读者意料,也超乎情节的合理性,其中的时代错乱感深重,因而小说从一开始就有一种戏谑意味。斯特拉洛维奇认出了夏洛克,并邀请对方到自己家中。斯特拉洛维奇自己身上发生的故事也神奇地与夏洛克当年的形成巧妙的对位：女儿贝特丽丝反叛地与格拉坦私奔，她不愿让格拉坦听从父亲的要求，进行犹太人的割包皮手术；而德安东则作为调解人主动站出来为格拉坦承担责任，即和斯特拉洛维奇达成协约，如果女儿不如期返回，他将代替格拉坦进行手术。德安东本人和斯特拉洛维奇在有关犹太艺术馆一事上就早已有冲突，因此两人的恩怨自然难以调和，而普鲁拉贝尔就成了调解纠纷的裁判。于是读者看到，喜剧中的一磅肉惩罚在小说中变奏为犹太割礼，同时这一犹太人所遵从的仪式也在小说中有了独特的文化隐喻。更为反讽的是，夏洛克本人也莫名卷入其中，成了斯特拉洛维奇的顾问。

小说中犹太人的隐喻性困惑无处不在，斯特拉洛维奇和女儿之间存在着巨大的文化差异和观念代沟，他偷偷跟踪女儿，竭力阻止女儿混同于粗俗、喧闹、时尚的当代文化，而他自身对古典音乐、经典艺术和文学的鉴赏和喜爱，他对女儿优雅品质的期待，又让女儿感到压抑和逼仄。在小说所呈现的族裔、文化、时代、价值差异中，莎士比亚戏剧的引用、典故、情节元素、词汇等无处不在，带有明显的魔幻现实主义色彩，读者也在明知虚幻、虚构、荒诞不经的前提下，积极地参与并反观现实，进行主动的互文意义生成，对经典莎剧和当代小说重写的和弦变奏有了深入独特的反思。

互文变奏：对应及互文意义

在莎士比亚戏剧中，夏洛克无疑是最鲜明的人物之一，同时也是最难解读的人物之一，随着时代和文化语境的变化，这个人物始终在动态变化中，绝不简单流于犹太恶魔的单向度形象。尤其是近几十年来，对这个吝啬鬼的反套式化分析，特别是结合文化身份困惑的视角等，更从多层复调上有了新的发展。《威尼斯商人》这部曾经被界定为喜剧的莎士比亚作品也越来越具有其悲剧性，甚至被学者质疑并非喜剧。莎翁作品的恒久意义常常得益于剧作家在道德价值观念上的评判搁置,当我们反复回归文字,重新看人物之间的交往、对话、冲突,会发现莎士比亚从未以其主观判断来左右剧情的发展。

更意味深长的是,经历了几百年的历史,犹太人的文化身份困惑依然存在,重要的是,困惑的症结并不在于实际的族裔归属,而是对何为犹太人的质询,即犹太人自身也并不确定什么才是真正的犹太人。"犹太人"成了一个关注客体,即为何这种客体带有被嘲笑、误解、轻视的可能?从更深的层面上说,"普遍意义的犹太人"其实是对现代人生存困惑的一种普适性探索,关于人们如何正视自我和他人的差异,如何看待自己的价值观和文化认同。

因此,斯特拉洛维奇作为当代的夏洛克,具有莎剧中夏洛克的类似困境,却又无法真正等同于夏洛克,这是小说中最精巧的设计,即当其他人物和情节有相似对位时,原作中的夏洛克依然无法被真正取代,他得与斯特拉洛维奇并存,成为后者的知己和顾问,由此比照出莎剧人物和当代犹太人的差异,让人们清楚地看到变化和不变之处。雅各布森自己也这么认为:"这是作品的真正精髓,即往昔的犹太人和当下的犹太人一同诉说、探讨、交流这一问题。"① 此外,夏洛克在小说中有了截然不同于戏剧的娱乐性,即让读者感到滑稽甚而愉悦,通过他和斯特拉洛维奇的对话,尤其是关于什么是犹太人的讨论,关于失落家园却无处不在的散居族裔(Diaspora),关于人的生存困惑。夏洛克告诉斯特拉洛维奇:

> 我们曾经有机会拥有家园,而我们弄砸了。归属是我们永远都没法擅长的。我们就是陌生客,他们费尽力气想要让我们相信,离散族裔才最适于我们,这几乎回避了究竟什么才适于他们的问题。不过他们丝毫不觉得尴尬,声称真正的犹太人就是流浪的,是无处不在,也是无处可在的公民,我们是穿着华丽时髦的流浪者,哪里

---

① "Man Booker Prize Awardee Recasts Complex 'Merchant of Venice' Character", *Weekend Edition Saturday*, http://www.npr.org/templates/rundowns/rundown.php?prgId=7, 2016.

能生存就挤进哪里，身处边缘和缝隙。岌岌可危却又彬彬有礼，就像紧贴着岩壁的浪荡子，一边感叹着我们那令人惊讶的、富有创造的边缘性。①

夏洛克的这番言论，其实是隐藏在他背后的作家的声音，是雅各布森对于犹太人生存的概述。这种边缘性，无论是在《威尼斯商人》中还是在小说中都是明显的，因而斯特拉洛维奇像夏洛克一样，他在小说中就是要让周围的所有人不快、不舒服、不认同、不理解。有趣的是，此时的夏洛克则处在另一个位置，一个旁观者和局外人的位置，这个位置连作家自己都羡慕不已，他甚至在访谈中直言他就喜欢自己是个局外人，从局外进行创作，旁敲侧击，冷嘲热讽，他毫不避讳自己就喜欢书中夏洛克的状态，觉得自己不像其他犹太人那样喜欢社群、家庭、典礼仪式。从这个角度看，斯特拉洛维奇和夏洛克孤独、异在的状态，倒似乎更能揭示普遍意义的文化困惑。

所以，小说中有意强调了一点，即个体的犹太人常常被人视为带有群体的犹太人性质，"基督徒们看到的是集体的犹太人……从集体性而言，我们依然与怪异相关"②。在书中，斯特拉洛维奇和德安东、普鲁拉贝尔两方的冲突和矛盾被淡化，而夏洛克与斯特拉洛维奇之间发人深思的对话、故事叙述，以及关于犹太人的探讨，倒成了阅读的焦点。这是重写作品的价值所在，尽管重写的文学独立性多少受到了限制。

雅各布森也关注了当下莎学研究中对《威尼斯商人》的不同解读，尤其是对人物偏执表现的探讨，关于父女关系的揭示等，在重写作品中有了对应的变奏。他甚至将剧中并无戏份的夏洛克之妻莉亚（Leah）拿来大做文章。莎剧中莉亚只被提及一次，即当夏洛克得知女儿杰西卡离家出走，他抱怨女儿偷走了他的财产，最糟糕的是，还带走了妻子莉亚给他的戒指，他说，那

---

① Jacobson, *Shylock Is My Name*, Hogarth, 2015, p.64.

② 同上，p.67.

戒指是"我还是单身汉时莉亚送给我的"①。仅此一句话，雅各布森坦言他对此着迷，觉得这句话完全能证明夏洛克深爱妻子，并思念着妻子，作家由此找到切入点，认为正是这短短一句台词，表明了夏洛克一定不是心狠残忍的父亲，可他最终却被自己一手带大的女儿背叛，这无疑是莎剧中最令人不安和紧张的父女关系之一，可以在重写中得到聚焦和渲染。于是，斯特拉洛维奇和贝特丽丝的关系在小说中成了重要的发展线索，父亲对女儿的期许和教诲，在女儿看来成了一种压迫和干涉，甚至是精神侵略，女儿背着父亲和普鲁拉贝尔交友，与格拉坦私奔。

在这样的矛盾冲突中，斯特拉洛维奇和夏洛克的交流揭示了犹太人的心态和情感反应，尤其是被人们一直诟病的缺乏幽默感问题。在小说中，这种在旁人，尤其是非犹太人眼里的拘谨严肃，似乎更多的原因在于他们"比非犹太人更强烈地意识到自己身上的犹太属性"，而"要不是斯特拉洛维奇自己非得强迫他和其他人接受这个事实，其实德安东从没想过斯特拉洛维奇是个犹太人"②。由此看，这种对犹太特征过于自知的表现，让斯特拉洛维奇就像夏洛克一样，在周围人的眼中，甚至在女儿的心目中，成了这样的人："富有、毫无品位、有侵略性、好斗、暴躁、自私、自怨自艾、自毁，有迫害妄想同时又迫害他人、总是愤愤不平，觉得全世界都亏欠了自己"③，更重要的是，在德安东看来，"这些特征并非犹太人与生俱来或必然具备的，而是犹太人自己强加给自己的。"④这样的表述，其实指向的并非族裔文化特征或偏见，更本质的是人的心理反应和人际冲突中的一种应激性表现。因而无论是雅各布森的小说重写过程，还是读者的小说阅读过程，都在某种意义上是对《威尼斯商人》的一种深层诠释，也是对当下人们文化认同的一种重新认识。

---

① *The Merchant of Venice* (Act 3, Scene 1, Line 121)
② Jacobson, *Shylock Is My Name*, Hogarth, 2015, p.119.
③ 同②，p.120.
④ 同③。

例如，夏洛克对斯特拉洛维奇解释自己与安东尼奥缔结的那次协议：

> 你以为我真那么想要这结果？难道我策划了具体的方案，来如何应对安东尼奥违约，这样就能真正心满意足了？或者说，我是出于好玩才要威胁着勒索吗，或是因为我没法选择自身的族裔遗传本质，只能勒索，即人们迷信所认为的犹太人一定会勒索这样的罚金吗？难道我是在宣泄自己或他人的欲望吗？当你能解释清楚自己的做法，你就能来找我了。不过，我可以告诉你，如果说在第一次提出的偿还条件中存在猥亵的嘲弄，那第二次就没有。这是我的错误，我表现出自己对他的心脏有所阴谋，哪怕只是瞬间的想法，哪怕这些并非我最初和最重要的考虑，我都让安东尼奥变得高贵起来，我几乎拱手奉上了他一直在寻求的悲剧，其实他配不上这么崇高的位置。……是我让他从这次闹剧中得以升华。[1]

夏洛克的本意并未如此邪恶，他是觉得自己可以被随意操控，在被逼入绝境、别无选择时才最终走到如此不堪的地步，他是在他人的蔑视和先入为主的贪婪定论中被煽动激化成如此角色的。作品中，夏洛克其实与斯特拉洛维奇在犹太性上是合一的，他们深入挖掘着边缘人的困惑，即无论是在威尼斯的那场协议中，还是在当代英国曼彻斯特的这次协议中，非犹太人（无论是基督徒还是穆斯林），都觉得犹太人本质上并不好战，"是被阉割过，像女人一样流血"的弱者，正因为此，当他们真正反抗时，才如此难以被对方谅解，在他们的逻辑中，"输给犹太人就是输给阉人"[2]。由此，斯特拉洛维奇要求德安东进行犹太人的割包皮手术，在隐喻意义上就是一次真正意义的复仇。隐私部位不同于心脏，他至少不会陷入"拱手奉上"的悲剧，让对方得以"升

---

[1] Jacobson, *Shylock Is My Name*, Hogarth, 2015, p.151.
[2] 同上，p.179.

华"的尴尬，因而他的最终复仇，是一种反讽的复仇修正，从表面看似乎对位于莎剧情节，实际上对剧中的力量抗衡和心理冲突进行了一次戏谑模仿和本质上的挑衅和颠覆。于是他们就定下了这样的协约，即假如格拉坦和贝特丽丝两周内没有按时回来，德安东得进行犹太人的割礼手术。在此之前，有见证人，斯特拉洛维奇和德安东会进行最后的对话，确认相关条件，而后德安东乘车前往专门诊所，在身体和心理检查都合格的情况下，进行手术。

小说最反讽的部分在于那段著名的"慈悲的天性并不是出于勉强，它犹如甘霖从天而降"的激昂陈词，居然由夏洛克说出。不过他的话语尽管相像，像是对剧中台词的诠释，却有一定变奏，"做一个慈悲的典范者；在不期待获取慈悲的前提下给予慈悲，因为慈悲并非交易，就交付它真正固有的特征。为同情而同情，而不是为了让灵魂受益。没有同情的双目等同于盲眼，可是并不仅仅为了能看见，人才要给予同情。同情不能被利益或好处毁损，它不该顾及自爱，也不能取代谅解，而应该在需要的时候自行显现……"① 同样的话语，换了叙述者，同样适用。慈悲的中性和普适，在视角对换后，出现了发人深省的逆转，究竟是哪一方误用或缺失了慈悲？如果改变了文化和历史语境，当我们再次回到这个慈悲问题时，是否能发现自身思维的盲点？出人意料的是，那段曾经被解读为夏洛克毫无怜悯之心的话语，倒过来考问了曾经站在道德高地的人们。

雅各布森在重写中巧妙地处理了最后协约的结局，尽可能双方都不受伤，没有一方战胜另一方的情节，因而也延续了困惑和反思。小说中，德安东无奈遵守协约前去手术，但因为他在幼年时生活在热带，人们普遍接受此类手术，最后医生的处理自然是不必重复手术，德安东守了约，斯特拉洛维奇也没有理亏，谁都没有陷入不义和尴尬。

---

① Jacobson, *Shylock Is My Name*, Hogarth, 2015, p.266.

和弦与弦外的深思与困惑

然而,在戏谑模仿和重写的过程中,除了互文的和弦外,弦外之音始终延宕,作品所引发的深思与困惑值得关注。至于雅各布森,他多年来的创作,包括获得布克奖的作品《芬克勒问题》(*Finkler Questions*, 2010),其实始终都聚焦于"何为犹太人"的质询,即关于犹太人文化认同和困惑,而他的读者群远远超越了犹太人的族裔范畴,他们都明白,任何显在探讨犹太人文化的作品,本质上就是在诠释和探寻普遍的人类问题。即使换一个角度,质问和疑虑依然成立,即犹太人之外的广大人群,你们为何将自己区分于犹太人群?若再将问题深入,我们每一个人都必然困惑于类似的疑虑:我们清楚自己的文化认同吗?我们自身来自怎样的文化背景,它又是如何影响我们的思想和生活的?带着这样的疑问回到莎剧《威尼斯商人》,重新审视威尼斯的犹太商人夏洛克,试想他几百年来就代表着一群人——犹太人,他被人们普遍解读为贪婪和残忍的形象,其实是怎样伤害和影响着这一群人。我们思考过在此人群之外和之内的不同感受吗?反思过文化认同对于个人和群体的重要意义吗?

因而,夏洛克和斯特拉洛维奇在重写的小说中要为这一群人诉说和表达,而他们的所想所为就像另一个视角的展现,无论好坏,雅各布森站在他们的立场进行着创作设计与再现,让读者看到或在他们意料之外或在他们意料之中的一切,并将疑问交付每一个读者:固有的犹太人标识到底存在否?若你是犹太人又会如何?莎士比亚究竟是否在作品中持有反犹太主义者的态度?小说完全是独立的作品,无论读者是否反观莎剧,夏洛克在其中的表现显然不同于众多人的期待,他讲求原则,富有智慧,用情专一,甚至颇有见地,而现代版的夏洛克斯特拉洛维奇同样对家庭负责,护女心切,憎恶虚伪和背叛。对于这些形象的塑造,读者更多看到的是平常心,而非另类的、异在的族裔。作家也通过人物的谈论、辩驳，甚而遍布细节的幽默玩笑，以某种自嘲的笔调勾画了所谓的"犹太性"，让犹太主角们总是处于某种不舒服和不愉快的状态中，他们敏感地意识到文化偏见的无处不在，并对犹太意义持有消极批判态度，出人意料地不希望博取读者同情，这在雅各布森的诸多作品中都有类似的表现。作家有意让人物保持着某种令人不快的异类感，甚至不惜揭露人物的丑陋和荒诞不经来达成一种平衡，即人物和观者的实际平等地位。例如，斯特拉洛维奇和非犹太前妻不愉快地离婚，他与保守的父亲最初的关系恶劣，他对于利益的追逐和各种手腕的利用，他时常的口是心非、过于敏感的自我文化意识，以及不时涌上心头的困惑，在推翻人们对于犹太的成见的同时，又不断偏离被重新界定的可能。总之，他试图让读者看到，这些人物是鲜活的个体，并不适宜归类。他好像在对人们说："瞧，犹太人不是你们所想的那样，但也不是我笔下这样的。"因而他对于夏洛克套式形象的质疑，并不意味着要展现夏洛克实为怎样的人，而是要揭示观众、读者，甚至学者的诠释究竟是如何出错的，他们忽略了什么。所以他要让夏洛克重新来说出仁慈那段话，让换了叙述者的话语带来疑问和荒谬感。

事实上，《我叫夏洛克》暗示着提出疑问有时比给出答案更为重要，因而"芬克勒问题"依然继续着，它貌似在质询什么是犹太人，实则是在询问什么是人性，并同时揭示答案的无穷和不定。他只是给出一个个案，并诙谐地让德安东最终不必进行第二次割礼来化解所有人的尴尬，暂时搁置对错和输赢。此外，小说以英国曼彻斯特为特定的背景，包括作家的其他作品，都强调了英国的文化背景。正如作家在一次访谈中所言："我知道有很多犹太人，他们理性、平静，长久以来确实对英国是否能成为安全家园心存疑惑。那不同于犹太人安全家园的美国，在那里美国的犹太人感觉自己真正融入美国文化，并参与了美国文化的构建、塑造和再创造……"① 由此来看，人们提到的犹

---

① "Howard Jacobson: Finding Humor in Jewish Nerves", *All Things Considered*, http://www.npr.org/, 2010.

太人普遍意义似乎又具有矛盾性，即犹太人在不同的文化语境下会呈现出不同的文化归属感和认同。不过，再细想，作家其实提出了一个很具有批判性的问题，甚至并不仅仅关涉到犹太人，即人们习惯于把发生在某地某人的事件推而广之，以概述某个人群或族裔，这种偏见甚至存在于犹太人本身，因而他所揭示的夏洛克和斯特拉洛维奇，在某种意义上是过分执着和纠缠于自己身为犹太人的特性。因此文化的套式和偏见不仅有外因，还有内因。在小说中，不知是反讽还是揭示，当普鲁拉贝尔和德安东谈论艺术时，曾有一段讨论，即关于美国土著印第安人在探索频道中出现的形象总是显得悲伤，认为他们的悲哀是因为他们失去了很多，在历史上是真正的受害者。但是当普鲁拉贝尔提到犹太人的悲哀，德安东就开始感到不悦，他如此表述："我得说他们是自愿自发陷入凄惨绝望的……他们选择了自己要表现的样子。"① 那么，这究竟是一种文化偏见，还是作家隐含地在提出某种执着和纠缠于犹太性的矛盾内因？这种揭示，关于文化认同和反思，或许才是人们所要表达的犹太人的普遍意义和追寻吧。

莎士比亚的《威尼斯商人》给了无数人认识或误读犹太人的文化信息，而在这部新近的重写小说中，雅各布森巧妙地以互文和弦，通过变奏继续着他的探寻和追问。当年的夏洛克和当代的斯特拉洛维奇超自然超时空地进行对话和讨论，如果故事依然能对位，一磅肉的协议还能进行，当年的困惑似乎还在继续。正如雅各布森在其《爱情迫害狂》(*The Act of Love*，2008)中所揭示的：为爱的发生状态而爱，通过信仰的实践行为而生发信仰。那么这场互文的和弦变奏，也始终表明了人们对于追寻状态和思考实践的重视，即通过不断反思和质疑，来动态、渐进地形成文化认同和自我认识。

---

① Jacobson, *Shylock Is My Name*, Hogarth, 2015, p.27.

第2节 夏洛克对夏洛克:《我叫夏洛克》中的双重协商

重写或改写的本质,是当下文本与原作之间的协商:协商内容涵盖情节、人物、主题、观点等,体现原作的当下意义(当下人如何看待原作),体现经典(过往)与当下之间的传承和裂隙。雅各布森的《我叫夏洛克》则更将这样的协商推进了一步,他不仅以小说中的人物、情节、观点与莎士比亚的《威尼斯商人》进行着多层面的对话和协商,更通过将原作中的夏洛克一分为二,分别以"夏洛克"和"斯特拉洛维奇"两个形象成为小说共同的主角和矛盾冲突的主线之一。在这个意义上,雅各布森的《我叫夏洛克》与莎士比亚的《威尼斯商人》之间的协商,具有内容丰富而深刻的双重协商的特征:通过重写剧情人物,以改变了实质的表面对应体现了作者对莎剧原作中一系列问题的当下阐释和批评见解,通过让原作中的夏洛克分裂为二,并在贯穿全书的互动中推进着关于"犹太人"和"犹太性"的思考。

雅各布森与莎士比亚:"呼应"与"协商"

尽管从剧本到小说的重写跨越了文类的界限,但文学作品四因素依然是

第三章 《我叫夏洛克》重写《威尼斯商人》

衡量重写与原作之间的关系（复制、变动、互动）的参照点，即人（人物）、地（场所）、时（时间）、事（事件）。由于小说的当代重写必然改变原作的时间和场所，人物与事件的重写就显得尤其具有重要意义：如何在尽可能保留重写与原作之间在人物与事件的关联的同时，让人物及其所言所为体现当下语境的各种意义，从而引发人们对原作的当下意义的思考，这是使重写不仅具有市场价值，更拓展了原作当下意义的重要考量。

在这一点上，雅各布森的《我叫夏洛克》提供了一个颇有价值的案例。小说中的大部分人物的名字都与《威尼斯商人》保持着功能性的呼应，即不用原名，但从他们的相互关系及言行看，基本可以断定其"原型"：莎剧中只被提到一次名字的夏洛克的亡妻莉亚，在小说人物夏洛克的回忆中占据了相当高的"能见度"；鲍西亚成了小说中热情聪明、继承巨额财产的普鲁拉贝尔，还有了个有名有姓的父亲莎尔克罗斯①。莎剧中的另几个男性人物：安东尼奥成了有同性恋倾向的当地政界人士并与斯特拉洛维奇有过节的德安东，破落富家公子哥巴萨尼奥成了被普鲁拉贝尔爱上的卡车司机巴纳比，那个"偷走"了夏洛克女儿杰西卡的基督徒文艺青年洛伦佐则成了当地三流足球队员格拉坦，他因在球场行纳粹礼而被驱逐出球队。看来，雅各布森对莎剧中这几个基督徒人物似乎并不友善，借重写对原作进行了一次当下化去神去媚的重新阐释。

小说在人物重写上更有意义的尝试，是将莎士比亚的夏洛克一分为二，在小说中成了"夏洛克"与"斯特拉洛维奇"，后者还被配上了一位基督徒前妻奥菲莉亚-简②，《威尼斯商人》中的杰西卡也顺理成章地分身成为"夏洛克"和"斯特拉洛维奇"的女儿"杰西卡"和"贝特丽丝"③。但是，如果说作者

---

① 小说中的斯特拉洛维奇偶尔会觉得"莎士比亚"（Shakespeare）的名字可能来自犹太名"莎皮洛"（Shapiro），而该词与"夏洛克"（Shylock）又有关联。

② 奥菲莉亚—简（Ophelia-Jane）：很难不让人同时想起哈姆雷特的悲剧女友奥菲莉亚和《简·爱》中特立独行的女主人公贝特丽丝。

③ 贝特丽丝（Beatrice）：与《无事生非》中那位美丽智慧敢怒敢言的贝特丽丝同名。

将杰西卡分身为被夏洛克"在心里埋葬"了的女儿和敢做敢爱、敢于对父亲摔门而去的女儿,更多是为了故事情节建构的需要,夏洛克的分身却实实在在地传达了雅各布森对莎士比亚的夏洛克的理解和诠释:这是一个无法简单贴上"犹太人"标签的复杂人物,这个夏洛克具有深刻的双重个性,一个夏洛克内心丰富,睿智(或是狡诈)隐忍,接近于被安东尼奥等人求着借钱、对女儿出走伤心欲绝的那个夏洛克;而另一个夏洛克(斯特拉洛维奇)则严厉顽固、冷酷执着,更接近于法庭上坚持自己割取"一磅肉"的合同权利的夏洛克。更有意义的是,小说中两个夏洛克之间的互动和对话,在推进故事情节发展的同时,还围绕"犹太人"和"犹太性"的问题进行了大段的交锋和探讨,这一点,是这部重写作品的"借题发挥",但却是十分有历史、当下和学术意义的发挥①。

上文提到的雅各布森在重写基督徒人物时采取的"当下化去神去媚"的策略,同样也被运用到相关的情节重写中:鲍西亚选婿所用的金银铅匣,被写成了普鲁拉贝尔的选夫三条件——说出 20 世纪三大谎言、指出英国最肮脏的富人、制订刺杀当时首相布莱尔的计划;本着玩笑精神订下的"一磅肉契约"变成了几乎毫无理智和逻辑的"割礼合同"。只有"戒指风波"本身没有大的改变:巴纳比丢失了普鲁拉贝尔送的戒指,让德安东背锅说是他借去送了人,但这一桥段在《威尼斯商人》中只为了从庭审的悲剧向喜剧结尾过渡,在《我叫夏洛克》中却最终导致了小说的情节高潮即德安东签署协议接受割礼。

当然,严肃的重写作品与原作的"协商"不会只停留于人物姓名和情节事件上,其作者一定会在主题、观点等层面上对原作进行阐释和展开对话,阐释是以读者的身份对原作发表自己的看法,对话则是借重写的各种策略对原作相

---

① 关于犹太人、犹太历史等问题的讨论,美国作家柯亨(Joshua Cohen)于 2021 年发表(获 2022 年普利策小说奖)的长篇小说《内塔尼亚胡一家》(*The Netanyahus*)可以与《我叫夏洛克》相互刊发。

第三章 《我叫夏洛克》重写《威尼斯商人》

关内容进行批评性研究和创见性改造。在《我叫夏洛克》中,"歧视偏见"和"复仇与怜悯"成为雅各布森阐述和协商《威尼斯商人》的两个重要话题。

不得不承认,莎士比亚塑造的夏洛克的确对犹太人形象造成了巨大的、几乎不可磨灭的负面影响,"一磅肉合同"也几乎成为犹太人吝啬、狡诈、阴毒、冷酷的标签,莎士比亚也因此被一些人认为对犹太人抱有深刻的偏见、成见和歧视,《威尼斯商人》具有明显的反犹太主义倾向。但事实上,我们并不需要做太深入的细读,仅凭一些十分显而易见的文本与台词分析,便可意识到,"反犹的莎士比亚"其实是一个误读,一个伪命题:如果我们分析一下剧本最有分量的台词,剖析一下各主要人物,便不难发现,尽管全剧情节中基督教及其信徒处处在场处处发声,尽管夏洛克最终惨败于威尼斯法庭,尽管第五幕的皆大欢喜勉强满足了该剧的"喜剧"标签[①],全剧最直击人心的几段台词都出自夏洛克[②],特别是那段"难道犹太人没有眼睛吗?",人物中最引经据典、机智雄辩的是夏洛克,和他对阵的基督徒根本没有回应之力,除了网暴式的谩骂攻讦。另外,虽然夏洛克最终败于鲍西亚的释法策略,但从根本上说,鲍西亚的行为并不合法:她是以伪造的身份进入法庭,并以违反法律基本原则的策略来取得胜利的,可以说是"胜之不武",况且,她是在基督教主导的法庭上援引基督徒制定的法律对犹太人与基督徒的商业和经济纠纷进行道德和法律审判。无论是在当时还是现在,我们不得不佩服莎士比亚,竟能在一片排犹声浪中创造了这样一个不得不败在威尼斯基督徒面前的犹太人夏洛克[③]。

雅各布森所处的时代不同了,因此有可能让莎士比亚的夏洛克继续说着他未能在莎剧戏台上说透的话,将更为明确的批评矛头更准确地指向那一群

[①] 其实,即使没有了夏洛克,还有一个从头到尾都郁寡欢,与月光、音乐、歌舞格格不入的安东尼奥在场。

[②] 基督徒阵营中,只有鲍西亚四幕一场那段"仁慈的天性并非出自勉强"的台词尚具有实际的普遍意义。

[③] 雅各布森明确认为,莎士比亚绝不反犹太主义,他始终用"人"的观点看待所有"异类"。参见 Hoare, p.27。

基督徒，揭露他们的虚伪言行，驳斥他们对犹太人（乃至一切"非我族类"的人们）的歧视与偏见①。小说中的夏洛克和"分身"斯特拉洛维奇回忆当时的庭审，被问到到底是什么事件节点上，"一磅肉"才从玩笑变成了认真，他回答说，此前的一系列发生在他身上的事件，只是量的叠加，如当众羞辱、借钱时不屑的口吻、骗走女儿和钱财等，而最后的那根稻草，正是公爵和巴萨尼奥等人不住的"恳求"，以及鲍西亚的那段关于"仁慈"的长篇台词。所有这一切都表明，基督徒并没有把夏洛克当平等的人来对待，他们认为他一定会被说辞洗脑、被金钱买通、别无选择，最终放弃合同，这才是让夏洛克感到最难以忍受的蔑视和歧视②并促成他决心硬刚到底、坚持要履行合同取那一磅肉的原因和时刻。

事实上，莎士比亚的《威尼斯商人》中并不缺乏对基督徒和基督教义的虚伪揭露和批评，由于这些话语被塞进了被贴上"恶魔"标签的夏洛克之口，至少在基督教世界里就失去了相当的"认真度"，成了"坏人"骂"好人"。但即便如此，从安东尼奥、巴萨尼奥等人物的台词和行为中，我们依然可以读出那种虚伪和无耻：他们的所有高谈阔论，其核心都是"金钱"，败家的巴萨尼奥向安东尼奥借钱，为的是去挣来贝尔蒙那位姑娘刚继承的丰厚家产，而他后来为救朋友不惜一掷千金，那钱其实是他借婚姻归于自己名下的原属鲍西亚的财产；那个以爱之名把杰西卡从家里带走（用夏洛克的话说就是"偷走"）的洛伦佐，并没有忘记让姑娘先把金银珠宝从楼上窗口扔几袋下去，这样的行为，与他后来那段关于月光和音乐的美妙台词显得十分的格格不入，刺耳，令人难有共情。

雅各布森的夏洛克同样对基督徒及其对犹太教徒的污名化提出了类似的

---

① 雅各布森在一次访谈中直言不讳地表示，以安东尼奥为代表的那几个基督徒是《威尼斯商人》中最"令人讨厌"的角色，认为这些人根本"与爱无关"。参见 Hoare, p.27。

② 此前，小说中的夏洛克也曾尖锐指出："那傲慢的非犹太教徒，和我做生意却根本没把我这个犹太人当人。我不存在，我说的话也不存在，我的威胁我的乐趣都不存在，存在的只有那笔借款，只有他需要和相信他能不付代价就能得到的东西。"（Jacobson, *Shylock Is My Name*, Hogarth, 2015, p.148）

质疑："你不喜欢别人挣钱的方式，难道就是你偷抢的理由？"①当时的威尼斯是国际航运贸易的重要港口，安东尼奥这样的基督徒做航运大亨，夏洛克这样的犹太人银行家提供贸易所必需的资金，各持各的信仰，各做各的行当，而安东尼奥等人却要用信仰干涉经济活动，在他们的信仰占控制地位的威尼斯，无疑加深了对不信仰基督教的人群的歧视和偏见，连带这些人所从事的经济活动，都被视为"异教"而贴上了低人一等的标签。雅各布森的夏洛克在谈到莎剧中鲍西亚在法庭上的"仁慈话语"时，尖锐驳斥道："他们说仁慈，却进行了最残酷的报复。"②的确如此，在威尼斯法庭上，夏洛克不仅被剥夺了财产，还被迫改信基督教，而雅各布森的夏洛克在与自己的"分身"斯特拉洛维奇商议如何解决其女儿的恋人格拉坦非犹太人的问题时，提出让格拉坦皈依犹太教，显然是在信仰方面对莎士比亚戏里基督徒主导的法庭判决的一个回击。

重写与经典原作之间的互文互动，在雅各布森的《我叫夏洛克》中还有独到的体现：除了作品整体处处可见的与莎士比亚《威尼斯商人》的"对话协商"外，小说人物还不时脱口而出来自其他莎剧的声音：夏洛克与斯特拉洛维奇谈起自己在《威尼斯商人》中最后的退场，应该有一句比"（文件）随后送来吧，我会签的"③更激烈的台词，那就是《第十二夜》中被基督徒们捉弄的清教徒管家马伏里奥的那句"我一定要报复你们这帮家伙！"④，而这句台词正好成为小说的"终场辞"，只不过说这句话的不是雅各布森的夏洛克，而是他笔下饱受捉弄的斯特拉洛维奇："我一定要报复你们这帮家伙！"⑤莎士比亚的夏洛克在雅各布森的小说中分身为二：趋向理性和普遍人性的夏洛克与执着报复而显得不近人情的斯特拉洛维奇，两个"夏洛克"各自推进

---

① Jacobson, *Shylock Is My Name*, Hogarth, 2015, pp.82-83.
② 同①，p.86.
③ *The Merchant of Venice* (Act 4, Scene 1, Lines 404-05)
④ *The Twelfth Night* (Act 5, Scene 1, Line 360)
⑤ Jacobson, *Shylock Is My Name*, Hogarth, 2015, p.277.

呈现着莎士比亚夏洛克形象中的相应因素，而执念于报复的斯特拉洛维奇，显然更接近那个在法庭上磨刀霍霍的夏洛克。

莎士比亚的《麦克白》似乎也是雅各布森在重写时信手拈来的互文桥段和隐蔽的戏仿：斯特拉洛维奇和前妻奥菲莉亚（《哈姆雷特》的奥菲莉亚？）婚前就是否要为可能的儿子行割礼发生争吵，斯特拉洛维奇就说："那我们就说定了只生女儿吧。"①而此时，读者似乎能听见幽灵麦克白在对妻子说出那句"你只能生出儿子"②。当普鲁拉贝尔与夏洛克讨论如何实施"德安东割包皮手术"时的那句"如果能一了百了，那最好就在我家一了此事"③，则更显然是改写了麦克白的那句"若此事能一了百了，就应该快快下手了之"④。

还有几处更为隐蔽的戏仿，使莎士比亚如幽魂游走于这部重写的各处"缝隙"。斯特拉洛维奇的女儿普鲁拉贝尔把刚认识并陷入热恋的格拉坦邀进家后，脱口而出"我家就是你家，爱怎么强暴就怎么强暴"⑤，"强暴"的口误无论是有心还是无意，都让人想起莎士比亚《一报还一报》中伊莎贝拉对安哲鲁的那句"听我说我会用什么来贿赂您"⑥，不同之处仅在于，小说中的"强暴"实际上是普鲁拉贝尔的激情之下的不择用词，而莎剧中，尽管安哲鲁对"贿赂"的即刻反应是性交易，伊莎贝拉却很快将其澄清为纯洁的"祈祷"。小说第13章中，斯特拉洛维奇对女儿无法接受他要求其男友行犹太割礼摔门而出的行为感到愤怒，认为女儿一定觉得自己十分"野蛮"，夏洛克劝他时则用了"所谓好坏，均出一念"⑦，其逻辑似乎照搬了《哈姆雷特》中哈姆雷特反怼老同学的那句台词：哈姆雷特谈起"丹麦于我是监狱"，罗森克兰茨说，

---

① Jacobson, *Shylock Is My Name*, Hogarth, 2015, p.143.
② *Macbeth* (Act 1, Scene 7, Line 79)
③ Jacobson, *Shylock Is My Name*, Hogarth, 2015, p.231.
④ *Macbeth* (Act 1, Scene 7, Lines 1-2), 2015.
⑤ Jacobson, *Shylock Is My Name*, Hogarth, 2015, p.94.
⑥ *Measure for Measure* (Act 2, Scene 2, Line 171), In Jonathan Bate & Eric Rasmussen eds., *William Shakespeare: the Complete Works*, Royal Shakespeare Company, Random House, 2007.
⑦ Jacobson, *Shylock Is My Name*, Hogarth, 2015, p.132.

"殿下，我不这么想"，哈姆雷特立刻回答道，"啊，那对你不是；因为所谓好坏，均出一念；对我而言，丹麦就是监狱"①。

正如我们反复指出的，重写在本质上就是一种"改编"（adaptation），其评价原则也与"改编研究"或"改编学"（Adaptation Studies/Theory of Adaptation）关于改编作品的评价原则本一致，即所谓的"忠实原则"（是否忠实于原著）并不能成为评判改编成功与否的标准，也不在改编研究的理论范围之内②。无论是改编还是重写，在本质上不是对原著的模仿，而是在当下的历史、社会、文化和文学语境下与原著的对话、互动和批评性的重构，原作的人物、情节、对话等，无论是"以本色"出现在重写作品中（即照搬）还是经改头换面后出现，其功能都在于体现重写作者对原作的阐释、评论和对话，而这些阐释、评论和对话所展现的视野和深度，应该成为衡量重写作品的思想艺术价值的重要标准。雅各布森用《我叫夏洛克》重写莎士比亚的《威尼斯商人》，虽然处处保留着原作标记，如人物名字和基本事件（合同、报复等），但有价值的是，从人物构思到故事情节到对话叙事，处处可见作者本人对原作的评论性释读和对话，传达着原作在当下语境中的丰富意义和阐释可能。

雅各布森越过莎士比亚：从犹太人到人

有评论在肯定雅各布森塑造的夏洛克-斯特拉洛维奇分身人物的同时，对作者未能同样塑造好莎剧中的其他人物颇有微词，认为小说中的其他人物未能达到剧中对应人物的深度③，这样的评论，显然没有注意到雅各布森在小说中对当代犹太人及其面临的问题的探讨和思考。事实上，重写作品中的每个或大多数人物是否能与原作完全两两对应，并不应该成为评价重写是否成

---

① *Hamlet* (Act 2, Scene 2, Lines 244-45)
② 参见 Thomas Leitch, "Adaptation Studies at a Crossroads", *Adaptation*, 2008(1), pp.106-120。
③ 参见 Alexi Sargeant, "A Touch of Woody Allen", *Commonweal*, 2016(12), p.27.

功的标准；重写能够深入发掘并展现原作的核心主题、主要情节和主要人物，固然是其成功的标志，但如果能将原作的主要话题置于当下语境并进一步发展，恰好是重写成功更有意义的一个内容。雅各布森在富有创见地塑造了分身夏洛克的同时，通过夏洛克和斯特拉洛维奇各自的言行，特别是通过两人贯穿整个小说情节的互动、交流甚至交锋，以时而幽默时而严肃时而深刻的话语，探讨着当代犹太人面临的根本问题：犹太人到底是什么人？犹太性的本质到底是什么？犹太人和普遍意义上的人，相互之间的关系如何？如果人人都是犹太人，"犹太人"和"人"还有什么区别？

小说中夏洛克的"分身"斯特拉洛维奇的言行，相当明显地体现出作者对"犹太人"和"犹太性"本质的反思与质疑。表面上看，斯特拉洛维奇比夏洛克更在意和执念于"犹太性"，他从一开始就想方设法严厉阻止女儿贝特丽丝和基督徒格拉坦的交往，但事实上，他自己的前妻就不是犹太人也不信犹太教，还因此惹怒了自己的父亲；斯特拉洛维奇自己从不谈论犹太教信仰，从不去犹太教会，也十分反感与犹太教相关的任何仪式；女儿要嫁非犹太教徒，他也（被迫）无所谓，但却坚持对方必须行割礼；更荒唐的是，到最后，甚至连谁来接受割礼都不重要了，重要的只剩下必须有人受割礼。女儿普鲁拉贝尔质问斯特拉洛维奇，为什么自己只能和犹太男生谈恋爱，斯特拉洛维奇无法回答，只说"为了延续"[①]，"延续"什么？他也说不明白，而问题在于：如果他不知道自己到底在延续什么，如果他同意只要有另一个人接受割礼，本来就是犹太–基督教"混血"的女儿就可以与基督徒格拉坦结婚，那么这种执念、这种"延续"最终就成了空洞的无实质的东西，成了一个自欺欺人的笑话。

如果说斯特拉洛维奇执念于无处安放实质的"割礼"，他和夏洛克两人贯穿小说始终的关于"犹太人"或"犹太性"定义的讨论和争辩，同样落于空

---

① Jacobson, *Shylock Is My Name*, Hogarth, 2015, p.185.

虚。"我们从来没有归属，我们到哪里都是外乡人"①，不过是"永世流浪的犹太人"的翻版；别人习惯于"从二手视角看犹太人"②，是对偏见歧视原因的揭示，犹太人"习惯于用别人的眼光看自己"③，也可能被归于洗脑的结果；犹太人就是"那些看什么都是在侮辱犹太人的犹太人"④，"犹太人最大的弱点就是始终把自己想象成最糟糕"⑤，是自责和反省，而犹太品质就是"犹太人自己行为所标示的犹太品质"⑥，是一句毫无意义的同义反复；犹太人看到的是"比他们自己历史更久的东西"⑦，但那东西到底是什么？夏洛克和他的分身都没有说清楚。在这样的情况下，夏洛克那句"如果我们并非自己声称的那样，怎么办？"⑧相当明显地传递出对身份定义模糊的焦虑和迷惘，而他在妻子莉亚坟前的那句"我们没救了"⑨，多少体现了被置于当代语境下的夏洛克对这一问题是否还能有明确答案的绝望心态。

西方观众、读者、学者对《威尼斯商人》评论很少有超脱族裔问题的视角，这不难理解，但是，对西方以外的观众、读者和研究者来说，莎士比亚这部戏包括其情节、人物和主题等，完全（可以）超越了（狭隘的）族裔和信仰之争，跳出西方的文化历史和社会语境，我们可以从更客观和超脱的角度来看待这部戏中的冲突与观念，跳脱"族裔"甚至"信仰"的传统切入点，将注意力放在"对无知或未知的人或事的歧视和偏见"这一具有普遍人性意义的问题上，从而展现这部戏的更大更普遍的价值。因为，人对他人的偏见和歧视有各种原因，族裔身份只是其中一种，地域、文化、性别、语言等因

---

① Jacobson, *Shylock Is My Name*, Hogarth, 2015, p.62.
② 同上，p.240.
③ 同上，p.133.
④ 同上，p.114.
⑤ 同上，p.132.
⑥ 同上，p.118.
⑦ 同上，p.103.
⑧ 同上，p.133.
⑨ 同上，p.15.

素，也完全可以在一群人中产生对另一群人因缺乏沟通了解的动因而起的误解、偏见和歧视，把与自己文化习俗不同的人们看作"另类"。设想：如果把《威尼斯商人》中夏洛克的犹太人身份拿走，或者干脆将这个人物改名换姓重写成另一个来自特定文化特定地区被人以特定目光锁定的人（比如××人这样的称呼），这部戏的基本剧情和主要冲突是否依然存在？夏洛克震撼人心发人深省的那些台词是否依然震撼人心发人深省？答案恐怕是肯定的。

在这一点上，雅各布森的重写似乎并未留下明确的思考，但却通过小说人物之口表达了十分接近的观点，尽管可能是无意识中的表达。德安东在和夏洛克讨论犹太人被认为的"标志性"特征时就认为：有钱、乏味、自我中心、自怜自恋自毁、想象遭别人轻视自己也轻视别人、认为全世界都亏欠了自己，但这些表现并非犹太人天生或独有；夏洛克在和斯特拉洛维奇发生严重争执时竟脱口而出"看在基督的分上"[①]；人们常赞扬并非犹太裔的莎士比亚竟能塑造出夏洛克这样一个"样板犹太人"[②]，雅各布森的斯特拉洛维奇却认为，莎士比亚完全可能把自己祖先的名字从犹太名字"沙皮洛"改成了莎士比亚，而"莎皮洛—莎士比亚—夏洛克（Shapiro-Shakespeare-Shylock）"三个名字似乎有着某种家族关联。尽管巴纳比断然认为不可能让斯特拉洛维奇改变主意，"他们的心是石头做的。你去站到海边命令潮水回头——你要劝说犹太人回心转意就这个结果"（216-217）[③]，夏洛克却在最后关头劝斯特拉洛维奇"那么，那个犹太人得拿出仁慈之心"[④]，后者反问："我为什么要仁慈？"夏洛克"说出了他觉得不得不说的话"，而那段话的开头，竟然是"仁慈的天性并不出于勉强，它有如甘霖从天而降"[⑤]！ 当整个事件以幽默闹剧反转中结束后，

---

① Jacobson, *Shylock Is My Name*, Hogarth, 2015, p.104.
② 参见 Liam Hoare, "Jacobson meets Shylock", *Moment Magazine*, 2016(3-5), p.26.
③ 显然是套用了《威尼斯商人》中安东尼奥劝朋友不要再尝试救他的那段台词（Shakespeare, *The Merchant of Venice*, Act 4, Scene 1, Lines 71-81）。
④ Jacobson, *Shylock Is My Name*, Hogarth, 2015, p.262.
⑤ 同上，p.263.

第三章 《我叫夏洛克》重写《威尼斯商人》

普鲁拉贝尔对夏洛克说"我没想到你是这样的",在普鲁拉贝尔,这可能是一句惊喜加赞扬的话,但夏洛克却尖锐地反问:"没想到犹太人也可以是基督徒?"①虽然他接着愤愤指责基督徒对犹太教徒的污名化,"仁慈本来是犹太教概念。慈善也是。是你们从我们这里拿去了,就这么回事。你们把它们当成了自己的东西。本来就是无偿给你们的,可你们非去偷不可"②,但既然两种信仰同时认可人的天性仁慈的原则,犹太教和基督教就在人的天性这点上模糊了使两者泾渭分明的界限,族裔和信仰问题不复存在,存在的只是普遍人性。

类似的问题也体现在小说情节主线索之一的斯特拉洛维奇和女儿贝特丽丝之间的矛盾冲突上。从情节上看,这对父女冲突围绕着未来女婿是不是犹太人、是否信犹太教、是否行割礼等问题展开,但有意思的是,尽管表面看来斯特拉洛维奇处处为女儿的恋爱设置障碍,事关犹太教原则和习俗,可事实上,他恨女不成凤的言谈,不时尾随女儿出入社交场合的行为,女儿摔门离家之后的失落与绝望,这样的冲突绝非犹太家庭所特有,相反,父女之间因代际、观念、性别等方面的差异而起矛盾冲突,完全是人类家庭的普遍现象。面对这样的情节,与其从族裔和信仰问题切入研究,还不如借精神分析视角展开,后者的阐释更可能揭示这对父女冲突深处的普遍意义。一句话,犹太是特例,人性才是共性。

毕竟,雅各布森的《我叫夏洛克》是对莎士比亚戏剧的小说形式的重写,深刻探讨和反思历史及迄今的犹太人问题,显然不是他给自己的文学作品的任务。但是,作为文学作品的小说依然通过情节中的冲突和人物间的对话,对当下语境中"犹太人"和"犹太性"的问题以及探讨这些问题的意义,作出了超越文学故事的探索和启示,以生动幽默又不乏机智尖锐的语气,传达了他自己对这些问题的思考,尽管没有答案,但思考特别是从新的独特的角度展开的思考,自然有其价值,而这样的价值,正是重写经典的意义所在。

---

① Jacobson, *Shylock Is My Name*, Hogarth, 2015, p.267.
② 同上, pp.267-68.

第四章

《醋女孩》重写《驯悍记》

第四章 《醋女孩》重写《驯悍记》

第1节 驯服的偏离与反向：莎剧《驯悍记》与小说《醋女孩》

莎士比亚早期喜剧《驯悍记》在当代的舞台演绎和改编上始终有一个无法逃避的问题：如何面对历史发展中的性别症结，调整悍妇被驯的高危主题？该剧在17世纪早期至19世纪40年代间几乎未见上演，长期以来被批评为"充满性别歧视，情节推动上处理得愚蠢而糟糕"①，但是细心的读者不难发现，莎士比亚其实巧妙而狡黠地抽离了剧作家的道德、价值评判，以戏中戏的形式，加了一段楔子（induction），设置了看戏人看看戏人看戏的双重距离，将评判和价值讨论交给了作品的受众。由此，这部争议重重、"政治不正确"的作品充满了改写、解构和演绎的潜能，迄今我们看到过很多不同版本、载体、类别的衍生问世，包括音乐剧《吻我，凯特》（*Kiss Me, Kate*），青春喜剧电影《我最恨你的十件事》（*Ten Things I Hate About You*），以及其他歌剧、芭蕾剧等。

美国当代著名作家、普利策奖得主安妮·泰勒（Anne Tyler）被霍加斯出

---

① Leo Robson, "Mighty shrew", *New Statesman*, vol. 145, no. 5321, 2016(7), p.54+. *Gale Literature Resource Center*, link.gale.com/apps/doc/A459227654/LitRC?u=fudanu&sid=bookmark-LitRC&xid=fe893af6. Accessed 3 Sept. 2021.

版社邀请，接受了以小说形式重写《驯悍记》的挑战。于是长篇小说《醋女孩》（*Vinegar Girl*, 2016）问世，成为该莎剧当代重写系列的第三部作品，小说封面就有业界的评语"富有启发、诙谐、充满吸引力"。经典莎剧跨时空转场从意大利帕多瓦移到了美国马里兰州的当代城市巴尔的摩，悍妇凯特琳化身为科学怪咖巴蒂斯塔（Battista，对应莎剧中的巴普蒂斯塔）教授的长女，得不辞辛劳地张罗老爸和小自己14岁的中学生妹妹芭妮（Bunny，对应莎剧中的比央卡）的日常起居。教授常年泡在生物实验室，与来自欧洲的博士佩特罗（Pytro，对应莎剧中的彼得鲁乔）潜心科研，成为霍普金斯大学中颇为乖僻、孤立的一组科学家。助手佩特罗的美国签证即将过期，而他们的科研正处于即将产生突破的关键阶段。情急之下，巴蒂斯塔教授提议凯特与佩特罗假结婚，以帮助后者获得绿卡，情节悬念由此开始。

出版于1623年莎士比亚作品第一对开本的《驯悍记》，与众多莎剧一样，本质上也是从其他作品中取材的创意重写，其最早的素材源自民间故事和民谣，莎士比亚在创作中又结合了意大利喜剧的资源，调整各种素材，弱化身体和性别冲突的元素，通过仪式化的侵犯和求爱场面，渲染爱情之温柔神秘，使《驯悍记》成为关于婚姻和两性关系的人文主义书写重要贡献。

毋庸置疑，性别关系和婚姻家庭是难以穷尽的文学母题，泰勒当代小说所演绎的人际关系和情节张力，较之莎剧的戏剧化处理，自然有许多不同的比较点。如果以人物角色和人际关系为切入点，通过创作的架构和理念，我们或许能从驯服的偏离甚至反向，从性别和婚姻关系的演变上，洞见经典和重写互动的意义。

这场跨时空的"驯化"能指，在时间的推进中，其传统、仪式、方向、价值、影响不断渐变，莎剧的艺术至高地位，在一定程度上让《驯悍记》中的驯化成为最富原创、最具戏剧色彩的原点。在物质生活上依赖父亲和丈夫的女性，如剧中的"悍妇"凯特琳，必须委曲求全，最终动用智慧，寻找更好的生存机会；而当代女性凯特，早已和现在大多数社会女性一样，不再依赖男权，尽管她在幼儿园的助教工作挫败颇多，一直处于试用期没有转正，与父亲和妹妹的沟通障碍重重，但是女性经济、身份上的附属被动早已不复存在，人际矛盾的触发更多是个性、认知、价值观念上的差异。因此，父亲一旦提出让女儿和助手假结婚拿绿卡的馊主意，凯特合理的愤怒、不满、诉求等情绪反应就成了小说发展的主要推动力。

　　生活粗枝大叶的工作狂巴蒂斯塔教授用工具理性思维面对一切，凡事秉承目的论和系统论的态度；小女儿芭妮活泼、任性、乖张，处于青春叛逆期；来自俄罗斯的彼得，英语口音滑稽怪异，不时迷失在语言的表层和潜文本的错位中。若说莎剧更多聚焦两性之间的驯服和被驯服的拉锯，那么泰勒笔下的故事则变奏着她最为熟悉的家人之间的矛盾和关系。财物增长是彼得鲁乔进入婚姻的最大原动力，而经济目的在彼得博士那里转化为绿卡危机，原剧中最受政治正确诟病和宣战的性别羞辱，其紧绷的张力被分担到了各个人物之间的冲突关系上，演化为当代美国家庭生活篇。原本语言尖利刻薄、话语硝烟弥漫的悍妇凯特琳被泰勒改写为耿直坦率，不善人际周旋的老姑娘凯特，在当代小说中被赋予生动可信的内心生活，凯特对自己孤独终老的隐隐担忧，缺少恋爱经验的局促和不安，最终交织在奋力改变生活现状的兴奋中。凯特似乎并不受限于《醋女孩》这一部作品，其身影仿佛在泰特 20 余部小说中隐约穿梭，成为读者心中典型的泰勒式人物，早已跳脱了凯特琳悍妇的束缚。可以想见，带着莎翁《驯悍记》脚本的泰特，在书写她的醋女孩过程中，逐步挣脱，甚而忘却了那笼罩在自己创作周围的影响焦虑，最终创作出一部几乎与原点断裂、偏离的小说。

　　断裂、偏离，包括反向，在经典重写中并不带褒贬意义，本质上是作家在创作中对莎剧的诠释和批评解读，而《驯悍记》及其当代重写的《醋女孩》的批评着力点，同时也是潜力场的核心，就是"驯服"，凯特和佩特罗，包括巴蒂斯塔，究竟谁在这场为了获得绿卡的设计中是驯服和被驯服者？其中的颠覆性改变究竟何在？正如罗伯森指出的，"霍加斯出版社的小说系列的反讽在于，莎士比亚的持续存在始终取决于其本质的变形作用"①，因此我们不难接受形态各异、性格脾性不同、风格迥异的凯特琳，只要她的个性有足够的戏剧张力。

《醋女孩》中的凯特是否达成受众心中理解各异的"强悍"，这是作品首先要接受的挑战，因而故事中凯特那位更为强悍的西尔玛姨妈和幼儿园的女领导，以及不断弱化的两性冲突，成了我们分析比较时不可忽略的症结，也是重写成功与否的争议点。不过，《驯悍记》本身就是莎士比亚最引发争议的剧作之一，其中的厌女症、家庭施暴，包括戏中戏有头无尾的结构处理等，不时激起论争，为莎士比亚辩护的声音也不少，其中有对伊丽莎白时期英国社会的性别和阶层限制，到剧本手稿失落造成的戏中戏结构缺失等，这些矛盾的焦点，即性别歧视，以及原剧中强调主仆等级的刻画，包括戏中戏的双重结构，在泰勒的重写中被一一回避。

当代重写的偏离与反向

从泰勒的莎剧重写尝试中，我们更多看到的是偏离，甚至反向的重写类型。维尔利奇指出："泰勒（创作）的主要兴趣在于人物，她希望笔下的人物'亮得透彻'……人物就是一切。……泰勒写小说从不有意趋向主题。"②泰勒笔下的凯特是生物科学家巴蒂斯塔博士的女儿，她又与俄罗斯人佩特罗为了签证问题而结婚，不知这是否与泰勒本人的经历有关：泰勒的父亲是化学家，她本人在大学和研究生阶段主修俄罗斯文学，与伊朗裔的精神学专家结婚，婚后因为丈夫签证到期，有一阵子夫妻俩搬到了加拿大。不过，泰勒被虚构

---

① Leo Robson, "Mighty shrew", *New Statesman*, vol. 145, no. 5321, 2016(7), p.54+. *Gale Literature Resource Center*, link.gale.com/apps/doc/A459227654/LitRC?u=fudanu&sid=bookmark-LitRC&xid=fe893af6. Accessed 3 Sept. 2021.

② Patricia Rowe Willrich, "Watching Through Windows: A Perspective on Anne Tyler", *The Virginia Quarterly Review*, vol. 68, no. 3, 1992, pp.497-516.

第四章 《醋女孩》重写《驯悍记》

人物的个性推动着写作，将生活感受和心理反应交织在人物中，这常常是她作品的着力点与核心，也是她即便有了重写莎剧的创作前提，依然会在写作中逐步偏离的原因。《驯悍记》只是提供创作动力的燃料，正如奥斯伯恩所概述的，莎士比亚影响了现代三大文化资本领域——"个人和集体的系列艺术投资、受文化干预的决策选择，以及体裁的演变发展"[1]，因此莎士比亚作品也日益被视为具有自适性（adaptational）的文化资本，而不仅仅是提供改编和文化利用的文本集。由此，重写的偏离乃至反向，可以被视为一种文化资本的流动轨迹。这种流动轨迹，对莎剧的小说重写，与当下占压倒性优势的电影、电视制作的系列连载操作恰巧重合。事实上，霍加斯系列并非第一个投资莎翁小说重写的项目，早在19世纪50年代，克拉克就出版了多达15部的以《莎士比亚女主角的少女时代》为题的系列中篇小说[2]。我们也坚信，除了无数在霍加斯系列之前出现的改编、重写作品，该系列之后必然有其他的莎士比亚重写不断问世。若是进行一个莎剧改编、重写、衍生的历史，可以展开深入的学术、系统、资料性的研究系列。简言之，从1700年之后舞台表演对莎剧文本和道德情感的深入诠释以适应、配合观众的变化，莎剧改编零星、少量出现，逐步有所发展，18世纪后期莎剧改编在数量上不断减少，处理上也更多是以删减原作为主，但改编有了方式上的突破，如将莎剧作为灵感来源，改编成芭蕾或歌剧等形式，19世纪初的莎剧改编曾遭市场冷遇和低谷，但是此后直至今日的莎剧文化衍生，更多形式、体裁、主题、文字等的变化不断丰富，影响元素也日益复杂。

《醋女孩》中凯特的驯服，从两性的角逐冲突，散点分布于年轻女性与社会规范，家庭关系、爱情互动的几对力量拉锯中，其中的变化也适应着当下都市女性在社会人际上的改变和新的需求，同时也是市场不断调适广大女

---

[1] Laurie E. Osborne, "Canon Fodder and Conscripted Genres: The Hogarth Project and the Modern Shakespeare Novel", *Critical Survey*, vol. 33, no. 2, 2021, p.51.

[2] Mary Cowden Clarke, *The Girlhood of Shakespeare's Heroines*, 3 vol., Smith & Son, pp.1850-1852.

性读者阅读需求和文化关注的某种实践。泰勒对莎剧主线和副线的重写偏离，自然也符合她自身作为"美国中产阶级家庭生活的历史记录者"①的重要作家身份，因而她将原剧的令人不适，重新书写成家庭小说的抚慰人心，其中的差异不辩自明。

从《驯悍记》让受众感受上的辛辣、苦涩，到《醋女孩》中别样滋味的酸，女主人公的个性差异从标题就有了明确性。"醋女孩"一词在佩特罗的解读中有着独特的意味，在他和凯特的一段对话中，作家巧妙地与小说标题形成呼应：佩特罗对凯特的妹妹芭妮心有警戒，"在我的国家里有这样一句谚语：'小心甜美的人，因为糖果没有营养。'"凯特说，"哦，我们这里都说蜜糖比醋更招惹苍蝇。"顺着这样的逻辑，佩特罗反问："可你干吗要招惹苍蝇呢，啊？你说啊，醋女孩。"②其中佩特罗对凯特的欣赏，他对异性吸引力的别样解读，读者能明确感知，自然与莎剧中彼得鲁乔对凯特琳的驯服，有了泾渭分明的区别。同样，莎士比亚设置戏中戏的观看双重距离，让补锅匠斯赖在误以为自己是贵族的状态下看到的那出驯悍表演，本质上"给出了一个难题，关于表象和现实的困惑差异，这难题就像一条镜廊，而这也左右着我们观看全戏的感受"③。因此，泰勒的小说拆除了这道戏中戏的屏障和镜廊，让读者直接感受现实，与人物形成无距离的共鸣感和同理心，这本身就是两个体裁之间最大的差异，斯赖的"梦境"沉迷和凯特的现实困惑，本质上有着相背离的效果。

商榷经典：性别关系、差异与沟通

如果从偏离和反向的探索入手，暂时搁置对重写作品价值的评判，我们

---

① Dinah Birch, "My wooing dance: Anne Tyler's defiant retelling of *The Taming of the Shrew*", *Times Literary Supplement,* no. 5907, 2016(6), p.21.

② Tylor, *Vinegar Girl*, Hogarth, 2016, p.126.

③ David Bevington ed., *The Complete Works of Shakespeare* (4th edition), New York: HarperCollins, 1992, p.118.

首先看到泰勒在《驯悍记》之核心，即性别冲突上的改写。从莎剧的标题中不难看出，男性对女性身份和价值认知的塑造、修正欲望强烈，贯穿全剧的主线和副线，这种男女、主仆之间强弱、高下的关系，一方对另一方僭越、塑造和修正几乎遍布，即便在戏中戏的设计上都有明显体现。出言不逊、脾气火暴的凯特琳最终变成了温顺妻子，无论在跨时空的演变中，人们对这一驯服或重塑的反应和反思如何，这几对力量的角逐一直是全戏的焦点，哪怕是当代舞台演绎上突出的反讽，比如让凯特琳最后印证她彻底驯服的那段表述的话语意义延宕、解构、翻转，通过演员的表情和其他巧妙的设计，如音调、话语表述结束后对观众的启发式反问等，其着力点和探究的重心依然是力量的角逐关系。戏剧中比央卡的追求者卢森修为了接近心上人，与仆人特拉尼奥在身份上主仆颠倒，此后引发笑点的以下犯上，在小说中基本被删减；比央卡的几个追求者假扮教师身份的接近等情节也全部消失，只留下需要推动情节戏剧转折的一个次要人物，即芭妮的西班牙语家教爱德华，他不再参与性别对峙和较量，只是以动物保护和素食主义者的立场，盗取了实验室里的小白鼠，渲染拉足了情节张力。

小说的人际关系以凯特为中心远近不一、力量不等地逐一波及，不再是两两相对一组组展开，泰勒的创作依然是她最熟悉、拿手的核心家庭、大家庭、社群等人与人之间的关系，她的人物刻画，不以舞台上喜剧手法的人物角色对换、假扮来彰显，而是各人以真实、可信的身份、脾性出现。若说莎剧中颇多奥维德式的变形（metamorphosis）影响，渲染人物较量中关系的重组、对换、调适，那么小说更侧重看似散点的人际网关系。在《驯悍记》的戏中戏设计中，戏外贵族老爷对补锅匠的调戏捉弄，戏内彼得鲁乔对凯特琳的婚内改造，这两组近乎平行的力量对峙，在《醋女孩》中则偏离成为凯特四周网络状的远近、亲疏不一的关系，如果说前者揭示的是社会阶层高低、两性权利强弱的关系之下，艺术再现和现实真实拉锯中的恒久矛盾，那么后者似乎已然假设了这些阶层、性别、真伪矛盾的解除，或者是艺术搁置，转而探讨当下人们的困惑，关乎个性、心理、家庭、爱情、语言差异，其目标是更大程度地自我实现和接受。

29岁的凯特"皮肤偏黑、骨骼粗大、笨拙，常被人看到咬着手指头的怪模样，没人觉得她是甜美的"①。这个形象不符合常规审美的年轻女人性格耿直、不谙社交人际的规矩，在幼儿园当助教对孩子们直言不讳，不擅长鼓励教育，鲜少说动听温柔的话，与异性朋友交往更是缺乏经验。啃指甲、走路内八字的她给人内向腼腆的印象。父亲巴蒂斯塔博士让她和佩特罗假结婚保住后者的绿卡，而在孤儿院长大的彼得也在人际关系中笨拙木讷，加之语言障碍，与凯特从最初的陌生、尴尬，到渐渐熟悉，进入婚姻，最终幸福快乐，这个过程毫无彼此驯服的冲突。

小说读者会在这个家庭故事中颇感困扰：这个作品真的是莎剧重写？答案尽管不一，但我们不难看出，凯特希望走出某种"系统"束缚，这一点毋庸置疑。在她和妹妹芭妮的成长中，甚至包括她逝去的母亲的生活，都深陷于"父亲的系统"（Father's system②）这个看似稀疏平常的系统，表面是科学怪人巴蒂斯塔工具理性的生活思维，家庭看似按部就班，服务于巴蒂斯塔的科学贡献和事业，效率为先，大局稳定为重。但是，其中隐含的社会所普遍接受的性别定位和社会角色期待、事业重要性等，应该是凯特需要挣脱的束缚。从这一点上看，她最终答应父亲与佩特罗结婚，本质上是脱离限制，改变生活困局的尝试。

不过，在小说所侧重的父女关系上，其中一段对话值得关注，凯特对父亲说："你是说你想让我和某个我都不认识的人结婚，这样你就能保住你的研究助手了。"③"我觉得自己都没法相信亲爹会想出这样的点子来。"巴蒂斯塔的回答是："哦，凯特，你反应过激了，你迟早会嫁给某个人，对吧？现在这

---

① Tylor, *Vinegar Girl*, Hogarth, 2016, p.43.
② 同上，p.65.
③ 同上，p.67.

个人如此杰出，又有天赋，假如我的项目缺少了他，那就是人类的损失啊。"①与《驯悍记》比较，巴普蒂斯塔要急着嫁女儿的目的，更多是为了早日解决彪悍大女儿的终身大事，完成父亲的传统责任；因而巴蒂斯塔博士的自私和自我中心好像更令人愤懑，父权的僭越丝毫没有因为时代的发展而有所改善。两部作品中的父亲都对甜美可人的小女儿颇为放心，认为她不乏追求者。这也是传统的性别观念在婚恋问题上对女性的一种歧视。

因此，凯特的心理反应也比较典型，她一直觉得父亲眼中的自己没有价值，一无是处，只是他一意孤行地追索科学奇迹时的一个筹码。更负面的自我认知在于，凯特甚至自我怀疑"说到底，生活的真正目的又何在呢？况且她也不可能找到真正爱她的男人"②。她干脆就顺势跌入了很低的自我认知和父亲系统中的婚姻实用观。当代读者应该熟悉这样的剩女情结和自卑，因此故事此后的发展和反转，从一定程度上偏离了所谓的驯服，成了女性走出束缚和困境的克服经历。驯服的着力，似乎更多来自父亲巴蒂斯塔，他以自己的喜好和便利，剥夺了女儿的自由和选择权，更严重的是，成长于如此家庭环境的凯特，从最初起，无意识中就是被驯服的，是为父亲系统和社会传统期待所驯服的。

她甚至不如《驯悍记》中凯特琳果敢，挑战社交礼仪的规范，直截了当地戳穿人与人迂回、虚荣的交流。凯特明明在工作中对同事亚当有好感，却自卑地不断提醒自己不能犯傻，频频在对方面前局促失态。微妙的是，面对着她起初并不爱的佩特罗，当对方讨好地恭维，说她完全有资格挑选自己喜欢的丈夫，并说"你是一个非常独立的女孩"。凯特竟然会迅速纠正道："女人。"

这种潜意识内化了性别差异和社会传统期待，而显意识却充满自我保护和辩护意味的性别平等意识，也正是当下不少女性主义者的认知盲点。莎翁

---

① Tylor, *Vinegar Girl*, Hogarth, 2016, p.68.
② 同上，p.74.

笔下的凯特琳必须在父权中求得生存,她的彪悍最终被求生欲望驯服,即便第五幕剧终时彼得鲁乔与其他男性打赌谁的老婆听话,并得意胜出,凯特琳也不得不叙述一大段训导来表明丈夫是"你的主人,你的君主,你的支配者",力证男性驯悍的成功。无论此后人们如何解读凯特琳究竟是心悦诚服,还是心口不一,甚至有意反讽,但是这段话带来的震撼和戏剧效果,尤其是复调性,延宕至今,被学者评述为"述行言说"(performative speech)①,即进行一种具有施行作用的表述,即凯特琳对丈夫的表忠承诺,以及对姐妹的道德训导,实质上也是对自己生存安全的保护行为,其中的表里不一,与当下女性的显性表达和隐性心理的差异,有着实质区别。前者是外表温顺屈服,内心忤逆不逊,而后者正相反,表象独立平等,却内化了男强女弱,失却独立平等。因此,在当代语境下,那些不断宣扬男女平等和女性自由的人们,无意识中却不时陷入传统性别束缚和"父亲系统"的人们,似乎更应该从这种性别进步的罅隙和心理矛盾中警醒。由此,泰勒的偏离实际上揭示了当下的性别困境,即认知和行为的差异,表象和本质的距离,因此,泰勒将小说标题定为"醋女孩",而非凯特屡次强调的"女人",其中的艺术反讽可见一斑。

佩特罗对凯特谈及她的妹妹芭妮,毫不隐讳地说她"没脑子",凯特纠正为"见识少",却对男方透过外表看本质的判断感到"轻飘飘的","开始露出笑容"。父亲是科学天才怪咖,凯特在自己的成长中目睹着男性科学家不乏金发碧眼美女的盲目崇拜,西尔玛姨妈家的圣诞晚会就是父亲施展魅力的场地,"一群女人围绕着他就因为她们觉得他捉摸不透、遥不可及、神秘莫测"②。然而,即便看透这种男女差异现象,凯特自己却无法跳脱。当父亲与她解释为何安排这次权宜之计的婚姻时,坦言"我一直想让她在我身边……也没什么损失,不过是一纸婚姻,她还是在这家里"。巴蒂斯塔轻描淡写地对女儿道歉,

---

① Amy L. Smith, "Performing marriage with a difference: wooing, wedding, and bedding in The Taming of the Shrew", *Comparative Drama*, 2002, p.289+. Literature Resource Center, http://link.galegroup.com/apps/doc/A104080537/LitRC?u=fudanu&sid=LitRC&xid=03fdc167. Accessed 28 May 2018.

② Tylor, *Vinegar Girl*, Hogarth, 2016, p.96.

而凯特却对父亲理解她当时因为不满学校教授的教学而辍学，为父亲的那句"嗯，你没错"而感到前所未有的轻松，"不只是轻松，是喜悦，纯粹的喜悦。她真心觉得这可能是一生中最喜悦的时刻"。① 就在这个微妙的被认可、接受的喜悦之后，凯特答应了那一纸婚约的缔结，说出了"我想这（假结婚）也没啥不得了的。"②

就在这个瞬间，读者是否会感到：当代美国女性凯特，较之几百年前莎翁笔下封建社会的悍妇凯特琳，在取悦和被男性认可的诉求上，并没有质的改善。《驯悍记》突出性别述行（gender performative），将性别差异通过表演彰显，固化社会传统和规则，而莎翁通过戏中戏的楔子设计，以阶层错位（让补锅匠斯赖醉酒后误以为自己是看戏的贵族老爷）的双重距离，通过喜剧舞台戏谑表演，至少是强调了性别和社会阶层的可建构性，给性别问题留下诠释的潜能。斯赖恍惚不解地感叹："我是一个老爷吗？我有这样一位太太吗？我是在做梦？还是到现在才从梦中醒来？"③ 他在现实与梦境之间的失落错位，自以为是，其实道出了性别和阶层差异的人为建构和观念的习得性，最终让这出看似明显性别歧视和霸凌的喜剧可以不断从反讽中找到纠偏的可能。

《驯悍记》中，充分享受外貌和温柔红利的妹妹比央卡，与最初挑破社会礼仪虚饰，敢于诚实直面不公的姐姐凯特琳，在受众心中的好恶应该较为明确。但是小说中真正道出真相，戳破温情的，却是妹妹芭妮，"这男人（父亲）连着几个月都不会在乎我们的死活，可同时又觉得自己有权决定我们该让谁上自己的车，该和谁结婚。"她直言不讳地对姐姐说："他是拿你当人肉牺牲品，难道你看不出来？"④ 凯特则以不过是一纸婚姻的自我辩解，接受了这场

---

① Tylor, *Vinegar Girl*, Hogarth, 2016, p.111.
② 同①，p.112.
③ *The Taming of the Shrew* (Induction, 2.68-69)
④ Tylor, *Vinegar Girl*, Hogarth, 2016, p.123.

最初并无情感基础的婚姻，较之凯特琳表演屈服以获得潜在权利的行为，差异究竟何在，应该是泰勒在重写时不可忽视的重中之重。否则，即便泰勒让凯特和佩特罗在将错就错的婚姻中获得彼此的真情，过上了幸福的生活，有了美好的结局，其核心的苦涩和困惑，真正该直面的挑战，其实在重写的偏离中被回避了。

另外，《驯悍记》中的求婚双线在小说中删减，妹妹芭妮成了未到适婚年龄的中学生，而芭妮的西班牙语家教（实质的小男友）与卢森修一角相去甚远，年少鲁莽、涉世未深的两人并不承担揭示两性冲突的角色，而是以动物保护和素食主义者的姿态，表现出当下年轻人博取关注的存在焦虑。尤其是在凯特大婚当日，爱德华盗走巴蒂斯塔实验室的小白鼠，让两位男性科学家暴露了真实、本能的婚姻家庭和两性观念，他和芭妮主要起着推动情节戏剧化走向的作用，提供了时代背景下青少年多元价值观等元素，而妹妹芭妮更多是在配合姐姐凯特，与父亲形成力量的冲突和抗衡。

对安妮·泰勒作品最普遍的批评关注就是研究她如何揭示美国家庭，父亲角色及其述行功能在泰勒的诸多小说中常常是焦点，这与莎剧中的富翁巴普蒂斯塔有很大差异，他只是父权价值的维护者和传统父亲的角色，而巴蒂斯塔博士无意识的厌女表现和男权思想，取代了莎剧研究中主要承担这一厌女角色的彼得鲁乔。如果说莎剧的喜剧夸张处理浪漫化了这种隐藏的厌女症，那么当代小说重写的重要挑战就是如何应对这种对性别歧视的弱化和浪漫化？当今的读者或观众必然会对 16、17 世纪的家庭暴力感到不适，特别是彼得鲁乔剥夺妻子睡眠和餐食的做法，从心理层面分析，人们很难从这对夫妻之间解读出浪漫爱情，哪怕是情爱的蛛丝马迹。由此，泰勒笔下最终收获了爱情和相互理解的凯特和佩特罗，两人力量的角逐必然偏离驯服和被驯服的关系，而是巧妙地滑向了语言差异下，身为外国人的佩特罗在语义表层和深层之间的笨拙反应，以及凯特对他笨拙却率真个性的接纳。佩特罗身上潜藏着根深蒂固的传统性别观念，只是语言距离和错位让这种大男子主义得以弱化，这是泰勒小说的精妙之处。父亲角色则剥离了浪漫的虚饰，他在小说一开篇就以只闻其声不见其人的电话方式，让读者知道，这个始终沉溺在大学实验室的科学家父亲，可以随时唤女儿送餐，被女儿照顾和料理是他心目中天经地义之事。"凯特每晚上床睡觉前就会给我做好三明治……她非常顾家。"巴蒂斯塔当着女儿的面，以夸赞其"非常顾家"，给佩特罗正式介绍凯特，此时他已经设计好了通过让两人结婚延长佩特罗签证的策略，而"顾家"（domestic）一词被父亲强调了两次，足见顾家是巴蒂斯塔心中固化的女性适婚优点。所以当凯特最终对芭妮强调她接受婚姻的理由时，很明确地做了如下的表达，而这段表达深刻地揭示了这个家庭"父亲系统"的本质：

> 佩特罗不是父亲！他会倾听他人，这你也感觉到了，有天晚上你不是还听他说我没准想重回学校？其他人谁还会这么建议呢？还有谁会在意我的想法？在这家里我只是一件家具，一个哪儿都去不了的人，再过20年我就是这家里为父亲看家的老姑娘。"好的，爸爸；不，爸爸；别忘了吃药，爸爸。"这是我扭转人生的机会，芭妮！你得庆幸啊！我想尝试一下，难道你还要责怪我吗？①

与佩特罗结婚更多是为了自由和平等，为了离开父亲，凯特甚至想好了即便是一场假结婚，等到佩特罗获得绿卡，她也不想搬回家住了。她要挣脱父亲，"也许再去把学位读下来，也许找个新的工作"②。

社会性别差异下的文化偏见，从莎士比亚时代的文艺复兴意大利跨越到当今美国，表现各异。《驯悍记》中比央卡以男性凝视下的女性之美，以及女性依附于男性的驯服温柔之态，与姐姐凯特琳形成对比，而最终两人都在这一社会系统下得以生存；生活在当代美国民主、平等、文明的社会语境下，

---

① Tylor, *Vinegar Girl*, Hogarth, 2016, p.171.
② 同上，p.173.

同样是女性的幼儿园领导达林太太、姨妈西尔玛等，也在不断内化和加固适于生存的女性生态。例如，凯特因为耿直而屡遭工作危机，被孩子家长投诉，达林太太就以希望她更加成熟来开导她，"不过我说的'成熟'，凯特，并非指年龄增长"。达林太太口中的成熟，即一个女人掌握"某种社会技巧，某种机敏、隐忍、手腕"。① 这些技巧，概括而言，就是学会迂回曲折，甚至言不由衷。在幼儿园工作中，凯特对一位叫亚当的男同事心生好感，而她每每站在对方身边，就不自主地觉得自己身形"太大只，太瘦削笨拙。她会突然很想变得更柔和、精致，更像个淑女，她为自己不够优雅而尴尬"。也就在同时，她会渴望母亲还在，这样母亲就能教教她如何更好地与人们相处交往。

凯特的不适和性别认知的困惑，和几百年前的凯特琳一样，都是社会体制和文化语境下的必然，即便小说中那位貌似把控一切的西尔玛姨妈，这位让丈夫和弟弟寡言服从的"大女人"，却将女性"隐忍"反讽地发挥着，让凯特从人际"隐忍"准则中看到了某种悖论："人们总是乐于浪费言辞，说着太过多余的话。"这种女性话语的隐忍缄默的社交准则，和聊天中废话八卦的多余，尤其是美发店里女人们谈"男友、老公、婆婆、室友、善妒的闺密，各种家长里短，结婚离婚等"，让被批评不知"隐忍"的凯特唯有词穷缄默，对发廊望而却步。

不愿说废话的凯特，和直言不讳、话语伤人的凯特琳，在社会交际和话语沟通准则上都是尴尬不适的人，这一个性其实不限于性别，这或许也是泰勒在重写经典时有意要挖掘的主题。霍弗特说："泰勒本人一直对《驯悍记》震惊不已，这并非仅仅因为该剧'在女性歧视上滑稽好笑'。泰勒对自己的写作手法十分谨慎，她觉得这部莎剧完全不合逻辑。"② 据泰勒所言，《驯悍记》不合逻辑之处是凯特琳和彼得鲁乔初次见面时，面对男性的夸赞"你是世上最美最美的凯特琳"后，女方尖酸刻薄的回应，让人觉得她有"某种严

---

① Tylor, *Vinegar Girl*, Hogarth, 2016, p.33.
② Barbara Hoffert, "Spotlight: Anne Tyler", *Library Journal*, vol. 141, no. 11, 2016(6), p.102.

重精神疾病"，而彼得鲁乔衣衫褴褛奔赴婚礼，"伤害了在场所有人，可女方还坚持完婚，并在此后的虐待中变得温顺忠诚"①，这些突兀、跳脱的剧情发展，成了小说中作者要理顺和给予充实诠释的部分。戏剧服务于舞台呈现的张力和效果，"闹剧的本质在于戏剧家逗笑观众的意图"②，而小说载体则更多社会、心理、文化的细节支撑，现实主义作品更需要合理性和真实感。凯特在佩特罗面前，以及其他家人在场时的性别平等诉求，就显得自然而不突兀。例如，当佩特罗谈及婚后他会支持凯特回到大学继续完成学业，并提出由自己支付学费，"她现在是我的责任了"。凯特立即回应："什么，我可不是你的责任！我对自己负责。"③当西尔玛姨妈问凯特是否要婚后改姓，凯特以"绝不"断然否定，"即便这婚姻不是暂时的，她也反对这种新娘改姓的做法"④。

语言差异与人际关系

小说中的凯特虽然不断内化女性独立和平等的文化观念，但是她囿于社会角色期待和家庭观念，自我认知一直较低，她不敢大胆表达自己对异性的好感，认为结婚就是让父亲解决了老大难问题，扔掉了包袱。大学时主修俄语的泰勒在刻画人物和男女交往的谈话中，巧妙地利用了佩特罗的俄裔身份，以英语表述中表层和深层意义的差异，让男女双方有了歪打正着的愉快沟通。这与莎剧的语言关注，形成微妙的偏离。"与一位并不完全精通英文的男人谈话就是一种释放。她对他所说的一切，有一半从他身上径直掠过，尤其在连珠炮似的表达时。"⑤斟字酌句、察言观色的顾虑省却了，凯特并不擅长的社

---

① Barbara Hoffert, "Spotlight: Anne Tyler", *Library Journal*, vol. 141, no. 11, 2016(6), p.102.
② David Bevington ed., *The Complete Works of Shakespeare* (4th edition), New York: HarperCollins, 1992, p.142.
③ Tylor, *Vinegar Girl*, Hogarth, 2016, p.142.
④ 同③，p.154.
⑤ 同③，p.96.

交规范和禁忌不再成为交流的负担。

于是，舞台上针尖对麦芒的话语冲突在小说中被语言障碍消解，佩特罗不自觉的大男子主义也因为语言屏障被弱化。能放下各种莫名的人际芥蒂和在措辞上的小心谨慎，成了凯特愿意与佩特罗一起生活的重要理由。她想到自己曾暗恋的亚当，想到自己"与他在一起时一直得努力不说错话"①，而这样的小心翼翼，在凯特看来就是无法以真实的自我与对方相处。语言障碍让凯特有了在佩特罗面前真实泰然的自洽感，并认为对方能接纳真正的自己。试想，《驯悍记》中彼得鲁乔最终让凯特琳迎合丈夫，违心地指着太阳说是月亮，他接纳的妻子完全是言不由衷，无奈在夹缝中求生存。这一比照十分有趣，莎剧中凯特琳成了没法说真话才能活下去的妻子，而小说中的凯特因为语言的微妙障碍，成了认为终于能真正做自己的妻子。

小说中凯特多次纠正佩特罗对她"女孩"的称谓，将其改为"女人"，佩特罗也不假思索地默许，这种语言意义微妙的差异，让男人避开了咬文嚼字的较真。当然，反讽的是，泰勒依然将小说标题定为"醋女孩"，好像在隐含地透露着她身为全知全能叙事者的态度：凯特的执意纠正和独立强调，自有她任性、自以为是的天真和想当然在其中，正如幼儿园的上司达林太太所提到的，"成熟"并不只是年龄增长。

《驯悍记》中的驯服最终靠的是凯特琳的语言表演，她对彼得鲁乔说："您高兴说它是月亮，它就是月亮；您高兴说它是太阳，它就是太阳；您要是说它是蜡烛，我也就当它是蜡烛。"②这场语言表演的目的，就是女方明白不依着丈夫的心情，她哪里都去不了。"就当它"其实道出了凯特琳内心的不赞同和语言表演上的假装赞同。这种驯服之下的语言表演，不少受众解读为一种性别暴力，有评论甚至直截了当地认为："安妮·泰勒讨厌《驯悍记》，所以

---

① Tylor, *Vinegar Girl*, Hogarth, 2016, p.187.
② *The Taming of the Shrew* (Act 4, Scene 5, Lines 13-15)

她要重写它。"① 从一定角度解读，泰勒是想从语言的真实表达而非表演来讲述这个故事。有书评认为："泰勒并不是通过自己对莎翁的热爱，来激发读者喜爱莎士比亚，她最初是从一种疏离的、相反的角度，一种与（霍加斯）系列推广和推崇莎士比亚的迫切目标似乎相悖的立场开始创作的。"② 这种纠偏式的对莎翁的热爱，在小说中主要表现为弱化和缓和暴力冲突，尤其是在语言上。

从这一点上看，凯特与佩特罗之间逐渐了解、接纳的过程，似乎那道语言屏障起到了缓和、幽默化的作用。佩特罗以他的语言文化系统所诠释的"醋女孩"来肯定凯特的聪颖和独特，而这个称呼中的醋酸程度，在不同的语言体系下自有差异，正是凯特对两人语言表达差强人意的距离不断容忍，甚至悄悄地心生好笑，她才逐步达成了与对方的共鸣。两人对话时，凯特突然产生这样一种感觉："他其实在思考，只是从表象看他的'th'发音古怪，辅音之间的停顿不够长，可在内心深处，他和她一样有着复杂、多层次的思考。"（98）这种跨越语言微妙差异的认识，不知是否源于泰勒自己和她伊朗裔丈夫的相识相处的真实体验，但是这种过程就像人际沟通中的相互磨合，一旦差异的前提和原因被接受和理解，双方反而能更有效地达到共鸣。

凯特从理解语言差异，渐渐换位思考，设想自己身处佩特罗的位置，一个身在异乡的外国人，签证即将到期，生存危机四伏，"曾经有一度，她自己就在语言学习上总是中不溜秋，假如自己真的生活在另一种语言环境下，她能够感受到这种孤苦无援"。这样一想，凯特再看佩特罗，诙谐滑稽的反差跃入眼帘："可是佩特罗就站在那里，没心没肺地讨论着怎么切猪肉，一如既往地展现着他惯有的精灵般的愉快心情。"③ 于是凯特不由自主地会心微笑。

---

① Ron Charles, *Washington Post*, 2016(6), https://www.washingtonpost.com/entertainment/books/ina-rare-interview-anne-tyler-talks-about-her-unusual-new-novel/2016/06/21/640b99c0-3311-11e6-8ff7-7b6c1998b7a0_story.html?utm_term=.32bd7f493bc7. Accessed 15 Sept. 2021.

② Elizabeth Rivlin, "Loving Shakespeare: Anne Tyler's Vinegar Girl and the Hogarth Shakespeare Project", *Critical Survey*, vol. 33, no. 2, New York: Berghahn Journals, 2021, p.67.

③ Tylor, *Vinegar Girl*, Hogarth, 2016, p.129.

莎翁笔下有着强烈财富欲求的彼得鲁乔，此人口若悬河，在赞美、训导、威逼的语言操控上游刃有余，但是小说中的佩特罗却道出了生活在美国的外国人的困惑，一方面人人都觉得赴美生活是幸运的，可是他觉得："美国人讲话令人误解，他们貌似友好，刚认识别人就直呼其名，显得随意而不拘礼节，可转头就撂了电话，我都不知是怎么回事！"① 掌握了词汇却无从参透其微妙，佩特罗甚至困于第二人称"you"在英文中的单一，因为在他的母语中，有各种第二人称的变体，表达着亲疏差异，而在美国，这种人称称谓的单一让他无法表达亲密，于是思乡心切的他既然在他乡生活多年，又意识到即便回到故乡依然会"思乡"，这种语言差异缝隙里生存的异乡客，这个连周围人叫自己名字都发音各异的孤独博士，已然成了"无家可归"的人，无亲无故，成了没有文化归属感的人，只能假装"一切都好，没问题"。

于是，凯特从"一切都好没问题"的表象之下，慢慢看到了语言、文化、性别差异背后的真实，看到男人们将一切糟糕、痛苦深藏不露背后，"怕承认了丢脸"的惯性思维。泰勒最后颇有对位用意地书写了凯特在婚礼上的那段话，这和《驯悍记》中凯特琳最有解读争议，也最令观众不适的被驯服宣言，形成了强烈对比，也在某种程度上被不少评论者认为弱化了戏剧冲突和情节张力。

驯服冲突的张力与弱化

《驯悍记》五幕二场出现了那段凯特琳对众人的表述："你的丈夫就是你的主人，你的生命，你的所有者，你的头脑，你的君主；他照顾着你，扶养着你，在海洋里陆地上辛苦操作，夜里冒着风波，白天忍受寒冷……"② 这段话如一石激起千层浪，成为全剧驯服冲突的高潮点。泰勒在小说中进行了

---

① Tylor, *Vinegar Girl*, Hogarth, 2016, p.201.
② *The Taming of the Shrew* (Act 5, Scene 2, Lines 147-151)

第四章 《醋女孩》重写《驯悍记》

某种回应:凯特对妹妹芭妮关于自己服从佩特罗、丧失独立自我的判断予以辩驳:

> 你爱怎么对待自己的丈夫是你的事,但是我同情他,不管他是谁。做男人不容易。你想过没有?不管遇到什么糟心事,男人觉得就得藏着。他们认为事情会解决的,会得到控制;他们不敢袒露真实情绪。无论是受了伤害,感到绝望,还是痛苦不堪,抑或沮丧、想家,或被巨大的愧疚阴影般笼罩,几近崩溃,"哦,我没事的,"他会这么说,"我很好。"他们比女人不自由得多,你想想。①

这段话中的心理诠释潜能显然比《驯悍记》中的弱化许多,如果前者的表演话语可以进行多层次、复调模糊的解读,在不同语境下产生各种意义,那后者就明确直接,缺失了潜文本。凯特对妹妹的这段话还有后半部分,意义更显然无误,她分析了男女在人际交往上的不同,即女性有着天生敏锐的人际观察和同理心,善于听话外音,而男性偏向于关注体育竞技、战争、名誉、成败等,凯特依然从异乡人在语言上的无所适从入手:"我是要让他融入我的国家,我要给他一个空间,在那里我们俩都能自在。上帝都有怜悯心,芭妮,放我们一马吧。"②

这个戏剧张力明显弱化的处理,有着诠释闭合的倾向,读者很明确地从中得出人际关系上超越差异,彼此在理解的前提下相互接纳的意义。正是因为莎剧中话语的表演性,即彼得鲁乔在二幕一景中就一针见血指出的"她那些泼辣的样子,都是故意装出来的"③,其中"装出来"的原文是 for policy(策略、权宜),这种社会限制和文化束缚下的生存策略,正是全剧不断推动的冲

---

① Tylor, *Vinegar Girl*, Hogarth, 2016, p.232.
② 同①, p.232.
③ *The Taming of the Shrew* (Act 2, Scene 1, Line 285)

突张力，以及跨越时空始终可以被解读的潜文本。然而这一点，在现实主义的小说体裁中被消解，泰勒将主人公的心理层次丰富处理的同时，以自己的解读，给予读者驯服背后的意义，同时也稀释了复调性。

如果说莎剧不断成为人们改编和文化衍生的资源，甚而被视为人类的某种文化基因，其可塑性和丰富的解读潜能一定是重要因素，而当代的小说重写，如泰勒的《醋女孩》就是这一经典可塑性中的一种变体。一些书评将霍加斯出版社的莎士比亚重写系列称为"中品读物"（middlebrow）[①]。如此评价的合理与否，我们可以暂时搁置，不过对应于出版社考虑市场受众的用意，这个中品应该是在高品（highbrow）的曲高和寡却受众稀少与低端作品的通俗平庸（lowbrow）和流量广众之间寻找适宜的市场效果，探索出一条普及经典，提升整体阅读品位的路径。1917年，当作家伍尔夫和她的丈夫初创霍加斯出版社时，其坚定的使命就是出版当代最优秀的新作，而2012年霍加斯开启的这一莎剧重写系列，邀请的亦是世界知名、畅销的优秀作家。从某种程度上看，泰勒在弱化或消解艺术模糊性的同时，她重写中的偏离和反向处理，一方面给出了自己对《驯悍记》的批评解读，另一方面也给读者带来了新的时代背景下的经典变迁意义，这与形式诸多的莎剧改编，如电影作品、音乐剧、科幻小说，卡通漫画，甚至日本武士传奇等，都有着某种异曲同工之处。

臧否之间，我们也不时比较这部经典莎剧和当代小说之间的距离，尤其是对两部作品显著的尾声差异有着不同的评论。《驯悍记》除了性别问题外，另一个主要争议是有关戏中戏有头无尾的处理，学界也有不同解释，还有关于补锅匠斯赖梦酒醉后"梦里不知身是客"结局脚本遗失之说。不过戏剧尾声彼得鲁乔在打赌胜利后，在众人艳羡之下得意扬扬地说："啊，这才是个好妻子！来，吻我，凯特琳。……来，凯特琳，我们好去睡了。我们三个人结

[①] Elizabeth Rivlin, "Loving Shakespeare: Anne Tyler's Vinegar Girl and the Hogarth Shakespeare Project", *Critical Survey*, vol. 33, no. 2, New York: Berghahn Journals, 2021, p.65+.

婚，可是你们两人（卢森修、霍坦旭）都输了。……现在我就用得胜者的身份，祝你们晚安！"① 于是这场驯悍达成胜利，也在不同观众心中激起了各种强烈的反应。

《醋女孩》的尾声显然引发争议，泰勒将时间往前跳进了 11 年，从凯特和佩特罗 6 岁的儿子路易的视角讲述故事，我们得知三人核心家庭很幸福，大家庭也和谐安宁，凯特获得了"植物生态奖"，确证了婚姻的美满成功，这些积极正面的描述也令一些评论认为带着一种"低调的、煽情的意味"②。尤其是最后一段，路易看着自己的爸妈："他们并排、彼此紧靠着站在门口，肩并肩不分先后，相互牵着手，微笑着。"③ 如此处理，显然是对《驯悍记》结尾的偏离，甚至是明确的反向：男女双方最终获得了彼此接纳和平等。这种当下对往昔的回应和纠偏，会让读者心情愉悦和满足吗？当冲突的张力忽然松弛，紧密的死结被松开后，小说在弱化冲突的过程中，尽力展现一个更合理、平等、开明的当下，更舒适、融洽、中和的情绪，然而也多少带着些许波澜不惊的平淡。

无论是跌宕起伏，还是波澜不惊，莎剧经典依然在当代重写的潜文本中生生不息。至少我们有这样的前提共识：莎士比亚衍生和文化利用始终在生成建构、积极参与着社会历史，尽管莎学研究界对此观点和态度不一，但是有一个事实不容否定：对经典的解读，从未有个人、群体、时代能给予终极意义。因为时间并非静止，受众不断变化，所以生成变化应该才是经典生命的常态。

---

① *The Taming of the Shrew* (Act 5, Scene 2, Lines 181-188)
② Elizabeth Rivlin, "Loving Shakespeare: Anne Tyler's Vinegar Girl and the Hogarth Shakespeare Project", *Critical Survey*, vol. 33, no. 2, 2021, p.75.
③ Tylor, *Vinegar Girl*, Hogarth, 2016, p.237.

第 2 节　消针尖麦芒于温柔陷阱
——莎士比亚《驯悍记》与泰勒《醋女孩》

　　莎士比亚的《驯悍记》(*The Taming of the Shrew*, 1590？)向来是一部令人头痛的"喜剧"，早在 1897 年，萧伯纳谈及《驯悍记》中凯特琳的"转变"时愤然写道："最后一场戏令具有现代情感之人极为厌恶。"① 随着 20 世纪 60 年代西方女性平权运动兴起，特别是女性主义、性别研究等批评理论的加入，《驯悍记》中的"厌女"甚至"仇女"和"辱女"的因素成为研究焦点，卡拉汉在《女性主义莎士比亚指南》中就明确指出，莎士比亚中有明显的厌女和压迫女性②，布斯在谈到改写包括《驯悍记》在内的一些莎剧时，最主要的冲动就是要"将女性被压迫的痛苦经历与莎剧建立互文关系"③。因此，任何将此剧改编搬上舞台或银幕的尝试都必须面对几乎不可躲避的问题：面对一众女性，女演员如何演绎剧中被冠以"悍妇"恶名的凯特琳？男演员如何演

---

① "The last scene is altogether disgusting to the modern sensibility." 转引自 Greg Johnson, "Fiction in Review", *Yale Review*, Vol. 104, iss. 4, 2016(10), pp.149-153 (149).

② Dympna Callaghan ed., *A Feminist Companion to Shakespeare*, London: Blackwell Publishers, 2000, p.48.

③ Linda Boose, "Scolding Brides and Bridling Scolds: Taming the Woman's Unruly Member", *Shakespeare Quarterly*, 1991(42), pp.179-213(181-182)

绎彼得鲁乔以近乎荒诞不经的洗脑方式将凯特琳"驯服"？特别是全剧戛然而止之前凯特琳那篇宣扬"服侍、关爱、顺从"①的"女德宣言"，是宣告"悍妇终被驯成良妻"的皆大欢喜结局，还是告诉台下的女性观众回家后应谨记遵守的行为规范？因此，在近二三十年的《驯悍记》舞台或银幕改编中，除了偶尔有颠倒演员角色性别（男演员演凯特琳、女演员演彼得鲁乔）的实验性演出外，大多通过各种改动，着眼于传达女性作为男权压迫和蹂躏的受害者形象，并让凯特琳在剧末用悲愤控诉的方式念出那段台词。这样做的结果就是把这部喜剧演成了差一点要变成悲剧的正剧，如 2016 年莎士比亚四百年纪念活动期间伦敦环球剧院上演的那部《驯悍记》，虽然导演主创将故事情节搬到了爱尔兰历史背景之中，凯特琳最后那段台词依然传达着具有普遍指向和意义的对男权社会的控诉。②

也有人一直试图从理论上和实践中淡化《驯悍记》的"仇女辱女"因素。有学者指出，凯特琳最后的那段台词是"迄今为止为基督教教义中的一夫一妻制最出色的辩护"③，因为一夫一妻制强调了丈夫作为朋友和保护人的角色，而凯特琳的彼得鲁乔两者兼而能之。这一观点似乎被著名的意大利导演泽法莱利（Franco Zeffirelli）认可，在他发行于 1967 年的那部由伊丽莎白·泰勒和理查德·伯顿主演的电影《驯悍记》中，凯特琳居然被彼得鲁乔的男子气和自信吸引，最后深深爱上了他。也有学者认为，不应该过分指责莎士比亚，因为在伊丽莎白时期，英国女性的社会和法律地位低是历史的现实，看见莎剧中女性屈服于男性，的确使当下的我们感到不快，但莎士比亚可能根本没想到过这样的问题④。更有学者抱怨，如果《驯悍记》只能从女性主义角度去

---

① "服侍、关爱、顺从"（serve, love, and obey）：见 *The Taming of the Shrew* (Act 5, Scene 2, Line 169)。本节《驯悍记》与《威尼斯商人》译文除专门说明外均为自译。

② 参见张琼《当下性与能动性：论莎士比亚当下意义的动态生成》，《解放军外国语学院学报》2020 年第 5 期，第 62—68 页。

③ 转引自 Greg Johnson, "Fiction in Review", *Yale Review*, Vol. 104, iss. 4, 2016(10), pp.149-153 (150).

④ Ann Thompson ed., *Shakespeare 1984: The Taming of the Shrew*, Cambridge: Cambridge UP, 1982, p.41.

解读的话，那就限制了从其他角度阐释此剧的可能，也会使我们忽略了剧中其他一些同样有意义的因素①。

一个颇有意思的对照是 1929 年的《驯悍记》电影改编，平克福德（Mary Pickford）扮演的凯特琳在讲完台词后转身给了在场的其他女性一个冷嘲讥讽的挤眼微笑，似乎在表达"老娘是在逗你玩呢，你这蠢货"的意思。这的确是一条比较合理可行的改写思路，但问题在于：在《驯悍记》此前的剧情台词中似乎很难找到充分的细节支持这一长篇"女德宣言"的反讽语气，更重要的是，在当下的文化社会语境中，无论如何牵强改动，这一篇"女德宣言"完全不足以将喜剧气氛推向高潮，更可能是引来一片愤懑的嘘声。②

尽管莎士比亚剧中不乏智慧、美貌并存的女性角色，特别是其浪漫喜剧，大多以《如愿》中的罗瑟琳、《第十二夜》中的维奥拉和奥莉薇娅、《无事生非》中的碧特丽丝等光彩动人的女性形象为主角，但在当时的社会现实中，女性始终是男权社会的附庸，是婚姻中的商品，是家庭的仆役，《威尼斯商人》中鲍西亚在被巴萨尼奥选中匣子之后的那一长段"为妻宣言"，以表面的喜剧风格呈现了这一事实，尤其是将丈夫巴萨尼奥称为"主人、统管、君王"，单从字面上看，几乎是《驯悍记》中"主人、君王、统管"③的回响。但是，鲍西亚在剧情中看似被动柔弱，却始终掌握着剧情推进的关键，也掌控着包括丈夫巴萨尼奥在内的一众男性的行为，甚至连安东尼奥的生命都要仰仗她的如簧巧辩，在庭审上击败夏洛克，并保证了全剧在喜剧气氛中结尾。不过，我们如何来理解鲍西亚的那段"为妻宣言"呢？在此，将凯特琳的"女德宣言"

---

① B.T. Bennet, "Feminism and Editing Mary Wollstonecraft Shelley: The Editor And?/Or? The Text", In George Bornstein and Ralph G. Williams eds., *Palimpsest: Editorial Theory in the Humanities*, Ann Abor: University of Michigan Press, 1993, pp.67-96 (72-72).

② 2016 年由上海戏剧学院戏曲学院演出的京剧《驯悍记》（郭宇编导），对莎士比亚原作进行了颇有新意的改编，既"补齐"了原作被认为缺损了的"梦境"，又以充满中国思想文化传统对美满婚姻的想象。参见京剧《驯悍记》隆重上演上戏端钧剧场_收藏滚动_新浪收藏_新浪网 (sina. com.cn)；张琼《梦里不知身是客：京剧〈驯悍记〉观后》，《上海戏剧》2016 年第 7 期，第 30—32 页。

③ "her lord, her governor, her king" (*The Merchant of Venice*, Act 3, Scene 2, Line 167); "thy lord, thy king, thy governor" (*The Taming of the Shrew*, Act 5, Scene 2, Line 143).

第四章 《醋女孩》重写《驯悍记》

和鲍西亚的"为妻宣言"对照一下，或许能更好地说明问题。

首先，上述两段台词的篇幅和在剧情中的位置本身就已经可以说明一些问题：凯特琳的"女德宣言"共44行，出现在全剧即将结束之际，此时，剧情和人物的转折均已经完成，长篇台词的作用是宣示全剧主题，将全剧推向剧终高潮（无论是闹剧、喜剧还是正剧）。反观鲍西亚的"为妻宣言"，该段台词26行，发生于剧情的铺垫阶段，其剧场功能是一剂缓冲，通过预设的喜剧性"指环风波"来消解主线中夏洛克败于庭审人财两空的悲剧气氛，为剧情保证了喜剧的大团圆结局。

从台词内容看，凯特琳"女德宣言"更合适的表述应该是"女德训诫"，因为从这段台词的语篇特征看，其实并不是凯特琳在表示"我应该改过为新"，而是她现身说法，告诉其他女性应该如何在社会上和家庭中"摆正"自己的位置，这段"训诫"的对象，很大的可能并不主要是台上的女性人物，更可能是冲着（甚至是指着）台下所有的女性观众[1] 发出的，因为从五幕二场的出场人物来看，剧本提示中只有凯特琳、妹妹比央卡、"一寡妇"三位女性，尽管在具体演出时可能会安排更多的女性人物上场。因此，"女德训诫"的意义是外指的，即虽发乎剧情之中却游离于剧情之外，凯特琳是对着观众在说话，而且更值得注意的是，这完全可能是男性（剧情里的丈夫、剧情外的剧作者）塞进她嘴里去的[2]。《威尼斯商人》中鲍西亚的"为妻宣言"则完全不同：它是内指的，即服务剧情本身，指向人物本身，鲍西亚是对着巴萨尼奥说话。值得指出的是，与凯特琳"女德训诫"从头到尾的第二人称指向、即"你/你们"形成对照，鲍西亚的"为妻宣言"完全不同，整段台词从充满自谦的"我"如何不够优秀开始，十来行之后变成了"她"，此时鲍西亚似乎跳出了自己的真身，从旁"客观地"做着描述，而那句"主人、统管、君王"正出现在这跳脱真身的6行台词中，原文是"她的主人、她的统管、她

---

[1] 尽管根据当时的禁令，她们可能都是女扮男装混进剧场看戏的。
[2] 如果在改编这一桥段时，让男声画外音代替凯特琳的声音，或许会有特别的效果。

的君王",说完这6行,鲍西亚才再次回到"我",把刚才还是一切之主的"我"交给了巴萨尼奥。尽管当代的观众听来会觉得不适,但考虑到当时的社会法律习俗,也应该可以理解。关键在于:鲍西亚虽然接受了婚姻的无奈,却立刻以"戒指之约"从根本上挑战并随时准备着颠覆男权社会强加在女性身上的不公平,鲍西亚女性以柔克刚的策略,不仅有效地对抗和消解了剧情中的男权中心压力,也为后来的喜剧转向和结局埋下了合情合理的伏笔。

因此,《驯悍记》中的凯特琳和《威尼斯商人》中的鲍西亚有着本质差别,前者的"女德训诫"和后者的"为妻宣言",在篇幅、语言、形式、风格、语气、潜台词等方面也大相径庭,后者完全可以支撑剧情的喜剧性高潮,而前者却根本无法烘托喜剧氛围。这一点,为在当代的社会文化语境下重写或改写《驯悍记》造成了十分棘手的障碍,剧中的性别歧视问题与《威尼斯商人》中的犹太问题和《奥赛罗》中的种族歧视问题一样,似乎是任何改编者(特别是西方的改编者)都难以绕着走出的困境。

《醋女孩》是泰勒的选择。虽然《醋女孩》中女主人公凯特最终进入婚姻之套,其"主动选择"实在颇有疑问,可霍加斯出版社让泰勒第一个挑选自己愿意重写的莎剧时,她却主动选择了这部麻烦不少、很难讨巧的《驯悍记》[①]。泰勒是当代颇受出版业和读者欢迎的作家,出生于美国明尼苏达州的明尼阿波利斯的。她毕业于杜克大学,她的第一部小说《如果还有早晨来》(*If Morning Ever Comes*, 1964)描写人的孤独和人际交往的困境,十年后她接连发表《天境巡游》(*Celestial Navigation*, 1974)和《寻找迦勒》(*Searching for Caleb*, 1975)两部长篇,前者描写一位从未离家甚至很少离开自己房间的男子在母亲去世后被迫接受带着孩子的女租客,他们在情感和表达上经历的困难和窘境,而后者则写一看似稳定和睦的中产家庭里一位6岁离家出走的男孩,泰勒从此开始获得读者和批评界的关注。1982年的《思乡餐馆的午餐》

---

① 参见 Greg Johnson, "Fiction in Review", *Yale Review*. Vol. 104, iss. 4, 2016(10), pp.149-153 (150).

(*Dinner at the Homesick Restaurant*)出版后旋即上了热销榜,故事讲述历经生活艰辛的三个孩子长大后相聚,回忆当年的母亲,袒露各自心头和生活中曾经的"秘密",最终意识到家庭和血缘的纽带力量;1988年的《意外的旅行者》(*The Accidental Tourist*)也是泰勒颇受欢迎的一部长篇,小说主人公十分讨厌旅行却一直在写旅游指南,他经历了离婚的挫败和失子的痛苦,悲伤中遇到天性乐观的驯狗师及后来发生的各种有趣事件,小说还被改编搬上了大银幕。泰勒的第11部作品《呼吸课》(*Breathing Lessons*, 1988)获普利策小说奖,故事中两位女性在去鹿镇的路上相遇,各自回想起自己的婚姻,两人不时因观点不合处世方式不一而发生争吵,但彼此还是努力忍受和接受对方,最终她们发现,真正认识一个人会给自己带来力量和快乐,人际关系也会出现奇迹。泰勒最近的,也是她第23部小说是出版于2020年的《街边的红发女郎》(*Redhead by the Side of the Road*)①,讲述一位自谋职业的中年单身IT维修员因性格和习惯,在和女友的恋爱中处处不顺。

总之,泰勒的小说以描写家庭生活和刻画人物行为细节见长,作品多为充满机智情感的风俗喜剧,叙事风格以温和幽默为主,情节中极少见激烈的观点冲突和情感撞击,而这,似乎与莎士比亚那部充满喧嚣吵嚷甚至还带着点闹剧风格的《驯悍记》有些对不上。因此,《醋女孩》出版之后获得的评论中,除了对这位知名作家礼貌的赞扬,对她的文笔风格的惯例肯定之外,谈到内容和重写策略的,基本上都是(礼貌的、克制的)批评。希曼直截了当地把这部小说称为"当代即兴创作",认为凯特最后接受的不是自愿的婚姻而是变相的"强迫婚姻",因为天性独立的凯特居然会屈从父亲和佩特罗的"绿卡计划",完全没有人物性格逻辑的支持。希曼对《醋女孩》的总体评价是:"一个引人入胜、闹闹嚷嚷、狡猾邪恶的突转和启示的故事。"② 约翰逊更在其《耶鲁评论》的文章中认为,除了人物名字和总体上的婚姻情节,《醋女孩》

---

① 也有根据小说内容译为《麦卡的窘境》。
② Donna Seaman, *Booklist*, 2016, p.72.

与莎士比亚的《驯悍记》没有太多的关系,并指出作品"情节单薄苍白,语言过于浅近,毫无修饰"①。只是,这样的评论似乎失之表面,显然是一读之后的初次印象。泰勒对莎士比亚的《驯悍记》到底采用了什么样的重写策略,特别是她如何用自己特有的观念和创作风格来处理莎士比亚剧中令当代观众读者不愉快的"驯悍"线索,需要深入小说叙事和文字背后来探究一番的。

《醋女孩》的情节直截了当:"大龄女孩"凯特从高校退学,除了一份幼儿园老师助理的临时工之外,承担着几乎全部的家务,做生物学家父亲巴蒂斯塔的后勤,照顾还在读中学的妹妹芭妮("小兔")。巴蒂斯塔困于研究瓶颈,而他从海外招来的得力助手佩特罗因签证问题无法继续留任,为挽救自己的项目,巴蒂斯塔设计让佩特罗娶凯特为妻,既可以永久保障自己项目的进展,又可以把大女儿凯特嫁出去。凯特和佩特罗经历了一系列的个性冲突和日常事件之后,凯特终于接受了原本带有"绿卡阴谋"因素的婚姻,把自己嫁了出去。

与莎士比亚《驯悍记》相比,泰勒《醋女孩》的人物和情节都像是蒙上了一层柔光。小说中的凯特完全没有莎剧中凯特琳的暴脾气,她虽然不那么合群,说话多少有点冲,但内心善良柔软,遇事多为他人着想而宁肯自己委屈。她虽然对幼儿园教师助理的工作并不喜欢,对自己协助照看的那班孩子也没有流露出过多的爱心,但依然会在去校长办公室的路上顺便给午睡的孩子掖好被角;莎剧中那个处处欺负妹妹比央卡的凯特琳,在泰勒笔下变成了对妹妹芭妮虽不那么喜欢却依然悉心照顾的姐姐,而芭妮虽然时常顶撞姐姐,也能在最关键的时候提醒她不要成为婚姻的牺牲品(123)。凯特在父亲房间里发现她年幼时去世的母亲的遗物,勾起她对母亲的温柔回忆,考虑到母亲形象在《驯悍记》中完全缺失,泰勒的这一增补实际上助力了"柔化"凯特并使其最终接受婚姻的决定"合理化",而这样的"柔化"和"合理化"在对

---

① Greg Johnson, "Fiction in Review", In *Yale Review*, Vol. 104, iss. 4, 2016(10), pp.149-153 (151)

应《驯悍记》中彼得鲁乔的佩特罗形象上体现得更为明显：与莎剧中那个自我中心、放浪不羁、行为乖张的彼得鲁乔相反，泰勒的佩特罗是一个相当谨慎被动的人物，处处努力"顺从"凯特的意思，特别是当凯特解释自己不喜欢"蜜糖女孩"(honey girl)，因为"蜜比醋更招惹苍蝇"时①，他立刻表示同意，呼应着把凯特称作"醋女孩"(vinegar girl)②，言下之意：我可绝不是冲着蜜糖去的苍蝇。

泰勒化"暴力驯服"为"以柔克刚"的重写策略，不仅体现在人物设计上的"去悍"，更表现在对"驯"的过程做了两处几乎是颠覆性的改动：其一，泰勒把"驯"的主角从丈夫改为父亲，把"驯悍"变成了"嫁女"；其二，滤掉了莎剧中彼得鲁乔在"驯悍"时所有的语言暴力和行为暴力，着力描写巴蒂斯塔嫁女的苦心和佩特罗娶妻的坚持。这样改动的结果，完全消弭了莎剧中令人不快的"强嫁""强娶""强驯"情节③，而让《醋女孩》读起来更像是一部多少与当代社会生活相关的"嫁出大龄女孩"的喜剧故事，是"劝嫁"而非"强嫁"，正如小说中凯特家的亲戚理查德所说："简直不敢相信把这姑娘给嫁出去了，一大家子人可都大大松了口气啊。"④

事实上，用"计嫁"来描述《醋女孩》的主情节，恐怕比"劝嫁"更到位，尽管小说中的父亲巴蒂斯塔的确在不停地"劝说"凯特同意嫁给佩特罗，试图"在佩特罗与凯特之间打出火花"，但他并不"笨拙"⑤。虽然泰勒没有留下明显的线索来证明，整个"嫁女"过程是巴蒂斯塔的精心设计，更无法肯定佩特罗是否也故意用看似笨拙的方式实施着"逼婚"，但凯特对婚姻的抵触态度他们是完全明白的。巴蒂斯塔刚对凯特挑明了自己的绿卡计划，凯特就

---

① Tylor, *Vinegar Girl*, Hogarth, 2016, p.126.
② 将 *Vinegar Girl* 译为《醋女孩》，即出于与此细节呼应的考虑。
③ 其实，《驯悍记》并未提供足够合逻辑的细节来证明凯特琳嫁给彼得鲁乔一事是她出于自愿还是被迫，而这样一来也更说明在当时的文化语境下女性在婚姻中几乎没有什么主动权。
④ Tylor, *Vinegar Girl*, Hogarth, 2016, p.221.
⑤ Donna Seaman, *Booklist*, 2016, p.72.

断然拒绝，并用她少有的愤怒口气质问道："原来你一直在把他往我这里塞，而我却迟钝到竟然没有意识到。我简直不敢相信我自己的父亲会想出这样的办法对待我。"① 即使是"木讷"的佩特罗也多少能感觉到凯特对婚姻并不情愿。就在婚礼即将开始时，佩特罗去了趟实验室，惊恐地发现做实验的小白鼠全都不见了，这意味着此前所有的实验全部失败，整个项目陷于绝境。盛怒之下，他对凯特脱口而出的那句"那你就不必被迫结婚了"②，绝非一时口误，而是把他长久以来有意压在潜意识中的认知释放出来了。更能说明问题的是：凯特在结婚仪式前去佩特罗的房间看看，因为那是她即将要离开自己的家和一个男人共同生活的地方，可她在那本月历上发现，当天的日子格里空空如也，根本没有标记要举办婚礼的任何记号或文字。

其实，小说中"劝婚劝嫁"过程中的一系列细节显然无法用"随意"或"无意"来解释过去。巴蒂斯塔用听似随意的口气告诉凯特当天晚餐有客人来，就是自己研究所里那位优秀的年轻科研工作者；他不时让凯特给他往研究所送饭，却每次都让她巧遇佩特罗；他趁周末让佩特罗溜进家里和凯特聊天做园艺，并偷偷拍照记录；他让凯特不要太在意领个结婚证的事，说"那不过是一纸公文"③；如此等等。然而，当最后凯特接受了婚姻，表示要搬出家去和佩特罗一起生活时，巴蒂斯塔那句"但这完全不是我计划好的"④，完全颠覆了此前的所有看似无意或随意的假象：原来一切都是他安排设计好的，都是巴蒂斯塔的"婚套"，是他对凯特的"洗脑"。佩特罗也很难摆脱这样的嫌疑：他整晚不停地给凯特发短信，不断告诉她（强迫她相信）"你关注我""你喜欢我""你为我发疯"（125），就连结婚证，居然也是他和未来的岳父巴蒂斯塔去领的，好像结婚一事与凯特无关。从这一点看，泰勒的重写实

---

① Tylor, *Vinegar Girl*, Hogarth, 2016, p.68.
② 同上，p.187.
③ 同上，p.112.
④ 同上，p.157.

际上补充了莎士比亚《驯悍记》中凯特琳(答应)结婚一事中的"缺失的链条",而且从本质上说,都是违反女孩本意的行为,差别仅在于:莎士比亚为"驯悍"主题干脆一步跳到婚姻既成的现实,泰勒则描写了导致婚姻既成的过程——父亲巴蒂斯塔和"未婚夫"佩特罗对凯特的洗脑或软胁迫。

泰勒的笔调是十分精致微妙的。毕竟小说所写是家事,毕竟是巴蒂斯塔和佩特罗希望并努力促成一段婚姻,毕竟在整个过程中没有冷暴力和家暴,没有依靠强力手段迫使凯特接受婚姻,而所有的"劝嫁劝婚"都以"以退为进"的策略展开,从而控制了冲突的程度,使凯特最后的态度转变显得合理,显得可以接受。因此有评论认为,小说写的是"凯特的自我驯服",是她自己最终意识到"应该承认改变、成长和接受"[①]。但是,当凯特向幼儿园同事们宣布了自己打算结婚的消息,同事们纷纷表示惊喜和祝贺,凯特此时的感受却是模糊和矛盾的:既感觉开心,因为自己终于受到了重视,又感到愤怒——为什么女性结不结婚对她在社会场合的境遇竟有如此差别,更感到受了欺骗或在欺骗别人。因此,即便泰勒的重写以皆大欢喜的喜剧结尾,那喜剧必须有的大团圆的快乐恐怕也不是没有阴影和不确定的担忧的。泰勒弱化了莎剧围绕女性主义的话题性,但话题依然存在。

改写莎士比亚,一定绕不开莎士比亚剧中某些关键和经典的片段,就重写《驯悍记》而言,凯特琳在剧终时的那段长篇"女德训诫"正是重写者必须面对的片段之一。泰勒以其一贯的风格,在小说情节推进到结婚仪式的结尾高潮时,让凯特对着所有对她转变态度接受婚姻持有疑问的宾客(特别是妹妹小兔巴妮),说出了可以被称为"凯特的婚礼宣言"的一大段话,这样的长篇大论,对小说全篇中的凯特来说绝无仅有:

你爱怎么对待你老公是你的事,但是我可怜他,不管他是谁。

[①] Jane Smiley, "'Kiss Me Katya' in Anne Tyler's updated Taming of the Shrew", *New York Times Book Review*, 2016(121:28), p.15.

做男人真的很难的。你难道没想过吗？所有让他们揪心的事，他们都觉得应该藏在心里。他们觉得应该做出主管一切的样子，能把控一切；他们不必表露自己的真实情感。哪怕他们伤心、难过、想家，哪怕他们头顶一片乌云，哪怕他们要倒大霉，他们总会说，"哦，我没事"，"一切都好。"你想想就明白了，他们的自由比女人要少得多。女人从小就懂看人心思，她们的感觉越来越敏锐，她们的本能，她们的共情能力，她们的人际什么来着？女人明白事情背后的真相，可男人只关心体育比赛，战争，名誉，成功。男人和女人就像在两个不同的国家！我没有像你所说的"后退"，我是在帮助他进入我们的国家。我是给他一个在人人可以成为自己的地方一处空间。①

在这篇"婚礼宣言"里，凯特没有"训诫"别人应该做什么不能做什么，她是在解释自己为什么要这么做，让大家明白自己为什么会有从拒绝婚姻到接受婚姻的转变，而这一转变在小说情节中有着循序渐进的细节铺垫，无论她最终接受婚姻甚至拥抱婚姻是有意识还是无意识的行为，这样的转变都是合情合理的。更重要的是，这段话的通篇信息明确无误地显示出，凯特是在"反客为主"，从原先男女关系中的被动变为了主动，从尊卑变成了平等，措辞里并没有洋洋得意甚至是居高临下的傲慢和优越感，没有一丝对作为丈夫的男性的指责揶揄，相反，通篇充溢着真诚、平等和善意，表达着"我理解他、我怜惜他、我要帮他"的心思，这完全颠倒了《驯悍记》中借凯特琳之口发出的"女德训诫"所宣示的男尊女卑的地位和君临顺从的相互关系。以平等友善为基础的互动、对话（包括争吵），最终达成相互理解，和谐共处，这是泰勒小说的不变线索和主题，《醋女孩》没有例外。从这一点上看，斯迈利对《醋女孩》的评语"人物具有莎剧中缺乏的心理深度，但缺乏力度"和"小

---

① Tylor, *Vinegar Girl*, Hogarth, 2016, pp.231-232.

说既非忠实的重述，也非激越的反述（countertale）"①，显然只对了一半：泰勒的人物不仅具有心理和情感深度，也具有行动和言辞的力度，只不过这力度更为稳重深沉，不常宣泄，但一泄则千里；泰勒的作品的确不是对莎士比亚原作的"忠实的重述"，但却是有力的反述，虽然它没有以激越的形式表达出来，但比激越的行为（如严词批判、愤怒控诉等）更有自信，更有定力，也更显凯特（乃至女性）宽怀大度包容的理解力，同时也是对莎士比亚《驯悍记》中不能再明显、不能再不正确的男权中心观念的尖锐批评和反抗。不过，既然她走进婚姻这件事本身多少有"中了温柔圈套"的可能，她在婚礼上的转变依然有突兀之嫌，人们依然有理由怀疑：她的这篇"婚礼宣言"，到底是想说服别人还是说服自己？

因此，当泰勒为原作的所有因素都加上了柔光滤镜，使人物失去了"悍"，使动作谈不上"驯"，莎士比亚原作的问题性和话题性也随之失去，剧情体现的矛盾冲突也大大弱化。这样一来，泰勒的《醋女孩》重写《驯悍记》，写出的是她本人希望的事态原委和发展，莎士比亚只是一个由头；泰勒写的是自己想写的故事，是自己风格的故事，与莎士比亚有没有关系似乎并不重要。

---

① Jane Smiley, "'Kiss Me Katya' in Anne Tyler's updated Taming of the Shrew", In *New York Times Book Review*, 2016(121:28), p.15.

本章附录

凯特琳的"女德训诫"
(*The Taming of the Shrew*, Act 5, Scene 2, Lines 141-184)

Fie, fie! Unknit that threat, ning unkind brow,	呸！呸！请舒展紧皱的眉头别让人害怕，
And dart not scornful glances from those eyes,	眼睛里也不要射出嘲讽的神色，
To wound thy lord, thy king, thy governor:	不要伤害你的主人，你的君王，你的统领：
It blots thy beauty as frosts do bite the meads,	那神情会毁了你的美貌，如严霜摧毁草地，
Confounds thy fame as whirlwinds shake fair buds,	如狂风吹落花蕾，毁掉了你的美名，
And in no sense is meet or amiable.	这么做既没有理智，也不讨人欢喜。
A woman moved is like a fountain troubled,	女人一旦发火，就像池水起皱，
Muddy, ill-seeming, thick, bereft of beauty;	泥浆翻起，混浊不堪，毫无美感；
And while it is so, none so dry or thirsty,	这样的池水，人哪怕干渴难忍，
Will deign to sip or touch one drop of it.	都不愿意过去装一捧啜上一滴。
Thy husband is thy lord, thy life, thy keeper,	丈夫就是你的主，你的命，你的赡养人，
Thy head, thy sovereign; one that cares for thee,	你的头脑，你的君王；他关心你，
And for thy maintenance commits his body	为给你生活保障，他不惜竭尽全力
To painful labour both by sea and land,	在海上在陆地不惧艰辛，
To watch the night in storms, the day in cold,	风雨中熬夜，寒冷中度日，
Whilst thou liest warm at home, secure and safe;	而你则蜷身于温暖的家里，无忧无虑；
And craves no other tribute at thy hands,	不指望自己的双手能提供其他东西，
But love, fair looks and true obedience—	只除了爱恋，美貌和真正的顺从；
Too little payment for so great a debt.	亏欠太多，付出却寥寥无几。

Such duty as the subject owes the prince,	就是妻子对丈夫应尽之责,
Even such a woman oweth to her husband;	一如臣子对王公应守之道;
And when she is froward, peevish, sullen, sour,	如果她出言不逊,脾气暴躁,
And not obedient to his honest will,	还要去违逆丈夫真心的意愿,
What is she but a foul contending rebel,	她不就成了丑陋的叛逆之臣,
And graceless traitor to her loving lord?	对爱意满满的主君离经叛道?
I am ashamed that women are so simple,	真令我羞耻啊:女人的头脑竟如此简单,
To offer war where they should kneel for peace;	该跪求平和的时候却挑起征战;
Or seek for rule, supremacy and sway,	本该对丈夫服侍、关爱、顺从,
When they are bound to serve, love and obey.	她们却寻求强势权柄,要高人一头。
Why are our bodies soft and weak and smooth,	我们的身体柔软孱弱又平滑,
Unapt to toil and trouble in the world,	不适合这世上的艰苦与劳作,
But that our soft conditions and our hearts,	既然我们身体和内心都十分柔弱,
Should well agree with our external parts?	难道不应该表现在外在的行动上?
Come, come, you froward and unable worms!	好啦,好啦,你们出言不逊的无能蛆虫!
My mind hath been as big as one of yours,	我也曾和你们一样心比天高,
My heart as great, my reason haply more,	我负心气高傲,还强词夺理,
To bandy word for word and frown for frown;	和男人针尖麦芒,怒目相对;
But now I see our lances are but straws,	可现在我明白,我们的投枪不过是稻草,
Our strength as weak, our weakness past compare,	我们力量弱小,弱得无以复加,
That seeming to be most which we indeed least are.	看上去无所不能,却一无是处。
Then vail your stomachs, for it is no boot,	收了你们的傲气吧,那毫无用处,
And place your hands below your husband's foot:	把双手放在你们丈夫的脚前:
In token of which duty, if he please,	为表达这样的责任,如果我丈夫愿意,
My hand is ready; may it do him ease.	我随时可以这么做,只要求得他欢喜。

鲍西亚的"为妻宣言"

(*The Merchant of Venice*, Act 3, Scene 2, Lines 149-174)

You see me, Lord Bassanio, where I stand,	巴萨尼奥大人,我就站在你眼前,
Such as I am: Though for myself alone	这是真实的我,尽管就我自己而言
I would not be ambitious in my wish,	我不想表现出过多的希望,
To wish myself much better; yet for you	不希望自己还能更加优秀;但为了你
I would be trebled twenty times myself;	我还是希望自己能有六十倍的优秀;
A thousand times more fair, ten thousand times more rich;	有一百倍的美貌,一千倍的富有;
That only to stand high in your account,	为了能让我在你眼里地位更高,
I might in virtue, beauties, livings, friends,	我在德行美貌、身家朋友各方面,
Exceed account; But the full sum of me	都要超过预期;但是,总起来说,
Is sum of something, which, to term in gross,	我还是一个——这么笼统地说吧——
Is an unlesson'd girl, unschool'd, unpracticed;	管教不够、学识不多、经验不足的姑娘;
Happy in this, she is not yet so old	不过好在是:她尚且年轻,
But she may learn; happier than this,	还来得及学习;更好的是,
She is not bred so dull but she can learn;	她生来聪慧,学起来肯定没有问题;
Happiest of all is that her gentle spirit,	最好的是,她天性温和,
Commits itself to yours to be directed,	把自己交到您手里接受指教,
As from her lord, her governor, her king.	就当您是她的主人,统领和君王。
Myself and what is mine to you and yours	我本人和属于我的一切,现在我
Is now converted: But now I was the lord	都将它们转交给您:方才我还是
Of this fair mansion, master of my servants,	这堂皇大宅的主人,一众仆役的主子,
Queen o'er myself: and even now, but now,	是我自己的女王,可现在,就现在,
This house, these servants and this same myself	这堂皇大宅,这些仆人还有我本人

Are yours, my lord: I give them with this ring;	都归您了，主公。我随送戒指一枚；
Which when you part from, lose, or give away,	如果您何时取下、丢失或送了人，
Let it presage the ruin of your love,	那就是证明您对我的爱已经毁灭，
And be my vantage to exclaim on you.	那时候我有权向您要回我的一切。

第五章

《新来的男生》重写《奥赛罗》

第1节　成长文学的莎剧互文:《新来的男生》与《奥赛罗》

在莎士比亚经典悲剧《奥赛罗》的解读和改编过程中，人们从嫉妒、种族差异与歧视、异族通婚、阴谋、心理暗示、情爱等各种角度不断挖掘并阐发意义，而当代著名畅销作家特瑞西·谢瓦利埃（Tracy Chevalier，1962— ）[①]为英国霍加斯出版社（Hogarth Press）的莎士比亚重写系列创作的《新来的男生》（*New Boy*，2017）独辟蹊径，将人们的关注转移到青少年成长主题，将莎剧中的主要角色置于一群十来岁的少年，将经典中的复杂人性和社会、历史问题与青春期结合。小说中的戏剧场景转换为一所美国华盛顿特区郊外的小学，聚焦于一群六年级男女学生，其年龄在12岁上下，即初入青春期的懵懂大孩子，尚处于少年步入发育的早期阶段，身体和心智都远未成熟，个体意识和世界观尚未建立。这种即将、待发、萌动的状态，在作家笔下有一种难以把控和界定的流动性，确切说是含混和不安感。

受众的目光从17世纪的威尼斯跳跃到了20世纪70年代，美国民权运

[①] 谢瓦利埃此前著有畅销小说《戴珍珠耳环的少女》（*Girl with a Pearl Earring*），该作获得2000年巴诺发现奖（Barnes and Noble Discover Award），并因其同名电影改编（2003年）广为人知。其他近作还包括《果园边缘》（*At the Edge of the Orchard*，2016）等。

动后期的美国学校,其中的文化语境截然不同,而莎剧中的人物也在可以分辨的名字转化中产生解读上的对位感,如奥赛罗(Othello)是新转入学校的男生奥塞(Osei),伊阿古(Iago)成了内心阴暗、自私、偏执的伊恩(Ian),苔丝黛梦娜(Desdemona)则是迪伊(Dee),诸如此类,随着故事发展,读者能即刻清晰找到小说人物和莎剧中角色的关联。

就在学期结束前一个月,黑人男孩奥塞随外交官父亲的工作变迁,转入了特区郊外的一所小学,为了方便同学们记住他的名字,他让大家喊自己奥(O)。这个来自加纳的男孩因为父亲工作的特殊性,不断流转于各所学校,曾经在罗马、纽约、伦敦等城市驻留上学,有着比同龄孩子更多的生活阅历和体验,一如莎翁笔下征战罗兹岛和塞浦路斯各地的军士将领奥赛罗,他对自己生活的叙述必然会开启他人的生活视野,无论是戏剧中的苔丝黛梦娜还是小说中的迪伊,她们狭小的世界会因此得到新鲜的拓展。可是,黑皮肤的奥在一群白人孩子中如此突兀,这种差异难免引起复杂的反应:疑惑、嫉妒、陌生、戒备、好奇等。伊恩就被奥的独特激怒,感受到某种莫名的威胁,甚至因为对方在操场上灵活出众的表现,以及奥和迪伊之间迅速而生的好感和友情,心怀不安与嫉妒。于是,伊恩通过一系列阴险、丑恶的伎俩,让奥错以为迪伊口是心非,明明心仪帅气的白人男孩凯斯珀(Casper)(对应于凯西奥,Cassio),却表面对奥假装热情。于是,《奥赛罗》中伊阿古让妻子艾米莉亚(Emilia)获取奥赛罗和苔丝黛梦娜的定情信物手帕,变成了伊恩让"女友"咪咪(Mimi)拿到印着草莓图案的铅笔盒,即奥塞和迪伊表示友好而互换的文具。小说的时间浓缩在一天之内,以普通校园上课日的五个时间段,即上学前、上午课间、午餐、下午课间、放学后,充满张力,因循线性时间顺序,起承转合间完成了莎剧中的主要情节。从早间迪伊与奥塞相识相知,伊恩心怀恶意地介入,咪咪捡到那只草莓铅笔盒交给伊恩,凯斯珀的无辜卷入,奥对迪伊心生疑窦,直至愤怒,最终在孤立、无助、委屈、悔恨与绝望中爆发。这一切都集中发生在教室和操场上,少年们的冲动莽撞和叛逆一触即发。

当人们的关注聚焦在少年身上，大家必然感叹，这个群体就是成人世界的折射，父母、教师、成人社会是孩子们价值观和意识的塑造者，20世纪70年代美国郊区的种族意识和偏见必然影响着少年们，当奥塞愤怒地从操场的攀登架上飞跃而下时，坠落和伤害必将爆发，这是故事尾声对所有人的心灵拷问：在事件的因果之间，我们对孩子们的成长，对他们的价值认知究竟产生了怎样的影响？

莎翁笔下等级分明的中世纪采邑社会演变成校园课堂和操场，其中的人际关系貌似变化巨大，但是本质的差异偏见，群体意识，文化习俗影响，以及权威价值的导向却有着千丝万缕的关联。一个新生的到来，尤其是黑人男孩的进入，必然对这个保守、传统的白人小学造成地震般冲击。正如苔丝黛梦娜与摩尔人奥赛罗的相爱联姻，加纳男孩奥塞和学校最受欢迎的白人女孩迪伊的互生好感，一定会引发学校所有人的震惊和非议。两人热情友好的交流已然令人侧目，少年之间情不自禁地身体接触更是刺痛了学校原本牢固的集体意识。《奥赛罗》的世界里，军事武力和政治策略对峙社会争端和外族侵略；而在小说中，校园欺凌和小集团组织，师生关系及操场游戏等，也微妙地控制着其中的各种关系。一旦异己因素出现，原有的平衡受到动摇，戏剧性反应必然来临。

有趣的是，恶霸型学生伊恩在面对异己威胁时，他所运用的各种手段，包括宣传、贿赂、谎言、恐吓、肢体攻击、教唆等，都不啻对成人社会政治和谋略的模仿和映射。在整个策略操控和实施的过程中，读者能清晰地看到种族主义、性别歧视、文化偏见、话语权利的影响，尽管小说问世后，反响似乎平平，人们对谢瓦利埃将《奥赛罗》中如此严肃、深刻的矛盾转移到成长文学的视角，并把莎士比亚经典悲剧的张力浓缩在一天之中，不免心存疑虑。

如此巨大的经典重写挑战压力，落在了十几岁少年们的身上，这种近乎反高潮的期待结果，自然会引发人们对两部作品的深入比较和分析。试问，十来岁的少年身上能分析爱情吗？他们性情多变，好恶标准多变，在异性相吸的懵懂好感中随意出入，分手、移情别恋就像人际游戏；他们对家长和老师的权威心存逆反抵抗，又得有夹缝中求生存的实际应对，对学校规范、社会习俗、文化差异等，尚未有深入、系统的认知确立。这一动态建构的过程，与《奥赛罗》中成人世界的情感、观念、权力的运作演绎，形成了巨大的反差和距离。

不过，人类的青少年从来不是无知、天真的乐园，从我们的生活体验、社会新闻，包括《蝇王》等经典作品，大家已然洞察了成长过程中根深蒂固的人性矛盾，弱点，以及萌芽待发的偏见陋习和意识盲区。诚然，阅读《新来的男生》的读者知晓这是莎剧《奥赛罗》的当代重写，他们心怀悲剧期待，进入小说故事，因而对结局的预知性探求成了独特的阅读感受之一。半大孩子身上能有怎样的悲剧结局？

青少年认知与《奥赛罗》

将青少年认知与莎剧《奥赛罗》形成关联是这部经典重写小说的独特之处，也是引发读者好奇和探究的关键点。将莎剧改编或衍生为适合儿童观赏和喜爱的作品并非罕见，例如在影视制作上有动画版莎剧系列的推出，还有各种少儿读物的出版，如《杀死格里芬》(Lois Duncan, *Killing Mr. Griffin*)、《马里兰州的烂摊子》(Laura A. Sonnenmark, *Something's Rotten in the State of Maryland*)、《杰森与莎翁》(Kate Gilmore, *Jason and the Bard*)、《真爱无疑》(Tui T. Sutherland, *This Must Be Love*)、《我的创造人生》(Lauren Bjorkman, *My Invented Life*)、《灿若星辰的双眸》(Lisa Mantchev, *Eyes Like Stars*)、《罗密欧与朱丽叶终成眷属（并活着！）》(Avi, *Romeo and Juliet Together (and Alive!)*)，以及《离场，被熊追赶》(E. K. Johnson, *Exit, Pursued by a Bear*) 等。这类创作一般都从莎剧中汲取情节、主题、人物个性的戏剧性，以少儿为受

众目标，符合这一年龄阶段的观剧或阅读特点，主要目的是把莎士比亚置于当代语境，将经典艺术介入少儿审美和生活。由此看，《新来的男生》不同于此类改写，尤其是在目标受众上，谢瓦利埃面对的是各年龄段的读者，尽管其笔下的叙述以青少年认知、心理成长、社会文化影响为重心，但是作品在阅读反思和评述上，并不着力于青少年成长教育，而是激发经典和成长认知的关联探究。换言之，作品并非聚焦莎剧《奥赛罗》转换视角和语境的诠释，而是探究当代文化在经典的互文启示之下，如何引发读者对人性认知，尤其是对青少年认知的反思。

因此，小说并未对《奥赛罗》进行显在的指征，也毫无推广莎剧艺术和信息的教育目的，基本不具备青少年作品的典型性，其主题实质上超越了少儿的理解和思考范畴。正如谢瓦利埃在一次访谈中所言，小说"确实针对十来岁孩子们，我创作这些情节并非因为相信可以给大家提供一个明确的少儿莎士比亚改编版本，或觉得这种改编有其必要性，而是因为我意识到，无数关于莎士比亚、童年、小说的组合建构都是多层面的，不断拓展的，并且是无法进行形式上的分类的"[①]。从某种程度看，《新来的男生》的创作确实无法在形式上归于莎剧改编，至少人们无法对这种创作给予泾渭分明的改写分类，而作品所揭示的也超出了《奥赛罗》的范围。

正如学者史密斯所揭示的："若是对改编理论进行整合式概括，包括对莎士比亚儿童文学改编进行理论概述，就不可避免地会让人们看到诸多偏离原则而非符合原则的例子。"[②] 面对莎剧，改写者遵从、变奏、移译、借用、推翻，甚至颠覆经典，而对于青少年教育，莎士比亚上百年来一直是课堂不可

---

① Barbara Bogaev, "Tracy Chevalier: New Boy", *Shakespeare Unlimited* episode 74, Folger Shakespeare Library, 2017(5), folger.edu/shakespeare-unlimited/tracy-chevalier-new-boy, Accessed 2 Feb., 2022.

② Philip Smith, "Shakespeare Criticism and Performance in Children's Literature: In Summer Light and Becca Fair and Foul", *Jeunesse: Young People, Texts, Cultures*, vol. 12, no. 2, 2020, p.103+. *Gale Literature Resource Center*, link.gale.com/apps/doc/A647255674/LitRC?u=fudanu&sid=bookmark-LitRC&xid=425f96ba. Accessed 8 Jan. 2022.

或缺的资源，无论是在语言教学，文学欣赏，还是舞台表演方面，都起着重要作用。在如此前提下，如何创新，突破既定的、可被预见的模式，必然是作家的核心挑战。因而谢瓦利埃着眼少年认知，由此揭示成长中的文化、心理、情感和价值观的建构，从主旨看确实是一种期待超越和新颖尝试，小说始终没有显在的道德说理和教育指导意图，而是不断潜在地激发读者从认知生成过渡到对文化偏见无意识的关注。此番用意隐含深入，揭开了人们在族裔差异、文化冲突和性别认知方面的集体无意识，而少年塑型期的重要性也随着情节的发展不断彰显。

通过对这部经典重写作品的分析和比较，我们对文化衍生的理解也会得到某种程度的拓展，正如史密斯所言："改编并不一定是对源文本文化资源的占用篡夺或重新分配。它可以对莎士比亚式的文化主导性质疑挑战……"①《新来的男生》的质疑挑战，即从看似浅白、简单的学校故事中，溯源差异意识、心理防备和敌意、性别差异、权力关系的建构，从表象看风马牛不相及的悲剧叙事中，捕捉到隐秘的关联。换言之，读者应该转换心态，从积习已久的对莎翁戏剧艺术的尊崇和敬仰中偏移，反思随着时间的演变，《奥赛罗》和《新来的男生》中差异文化的认知构成有着怎样的本质性，其中的心理和意识症结如何影响着人们的观念，而人们是否在复杂的、综合的隐形文本（诸如各种经典、重要、权威作品）的叙述影响下，形成了无意识的文化偏见？

成年读者从作品阅读中重返或追忆自己的少年成长经历，从修辞层面看，这就仿佛是当下的小说叙述在追溯莎士比亚悲剧《奥赛罗》的意义，在创造并生成新的反思。莎士比亚于是成为某种文化源头，通过对其不断溯源，我们能对生命体验产生各种独特、全新的洞见。用学者艾玛·史密斯的观点，

---

① Philip Smith, "Shakespeare Criticism and Performance in Children's Literature: In Summer Light and Becca Fair and Foul", *Jeunesse: Young People, Texts, Cultures*, vol. 12, no. 2, 2020, p.103+. *Gale Literature Resource Center*, link.gale.com/apps/doc/A647255674/LitRC?u=fudanu&sid=bookmark-LitRC&xid=425f96ba. Accessed 8 Jan. 2022.

即莎士比亚"超越了当下语境,赋予一种更为持久的哲学或人性真实"①。

在众多莎剧作品中,《奥赛罗》的演出和接受是最具争议的。② 剧中明显的种族政治、性别政治、阶层差异、黑白通婚等,与当下多元文化和族裔关系的发展形成微妙的联系。剧中的不少元素是政治正确大语境下的创作雷区和爆点。谢瓦利埃此番聚焦12岁上下少年的生活体验和校园故事,可谓巧妙地避开了直面矛盾和争议的麻烦。摩尔男性与白人女性(议会长老的女儿身份更加重了两者的差异)的婚姻转为不同肤色少年之间的懵懂好感;社会关系中受法律保护的婚姻缔结,在《奥赛罗》中成为男女主人公忤逆习俗传统和规范的罪孽,小说用懵懂之爱来替代则规避了一定的争议风险,也搁置了诸如阶层差异、异族通婚、殖民主义、性爱关系等的复杂性,让读者能更好地关注青少年意识、心理和认知层面的体验。

性别差异和成长心理

在个性和认知塑造上,莎士比亚通过伊阿古给出了深刻的揭示,当伊阿古和罗德里戈谈及情感时,曾如此表述:

> 生性?去你的吧!我们自己要怎么样,
>
> 就会成为怎么样的人。我们的身体就是我们的园子,
>
> 种什么全看我们自己;……
>
> (《奥赛罗》一幕3场320—322行)③

---

① Emma Smith, "The Critical Reception of Shakespeare", Margreta de Grazia and Stanley Wells eds., *The New Cambridge Companion to Shakespeare*, Cambridge UP, 2009, pp.253-268 (257).

② Adele Seeff, "Othello at the Market Theatre", *Shakespeare Bulletin*, vol. 27, no. 3, 2009, p.377+. *Gale Literature Resource Center*, link.gale.com/apps/doc/A209622934/LitRC?u=fudanu&sid=bookmark-LitRC&xid=0987231c. Accessed 8 Jan. 2022.

③ "Virtue! a fig! 'Tis in ourselves that we are / thus or thus. Our bodies are our gardens, to the / which our wills are gardeners; ..." (*Othello*, Act 1, Scene 3, Lines 320-322)

因而,《奥赛罗》悲剧的产生、发展和结局一定程度上成了个体选择的结果,其中的情欲和理智、社会等级高下、族裔肤色、性别的差异等交织其中,错综复杂。小说也正是从对个性的自我塑造和选择的质疑入手,进行剖析阐发。

在个体选择的彰显之外,《奥赛罗》中还有一段艾米莉亚关于婚姻忠诚和女性地位的论述,被解读为具有超越时代的性别觉醒和女性平等诉求。当时艾米莉亚和苔丝黛梦娜谈及婚姻中两性之间的背叛,苔丝黛梦娜传统保守,认为女人不该做出对不起丈夫的丑事,而艾米莉亚认为确有这样的女人,在得失衡量之下,做出背叛之事,甚至说"在光天化日之下我也不会干的,但暗地里却可以干"①。这短短一句,实则投射了颠覆性质疑:在感情不忠一事上,为何对女性的忠贞和纯洁的要求要远高于男人?莎士比亚继而通过艾米莉亚之口道出了更令人不安,也是动摇传统性别价值观的一段话:

> 不过我认为妻子出事都是
>
> 丈夫的错。
>
> ……
>
> 怎么?难道我们没有感觉?我们虽然温顺
>
> 难道不会报复?要让丈夫知道:
>
> 妻子也是和他们一样有感觉的人;
>
> ……
>
> 要让他们对我们好,要让他们知道:
>
> 我们干得不好,都是按他们的教导。
>
> (《奥赛罗》四幕 3 场 85—86、91—93、101—102 行)②

---

① "Nor I neither by this heavenly light. / I might do't as well i' th' dark." (*Othello*, Act 4, Scene 3, Lines 65-66)

② But I do think it is their husbands' faults / If wives do fall. / … / Why, we have galls; and though we have some grace, / Yet have we some revenge. Let husbands know / Their wives have sense like them./ … / Then let them use us well; else let them know, / The ills we do, their ills instruct us so. (*Othello*, Act 4, Scene 3, Lines 85-86; Lines 91-93; Lines 101-102)

其中大胆而超前的质询，实则挑战了传统价值观中已然成为集体无意识的性别行为差异认知，也成为当下改编和重写创作中可以汲取和利用的启示。

然而，《新来的男生》因其主角年龄段的不同，在很大程度上淡化了性别和情爱关系，尤其是避免了容易引发当下争议的性别政治问题，而是将少年对性别差异的初步认知和成长阶段的观念形成作为叙述重点，同样潜在地揭示和颠覆了人们的固有理念和价值观，激发反思。小说形象地勾勒了几个重要的典型角色：伊恩是工于心计的阴险男孩，他平日里霸凌低年级学生，喜欢发号施令，教唆他人，又善妒那些出色的同学，随时提防有人威胁自身的权利；在学校的女孩中，迪伊最受大家关注，她聪明伶俐，漂亮活泼，符合同学和老师关于好孩子的传统价值；迪伊的密友咪咪则有着超乎常人的直觉敏感，喜欢思考，因此略显乖僻；还有一个女孩布兰卡（Blanca）[她对应于《奥赛罗》中的比央卡（Bianca），即和凯西奥关系密切的女人，是轻浮的妓女]颇为鲁莽冲动，又好撒娇，喜欢凯斯珀，头脑简单；凯斯珀是学校的风云男孩，性格开朗，心地单纯热情，对新来的奥塞并无成见。

奥塞的父亲是加纳外交官，当这个黑人男孩第一次出现在全白人的学校时，他引发的震惊和不安毋庸置疑。在一个保守、拘谨、刻板的小镇，在1970年后民权运动的历史环境下，这种突兀的差异所激发的不适可以想见。然而迪伊和凯斯珀跳脱了这种局限，他们心无芥蒂地给予奥塞友情，尤其是迪伊，她敞开心怀地接收新鲜信息，同时有了异性相吸的浪漫感受。迪伊的倾心，加之奥塞在操场上出色的球技，让伊恩耿耿于怀。对这个黑人男孩的嫉妒，连伊恩自己都深感困惑，惯于以威胁和霸凌控制局势的他意识到了潜在的危机，于是他有了把控局面，稳住既定秩序的企图。

在人们的普遍观念中，学校，尤其是中小学应该是塑造各种价值观念和健康个性的场所，这群小学六年级、12岁上下的孩童，在校园有序、安宁、和谐的环境中逐步走向成熟，对社会和更广阔的外部世界有了认识，同时内心世界也得以塑造建构。但是学校必然受到社会政治氛围和意识形态的影响。

在白人文化占绝对主导地位，被绝大多数人接受的语境中，学校教育承担着关键的作用。无论是在成年教师，还是在学生眼里，奥塞的出现都必将扰乱曾经的平静。"现在有个新的、不同的人进入了这个领域"①，对此，大家的反应各异，迪伊"重新审视着那里，突然觉得学校很寒碜，而自己成了其中的异类，就像他（奥塞）一样"②。此处的笔触如此微妙，读者不由得从小姑娘的视角再次体会这种出人意料的感觉。即将告别小学的迪伊，原本对周围熟悉的一切已然失去新鲜和兴奋感。奥塞的到来让迪伊对周围初次产生了陌生化的艺术审美。这个过程，尤其是感同身受的"异类感"，恰恰是积习已久的传统、保守之人最为匮乏的。这简短的一句，貌似平淡不惊，实则触发了深入反思。其中熟悉的环境突然变得"寒碜"，这种对自我文化的重新审视，对一成不变的本能排斥，正是迪伊身上最宝贵的禀赋。成长中的她渴望接触新鲜的人和事，渴望陈旧安定被打破，她是心怀开放包容和激动来面对奥塞所能带来的新鲜和刺激的。在她眼里，新来的男生有着最漂亮的头型，光滑匀称，曲线完美，迪伊好想伸手捧住它。迪伊选择咪咪作为闺密，也符合她自己不人云亦云的自信泰然，她毫不在意咪咪的怪异，认为这只是因为咪咪很敏感，善于感悟。

　　这种审视和观察，本质上冲击着既定的审美认知，可贵之处在于它不受既定标准的局限，呈现对差异的开放视野，以及对个体认知的自信。在迪伊的生活中，无论是学校，还是周围社区，都少见黑人的存在，这一情况在1974年的特区其实并不普遍，当时 DC 已经因黑人人口众多而被戏称为"巧克力城"。然而保守的种族观念依然根深蒂固，在迪伊家中，"母亲就从不让她看电视节目中黑人唱歌跳舞"③。迪伊对奥塞几乎一见钟情，可见她在审美判断上不愿意从众。她从未像布兰卡那样挑选最受欢迎的男生，如凯斯珀，

---

① Chevalier, *New Boy*, Hogarth, 2017, pp.9-10.
② 同上，p.10.
③ 同上，p.15.

第五章 《新来的男生》重写《奥赛罗》

她坚信自己的独特，绝不人云亦云。在尚未真正理解爱情的年纪，迪伊被奥塞吸引的原因是她对世界认知的渴望，因为后者"去过那么多地方，有那么多话题，他让其他人显得如此乏味"①。

与此不同的是，伊恩在校园旧格局中沿袭着自己哥哥领地霸主的权力，在哥哥上中学后，他在小学里享受着既有权力秩序下的红利，理所当然地接受着弱小者的顺服和奉承，以及各种资源优先，身边还有跟班罗德（Rod，对应莎剧中的罗德里戈）。伊恩竭力要维持的所谓秩序，就是他身处其中的稳固位置和话语权。尽管他自身学习成绩并不优异，也不是老师心目中的优秀生，但是他长期习得的价值观不容动摇，一如几位成人教师在面对奥塞时的戒备和偏见。其中的积习成见，恰是《奥赛罗》百多年来带给受众的启示，如学者西夫所言："该剧的症结并非支持或反对种族歧视，这个问题自有诸多不同的答案，症结在于受众能否意识到构成种族歧视和压迫的各种社会成因。"②

谢瓦利埃从莎剧中汲取的关键启示，并非经典作品中的价值或道德判断，因为莎剧自身在道德、性别、文化、历史观念上体现的是动态的艺术模糊性，因而作家的跨文类改写，和其他的舞台演绎和改编类似，"吸收了前文本（pre-text）中内在的模糊性"③。此外，小说在聚焦肤色和族裔差异的同时，也通过少年的生理、心理成长，揭示友情和懵懂爱情中的价值构建。在《奥赛罗》中伊阿古和艾米莉亚的夫妻关系，变化为小说中伊恩与咪咪的错综矛盾关联。从咪咪的视角，两人因为感性接触和身体发育而萌发的秘而不宣的好感，渐渐因距离之下的审视和理性干预，出现罅隙甚而反感。咪咪敏锐地

---

① Chevalier, *New Boy*, Hogarth, 2017, p.168.
② Adele Seeff, "Othello at the Market Theatre", *Shakespeare Bulletin*, vol. 27, no. 3, 2009, p.377+. *Gale Literature Resource Center*, link.gale.com/apps/doc/A209622934/LitRC?u=fudanu&sid=bookmark-LitRC&xid=0987231c. Accessed 8 Jan. 2022.
③ Grace Tiffany, "Recognizing Othello's ambiguities", *Shakespeare Newsletter*, vol. 63, no. 1, 2013, p.23. *Gale Literature Resource Center*, link.gale.com/apps/doc/A355307248/LitRC?u=fudanu&sid=bookmark-LitRC&xid=78763299. Accessed 8 Jan. 2022.

捕捉到伊恩自私、阴暗的一面，决定终止关系，这才有了她趁迪伊不小心掉落草莓文具盒，捡起交给伊恩的情节。尽管咪咪不知伊恩用意为何，她这么做只是想用利益来换取两人关系的脱离。这一郑重其事的分手行为，在成年人眼里自然是幼稚可笑的，但是这种交换涉及少年的尊严，而这一自尊，从个体漫射到群体，是贯穿小说始终的关键线索。

少年阶段的浪漫情愫，在成人久远的记忆中，或许仅存天真懵懂和稚气，但是小说中的少年们却无比珍视，并坚定地捍卫着。这群男生女生，如作家所阐述的，刚结束五年级，从之前一同玩耍、不分彼此，到最近逐渐有了性别差异的认知，开始有意分开，只和同性别的孩子为伍，除非是在老师视线之外的秘密时刻才悄悄相处。对读者而言，作家笔下的这种状态仿佛久违，自有其独特的魅力。在几对人的关系中，伊恩和咪咪之间最是复杂，他们彼此并非真正喜爱对方，可是伊恩决不能允许咪咪主动提出分手，他不接受被抛弃的劣势，同时又要"充分利用这一局势，毕竟他非常需要那只文具盒"[1]。通过这只本属于奥塞的草莓文具盒，读者看到了伊恩与咪咪，布兰卡和凯斯珀，迪伊和奥塞的不同关系，伊恩正是利用这只象征着非洲文化的文具盒，这一文化差异的表征，策划了关系撕裂，造成信任危机的阴谋。

文具盒和《奥赛罗》中的手帕异曲同工，游走在三对人之间，伊恩将它以信物方式转交给布兰卡，让布兰卡以为是凯斯珀借此表示爱意，又激起奥塞的双重愤怒，一方面深信迪伊的不忠，另一方面嫉妒凯斯珀的魅力，更觉自身的孤立无援。更重要的是，这只文具盒是奥塞从姐姐茜茜那里获得的，而姐姐不断彰显的族裔自信和成长中的民族文化诉求，根深蒂固地影响着奥塞，因而文具盒不再是单纯的物品，而是承载了太多的附加值。当奥塞将文具盒与迪伊交换时，这一友好举动的意义超乎寻常，奥塞是在倾囊交付自己的信任。当他后来看到布兰卡手中拿着这只草莓文具盒，并听信伊恩告知的

---

[1] Chevalier, *New Boy*, Hogarth, 2017, p.143.

是凯斯珀转送给女友,他的震惊可想而知。"一方面这一幕太不和谐,一个陌生的白人居然拿着奥塞和姐姐之间深度关联的东西。"①姐姐茜茜是奥塞心理成长和自我认知的重要人物,通过她的文化观念和对外界的反应,奥塞才对自己的黑人文化和族裔差异有了间接认识,这种"深度关联"是复杂微妙的,超乎奥塞对迪伊和任何其他人,因而它的失衡也造成了奥塞内心的扭曲。

奥塞的心理扭曲与奥赛罗的有某种本质差异。在文具盒事件后,奥塞对于自己学校新来的男生的身份有了一系列负面的、急转直下的连锁反应:"白色操场上的黑人男孩。害群之马(The black sheep),姓名上打了黑色印记的,受排斥的(Blackballed),被勒索的(Blackmailed),列入黑名单的,黑心肠的。这简直是黑色的一天。"②这一连串充斥着黑色的表述,其原点就是种族的肤色差异,这种彰显在《奥赛罗》中并未如此直接露骨,显然是小说作家有意为之的族裔差异指向。导致奥赛罗的悲剧更多在于其多疑、嫉妒、冲动,对自我认知的偏差和对尊严的维护,而奥塞身上所体现的愤怒,他最终将迪伊推倒,使其后仰头部重摔,更多是一种个人受到群体排斥和背叛的愤怒,是孤身无援的极端反应。他即刻的心理应激就是"突然的羞耻、罪恶和无助"③。

《奥赛罗》中的苔丝黛梦娜在被奥赛罗扼死之前对艾米莉亚问及"谁干的事?",仁慈而令人心碎地回答:"没有人干,是我自己。别了!愿夫君好。啊,别了!"④这句"别了"必然刺痛过无数观众的心,也让人们在审视女主角时心生各种复杂的情绪,同情、怜悯、痛心、哀悼等。类似地,善良天真的迪伊也在奥塞成为众矢之的时,强调"他什么都没做……是我,我跑过去绊了一下跌倒的"。她甚至说:"不是奥塞的错,他想抓住我来着。……是我

---

① Chevalier, *New Boy*, Hogarth, 2017, p.157.
② 同①,p.158.
③ 同②。
④ *Othello* (Act 5, Scene 2, Lines 143-145)

自己笨拙。"① 苔丝黛梦娜的死与迪伊的重摔,其悲剧程度不可同日而语,因而从一定程度上小说并未渲染情节的悲剧性,迪伊的善良和她真心要为奥塞开脱,引发的并不仅仅是读者强烈的同情,反而加剧了奥塞的孤独和异类感。少年的愤怒中更多了一层对自己的厌恶,他觉得哪怕是自己对白人的合理愤恨都因此受到了玷污,深感连姐姐都会因此看轻自己。

于是,男孩的不理智被推波助澜,在老师的质疑下,尤其是那句"你存心就想在学校挑事儿是吧?"深深刺痛了奥塞,带着偏见的老师不无权威地判断"有女孩那么喜欢你,为你撒谎,你够幸运的",并且雪上加霜地补了一句,"我也不指望一个黑——",老师突然的刹车已然于事无补,那个"黑"字彻底击垮了奥塞的心理防线。尽管六年级的男孩无法真正理解美国社会的平权运动及其影响,更难以明白从成年白人教师视角的不满解读,"谁都不容易,他可太顺了,他长大了会直接得到一份好工作,亏得有平权运动,这工作本该属于某个更有能力的人"②。

老师的不满有其更复杂深入的社会原因,超出了少年们的认知,却压垮了黑人男孩的心理承受,族裔矛盾和社会关系的裂隙,也并非阴险的伊恩所能理解。于是一个被大家都认为是守护身心健康成长的学校,竟然在小说中成了文化偏见和历史矛盾的漫反射场域,通过孩子们尚处于成长、成型中的认知和心理,深刻揭示出矛盾差异的成因和社会的沉疴宿疾。

此外,咪咪用捡来的草莓文具盒换取和伊恩的"分手"自由,无意间导致了此后不可收拾的局面,这和艾米莉亚有意讨好丈夫伊阿古的心理有本质的区别。莎剧中的性别权利差异,女性依附的社会角色,在20世纪70年代的美国不再是社会显性问题,咪咪的无心之举缘于她对伊恩个性和道德的否定,而她之前与伊恩的所谓交往,也出于少女成长中渴望被认可的心理需求。她对好友迪伊承认:"我想我是被感动了,此前从未有男生愿意和我交往,因

---

① Chevalier, *New Boy*, Hogarth, 2017, p.160.
② 同上,p.162.

为我很古怪。"伊恩恰恰是利用了咪咪这一认知上的自卑心理,得到了对方的好感。试想,一个自认为没有任何出色之处,学习成绩平平,体育表现差强人意,绘画、写作、唱歌都不拿手的女孩,加之有慢性头疼症状,一旦有男孩默默关注,她被打动和感恩的心情可以理解。同样,如此优秀的迪伊能和咪咪成为好友,这也是后者无比感动和在意的被认可。咪咪就在伊恩和迪伊的"肯定"中认识自我,确立亲疏关系。少女心中的隐秘幽微情绪,尤其是当她感知因为奥塞的出现,迪伊的友好似乎被分割出去,本能地产生"被利牙噬咬的嫉妒"①。

认知差异与无意识偏见

小说在对文化差异的刻画和启示上,也是通过青少年这一特殊棱镜,让读者阐发不同于《奥赛罗》的反思。对奥赛罗这一肤色黝黑的将领,剧中的公爵在为奥赛罗和苔丝黛梦娜秘密缔结婚约进行维护时,曾对着各位元老向女方父亲布拉班修说过一段超乎寻常的总结:"善也是美,您的黑女婿英勇善战,同样很美。"② 这一消弭文化和族裔差异的判断,是基于理性和理想的平等开放态度,然而在剧中却反讽地揭示出这一理性豁达的本质匮乏和虚妄。

在民权运动之后的美国,社会各群体对文化和族裔差异的矛盾心态也影响着学校孩子们的观念。长相英俊的凯斯珀和漂亮乖巧的迪伊被公认为校园风云人物,学生和教师们的判断标准是基本统一的,就连阴险霸道的伊恩也在这一相对稳固的价值系统中有着自洽的生存策略。可是黑人男孩奥塞的到来却将这种貌似的稳固和谐撕裂了。身为加纳外交官的儿子,奥塞的家庭背景在社会上并不低下,可见阶层差异在小说中并非症结。

---

① Chevalier, *New Boy*, Hogarth, 2017, p.167.
② "If virtue no delighted beauty lack, / Your son-in-law is far more fair than black." (*Othello*, Act 1, Scene 3, Lines 289-290)

小说中的种族和文化差异深入人心，不便直言，但是作品内外贯穿始终，从潜文本最终成为显在、不可回避、一触即发的矛盾。当咪咪直截了当地对迪伊指出"他是黑人啊"时，迪伊哼一声反问"所以呢？"，咪咪问她"这……难道你不在乎吗？"，她以"干吗要在乎？"回应。这一系列的问答其实具有普遍意义，人们究竟在乎什么？在少年的眼里，他们在乎的是"因为他和我们不一样，他格格不入"。这种格格不入的区别，是从学校孩子的视角和立场出发的认知，它引发的消极后果无非是"大家会取笑你"①。群体归属和安全感是青少年个体的本能需求，但必然有一些孩子，如同迪伊，就是喜欢独特和新鲜。

由此，种族和文化差异在少年身上的体现和成年人不同，在成长过程中，观念和认知处于构建状态，而这一过程会让成年人意识到社会语境和文化偏见的根源所在。其中生动的例子是奥塞的姐姐，她已经走过了青少年的初期阶段，对自己的文化身份认知有某种微妙的反思，"她竭力表现得更像是美国非裔，而不是非洲人，音调更高亢，语法更不规范，有意拉长元音"②。对于奥塞，姐姐的这种变化不好理解，但有趣的是，他明白这种通过口音变化的身份演绎就如同开关，可以自如操控。这种文化差异的复杂性，让读者意识到，除了肤色不同，有时候差异矛盾和身份构建可以像话语一样，有其述行表演功能，因而在一定程度上，差异矛盾也是社会冲突的人为操控和运作。

《奥赛罗》中，当艾米莉亚和苔丝黛梦娜曾谈及嫉妒，莎士比亚借由她们的观点，不止一次突出过超越种族、文化、政治、历史差异的人本性中的普遍嫉妒，艾米莉亚说：

> 但是妒忌的人是不要理由的；
> 他们妒忌并没有理由，但他们

---

① Chevalier, *New Boy*, Hogarth, 2017, p.58.
② 同上, p.62.

就是妒忌。妒忌是个莫名其妙的怪东西，
它自己会生长出来，你要妒忌就妒忌了。①

同样，伊阿古说及奥赛罗的嫉妒心时，也以"不学无术的嫉妒"②来表述，本意即奥赛罗因妻子袒护卡西奥而生的嫉妒不基于理性和文化，是发乎本性、本能。莎翁笔下的这些台词表达，似乎有意遮蔽或绕开敏感的族裔、文化、政治的差异偏见，突出悲剧的普适性。虽然《奥赛罗》诞生至今，在其解读和演出中，人们不断挖掘深层的文化政治矛盾，但莎士比亚在创作中的立场搁置、抽离、模糊性还是明显的。

谢瓦利埃的小说创作显然没有回避这样的矛盾。青少年尚不成熟的差异见解令人深思。例如，奥塞在转入华盛顿特区的这所学校时，已然决定要彰显自己的非洲性。非洲性与美国非裔的差异十分微妙，而孩子的决定也揭示出美国后民权运动时期族裔矛盾的复杂，连奥塞都意识到："非洲人似乎对白人的威胁没有那么大。……他感觉到他们对美国黑人的惧怕，后者正是从这种惧怕中获得利益，而这似乎也是美国黑人唯一能获得的利益。"③这段话的深意显然不是11岁的奥塞能领悟的，细致的读者一定能从这段话的罅隙中看出作者本人的观点，看出这是隐含的作者叙述干预了人物角色的表达。同时，这个因惧怕而生的利益，如同幽灵一般困扰着美国貌似多元平等的文化熔炉形象，成为潜在的、深入的差异矛盾，始终会在某个时刻一触即发。读到此处，读者必然意识到，小说情节借由莎剧经典的偏移，旨在揭示当下美国的多元文化的矛盾性和复杂性。

令读者困惑而深思的是，就连学校餐厅的非裔工作人员都对奥塞侧目，

---

① "But jealous souls will not be answered so; / They are not ever jealous for the cause, / But jealous for they are jealous. 'Tis a monster / Begot upon itself, born on itself." (*Othello*, Act 3, Scene 4, Lines 160-163)

② "unbookish jealousy" (*Othello*, Act 4, Scene 1, Line 102)

③ Chevalier, *New Boy*, Hogarth, 2017, pp.61-62.

并交头接耳地议论他,让咪咪听到了这样的评论:"不是他(奥塞)去适应,而是白人得适应他!你觉得他们会吗?他们只会让他受罪,我打赌,在教室里也一样。老师和孩子们一样坏,甚至更坏,因为他们懂得更多。"① 这段话看似在小说中平淡无奇,漫不经心,是咪咪无意中听到的,但恰恰因为这话的真实可信,并且从黑人员工的视角说出,才会让读者在面对作品中的文化差异时,意识到社会和学校,成年人和传统偏见等,对孩子们认知产生潜移默化的影响。也是在这种差异歧视的对比之下,迪伊和奥塞之间最初萌发的强烈好感,除了性别差异所引发的生理吸引力,更多的是源于文化不同而生的好奇和坦然平等的开放接受态度。迪伊的兴奋和发自真心的欣赏,是天真少年面对文化、种族差异的理想状态。正是这种源于内心的平等和尊重,让迪伊"从不和伙伴们一样朝他咯咯地笑,或者评论他身上难闻,或是怪异地盯着他看。在奥塞与自己有着巨大差别的好奇心,和对他的接受之间,她努力保持着一种平衡"②,而这种平衡正是奥塞感到温暖的所在。试想,成年人在面对文化差异时,又有几人能如此开放、豁达、有意识地保持平衡?

除了迪伊,凯斯珀对奥塞的友好也有其值得分析深思之处。如小说中所表述的:"任何一所学校都有凯斯珀这样的人,因为广受人喜爱,便足以有能力真心善待他人。"③ 注意这里的微妙含义,这种真心善待的前提是自己有受人喜爱的能力,有"资格"(entitlement)这么做。对此,身为外交官的父亲常对奥塞说:"与家世殷厚的人交朋友总是好过和来自奋力实现阶层跃升的穷人为友,后者会对旧圈子的人态度不堪。"这种来自世故、成熟、老练的成年人的价值判断,初出茅庐的少年自然难以领会,它涉及复杂的阶层差异,却不可避免地影响着孩子的世界观。伊恩正是来自奥塞父亲口中的后者家庭,他通过一系列诡计刺激着奥塞的嫉妒心和怨气,挑拨离间地对奥塞说,凯斯

---

① Chevalier, *New Boy*, Hogarth, 2017, p.99.
② 同上, p.108.
③ 同上, p.110.

珀样样都能遂愿，广受女孩们青睐，即便奥塞对此竭力冷静地判断，认为凯斯珀对人善良，对自己也很不错，仍被伊恩反驳道："这不是要遂他愿望的最容易的方法吗？"①

于是，除了肤色和种族的差异，伊恩又利用了潜在的社会阶层的不同，不断让奥塞明白自己和凯斯珀之间本质的距离，以迪伊和凯斯珀的般配，加剧奥塞的自卑心理，以及受到"背叛"、歧视的受伤者心态，直到他愤愤然地对迪伊控诉道："我是新来的，新来的黑人男生，一天之内不挨揍就算运气不错了。"② 这种控诉般的陈述，在当下社会中甚至普遍，歧视的双方都在差异认知上主观臆断，受害者心结的潜意识影响，让奥塞在几番转学过程中，被父亲教育在讲述自己的文化时，做一些"平衡"，不要让别人对"奴隶制的部分"感到不好受，要"灵活变通"（diplomatic）。

这种外交辞令式的变通，让奥塞更觉得学校中无论是学生还是师长，都在不断想法子对他使绊子。试想，类似心态，在当下的社会矛盾，尤其是因差异而生的矛盾中，是否普遍存在，甚至积重难返？正如小说家特雷西在一次访谈中所说："我觉得写作就是让我的内心思绪与世界进行交流。"③ 虽然常年移居英国的特雷西要跨越时空塑造人物和场景，但是她将内心的思绪交付给人物，并基于真实的感受，以虚构想象为媒介，把真实的观察和困惑传达，从这一角度看，《奥赛罗》本质上就是她揭示内心思绪的另一有效触媒。站在奥塞的视角，他渴望发现同类的愿望是真实而有共鸣的："另一张黑面孔，或者哪怕是一张棕黑色面孔也行，黄色的也好，波多黎各、中国、中东，只要是不同于美国郊区的这群粉白色的人。"④ 这一表象的肤色差异的渐变和不同，对应于人物内心思绪和自我认知，反讽而艺术性地超越了年龄、阶层、文化、

---

① Chevalier, *New Boy*, Hogarth, 2017, p.119.

② 同①, p.132.

③ Felicity Librie, "Tracy Chevalier", *The Writer*, vol. 123, no. 1, 2010(1), p.58. *Gale Literature Resource Center*, link.gale.com/apps/doc/A213601193/LitRC?u=fudanu&sid=bookmark-LitRC&xid=9b4b2dac. Accessed 8 Jan. 2022.

④ Chevalier, *New Boy*, Hogarth, 2017, p.36.

族裔的差异，会在不同的读者内心形成一种交流和共鸣式的效果，从而反思我们在面对生活中的各种差异时，究竟是怎样的反应，会带来怎样的影响。

因此，当读者的目光和心绪聚焦在奥塞对迪伊最初萌动的好感，这一初始的、过滤掉偏见干涉的心动，如此美好："站在他身后的女孩，她的美并不仅仅是外在的，在奥塞看来，她由内而外散发出光亮的所在，不知怎的大多数同学们要么是匮乏，要么就是藏得太深，即灵魂。……她的存在让一切变得更好。她也早已让他觉得一切好起来了，她与他谈话，对他笑，做出及时的反应。"① 这种发自灵魂的真挚友好，是极为理想的对文化差异的包容和理解，无论是莎士比亚笔下的奥赛罗，还是特雷西刻画的奥塞，这一典型的跨文化身份角色，在现实社会中都必然失落。小说家特雷西一定明白，奥赛罗的文化身份一直是莎评研究中热衷的主题，摩尔人在威尼斯社会中的他者地位和身份建构，反映了莎士比亚时代人们对异族通婚、文化差异的态度，映射了早期现代英国在种族和性别上的支配性意识形态。在传统的欧洲中心论的文化语境下，人们对奥赛罗的理解和接受，必然不同于灵魂发出美好光芒的苔丝黛梦娜，而迪伊的友好，只是步入成人前的少年时代，纯真却短暂。

但是，正如经典莎剧和当代小说中女主人公都被黑皮肤男主角的叙述吸引，这种连公爵都相信的"我看这个故事也会赢得我女儿的感情"②，也从某个视角揭示出，文化和身份可以通过话语叙述影响、改变、建构认知，无论是奥赛罗关于战争的叙述，还是奥塞对非洲文化、异域经历的叙述，在述行功能上都与文学创作类似，因其动人、新鲜，或是美好、独特，影响着自身的形象和身份。然而我们也认识到，这种叙述的真实性，其中的策略性和艺术处理，在对文化差异的接受上，会有错综复杂、难以预料的结果。

也正是这种复杂性，让奥赛罗在生命终结的悲恸中，对卡西奥等人说道："当你们报告这些不幸的事件时，请如实反映，既不要减轻我的罪过，也不

---

① Chevalier, *New Boy*, Hogarth, 2017, p.39.
② *Othello* (Act 1, Scene 3, Line 172)

要夸张恶意。"① 这段遗言不禁令人反思叙述的建构性，无论是对功过、身份、价值，还是文化，其主观能动性的本质不容忽视。同样，小说中的诸多人物都在学校这一建构认知和身份的动态过程中，因而奥塞的遭遇更是再现了这种认知的建构性和动态性。无论是《奥赛罗》还是《新来的男生》，戏剧和小说都只是文化再现途径和载体，并不具有超越文化差异的神力，其积极的作用在于揭示出人们无意识偏见的某种成因。

更重要的是，文化差异和偏见并非侧重于一方，而是相互的。奥塞的姐姐茜茜就是小说中的另一种典型。在青少年成长过程中，她有意地扔掉美国俚语，快速转换到她和奥塞幼年说话时的节奏单调的加纳口音。她开始穿着色彩明快的肯特布料的无袖宽松外衣，她周围的美国黑人都有意要成为"新非洲人"，要改换更具非洲特色的名字，平日的话语中越发频繁地出现"白人霸权""泛非洲主义""内化的种族主义"等②。15 岁的茜茜坚定地树立起激进主义的文化姿态，把"压迫者和被压迫者"挂在口头。文化藩篱的建立，一如叙述的建构，对人们的心理和认知上产生深远影响。

无论是奥赛罗竭力想证明自己在威尼斯社会中并非他者，还是奥塞和茜茜无意识固化的族裔差异见解，抑或是学校里包括教师、工作人员、孩子们在社会大语境下内化的认知判断，所有这些都在揭示文化差异、身份认知和偏见的交互和动态建构。从最浅显的肤色差异影响个人的主观身份认知，到潜在的、积习已久的观念差异不断激化个体间的矛盾，直至学校教育在整体社会文化影响下的推波助澜（例如校长杜克女士的姓名，完全对应了莎剧中的政治权威公爵一角，因为杜克一词在英文中即"公爵"），这所有的因素，促使岌岌可危的局面不可避免地朝着崩溃的方向发展。小说中校长杜克女士自以为从宽容、公正的角度阐发了一番话："我希望大家能给予他（奥塞）各

---

① *Othello* (Act 5, Scene 2, Lines 339-341)
② Chevalier, *New Boy*, Hogarth, 2017, p.44.

种机会,各种我们自己拥有,也必须给予弱势同学的机会。"①"弱势同学"英文原文为"less fortunate students",正是校长貌似正确的这三个字,让奥塞咬牙切齿地加剧了内化的愤怒。小说最后布拉班特老师脱口而出的"给我下来,黑鬼!"②不啻压垮心理的最后一根稻草,"黑鬼"(nigger)一词震惊了所有人,逼迫奥塞在喊出"黑色是美丽的!"口号后,从攀登架的高处纵身跃下。这一跃让咪咪眼前一黑,一切都暗了下来,结局的毁灭效果宛若奥赛罗的一剑自尽。

如果说小说的经典重写是作家、作品、读者与莎剧之间形成新的解读关系的契机,是经典文本和当下形成不断关联的动态过程,那么,这些新的衍生让人们对莎剧有了新的审视。《新来的男生》在其自足的小说创作之外,又是一种经典的媒介,以此探究青少年主观认知的构建,以及《奥赛罗》在此视角下的诠释意义。在霍加斯莎士比亚重写系列中,这部小说的独特之处在于,它探讨了莎剧解读与青少年文化和生活观念形成过程的互动可能,揭示了如何通过莎剧情节和人物的棱镜,深入了解青少年心理认知的建构和困惑。

读者由此反思,小说中与《奥赛罗》对位的各个人物,他们在不同于莎剧的文化语境下,如何经历、体验、理解文化差异和传统,如何在看似公平的教育体系中成长,并带来新的启示?尽管小说中毫无直接的莎士比亚或莎剧指涉,但是读者能看到由此及彼的批评反思。借由奥赛罗的故事,读者在截然不同的叙事时空中看到青少年在其性别意识、文化差异、族裔偏见、社会阶层观念、心理成长上的发展和困惑。读者对于这些人物的理解,尤其是对人生观形成阶段的关注,反观人们对《奥赛罗》的诠释,其中的文本互动是微妙独特的,小说家创造了一个不同的世界,与莎翁笔下奥赛罗的威尼斯截然不同,然而在其各种关联或差异之下,潜藏着社会、群体、文化、历史、传统等对人物个性和见解的影响,也蕴含了偏见无意识的成因。小说主旨并

---

① Chevalier, *New Boy*, Hogarth, 2017, p.65.
② 同上,p.203.

非引导青少年或其他读者了解或反观《奥赛罗》，而是在莎剧的启发下，对意义和观念的生成，对文化差异进行新的探索。

因此，《新来的男生》可以被视为基于莎剧启示的创作，但同时它也是自足的艺术作品，对《奥赛罗》中所揭示的问题进行了不同角度的探讨，并由此形成了新的意义。莎剧并非创作的起点，也非解读的终点，而是在不同的语境中诠释和建构意义的作用力。

第 2 节 "她眼前一黑"①:《新来的男生》的种族话题凸显与泛化

《新来的男生》(*New Boy*, 2017)是霍加斯莎士比亚重写系列中对莎士比亚《奥赛罗》的小说重写。小说作者谢瓦利埃(Tracy Chevalier)出生并成长于美国华盛顿特区,后随丈夫及孩子生活在伦敦。谢瓦利埃作品颇丰,迄今出版有 10 部小说,以将人物活动放置于数百年前的历史、社会、文化语境中为特色。她的第一部作品《纯蓝》(*The Virgin Blue*, 1997)描写有法国血统的美国女子移居法国西南部,梦回中世纪法国所遭遇的痛苦经历,《坠落的天使》(*Falling Angels*, 2002)写 20 世纪初年两个家庭经历时代社会和生活变迁。谢瓦利埃善于根据艺术名作内容与当时的历史语境构想自己的作品,包括《戴珍珠耳环的少女》(*Girl with a Pearl Earring*, 2001),以荷兰著名画家维米尔的名画为依据的历史与虚构②,《女士与独角兽》(*The Lady and the Unicorn*, 2004),以巴黎克吕尼博物馆画毯名作的神秘故事为主线,想象画毯中人与物在当时历史语境下可能发生的故事,以及《焰火燃烧》(*Burning Bright*,

---

① "Then darkness overtook her",见 Chevalier, *New Boy*, Hogarth, 2017, p.204.
② 即荷兰著名画家 Johanness Vermeer(1623—1675)。谢瓦利埃的这部小说于 2003 年被改编搬上大银幕。

2007）处处显示出 19 世纪法国大革命背景下英国浪漫主义运动前期重要诗人兼版画艺术家布莱克的生平与作品主题。她近年来发表的作品包括：《神奇的生物》(*Remarkable Creatures*, 2009）写 19 世纪两位化石探险者的生活与情感，《最后的逃亡者》(*The Last Runaway*, 2013）讲述主人公投身美国 19 世纪的良知民众为解救黑奴而开展的"地下火车"运动，《果园边缘》(*At the Edge of the Orchard*, 2016）描写 19 世纪中叶美国淘金热背景下移民在美国西部的生活。谢瓦利埃最近出版的《一根纱线》(*A Single Thread*, 2020）则描写两次大战间一位英国女子跳出战争伤痛，通过参与织绣教堂挂毯以求内心安慰实现自我救赎的故事。

《新来的男生》的故事发生于 20 世纪 70 年代美国华盛顿特区的一所小学校园里，整个情节于一天内完成。小说主人公新来的六年级插班男生奥塞（Osei），是非洲国家加纳一位派驻美国的外交官的儿子，当天早晨课前他突然出现在校园操场上，自然引起了这所全白人学校从老师、学生到校工所有人的诧异和关注，特别是六年级的学生们，大家不知所措，自然或不自然地与他保持着距离。一位叫迪伊（Dee）的漂亮女生被奥赛的神情气质吸引，主动向他打招呼，和他做朋友，还很乐意地接受了老师让她负责带奥赛熟悉校园学习和活动的任务。这一切都引发了同班那个内心阴暗狡诈的校园霸凌伊恩（Ian）的嫉妒与愤恨，他于是设下一连串的阴局，在同学中传播怀疑、嫉恨、恐惧、惶惑，借有求于他的女生咪咪之手，弄到了奥赛与迪伊交换的那只镶草莓的文具盒，借他的跟班罗德（Rod）挑拨另一对同学不和，趁机用那只草莓文具盒挑起奥赛对迪伊的失望与愤怒，声嘶力竭地辱骂迪伊是"烂货"，当他明白这一切都是伊恩的毒计，尤其是听到布拉班特老师情急之下脱口而出的那个对非裔美国人极具侮辱色彩的 N 词①，当着老师同学的面，纵身从 12 英尺高的攀爬栏架顶端跃身而下，结束了作为新来的男生在这间全

---

① Nigger 一词因带有奴隶制和种族主义色彩而成为禁忌语。

白人学校的第一天校园生活。

谢瓦利埃的这部小说重写出版后，除了各种书评外，并没有得到学术界，特别是莎学界的充分反映，学术界缺乏从文学与莎学角度，特别是从重写经典的角度进行的探讨，这可能与其"校园小说""青少年读物"的定位直接相关①。但事实上，重写莎士比亚《奥赛罗》的《新来的男生》，在主题意义、情节构建、重写策略，以及重写经典可能需要面对的挑战等方面都值得深入探讨。

从小说题材到历史、社会、情节语境各方面看，谢瓦利埃显然要向读者表明，她重写《奥赛罗》要凸显的就是历来（特别是20世纪60年代美国民权运动以来）被莎评莎演界反复彰显的"种族歧视"主题，这一批评视角，无一例外地强调奥赛罗是"白人世界中的黑人"，是"种族歧视的牺牲品"，而将故事情节设在因非裔居民数量增长而得名"巧克力城"（Chocolate City）的华盛顿特区，正表达着作者对美国广泛存在的种族歧视的担忧与批评。

《新来的男生》的故事发生在20世纪70年代。有评论认为，小说描写的故事情节和人物言行，更接近20世纪50年代的美国社会而非70年代的情况②，不过，虽然作家并未着力渲染马丁·路德·金1963年的演说"我有一个梦想"，还是通过主人公奥赛的姐姐茜茜的激进黑人权利思想和支持黑豹党的言行，通过几次提及自1971年起成为美国重要的文化标志之一的电视歌舞秀节目"灵魂列车"③，努力营造出些许"后民权运动"（Post-Civil Rights Movement）的氛围。

然而，即使公然的、有意识的种族歧视在一定程度上受到遏制，但隐秘

---

① 《学校图书馆》（*School Library Journal*，2018，第126页）把此书放在"供少年阅读的成人书"栏目下，萨尔基（Erinn Black Salge）在"书评"中写道，该小说所描写的"校园政治（politics of the school yard）揭示了"人性的黑暗面"，而故事中"不断变换的视角使有意无意的误解更令人痛苦"；希曼（Donna Seaman）在《书单》（*Booklist*，2017，第20页）中认为该小说是"一部令人煎熬的校园剧"，一部"揭示了种族主义、性别主义、嫉妒和恐惧的邪恶与悲剧"。

② 参见《柯库斯评论》（*Kirkus Reviews*，2017年3月15日）。

③ 灵魂列车（Soul Train）：一档展示美国非裔文化艺术，特别是音乐成就的电视节目，1971年首播，2006年停播。

的、无意识的种族歧视依然存在。《新来的男生》用很多的细节，描写了发生在校园少年和成年人身上无意和"习惯性"的种族歧视以及有可能被认为是种族歧视的现象。有"老师乖乖女"外号的迪伊，看见奥赛的第一反应是联想到了"熊""狼""黑豹"，同学们议论奥赛来自哪里时，脱口而出的是"野林"（jungle）；校长在向同学们介绍奥赛时，有意称他为"不那么幸运的学生"（less fortunate）；男老师布拉班特数次提到奥赛时脱口而出随即改口的"那个黑……新来的男生"；老师们时刻准备对付这位"问题学生"惹是生非，发现奥赛竟然能拿数学满分，具有丰富的地理和科学知识，还了解柏林墙等世界历史政治，他们大感意外和怀疑。严厉的男老师布拉班特最后那句 N 词，更表明种族歧视依然深深刻印在部分美国白人的潜意识中，随时可能呈现在他们的言行之中。倒是学校食堂里的两位员工，她们谈起奥赛要"适应"白人世界将会遭遇的痛苦时，多少带有同情的语气，其中一位还义正词严地反驳了一句"应该是其他人需要适应他"①，这应该是对消弭种族歧视的最深刻的见解。对此，六年四次换校的奥赛有十分深刻的感受：

> 有时候，因无知而起的公开的种族主义还容易对付。让他不爽的是那些微妙的挖苦。在学校里对他还算友善的同学，从来不邀请他去参加生日派对，哪怕他们邀请了全班其他同学。他走进房间时，里面正在发生的交谈会立刻停顿下来，或者因他在场而稍稍停了一下。说完一句话，会立刻补上"啊，奥赛，我不是说你。你不一样。"或者是"他虽然是黑人，但很聪明"一类的话，而且，他们无法明白这么说十分伤人。②

很显然，故事中无处不在的种族歧视细节描写就是要警醒读者：美国社

---

① Chevalier, *New Boy*, Hogarth, 2017, p.99.
② 同上，p.188.

会中的种族歧视始终存在,无论是在社会还是在校园,无论是成人还是孩童,无论是有意还是无意,无论是公开还是隐形,而与种族歧视的抗争,非常需要"从娃娃抓起"。

作为经典重写,《新来的男生》在叙事结构、故事人物、事件细节等方面一一对应的努力十分明显,甚至"超越"了莎士比亚,将整个情节严格框在了曾经被认为是剧作金典的"三一律"中,即"一天一地一事":故事情节发生于奥赛初进那所全白人学校的第一天,所有事件均发生在校园内,情节则紧紧围绕他作为该校第一个黑人学生所引发的悲剧事件展开。谢瓦利埃将这部篇幅并不算长的作品分为5部分,即"课前活动""上午课间""午餐时间""下午课间"与"课后活动",呼应莎士比亚戏剧的五幕结构。尽管这样的框架使小说带有演剧风格,在一定程度上模糊了阅读与观赏的体验差别,但它也限制了故事叙事的视野与节奏。不过,谢瓦利埃还是在小说的每一部分中,或以作者叙事或以人物回忆的方式,努力提供人物行为动机和事件的来龙去脉,尽量拓展叙事空间,开掘主题的深度和广度。

《新来的男生》的主要人物均与《奥赛罗》有着十分明显的对应:小说主人公名叫奥赛,正是"奥赛罗"的翻版,不过与莎士比亚的奥赛罗稍有不同的是,这位奥赛同学有名有姓,他姓"柯柯蒂"(Kokote),十分典型的非洲人姓名;《奥赛罗》里的女主苔丝黛梦娜,在小说里成了迪伊,差不多是那个四个英语音节的名字的昵称;莎剧里那个心理阴暗、狡诈诡谲的伊阿古,是《新来的男生》中的伊恩;莎剧里那位颇受奥赛罗器重却遭到伊阿古嫉妒的副将卡西奥,则是小说中颇得老师和女生欢迎的凯斯珀。其他人物虽因情节差异产生了一些关系变化,但对应的情况依然一眼可见:伊阿古的妻子艾米莉亚在小说中成了试图与伊恩"掰"了的女生咪咪,而伊阿古的跟班罗德里戈也成了小说中屡屡被伊恩当枪使的男生罗德;凯西奥的情妇比央卡是小说中凯斯珀的女友布兰卡,苔丝黛梦娜那位严厉的父亲布拉班修成了小说中严厉的男老师布拉班特。

第五章 《新来的男生》重写《奥赛罗》

引发奥赛罗悲剧的关键道具是那块据说是母亲给他的、有魔力的、绣着草莓图案的手帕，在《新来的男生》中被谢瓦利埃巧妙地改写成了奥赛姐姐那只粉色的、镶着立体草莓的塑料笔盒，这本来是奥赛因来不及从搬家的纸箱里找出自己的笔盒，妈妈硬让他临时用一天的。他作为男生，自然很不情愿使用这样的款式与颜色的笔盒，但这是他十分敬仰的姐姐的东西，他对此有很强烈的情感依附。上课时，奥赛左右为难，担心拿出笔盒会在同学面前出丑难堪，细心的邻座迪伊主动与他悄悄在桌板下交换了笔盒（奥赛罗将草莓手帕作为定情物送给苔丝黛梦娜）。随后，迪伊不慎让笔盒从未拉好拉链的书包里掉了出来而没有发觉，笔盒被咪咪拾到，准备拿去给伊恩作为分手交换（艾米莉亚为取悦伊阿古，窃取了手帕当作绣花样本），伊恩将笔盒塞给布兰卡，让她去送给凯斯珀以修旧好（伊阿古让比央卡把手帕送给凯西奥求他欢心），凯斯珀对草莓笔盒不屑一顾，"正巧"被奥赛目睹（凯西奥对手帕不屑一顾，"正巧"被奥赛罗目睹），如此这般。就这样，这只草莓笔盒在学校的"一日游"最终导致奥赛对迪伊的悲剧性误解、绝望与愤恨，使他用极具侮辱性的字眼对迪伊当众破口大骂，并在明白事情真相后不顾老师焦虑的劝说，从攀爬架顶端一跃而下。当然，在校园里，学生之间杀人流血的事件大概率不会发生，所以，谢瓦利埃的迪伊只是惶恐伤心地飞奔回家，奥赛从12英尺高的攀爬架顶端跳下，估计性命无虞，最多是受伤；那个以内心阴毒、用计设局制造了这一场悲剧波澜的伊恩，本来就是学校里的刺头学生，估计最多也就是被校长训诫一番，停学几天。这样从人物到情节的一一对应，使《新来的男生》几乎成了"校园少年版"《奥赛罗》。

谢瓦利埃对莎士比亚的"亦步亦趋"也体现在故事各处的细节中，但这样的改写策略，虽然能显示作家的写作技巧，却容易因巧合过多而显得人为痕迹明显，反而影响了故事人物和情节的可信度：伊恩鄙视罗德，却不时以帮其实现让迪伊做女友的梦想为幌子，把后者用作实现自己诡计的枪手，这显然对应着《奥赛罗》中伊阿古与罗德里戈的关系；罗德当面羞辱凯斯珀的女友布兰卡，凯斯珀出拳重击罗德而受到停课处罚，呼应着《奥赛罗》中副将凯西奥因酒肇事被暂停职权；奥赛"目睹"迪伊与凯斯珀的"亲密"，气愤中将迪伊推倒在地，后者却坚持告诉老师是自己不慎摔倒，基本上就是奥赛罗在伊阿古的指使下"目睹"苔丝黛梦娜与凯西奥"亲密"交谈、之后对其态度冷淡粗暴，而苔丝黛梦娜则尽力为奥赛罗开脱这一桥段的改写。至于莎剧中致命的手帕上的那个草莓图案，更是被谢瓦利埃创造性地用在了两个地方：先是奥赛交换给迪伊的那只塑料笔盒上缀着的草莓，后来是迪伊从家里带到学校、先来先得地塞进凯斯珀嘴里的那几颗草莓，而此时奥赛正在不远处"目睹"！草莓成了伊恩实施阴谋的工具，成了触发奥赛心魔并导致悲剧的毒药。另外，在伊恩与咪咪的关系中，谢瓦利埃也动用了自己合理合情的想象：伊恩之所以要强迫咪咪做自己的女朋友，并不是真心喜欢这个女同学，而是出于"要强"心态，不愿意在其他同学，特别是凯斯珀面前"丢面子"，更无法想象连奥赛都被迪伊接受而自己竟没有女友的情况。这一点，在校园，是可以一笑了之的孩子本性；在成人，则很可能会导致心理和行为的后果。

从本质上看，谢瓦利埃的《新来的男生》用一场浓缩版当代美国校园种族歧视引发的悲剧改写莎士比亚的《奥赛罗》，显然紧随着自20世纪60年代以来一系列的政治、社会、思想、理论发展，其中包括美国民权运动、多元文化与多元族裔思潮、后殖民主义批评等，将奥赛罗定位于种族歧视（特别是美国对非裔美国人的种族歧视）的对象、受害者和牺牲品①，这样的重写策略与思路并不新鲜。有理由相信，只要产生种族歧视的社会文化语境没有根本的变化，改写《奥赛罗》的主流思路，不会从种族问题上有太多的偏离。然而，这样的定位，对《奥赛罗》原有的丰富寓意、对奥赛罗悲剧的多种成因是否有简单化的嫌疑？当时的莎士比亚，是真希望用奥赛罗的悲剧仅仅展示种族歧视的罪恶，或仅仅唤起人们对种族歧视的警醒？在全球化的当今，

---

① 相关书评有正面评价谢瓦利埃"聪明地将当代美国的种族问题织入情节"。参见《出版周报》（Publisher's Weekly）2017年3月27日，第72页。

第五章　《新来的男生》重写《奥赛罗》

在世界各地用各种语言在各种文化社会语境下演出的《奥赛罗》，要向人们揭示的，依然只是种族歧视的罪恶吗？依然只是作为批判种族歧视的文化声音吗？在这里，似乎有必要稍稍再次回顾一下《奥赛罗》的剧情与台词，探究一下，种族歧视究竟在奥赛罗悲剧中起着什么样及多重要的作用。

毋庸置疑，将《奥赛罗》定位于种族歧视造成的悲剧，奥赛罗的肤色和文化是最直接的原因。的确，肤色和文化是显示种族特色的重要标志，经常导致直接的种族歧视，但如果我们不将自己限定在任何"视阈""框架"内，直接回到莎士比亚的剧本台词，我们会（重新）意识到，莎士比亚的奥赛罗虽然是肤色淡棕、自有其文化与宗教传统的摩尔人，他对于欧洲白种人群而言的确是有差异的存在，的确是一定意义上的"他者"，但《奥赛罗》全剧从剧情到台词，似乎都不足以支持莎士比亚有意凸显奥赛罗的异族性，并将他刻画成种族歧视牺牲品的读法。

与《威尼斯商人》剧情中明显的文化、信仰、社会、经济等方面的差异、歧视与冲突不同，《奥赛罗》的剧情并没有过多涉及信仰文化的问题，因此，能支持把该剧读成"揭露和批判种族歧视"的，主要就是作为悲剧主人公的奥赛罗的种族身份与肤色。然而，重新细读全剧，我们不难再次意识到：首先，作为北非人种之一的摩尔人奥赛罗的肤色，并没有那么黑，特别是与当今影视舞台上几乎清一色的南部非洲人的肤色，还是有明显差距的；其次，奥赛罗早已跻身当地军政要员之列，是元老院的重要成员，更是元老私人贵客，其中包括苔丝黛梦娜的父亲布拉班修。无论是他隐婚苔丝黛梦娜后被半路拦下，还是犯下谋杀重罪之后被围堵在家宅之中，他大概率不会遭受"跪死"，人们只是要把他绑去元老院接受质询或审判。当然，种族和肤色的确是奥赛罗被某些人歧视或嫉妒的原因，如伊阿古多次用侮辱性的字眼诅咒谩骂他，但导致他设计陷害奥赛罗的并非因为他是摩尔人；布拉班修的确用了十分恶毒的字眼对他辱骂，但除了可以被认为是潜意识中的种族歧视外，作为父亲发现女儿竟背着他自许人家而起的震惊与气愤，骂起人来不择字眼，恐怕是更符合人的天性的①。另外，奥赛罗在反思中也的确将肤色作为婚姻出问题的原因之一，但读完那段台词②，我们恐怕很难否认：肤色原因只是他自己的"怀疑"，并无剧情或台词的事实可以佐证，况且，肤色也只是几个原因之一，其他还有年龄差异，文化教养差异，等等。因此，如果从人性缺陷来看奥赛罗的悲剧，因肤色、种族、年龄、教育等方面的差异而导致婚姻中一方的自卑心理，在恶人设局挑唆下起了"疑人偷斧"之心，心魔不克，遂导致悲剧。这样的解读，恐怕更接近《奥赛罗》悲剧的本质与普遍意义。

在这样的思路下回看《新来的男生》，作者追随着对莎士比亚这部戏的"传统"释读思路，将"种族歧视"的"视阈""框架"套住文本，然后据此去解读并改写剧情中的一系列细节，使它们服从先定的主题，从而使一些本来并非"种族歧视"才有的问题，都被加上了"种族歧视"的意义。在《新来的男生》中，白人学生初见奥赛时弄不清他来自哪里，连首先向奥赛表示好感的迪伊都说错了他的国家；校长在将奥赛介绍给同学们时读错了他名字的发音，即使被纠正了也依然读错；谢瓦利埃在小说第三部分"午餐时间"中用了很长的篇幅，描写奥赛拿着餐盘不知该坐在哪一拨同学中，写他此时内心的惶惑与选择的困境，等等。但事实上，这些问题都并非存在种族差异的人群中才有，只要面对新来者，猜测和猜错对方的地域身份，应该是常有的事；美国人地理知识相对偏少，多数人只关心与自己日常生活直接相关的那个社区，而很少有兴趣去深入了解美国其他州或世界上其他国家的情况；用自己熟悉的发音方式去"归化"别种语言发音的姓名，向来是不同国家甚至是一国内不同地域的人们相互交往时的问题，语言差别大的时候，学会"正确发音"总是非常困难的事情；在中小学生中，今天好友明天掰、今天"带你玩"明天"不要你"的情况是常态；异性同学的交往，经常会受到其他同

---

① 参见《无事生非》中父亲莱昂纳托（Leonato）因误听奸人谎言，对女儿希罗（Hero）发出的大段侮辱言辞，或《李尔王》中李尔对两个女儿的诅咒，类似场景均与种族问题无涉。

② *Othello* (Act 3, Scene 3, Lines 262-281)

学合理但绝无恶意的评头品足,这都是人类共通的"孩子气",即使是因性别、样貌、脾性、成绩、举止等导致的"人以群分",也十分平常①。但是,一旦把它们置于某种框架内,如奥赛罗奥赛语境中的"种族差异",这些情况就很可能被过度解读,被完全限制在了某一个特定的、往往是排他的阐释渠道,如"种族歧视"。这样的"设定解读",往往会造成有意无意的"一叶障目",简单化、概念化了文学作品中本来丰富深刻得多的(悲剧)意义。因为从整体和本质上看,奥赛罗悲剧的根本原因可以被认为是他缺乏"把控差异"的能力,而这个问题具有普遍的人性意义:人是单独的个体,只要身处群体之中,就会发现相互之间多方面的差异,如出生、种族、家庭、教育、语言、习惯、文化、信仰等,如何认识差异,接受差异,把控差异,是人进入人类命运共同体的必要前提。就奥赛罗而言,他与苔丝黛梦娜的差异不仅存在于肤色信仰,也同样存在于年龄、教育与文化,就莎士比亚剧本本身来看,很难将他的悲剧原因仅限于肤色种族之上,而正因为如此,莎士比亚《奥赛罗》的悲剧意义才具有广泛和经久的意义。从这个角度看,《新来的男生》将《奥赛罗》小说(简)化为一场种族歧视造成的校园悲剧,是近半个世纪来对《奥赛罗》解读思路惯性驱使下的产物,它前置和凸显了美国社会始终存在的种族问题,却淡化甚至遮掩了奥赛罗悲剧的人类共性意义,遮掩了莎士比亚《奥赛罗》的人性悲剧意义②,在一定程度上有"攻其一点不及其余"的缺憾。

事实上,《新来的男生》重写《奥赛罗》所遇到的挑战,在当代重写经典的努力与策略方面带有一定的普遍性。从根本上说,重写经典的本意是要通过用当下的故事传达经典的主题,构建起经典与当下的关联、对话与互动,让人们在当下事件中更新对经典的认识,让人们通过经典更深刻地认识当下事件的本质。但是,对经典的当下化处理,经常需要改写经典作品中的历史、

---

① 有评论认为,谢瓦利埃在将少年期的情感冲突与古典悲剧撮合,未能令人信服(见 Brian Bethune, *MacLean's Magazine*, 2017(6), pp.62—63.)。

② 有评论认为,小说描写 12 岁孩子的事件,无法匹配莎士比亚悲剧的分量(见 Lauren Gilbert, *Library Journal*, 2017(4), p.73.)。

文化、语言、风俗等语境，经常需要将经典中（尤其是莎士比亚作品中）更具有普遍性或多少缺乏指向性的细节，定置于更为明晰的历史、社会、文化语境中，而这必然导致普遍性缺失，特指性增强，经典原作的丰富内涵被隐没，呈现在人们眼前的，是有如舞台上被追光灯照亮的那一个圈，圈里的人物场景鲜明夺目，其余的都是晦暗。这样的情况，在改写莎士比亚一些明显带有当代社会问题因素的剧作时，特别具有典型性，如《奥赛罗》中的种族偏见，《威尼斯商人》中的犹太人问题，《驯悍记》中的女性问题，等等。而如何处理好这些话题，在当代语境下重现经典作品的丰富意义，是莎士比亚当代小说重写，以及所有经典文学当下改写需要面对并应对的挑战。

第六章

《邓巴尔》重写《李尔王》

第六章 《邓巴尔》重写《李尔王》

第 1 节 悲剧塑造与再生的个体经历与反思：《李尔王》与《邓巴尔》

英国当代著名作家爱德华·圣·奥宾（Edward St. Aubyn）2017 年出版小说《邓巴尔》(*Dunbar*)，是霍加斯出版社莎士比亚重写系列之一，也是将经典悲剧《李尔王》重塑的又一尝试。对经典的再创作、重新语境化，从来不是新现象，莎士比亚自身也经常借用、借鉴、整合前人的作品和故事素材。因故事的场景、时间赋予的意义变奏，不同读者、观众、学者的新诠释，演绎者的不同等，原作始终处于不断拓展和变化的过程中，变化才是持久不变的常态。在近几十年，甚至百年的历史中，重塑经典早已是普遍现象，而分析、解读、洞察经典和重写背后错综复杂、丰富的意义，动机，异同，启发，成了当下批评的一个重要关注。

在莎剧的重写创作上，无论是体裁、素材、人物、场景、历史语境的差异，还是新的文化争议的介入，让原作焕发生命力的土壤似乎从未贫瘠。《邓巴尔》在小说现实主义化的努力中，进一步渲染了《李尔王》中恒久的人性探秘和亲情质询，尤其将作家本人的情感经历和反思放入了悲剧净化心灵，甚而升华感情的体验中。这种不无个性原创的重写，无论是对熟稔原作的读者，还是对与经典生疏陌生的读者，都有着程度不一的新鲜感。

有学者曾指出，经典重写"光谱的一端是原作被解构或混杂拼凑……另一端是尽可能在语调、情感、角色上忠诚于原作……"①，那么，《邓巴尔》应该处于光谱两端偏于解构的位置，它从截然不同于戏剧的小说体裁，彻底改变了情节产生的时空背景，聚焦于关于权力金钱欲望和亲情探索，通过让主人公亨利·邓巴尔从原作的一国之君变为当代跨国传媒大亨，让数字时代新的媒介成为全新的权力话语支点，引发当下媒体革命时期读者在作品内外的独特反思，让经典重写涉及作家往往谨慎回避的媒介焦虑和隐患，甚至触发当下正面临的信息汲取、创作载体、传播渠道等颠覆性变革，从而超越了之前1991年获得普利策奖的斯迈利（Jane Smiley）的《李尔王》衍生小说《一千英亩》（*A Thousand Acres*）的影响程度。邓巴尔的传媒帝国覆盖了金融股市、广告宣传、跨国经营、行业并购等领域，也是一个原发、传递、扭曲、操控信息的庞大机构，李尔王曾经的失语、压抑、疯癫在这个媒体机构的系统中更加戏剧化和荒诞化，而他最后领悟并希望珍存的东西，也是我们普通人在信息革命中或许已然疏忽和抛却的东西。因此，企业帝国的维持，权力欲望的满足，亲情人性的养护和珍惜，也更具有不可控的变数和更戏剧化的张力。

奥宾尤其擅长刻画家庭功能与心理机制的复杂关系，他让年迈的加拿大传媒大亨邓巴尔陷入类似李尔王的人生绝境：他在生理上不可逆转地衰老，进入耄耋之年，日益偏执和暴躁；白手起家的媒体帝国在资本市场上动荡起伏；三个女儿中利欲熏心的两人觊觎并企图真正取代父亲的掌控权，两个女儿艾比盖尔和梅根与邓巴尔的私人医生鲍勃早已密谋要夺权控制邓巴尔帝国；充满文艺和理想主义色彩的小女儿弗洛伦斯与两个姐姐同父异母，因为性情直率，忤逆父亲的期待，早早离开家族，置身事外地追求着自己的梦想，让老父亲愤懑甚至暴怒。小说中，两个女儿秘密地将老父邓巴尔送至僻静的湖区疗养院，企图趁机彻底掌控董事会大权，将邓巴尔信托私有化，以此谋

---

① Christopher Innes, "Introduction: Remaking Modern Classics", *Modern Drama*, vol. 43, no.2, 2000, p.248.

取最大利益。邓巴尔认识了同住疗养院的过气喜剧演员彼得（《李尔王》中傻子角色的衍生），酗酒成瘾的后者协助邓巴尔逃出了疗养院。此后，邓巴尔经历了李尔王式的荒野绝望和愤怒疯癫，在被暴风雪袭击的汉普斯特德荒野中爆发出一次次天问似的呐喊。弗洛伦斯赶来寻找到了父亲，两人真正地理解和接纳了彼此。然而，弗洛伦斯最后因为被姐姐们下毒而不治身亡，这不啻给走到人生尽头的邓巴尔以最绝望、致命的打击。

《邓巴尔》和《李尔王》有着诸多差异，但两者最戏剧、鲜明的特征是极具张力的心理崩坏和冲突的刻画，人性深处的矛盾挖掘，在两者跨越时空的揭示和启发中，折射着亘古的魅力。这部当代小说的莎剧重写，更像是作家在莎翁经典悲剧中，艺术而隐喻地经历和重塑着自己的个体情感和心理体验。爱德华·圣·奥宾之前以其帕特里克·梅尔罗斯系列（*The Patrick Melrose Series*）的五部小说闻名，尤其擅长通过家庭和亲情来映射和分析人物的心理成因和行为走向，而他本人的生活经历和情感历程，正是创作基调和心理机制的基础。同样，在《邓巴尔》的经典重写中，尽管读者多了一重《李尔王》的参照和比较，他们依然能在作品中看到当代小说重写和原作之间相互交织的互动甚至是推进。两者并不是模板和塑型产品的关系，而是促发人们对真实复杂的人性进行深入思考的、彼此独立、独特的作品。

李尔王癫狂的呐喊依然以人性在大自然中的真正袒露（无论是修辞意义的还是身体意义上的）方式达成；而莎剧中隐含不露的女性性爱冲动在小说中得到了释放和揭示，高纳里尔（艾比盖尔）和里根（梅根）两姐妹在性爱上施虐和受虐的倾向在小说中被显性揭示，这与《一千英亩》的女性角色和心理处理也有了巨大的差异。在阅读感受上，读者明显看到了作家在人物刻画上有着聚焦和着力的变化，莎剧中人物主次的差异被弱化，而女性人物塑造也是一些书评者对重写予以批评的重要原因。例如，《卫报》有评论指出，圣·奥宾在对女儿们的渲染上，"她们作为性欲强烈的女性，被刻画为必然令人不快,缺乏母性的形象,与圣·奥宾其他小说中更微妙的女性人物不同"①。

重写:邓巴尔对李尔王

对重写经典作品的分析和评价,观点上的差异,甚至是意见相左等,十分自然平常。《邓巴尔》作为个案之一,其对经典的汲取,个性的发展,对当下生活和文学创作的影响,必然产生积极的启发。

老朽昏庸在李尔王和邓巴尔身上都有深度揭示,而人类面对苍老和岁月流逝,其反应和反思的差异本来就是文学创作的丰富资源和灵感启发。在治国和管理公司的权力移交上,人物关系和感情的相应变化,立场和态度的转变等,都会产生巨大的诠释潜力。圣·奥宾之前的系列创作以展现和剖析家庭生活的错综矛盾为长,他选择《李尔王》一剧,很大程度上也因为该剧是莎翁笔下家庭分崩离析和悲剧性毁灭的最重要作品,其中涵盖的权力、财富、仁慈、悔恨等母题,有着巨大的戏剧张力。

与李尔王保留君主头衔、放弃执行权的隐退类似,邓巴尔决定仅担任庞大公司董事会的非执行主席,保留私人飞机、随从、资产、相应的特权等,但是卸下日常的信托管理重担。这样的决定,正如莎剧带给人们的领悟,连疗养院里精神不时错乱的过气演员彼得都会评述为"失却权力本身,就必然失去权力的表象"②。李尔王和邓巴尔都错误地以为头衔、姿态、名号等权力的表象即权力本身,沦为了无法真正看清人本质的悲剧主角。老迈的体能和现实让他们都明白"无法信任自己那忤逆背叛的身体",却没意识到,除了衰老的身体,有很多表象之下的虚假,不少隐藏的、与表象背道而驰的欲望和情感,也随着衰老而渐渐露出真相。

---

① 转引自 "Dunbar", *Bookmarks*, 2018(1-2), p.34+. *Gale Literature Resource Center*, link.gale.com/apps/doc/A556230221/LitRC?u=fudanu&sid=LitRC&xid=f8942a49. Accessed 16 Jan. 2021.

② Aubyn, *Dunbar*, Hogarth, 2017, p.3.

在《李尔王》的真相不断被揭示的过程中，人们普遍认可柯蒂莉亚、埃德加、肯特等角色的善良，鄙夷并贬低高纳里尔、里根、埃德蒙等的邪恶、贪欲和无耻。李尔王和大臣格洛斯特类似平行双线的悲剧命运，更是进一步激发了人们对于善恶的强烈反应。然而，《邓巴尔》中的副线直接被删去，基本的道德评判立场甚至不再如戏剧原作那样鲜明，人物潜在的动机和心路历程在文字叙述中有了更多的展现。弄臣傻子的明确角色和诙谐深刻的语言表达隐匿在前喜剧演员彼得身上，而彼得最终在两个女儿和鲍勃的逼迫下自尽的结局，也将原本不时以话语点破甚至警醒观众的角色，转化为更适于小说读者自行领悟的角色退场。

充满戏剧表演和语言表达的示爱测试在小说中当然不再如舞台上那样鲜明张扬，因而人们的关注会从强烈示爱的反转，从泾渭分明的善恶评判中转移，从《李尔王》近几十年来多重的批评视角中得到诸多启示。尤其是学者曾从文化唯物主义、女性主义、新历史主义三大重要流派莎剧批评的角度，对《李尔王》的悲剧动因从社会经济的时代转型和政体变革，女性对父权统治的颠覆企图，理性对感性的批判性审视，女性性爱需求的压抑等予以分析。此外，还有新历史主义视角下关于中心价值体系的历史维度和仪式功能分析等。莎剧批评给予《李尔王》足够丰富多重的诠释和批评，也带给人们诸多开放性的问题。就小说重写的意义，其中最有启发的揭示在于：文学作品和现实世界产生各种纷繁复杂的联系，后者在被前者书写和重构的过程中，并不能由此得以闭合、有序、稳固地安排，而是随着人们的阅读和接受，作品不断被重新语境化，而在性别、社会、心理、历史等的研究探索中，作品内外的现实也在不断变化，因而我们对待经典改写的态度也不断变得更为包容和开放，对其无论是显在还是潜在的可能性心存感念。

由此，我们暂时搁置小说重写对于原剧各种重要调整和改变，甚至对不少原剧角色的省却等讨论，聚焦于小说作家在作品中更着力进行的个体生活经历和情感体验的代入。例如，圣·奥宾在自己的系列小说创作过程中，对英国上流阶层的情感焦虑有着数十年的深入观察、体会和了解。正如斯迈利在《一千英亩》中通过高纳里尔的视角展现发生在农场的故事，让自己熟悉的土地成为李尔王悲剧中的王国，圣·奥宾将至高的王权转换到了媒体巨头邓巴尔手中，让金钱、新闻、市场成为当下权力角逐的主要因素，更符合当下全球化和都市文化语境。邓巴尔周围的人属于都市圈中的上流阶层，涉及传媒界、航空业、金融圈、文化界等，其中的道德观和政治运作与莎剧《李尔王》中公元前8世纪的英格兰权力阶层形成了跨时空的对位。

父权与财力下的尊卑关系，精神尊严和物质肉体的拉锯平衡，家族亲情的信赖和背叛，个体理想和现实的冲突，依然是这场多元力量绞杀的重心。若说莎士比亚笔下的李尔王揭示了某个恒久的人性矛盾，即权力个体对自我尊严和荣誉的关注甚于公众的福祉安危，对自我情感满足甚于体察和理解他人，最终在傲慢的盲目之下，步入绝望；那么小说中邓巴尔类似的痛苦和癫狂，同样在权力光环褪下的过程中，为读者开启了一段悲剧性的灵魂洗涤之旅。

莎剧所给予的柏拉图式的质询，如公平正义、权力意志等，在邓巴尔的故事中依然不断变奏着，不过父女关系中，两个女儿的个性和权力欲望的继承和沿袭，弗洛伦斯对父亲的叛逆和挣脱，又多了几层作家个体经历和体验的内容。戏剧中相对的善恶分明被淡化，共情点相对散发与复杂。例如，弗洛伦斯在自我完善与个性追求的驱动下，忤逆并离开父亲，这与柯蒂莉亚坚持忠于自我，反对谄媚有着异曲同工之妙，但是邓巴尔的暴君个性最终得到弗洛伦斯源于亲情的谅解甚至尊重，获得老友威尔森的崇敬，他在商业上的无所畏惧、受利欲驱动、耽于竞争、工作狂般的创业精神，其本质的善良与否本身是值得深思的，而在身心的痛苦煎熬中，精神的升华与否也提供了开放的诠释空间。

这种开放源于作家投诸其中的自身困惑和反思，实质上也是文学创作过程中的认知重塑。邓巴尔在雪夜中的感悟，是他在狂怒疯癫下的自由抉择，也许在某个时刻，无序将成为新的秩序，或者至少是一种新的视角，就像飞行员在乌云密布的天空中挣扎,从雾霾中出来,进入上层大气宁静的光线里,俯瞰机翼下的云海,完全看清了方才朦胧的一切。衰老的颓势,退位的决定让他在亲情和尊卑关系的颠覆中回归到深层和本质的自我中,这是《李尔王》和《邓巴尔》带给人们的深刻启示,也是重新审视自我的警示。邓巴尔在荒野的呐喊"请别让我发疯啊",与李尔王的"哦,傻子,我要疯了!"①几乎是一致的,前者在荒野和暴风雪中的领悟更为孤独,而李尔的流离失所始终有人陪伴,莎剧中的傻子和忠臣肯特在小说中几乎消失。邓巴尔的反省是没有同伴和规劝的,这个暴怒、绝望、疯狂、冷静、理性回归的过程更加孤独,有评论指出:"也许,在某种程度上,它映射了圣·奥宾自己走出毒瘾和自杀企图的孤独旅程。他在各种访谈中都诉说过自己依靠某个期许从最糟糕的抑郁境地里挣脱出来的经历,这个期许就是一个执着的信念,即写作,没有写作他必将死去。"②由此看,圣·奥宾向霍加斯出版社主动提出重写《李尔王》,也同样是他对自己一段不断挣脱低落和绝望的心路历程的体验和重现,这种自我警醒般的"往前走"的推动,是走出困境的决心和反省。圣·奥宾让莎剧中傻子、忠臣肯特、弃儿埃德加、老臣格洛斯特的陪伴缺席,让邓巴尔饱尝孤独,也注定孤独,从而让自己更完整、共情地体验这份必然经历的冷寂。

  小说保留了原作的基本故事内核,大刀阔斧地删减人物和细节,同时增加了人物心理的成因,如邓巴尔及三个女儿的童年经历或回忆等,揭示出作家自身对个性塑造、家庭影响、心理诊疗和复原等的持续关注。圣·奥宾本人甚至坦言,正是《李尔王》给他的帕特里克·梅尔罗斯系列作品带来了创作灵感和启发。③

---

  ① *King Lear* (Act 2, Scene 4, Line 283)

  ② Gracy Olmstead, "Less Than He Seems", *Modern Age*, vol. 60, no. 1, 2018, p.71+. *Gale Literature Resource Center*, link.gale.com/apps/doc/A528951754/LitRC?u=fudanu&sid=LitRC&xid=5fbd5e54. Accessed 16 Jan. 2021.

  ③ Gracy Olmstead, "Less Than He Seems", *Modern Age*, vol. 60, no. 1, 2018, p.71+. *Gale Literature Resource Center*, link.gale.com/apps/doc/A528951754/LitRC?u=fudanu&sid=LitRC&xid=5fbd5e54. Accessed 16 Jan. 2021.

个体感受与经典悲剧的交织

由此可见,《李尔王》跨文类重写的前后都贯穿着小说家圣·奥宾通过莎剧对生活和文学创作的审视与反思。更有学者直言,霍加斯出版社的当代莎士比亚戏剧的改写式创作,就是对经典的"再度想象"过程,也是"转化式的模仿"①。这种被很多莎剧迷和研究者奚落为"吃力不讨好"的尝试,常常会在各种书评中被认为保留了故事,失却了意义,放弃了原创,难有新意。在这些早已存在的创作障碍和挑战下,圣·奥宾的执拗和坚持自有他早已认定的尝试意义。从一定程度看,他要达成的并不是人们对小说重写的赞誉,而是他由此经历所获得的情感释放和生命启示。当邓巴尔神志恍惚地独自游荡在肯布里尔荒野中,当暴雪肆虐回应着他内心的狂澜时,小说中的独白既是邓巴尔自己的心灵呐喊,灵与肉的对话,也是作家自身的一次思想和灵魂的洗礼。场景中各种意象的叠加,氛围的渲染,与《李尔王》中的形成了一定的交响:

> 那棕色、紫色的层云零落塞布于昏黄天际,让他不由得想起母亲的玳瑁梳子,他过去常常眯缝着一只眼睛,将梳子对着台灯,久久凝视,直到斑驳的光影和黑色块状充满整个视域……那些被暴雨浸湿的山脉在午后日光中隐隐闪现,水滴淌落。他是如此的笨拙,执意要拖着沉重的身体进入这美好、清澈、流动的景致中,就为了让水泥袋似的肉体倾倒于此,被雨水劈开,变得坚硬,落在这片原本不会遭受污染的山坡上。②

---

① Cynthia Ozick, "An Old, Mad, Blind, Despised and Dying King", *The New York Times Book Review*, 2017(10), p.11.
② Aubyn, *Dunbar*, Hogarth, 2017, p.130.

随即，邓巴尔感受到一种轻盈和饥饿感，那样的一种与其他人类生活陈旧的关联感。这样的描述，较之李尔王在荒野的绝望呐喊，异曲同工地让人们生发强烈共情，这种重写和重述在文学创作特有的情感激发机制下就是一种感同身受的重新经历。当邓巴尔落下疲惫不堪的身体，任愤怒绝望在雨雪中被洗刷，那种"陈旧的关联感"因为在漫长历史中被重复了无数回而确实"陈旧"（threadbare），被磨损得失去了原形和新鲜的质地。

作家通过邓巴尔的感受探寻着大家共同的质问："为何要活着承受这样的痛苦煎熬？"并以邓巴尔自己的回答"因为自己已经在承受"，给出了某种无奈而令人深省的沉思。有评论指出这个时刻和场景是小说挣脱经典悲剧束缚的一跃，达成了"一种人类悲悯的升华"，这位评论者甚至认为，缺失了这样的共情和升华，"余下的，以一部普通的惊悚小说创作方式看，只是木偶戏和情节"[1]。如此批评的公允与否可以商榷，不过《邓巴尔》中的情感揭示和个体经历的创作重塑，确实值得关注，尤其是莎剧对于个人认知和体验的重塑和启示性，具有丰富的解读和挖掘潜力。尽管当代的经典重写必然淡化了莎剧文字的精湛隽永，邓巴尔和故事中各个人物的语言表达要符合当下话语风格，权力场从国家政权换转移至信托和股市的翻云覆雨，被商界集团的竞争和经济谋略取代。

《李尔王》中的宫廷弄臣傻子是全剧仅次于李尔王的重要角色，与其他剧作中的傻子有明显差异，类似古希腊戏剧中合唱角色，承担着场景铺陈、旁观评论，推动剧情的作用，他不时地让观众从故事的沉浸中游离，戏谑幽默甚至跳脱地诠释着情节线索之外的深意，在一定程度上替剧作家巧妙地道出令人深省的道理。正如奥齐克所指出的："正是通过弄臣一角，人们清楚地意识到，为何情节无论在重组上如何巧妙绝伦，实质上是最次要的。"[2] 尽管

---

[1] Cynthia Ozick, "An Old, Mad, Blind, Despised and Dying King", *The New York Times Book Review*, 2017(10), p.11.

[2] Cynthia Ozick, "An Old, Mad, Blind, Despised and Dying King", *The New York Times Book Review*, 2017(10), p.11.

这个角色很难运用于小说的当代语境中，圣·奥宾却以彼得这个昔日喜剧演员的身份，让他以独特的视角参与了情节的发展，实质上是作家在对个体情感和矛盾体验中，巧妙地设置了一个审视点。彼得曾经是喜剧演员，滑稽古怪，有模仿名人的表演天赋，性情率真，毫无城府，酗酒成性。他在小说中的自杀结局，符合敏感、易信之人的性格走向。他陪伴邓巴尔逃出了疗养院的森严和压抑秩序，却在半途与邓巴尔分开，落入了两姐妹手中，并在鲍勃医生的逼迫和恐吓下，上吊自尽。他没有像原作的弄臣那样陪伴和见证所有的痛苦，而是成了入戏太深、无法自拔的牺牲者。彼得在生命尽头并未达成或给予他人深刻的领悟，他代表着某种程度的生活洞察，在模仿名人的表演中频频返回现实，以酒精麻木和钝化自己的现实感受，拒绝在身份的真假和转换中保持平静和抽离，而一旦经受苦痛和威胁，他的理智防线也最容易崩溃瓦解。

　　彼得身上体现的是人生如戏却难以自拔的障碍，他的各种喜剧角色的变换并未让他触及深层的真实；邓巴尔的身份认知相对稳定，他对于权力物欲的奋力企及，从童年经历的个性影响和塑造中能得到可信的解释，这是《李尔王》中略去的部分。但是，李尔在身份认知上的困境在邓巴尔身上得以呼应和渲染，李尔始终不明白王权是表象的附着，而非真正的自我，更重要的是，日趋衰老的必然会逐渐将华丽的附着层层剥落。在《李尔王》的一幕一景中，大女儿高纳里尔在一番甜言蜜语的孝敬表达后，目睹老父因为小妹柯蒂莉亚的坦诚而暴怒，对二妹里根说："他年纪老了，脾气可就真叫人摸不准哪。"里根更是一针见血地指出了："这就是他年老懵懂的地方——其实他做人一向都是不太清楚的。"于是我们听到了高纳里尔其实很中肯的一句评论："就算他（李尔王）一生中最好、最明白的时候，也是暴躁的。"① 若是搁置女儿对父亲的不敬和夺取权力的野心，这段对话中对李尔王的评断恰恰是李尔

---

① *King Lear* (Act 1, Scene 1, Line 291; Line 293; Line 295)

王自身的一个认知盲点,更普遍意义上,也是人们难以自知的典型表现。试问,当个人被各种身份附加时,谁能真正撤去诸多头衔,拨开层层华丽的装饰,诸如财富、地位、盛年光景等,直面褪下一切光环后真实本质的自我?邓巴尔独自一人在荒野里跋涉,质问:"为何在自己最无助的时刻,没有人来恭维和支持呢?"① 他明知自己曾经被空洞赞美的光环围绕,却依然难以自省洞明。

与原剧善于权谋、野心勃勃的埃德蒙对位的鲍勃医生,在小说中是邓巴尔的私人医生,出于自身利益的考虑,他与邓巴尔的两个女儿不仅有着性爱关系,还串通谋划了要掌控整个信托组织,甚至更秘密地联系了集团外的竞争者,成了双重背叛下的小人。鲍勃坚信可以通过自身的睿智、机敏、非凡的魅力,摆脱被动和奴役,他既联手邓巴尔家族的两姐妹,又暗地里勾结他人背叛她们,却决不让自己的命运超出个人控制当下局势的能力范围。在他的马基雅维利主义思想下,达成目的,获得更大的人生和财富自由并不丑陋可耻,他甚至在出卖两姐妹的盘算中,泰然地思忖着自己实际上是在保护信托公司不再继续衰落,不让它落入德不配位的继承人手中。更甚者,他觉得从长远来看,自己是邓巴尔信托的拯救者。读者不时会在鲍勃内心的自辩中看到圣·奥宾小说中强烈的自省时刻,感受到作家在人物塑造上从原剧埃德蒙一角偏离的独特意义。鲍勃在作品中的笔墨并不多,但他对莎剧人物既破又立,不断希望冲破现实的和隐喻性的双重桎梏的努力,其行为的心理成因,与作家的个体经历和体会不无关系。

正因为此,邓巴尔王国缔造的历史在叙述中补充提及,三个女儿的抉择和个性也有心理和性爱层面的铺垫和诠释。以主角邓巴尔为例,他在现实中的衰老、偏执、崩溃,对应着他曾经白手建造辉煌的过往,他敏锐果敢地将业务拓展到世界各大洲,运用新的科学技术,只要能嗅到新兴意味,他必然

---

① Aubyn, *Dunbar*, Hogarth, 2017, p.83.

乐于尝试，也正是这种绝对自信和坚持，促成了邓巴尔在商界的巨大成功，同时也引发了固执己见和过于强势必然导致的危机和悲剧。雪夜荒野中的邓巴尔依然不改猖狂的脾气，即便在筋疲力尽之际，"他想双膝落地，像跪拜祈祷的人那样，以谦卑抵消耻辱，可是他却有一种更强烈的渴望要往前走，挣脱这萦绕在四周的悲伤思绪"①。

读者会相信作家在刻画邓巴尔时是不断产生共情，放入自己的个体感受的。邓巴尔在最无助绝望时，深知两个女儿和医生密谋背叛了他，可他在愤怒的同时，多了一层与李尔王不同的自我谴责和批判，他明确意识到自己是因为自身的背信弃义而被惩罚，这种惩罚类似天谴，他痛苦地反思自己是那样的伪善，曾经在感情上背叛了妻子，风流成性，薄情寡义，纯粹出于一己的报复心，将小女儿拒之门外。即便在荒野的困境和愤怒中，邓巴尔依然明白，自己的罪恶甚于梅根和艾比盖尔，更别提鲍勃医生。这种觉悟令读者震惊，也是作家的认知投射，他通过邓巴尔道出了这样一个观点：在憎恶和对他人愤愤不平时，试着从不同的视角反观自己。邓巴尔意识到女儿们想必有恨他的道德优势。

奥宾在改写经典的过程中，让濒于绝境的邓巴尔在面对一切不公和折磨时，感喟和深刻领悟到自己最理解背叛的扭曲本质，明白一切咎由自取，并在罪疚和自省的悲痛中几近疯癫。这与李尔王的悲情天问和呐喊有了较为明显的差异，弄臣的戏谑警示在小说中被邓巴尔的自我反省取代，同样是被观众接受的意义交付，从旁观者清的弄臣和肯特，换成孤身一人的邓巴尔的追悔式绝望，作家的个体情感代入强烈，与其说他在重塑人物，毋宁说是在重塑、想象和体会自身在痛苦境地里的经历，喟叹个中的命运差异。

所以，邓巴尔的荒野跋涉，他视为活该倒霉的身心折磨，作家让他独自一人在苍茫冰冷中体验。邓巴尔对此时不被人撞见反而是"心怀感恩"。他

---

① Aubyn, *Dunbar*, Hogarth, 2017, p.82.

被孤独逼到了发疯的地步，没有人陪伴和见证，他也庆幸独自陷入这落魄。"或许从某一点来说，无序混乱会变成一种新的秩序，或至少是一种新的视角……"①这种冷静的审慎，显然与疯癫相悖，细究之下应该是作家的迫切介入与自我警醒。他让邓巴尔重新意识到自己有着"惊人的原始体能。只需要三个小时的睡眠就能完美运作一整天"。关键在于，在如此恶劣的状态下，八旬老人在自己的优秀体能和好强的激发下想探寻内在力量的真正所在，更多应该是作家进入角色的情感反应。

在小说重写作品中，作家通过邓巴尔这一角色不时反观自己的挫败和奋斗经历，也从邓巴尔的女儿们和其他相关人物身上重新审视、观察和理解他人与自我的关系。小女儿弗洛伦斯从少年时期开始就是坚定的劳工权利、环境保护、新闻媒体高度诚信的捍卫者，她和父亲的矛盾起因不限于柯蒂莉亚对坦率诚实的执着。她与父亲老友威尔森之子克里斯②相爱却没有相守的结局，因为自己太年轻、太任性而难以形成明确意图，太鲁莽、太感情用事而必然导致不测。这种彼此因为父辈的关系而多一层类似手足关系的爱情，圣·奥宾在他的系列小说创作和个人经历中已有强烈深入的刻画和体验，尤其是弗洛伦斯在面对和克里斯这种高于亲情和肉欲的关系时，怪异到会认为"其实她的婚姻才是不贞行为"③，这种常规出逸的描写必然有深层的、源于作家生命体验的心理机制。

同样，大女儿艾比和丈夫马克的关系，与《李尔王》中高纳里尔和丈夫奥本尼公爵因为道德观的差异而导致的罅隙和矛盾，又有很大的不同。经典悲剧中奥本尼忠于良心和道德标准，而高纳里尔对他的平庸和无趣心生厌倦，移情至野心勃勃、年轻的埃德蒙。艾比和马克的婚姻匮乏新鲜和热情，这似乎是婚姻的常态，艾比的颐指气使态度和不孕不育成了最后一根压垮骆驼的

---

① Aubyn, *Dunbar*, Hogarth, 2017, p.106.
② 克里斯应该是埃德加的对位，但两者的相关性微乎其微，几乎是一个不同的角色。
③ Aubyn, *Dunbar*, Hogarth, 2017, p.122.

稻草，于是两人开启了开放婚姻的模式。二女儿梅根在小说中被塑造成丧偶女性。梅根贪恋肉欲，利用金钱和地位让年轻强壮的保安吉姆死心塌地，而她却不为所动，甚至心狠手辣地不惜以他人的性命换取自己的利益。父亲对母亲的背叛让梅根和姐姐从少女时期就丧失了合乎道德和正义的伦理观，在受害和施害上的平衡维系着两人相对同盟的关系。缺失父爱，成长过程的情感冷漠，以及不断被强权、偏执的父亲影响，个性和价值观的扭曲并非一蹴而就。

从这对姐妹身上，我们既看到与《李尔王》中两个女儿的呼应和关照，又洞察到其中的质疑和颠覆。正如有学者指出的："根据新古典主义的观点，重写是强调、支持、增殖既有的作品。与之相反的是，后现代的重写则建立了一种反写（conterwriting）的距离，一种自身与重写之间的撕裂，也是一种对此时和重写氛围下各种支配力量和自我之间的断裂。"① 这种断裂确切意思是对当下的自我和文化的某种重新审视和探寻，也是一种与原文本（host-text）在认知论层面的积极对话。换言之，艾比和梅根将邓巴尔信托重新私有化的企图，她们对弗洛伦斯刻骨的仇恨，对邓巴尔权力的消解企图，以及在情爱上的乖僻宣泄和操控等，充分地揭示了经典悲剧反派人物在传统诠释上的反叛和撕裂。如果说《一千英亩》对《李尔王》的重写凸显女性主义视角的解构，那么《邓巴尔》更着力于家庭和人际关系的个性塑造。试想，当邓巴尔这样一个始终要活在中心、居高临下位置的人出现在诸多其他人的生活中，压抑、挫败、愤懑、逃避等情绪自然会出现。两个女儿的忤逆和复仇式反叛，弗洛伦斯为了自由和尊严而出走，老友威尔森从愤愤不平到此后的同情，以及他在几方利益权衡下的矛盾，鲍勃对服从和卑微的反抗，以及压抑许久之后的权力觊觎，甚而彼得在恐吓威胁下的绝望自尽等，所有的错综纠

---

① Anna Lindhe, "Interpersonal complications and intertextual relations: A Thousand Acres and King Lear", *Nordic Journal of English Studies*, vol. 4, no. 1, 2005, p.55+. *Gale Literature Resource Center*, link.gale.com/apps/doc/A351789238/LitRC?u=fudanu&sid=LitRC&xid=59c906d0. Accessed 15 Feb. 2021.

葛都源于邓巴尔的强势僭越。

在故事的最后,当弗洛伦斯中毒身亡前,医生给了邓巴尔一个痛苦的选择:濒临死亡的老父亲悲恸地看着女儿在自己眼前离世,或是奄奄一息的女儿目睹老父亲先告别人世,邓巴尔最终接受注射剂,愿意暂时推延自己的死亡,让弗洛伦斯在父爱的陪伴下抵达人生终点。他最终口述的遗嘱是彻底剥夺艾比和梅根对信托的权利,而且决绝地帮助竞争对手彻底胜利,掌控一切。这种大彻大悟的决断,与之前作家个体经历的代入读来不无矛盾,倒是与莎剧中李尔王崩溃前的呐喊异曲同工:"不,我不愿哭泣。我虽然有充分的哭泣的理由,可是我宁愿让这颗心碎成万片,也不愿流下一滴泪来"①。

在个人成长中同样遭遇精神僭越和挫败的圣·奥宾,他在邓巴尔和李尔王的悲剧离世中,又如何审视不断出现的愤懑、压抑、宣泄和不幸,并从中重建精神秩序,并传达领悟和见解呢?就小说重写的处理,我们并未找到明确的答案,作家对这一经典悲剧的变奏重写,仿佛是他对于个人经历中的各种无奈的回应,借由威尔森在小说最后的叹息:"我们所有人都将化为尘土,但是这种理解不会被毁灭,也不可能被毁灭,只要还有人愿意说出真相。"身为以文学创作为生的作家,只要"说出真相"的愿望和努力依然能在,那么对人生和世界的理解就不会被毁灭。当然,这个理解原文中用了动名词,更突出其不断形成的动态过程。这应该也是作家在莎翁悲剧的个人经历和诠释的重塑中,交付给读者的某种态度和答复吧。

权力欲望·家庭关系·生命意义

邓巴尔在雪夜踽踽独行本质是一次自发的内省之旅,或许也是他人生中绝无仅有的反观时刻。"他从事实、数据、法律条文的世界进入了象征、洞察、

---

① *King Lear* (Act 2, Scene 4, Lines 280-283)

各种潜在联系的世界。他并非自永不再返的战场飞离,而是依然身处无法挣脱的迷局,除非他穿越困境的核心。"①那个时刻在邓巴尔看来就是接近核心,找到出口的契机。他越发清晰地意识到自己就是引发各种风暴的暴风眼。在和弗洛伦斯相聚后,邓巴尔似乎没有了愤怒和野心,只有爱,他甚至从之前缔造世间最伟大的传媒帝国的宏图大志,转向了对无知天真的修复,这个"圆形旅程"在书中被表述为"爬过第二个童年",朝着"第二次诞生"的方向,那个"似乎圆形循环的模式在最后时刻指向了一个新的境地,那里的一切仿佛完美无缺"②。

  小说在改写经典悲剧的过程中,素材的增删处理自不必赘言。然而文本中人物心理成因的分析和诸如上述"第二个童年"和"第二次诞生"等的措辞,明显具有心理学视角的临床诊断的特征。邓巴尔的童年经历是他成年后权力欲望和自私武断的促发因素,小说对此不吝笔墨。艾比、梅根、鲍勃的恶从来不是毫无踪迹的神秘,个人心理动机常常与童年的伤害和恐惧不无关系,圣·奥宾一直致力这方面的挖掘。尽管有评论指出"精神诊疗式的诠释弱化了莎士比亚戏剧带给人的惊骇和悲剧性"③。由于作品创作的语境存在巨大差异,当代经典重写中必然会有当下的文化和心理关注。例如,莎士比亚同时代的人对高纳里尔和里根无情残忍的态度,与当下的读者对两姐妹忤逆背叛邓巴尔的反应,必然因文化语境的变化而有所不同。成长过程中的压抑,长期的诉求不满,家庭父母关系的紧张,以及遗传学角度的个性影响等,当代社会的人们在遵守孝道和尊卑依从上也有了不同的观念。道德、伦理的关注比重在不同历史和文化中自有差异。举例来看,《李尔王》中埃德蒙为陷害同父异母的哥哥埃德加捏造了一封"大逆不道"的信,其中有一句"我开

---

① Aubyn, *Dunbar*, Hogarth, 2017, p.218.
② 同上,p.230.
③ Gracy Olmstead, "Less Than He Seems", *Modern Age*, vol. 60, no. 1, 2018, p.71+. *Gale Literature Resource Center*, link.gale.com/apps/doc/A528951754/LitRC?u=fudanu&sid=LitRC&xid=5fbd5e54. Accessed 16 Jan. 2021.

始觉得老年人的专制，实在是一种荒谬愚蠢的束缚；他们没有权力压迫我们，是我们自己容忍他们的压迫"①。放到当下的语境中，即便在不同的国家和文化背景下，都会在一定程度上引发年轻人的共鸣，与莎剧时代的观众或读者反响有很大不同。

因此《邓巴尔》中成年人的精神问题，有了现代心理学关于童年创伤的诠释语境。小说情节的发展与往昔追溯同步进行，产生一对逆向的组合，即当下步入将来和当下回溯过往同时进行。这种个体心理和动机的呈现，不同于相对同步的心理状态自觉意识，如李尔王在遭遇里根夫妇拒之门外的冷遇之后，暴怒之中还为对方留了余地："我们身体上有了病痛，精神上总是连带觉得烦躁郁闷。我且忍耐一下，不要太鲁莽了，对一个有病的人作过分求全的责备。"②李尔从未对两个女儿的态度有过溯源式的分析和反省。

《邓巴尔》中的父亲在对女儿的感情上就会有更复杂的心理成因。邓巴尔内心最喜爱弗洛伦斯，除了后者的诸多优点，"他爱她还单纯因为她是凯瑟琳的女儿，而凯瑟琳是他一生的至爱，这种爱，或者至少是爱的意象，因为死亡而不朽，不会因庸常凡俗而衰败或倦怠，让爱慕演变为忍受，再由忍受变成烦躁"③。这一心理回溯，让读者理解父亲对小女儿的爱在一定程度上是对逝去爱人的代偿。所以当弗洛伦斯追求独立和自由，不愿意承担家族事业和接受父亲的期待时，她的离去等同于邓巴尔情感上的第二次巨大失落。

即便是卸下了邓巴尔信托的执行重任，邓巴尔依然坚信历史并不是仅仅被人们见证，也是被他的传媒帝国创造着。当下的信息流和媒体革命在对人际关系、观念认知的影响上发生着翻天覆地的变化。信息发布、接受操控着人们对现实的认知，从事传媒事业的邓巴尔和他身边的很多人都清楚意识到这一点。历史的缔造，换言之，或许也含有信息的捏造，成为《邓巴尔》所

---

① *King Lear* (Act 1, Scene 2, Lines 51-52)
② *King Lear* (Act 2, Scene 4, Lines 104-109)
③ Aubyn, *Dunbar*, Hogarth, 2017, p.37.

揭示的重要反思。从这一点上看，《李尔王》不再是简单的创作模板，而是成为作家进一步探索现实和意识的起点，邓巴尔甚至被书评人隐射为传媒大亨默多克，或者是另一个重要的商界和政界人物，他充分利用了数字时代的媒介影响，与信息形成了操控和被操控关系，此人即特朗普。

  受众在面对无论是戏剧舞台的《李尔王》，还是小说体裁的《邓巴尔》，这种由文字或舞台演出载体而传达的信息，对于现实的历史缔造或思想启示，应该成为我们当下的独特关注。在接受显在和潜在信息的同时，试问，被遮蔽和压抑的信息何在？这种质询也导向了诸多关于莎剧研究的不同批评视角。无论是女性主义对于母亲缺失和父权政治的深入分析，还是文学病理学研究关于阿尔茨海默病影响与李尔王暴怒癫狂的关系的联系等，都让经典的当下重写与诠释有了丰富的潜力。阅读和比照的启示超越了单纯的共情，我们不会止于埃德加看到李尔王痛苦遭遇时的感喟"做君王的不免如此下场，使我忘却了自己的忧伤"[①]，而是在戏剧落幕的终曲中，在李尔王的悲惨离世中，对忠臣肯特的那句"他只是篡夺了自己的生命"[②] 感到震撼般的警醒，这一"篡夺"自己生命的过程，有多少人依然在执迷不悟？《邓巴尔》中的各个人物重演着这个篡夺过程，让过往的心理缺失"篡夺"当下，甚至未来，篡夺他人的权利，也篡夺了自己的安宁。这个反思，无论是莎剧，还是当代小说，都在各自的历史文化语境中进行着，圣·奥宾在小说的字里行间，都在推演着他从《李尔王》中汲取并运用于创作和自我认知的深刻意义。他让追悔不已的邓巴尔在与女儿弗洛伦斯重聚时，说出了"有时候，当我即将抵达愿望的终点时，却发现自己早已忘了是从哪个起点出发的"[③]。

  小说应该就是奥宾从《李尔王》这个可以明确界定的方位，不断追溯各个人物，甚至包括他本人曾经出发的起点，去探寻个性、欲望、行为、人际

---

① *King Lear* (Act 3, Scene 7, Lines 100-101)
② *King Lear* (Act 5, Scene 3, Line 318)
③ Aubyn, *Dunbar*, Hogarth, 2017, p.180.

的起承转合。弗洛伦斯始终明白放弃的意义，她深知邓巴尔需要的是更深程度的权力放弃，而非权力复辟。同样，柯蒂莉亚与父亲重聚后的那句"存心良善的反而得到恶报，这样的前例是很多的"①，与弗洛伦斯最终中毒身亡的结局，会激发人们深度的共情。父女相互和解之后，结局并未遂人所愿，其中有命运的无常，也有个性的必然。悲情的延宕能深化和激发人们的反思。就像爱而不得更令人刻骨铭心。小说中增添的克里斯和弗洛伦斯的情感纠葛，克里斯虽然认定他对弗洛伦斯的爱毫无保留，但内心也明白"一部分的我觉得最近的这波爱潮汹涌与她的触不可及相关，当我们真正生活在一起时，我们每隔几个月就会分手"②。其中的反讽和无奈，是爱之失落的主题上的偏离和变奏。

悲剧的净化功能和当下意义

重述和重写在文学创作的历史中不断进行着，无数知名或无名的作者必然或多或少地自经典的叙述中汲取素材，谱写自己的篇章。正如有学者所指出的，"这或许前所未有，对经典文本的再创作已经成为重要的文学事业……"，而这种重述和重写在当代的盛行有两个重要的原因：其一，"文学经典和文化的变迁，尤其是我们在经典作品中对性别、阶级、种族等问题观念的改变"，其二是时尚的影响，诸如"视觉媒体"的重要作用等③。

不过，在经典的高度和价值的焦虑影响之下，新作品被质疑、批评的压力也更大。相形见绌的观感也自然难以摆脱。互文比照下，各种问题纷至沓来。例如，重述若是让读者对经典产生更深入、多元的解读，那它自身是否有不断被弱化忽略的趋势？经典和当下的重述的轻重主次究竟如何？读者对

---

① *King Lear* (Act 4, Scene 1, Line 1)
② Aubyn, *Dunbar*, Hogarth, 2017, p.199.
③ James A. Schiff, "Contemporary Retellings: A Thousand Acres as the Latest Lear", *Critique: Studies in Contemporary Fiction*, vol. 39, no. 4, 1998, pp.367-381.

于经典悲剧的了解程度的差异对重述作品的阅读影响又如何？能否抛开前在影响完全将小说视为全新作品？

  毋庸置疑，莎剧随着时间的演变不断被叠加着一层又一层的意义，自身就是人类共享的宝贵文化遗产，莎剧的心灵净化功能更有效地深入读者。无论是因为熟悉《李尔王》而对《邓巴尔》有了多重视角的解读，还是出于阅读乐趣将其视为全新的创作，通过阅读所形成的认知丰富，以及对并参与着当下的生活。或许，在数字时代的快节奏之下，个体在信息的疯狂轰炸和变异中，在代际和阶层的尊卑关系的认识变化中，已经不再像往昔的人们那样能深入理解《李尔王》，尤其是对其悲剧力量产生强烈的共鸣。

  从这个角度看，《邓巴尔》的重述，与诸多优秀的经典重写一样，从各个角度调适了经典与我们的关系，从而让悲个人经历的反思，心弦被拨动的每一个刹那，都应该是文学经典和创新的价值体现。

第六章 《邓巴尔》重写《李尔王》

第 2 节　两难的重写：奥宾《邓巴尔》重写莎士比亚《李尔王》

奥宾（Edward St. Aubyn, 1960— ）是当代颇受欢迎的英国作家之一，自 1992 年以来发表有 10 部长篇小说①，其中带有强烈自传因素的"帕特里克·梅尔罗斯五部曲"更是得到了评论界的关注。从《别在意》（*Never Mind*, 1992）开始，经《坏消息》（*Bad News*, 1992）、《一线希望》（*Some Hope*, 1995）、《母乳》（*Mother's Milk*, 2005；入围 2006 布克奖），直到《终于》（*At Last*, 2011），奥宾从主人公痛苦的童年，写到青少年时期的吸毒经历，再写到人生复杂、问题丛生的中年，讲述父母离世、婚姻妥协、自己成为父亲等事件对主人公精神和现实生活的影响，叙事中透露着人们可以努力去追寻自己所决定的生活，以及最终获得拯救的可能。五部曲的情节围绕英国中产的家庭、代际、暴力、吸毒、乱性、背叛、救赎等问题展开，而其"家庭""乱性""背叛"和"救赎"等情节，明显呼应着莎士比亚的《李尔王》。因此，奥宾被认为是重写《李尔王》的合适人选，莎士比亚的《李尔王》便以霍加

---

① 奥宾的其他作品为：讽刺"新时代运动"、描写年轻人虚无追求的《边缘上》（*On the Edge*, 1998），讽刺出版业及文学奖评选的《无语》（*Lost for Words*, 2014），写面对即将到来的死亡时主人公的选择与作为的《退场暗示》（*A Clue to the Exit*, 2000），渗透着关于生态、精神分析、基因、神经科学、爱、恐惧、勇气等话题的《双盲》（*Double Blind*, 2021）等。

斯莎士比亚小说重写系列《邓巴尔》(Dunbar, 2017)的形式进入读者和评论界的视野。

虽然是《李尔王》的重写，奥宾的这部小说事实上只是重写了半部《李尔王》：原作中李尔分地到被逐出女儿家门的前半部分情节，在《邓巴尔》的叙事情节开始前就已完成，只是后来以"回溯"的形式提到。小说第 1 章描写的就是加拿大传媒大亨邓巴尔（李尔）被困英格兰湖区一所精神病疗养院，正怒气冲冲地向曾经是喜剧演员的疯傻病友彼得大发牢骚，控诉分得公司的两个女儿虐待他，并誓言要夺回公司。精神游走在灰色地带的邓巴尔成功"越狱"，两个女儿（艾比盖尔与梅根）雇凶追杀，当年拒绝参与任何公司事务并由此得罪邓巴尔的小女儿弗洛伦斯从美国怀俄明赶到，与两个姐姐在英美之间穿梭来回，争分夺秒救下老父并与其和解，最终，弗洛伦斯中了神秘且无解的毒药濒临死亡，邓巴尔在一旁束手无策，艾比盖尔和梅根被控谋杀而失去了公司事务的控制能力，邓巴尔的传媒帝国也笼罩在被对手并购的阴云之下。就此，奥宾的《邓巴尔》在似定未定的混沌悬念中结尾。

从《邓巴尔》就小说主情节线而论，"逃亡"与"追踪"应该是比较容易考虑到的两个关键词，而从主情节内容和人物之间的关系来看，"背叛"的情节不仅占据着相当大的篇幅，而且几乎贯穿于整个情节，不仅发生于邓巴尔家族内部，也发生在家族和公司之外的相关人物之间，各个层次、各种人群，相互间的关系几乎都可以用"背叛"来定义。首先是邓巴尔家族内部的相互背叛：两个女儿艾比盖尔和梅根在获得公司股权和控制权之后，为永久控制公司，随即把老父亲邓巴尔送去湖区偏僻地区的一所精神病院，并串通家族医生鲍勃，密谋用药物让邓巴尔逐渐失去理智并死亡；大姐艾比盖尔对"上门女婿"丈夫马克始终一脸鄙夷，不仅将他排斥在家族核心商业机密之外，在家庭生活上也屡屡与鲍勃医生乱性而背叛了自己的丈夫；艾比盖尔和守寡的大妹妹梅根之间从一开始就面和心不和，共同利益攸关时可以协调行动，但一回到个人生活，姐妹之间相互算计背叛争斗如仇敌一般。

家族之外，鲍勃医生（对应《李尔王》中的埃德蒙）可算是最丑陋凶险、毫无良知、背叛成性的恶棍：他在和两姐妹乱性的同时设计着如何占据公司更多的股权，甚至最终将公司夺到手中；为了让两姐妹彻底出局，他不惜暗通公司的最大商业对手"联合通信"，允诺里应外合将公司彻底摧毁。"恶人帮"里的其余成员，相互间的关系也明确地贴着"背叛"的标签：两姐妹在追踪邓巴尔时留下暂时负责公司事务的彼尔德，竟然也为了自己的利益而暗通"联合通信"，编造各种借口拒不执行两姐妹的指示；乱性成瘾的梅根在与两杀手之一的J激情床戏时，脑子里竟然做着要灭口J的计划，J刚一离开，梅根便向凯文下达了让J消失的指令，而这一指令在J感觉自己平生第一次有了爱的感觉的反照下，显得更加的冷血残酷；即使在两个杀手之间，当J明白凯文竟然是梅根派来刺杀他的时候，才意识到自己竟然也陷入了被"恋人"和"朋友"双重背叛的困境。

莎士比亚的《李尔王》中有一些细节也的确可以用"背叛"来形容的细节，这些"背叛"也的确在一定程度上导致了李尔王的悲剧：高纳里尔和里根两姐妹在分得国土后违背约定，大肆裁员李尔的侍从人数，姐妹之间为争宠埃德蒙（大臣格洛斯特的私生子）而相互背叛等，这些形式各不相同的背叛，是李尔情绪失控，恶语诅咒，精神游移，出走荒原，呼唤天谴的直接原因。但是，"背叛"并不是贯穿《李尔王》剧情的主线索，而且，除了与埃德蒙相关的桥段，"背叛"在多数情况下是人物动作的结果，而并非出于人物的刻意设计。因此，十分显然，奥宾的《邓巴尔》前置和放大了《李尔王》中的"背叛"，甚至可以认为，奥宾将"背叛"设置成了邓巴尔悲剧故事的主题。

如果将"背叛"一词广义化、中性化而泛指一切"违逆"行为，那么，《李尔王》中小女儿柯狄莉亚在分地仪式上对老父亲出言不逊，忠臣肯特仗义执言批评李尔等，也可以另一种形式归于"背叛"名下，即"本质忠诚，误认背叛"，柯狄莉亚和肯特对李尔直言不讳，是出于对父对君为国的根本利益而不顾一时的"冒犯龙颜"，是被冒犯者认为的"背叛"。在《邓巴尔》中，备受宠爱的小女儿弗洛伦斯①早早地表示对"家族企业"不感兴趣，不愿意掺和公司事务，主动拒绝接受任何家族财产份额，在邓巴尔震怒之下与父亲决裂，离开加拿大去美国怀俄明州工作生活，这一行动同样也被邓巴尔归于"背叛"。我们甚至可以说，小说结尾时邓巴尔发誓，为向艾比盖尔和梅根两个恶女儿复仇，不惜将公司赠予商业对手，彻底摧毁她们的金钱权力梦，这一段"背叛自己的女儿、背叛自己的公司"的情节实际上构成了某种"终极背叛"，是结束一切背叛的背叛。

《李尔王》中最震撼人心的场景，恐怕非三幕2场李尔身处荒原暴风雨莫属。但是，《李尔王》中的自然是人之外的存在，自然是天，自然是神，是人无法触及的、按自己意愿行动的、至高无上的力量，人只能向自然求助，人只能向自然申诉，人只能质疑自然的行为，但人只能顺天自救。在这一全剧转折点的场景中，李尔一上场就是一段撕心裂肺向上天的控诉与吁请："吹吧，风神，吹炸了你的脸颊！吹吧，狂烈的愤怒！滔天的狂风巨瀑，倾泻吧，直到湮灭了下界的尖塔和塔顶的风标！充满硫黄的天火，滚滚天雷的先行，把你们的念头都付诸实施吧，让天雷劈开橡树，烧焦我的白头！你，摇撼万物的巨雷，来砸平这厚实滚圆的世界，砸碎那高高低低的坡，砸出所有造就了不知感恩之人的种子！"②如此，莎士比亚用极富想象力、张力被撑到极致的戏剧语言，在观众读者的想象中重现出狂风怒号、暴雨倾泻的荒原，感受白发苍苍的李尔向上天发出的悲愤呼喊。高高在上的天和卑微无助的人，形成了强烈对照。

---

① 《邓巴尔》中的弗洛伦斯与《李尔王》中的柯狄莉亚，出身完全不同：柯狄莉亚与两姐姐同父同母，但弗洛伦斯却是艾比盖尔和梅根的同父异母的妹妹，母亲凯瑟琳（邓巴尔一生最爱）早逝。这样的改写，一方面避开了"同一血统的三个女儿何以性情差异如此之大"的问题，另一方面，"换母"与莎士比亚不时流露的看重母亲品行的观念暗合：《李尔王》中李尔希望里根会高兴地接纳他时说："如果你竟不乐意（接纳我），那我就永不与你地下的母亲同坟，因为坟里葬着的女人犯了通奸。"（"If thou shouldst not be glad, / I would divorce me from thy mother's tomb, / Sepulchring an adultress." Shakespeare: *King Lear*, 2.2.319-321）在《暴风雨》中，当米兰达问普洛斯佩罗自己是否真是他女儿时，后者答道："你母亲品德良善，她说你是我的女儿。"（"Thy mother was a piece of virtue, and /She said thou wast my daughter." Shakespeare, *The Tempest*, 1.2.56-57）

② *King Lear* (Act 3, Scene 2, Lines 1-9)

第六章 《邓巴尔》重写《李尔王》

奥宾的《邓巴尔》也将悲剧主人公的逃亡之途置于英格兰北部湖区荒芜的丛山之间，但是，邓巴尔眼前的自然，不仅是他转身扭头是肉眼视域中看到的自然，更是他"如此富于联想"（how suggestible）的内心投射出的自然。这一点，小说的叙事方式展示得十分明显：在很多谈及自然景观的段落中，往往是以一两句描述自然的文字开头，立刻就关联或转到邓巴尔，转到了他的视线、他的感受、他的反思、他的计划、他的动作。例如在第 7 章的一个段落，起始句是"邓巴尔脚下的小径与一条在山岭间蜿蜒的溪流平行而进。湍急的溪水溅起水花，发出哗哗的声音，正好遮掩住了他焦虑中的喃喃自语声"①，接下来就是邓巴尔的动作和思绪了：他低头急急赶路，只看脚下，只管向前，伴随着艰难跋涉的是他脑海里涌现出的自己的毕生行为，等走上缓坡顶，他从高处俯瞰蜿蜒的溪流，想象中是手术刀切开了自己的身体，他想到自己的孤独，想到私人医生鲍勃与两个女儿对他的背叛。即使在似乎对应《李尔王》三幕 2 场"荒原、暴风雨"的第 11 章，湖区暴雨过后，泛黄的天上棕紫色的云片让邓巴尔想起母亲的龟壳梳，被暴雨浇透、在午后阳光下水滴闪烁的山坡，也让邓巴尔感觉自己的身体像一袋水泥一样被扔在了低洼湿地上。他感到饥饿，感到空无虚幻无助绝望，他想到公司和女儿，想到复仇和自杀，站在以为是悬崖的坡头，发现另一边只是一处缓坡，远远不够满足跳下去自杀的高度。第 7 章中，在湖区荒坡艰难跋涉的邓巴尔用仅剩的一点理智告诉自己，"要抛弃现在正包围着自己站立的这片地方的灾难性思绪"②，而第 11 章中的邓巴尔依然游走在理智与疯癫的边缘，他意识到，是"醒时梦"③ 裹住了他心想眼见的一切，他怎么才能从这个醒时梦中醒来？因此，邓巴尔眼中的自然，实际上是他心中的自然，因为"眼到之处，无论景色如何美丽，他

---

① Aubyn, *Dunbar*, Hogarth, 2017, p.77.
② 同上，p.82.
③ 醒时梦（waking dream）："白日梦"的译法可能更常见，但这样一来缺少了原文中"梦"与"醒"的对照。

都能用自己病态的思绪和挥之不去的恐惧将其污染"①，换句话说，这里的自然荒野，是邓巴尔的内心荒野"看见"的、是被他自己的思绪污染了的自然荒野。

在如此迥异的人—自然关系下，李尔和邓巴尔身处的悲剧境遇及最后的结局也完全不一样。荒原上的李尔是孤独的，但他身边依然不断有关心他爱护他帮助他的人，只是精神游移的他对此没有理智上的明确认知。从三幕2场到6场，傻子如影随形，始终用富有哲理的荒诞话语开导着李尔、忠臣肯特、亲生子埃德加（"可怜的汤姆"）、前大臣格洛斯特等人先后出场，以各自的方式帮助李尔安度自然和内心的暴风雨，从诅咒女儿，质疑天意（为什么要让白发老人受罪），为自己辩解（"我虽造孽，但受虐更甚"②），到最后关注到穷困卑微的底层人民，回归自己人的天性，实现了精神升华和自我救赎。作为对照，在湖区荒野艰难踟蹰的邓巴尔，经历的是精神上和现实中的双重孤独：眼前所见的一切都能勾引出他对自己的处境、过往及他人的怨恨愤怒，他在湖区的困顿经历中，身边没有一个可以依靠的人，他早早就扔下了肯定会误事的疗养院病友、前喜剧演员、酒鬼彼得，在被小女儿救走前，唯一碰上的是神智同样恍惚、体力同样不支的迷路隐士牧师菲尔德。他时刻需要在空无的荒野里面应对巨大孤独的挑战，他自问：为什么在最需要拍马奉承让他安心的时候偏偏一个人都没有？他感叹："身边要是能有个人，那就太好了，有个另外的人，或者像人们常说的，有个关系。"③他从未走出过对过去的后悔和愤怒，直到最后，在神秘中毒后气若游丝的小女儿身边，还在设计着要向两个女儿复仇，甚至不惜将自己的公司交给多年的竞争对手。他始终没有走出自己，没有对过往的悲剧和痛苦进行反思，没有从中吸取教训，精神没有升华，灵魂未得救赎。因此，《邓巴尔》的悲剧震撼力显然无法与莎

---

① Aubyn, *Dunbar*, Hogarth, 2017, p.84.
② *King Lear* (Act 3, Scene 2, Lines 14-24/58-59)
③ Aubyn, *Dunbar*, Hogarth, 2017, p.83.

士比亚的《李尔王》相提并论。

　　由于大部分当代经典重写（特别是小说重写）的本质是经典大众化，其叙事手法自然需要以贴近大众接受习惯为导向，大众接受度很高的奥宾深谙其道，《邓巴尔》的叙事框架、节奏和技巧凸显大众文学特征是水到渠成之事。从情节结构看，小说基本追随了惊悚悬疑叙事的套路和节奏，一番前情和人物铺垫（第1—4章）之后，邓巴尔开始了湖区逃亡之路，第5—11章的叙述在追杀和逃亡之间交替，其间掺杂着邓巴尔大段大段的思绪回闪；篇幅超长达30页的第12章是一个节奏转折点，此前的单线进展变成了多线并进，短篇幅的叙事段落之间每每以空行分隔，"镜头"从正设计背叛两姐妹的鲍勃医生跳到在荒野中苏醒的邓巴尔，随即跳到弗洛伦斯梦见父亲冻死在寒冷的荒野，又闪回到两个杀手之间的矛盾冲突，接着是威尔逊律师（对应《李尔王》中的忠心臣下肯特）为拯救邓巴尔做努力，随后是大女儿艾比盖尔派直升机去湖区搜寻邓巴尔，彼得（邓巴尔在疗养院的病友、神志恍惚的酒鬼、前喜剧演员）受虐后自杀，弗洛伦斯也动用了直升机亲自去湖区寻找父亲，又经过几次情节转换后终于抢在两个姐姐之前发现并救走父亲。从此，小说叙事进入多线并进、来回跳动的模式，而这一系列让人眼花缭乱的情节跳动，完全是惊悚文学（小说、电影）叙事节奏的典范。

　　叙事节奏之外，《邓巴尔》的情节内容也体现着大众文学的特征，虽然小说围绕邓巴尔托拉斯的家族纷争，有大量的金融、商业、公司、市场、竞争等内容的描写，奥宾在"致谢"中也对帮助提供金融专业知识的友人表示感谢，但真正推动情节发展的，依然是滥性、暴力、追杀、谋害一类的细节。《李尔王》并未着力展现的一些人物行为和情节，在小说中被明显放大铺陈：艾比盖尔和梅根与家庭医生鲍勃之间分别及共同的滥性（第2章），梅根与杀手J的滥性、在滥性的同时还在设计对付弗洛伦斯的阴谋，甚至边到高潮边考虑如何除掉J（第14章）。暴力场景也充斥于情节各处：暴力性戏、艾比盖尔与梅根对精神病患者彼得强灌烈酒并对其百般羞辱（第8章），为赶时间驱车去湖区追杀邓巴尔，恶意撞击并碾轧被赶下车的司机乔治（第12章），杀手凯文与J之间的血腥斗殴导致杀手凯文被反杀（第17章），等等。所有这些暴力场面，无一不是好莱坞风格的改编原材料。至于两个女儿伙同医生鲍勃在邓巴尔的每日用药里下毒，弗洛伦斯在纽约中央公园陪邓巴尔散步时颈部被神秘毒刺刺中（到小说结尾都没有明确的线索指向射毒者），从第5章邓巴尔出逃疗养院开始的女儿雇凶追杀、杀手夜探湖区谷仓，到双方动用直升机湖区寻踪，每一段情节都是好莱坞动作片的节奏和模式，小说情节的确扣人心弦，从第12章的大转折开始让人有不一口气读到结束无法释卷的紧迫感。但是，也正因为各种动作撑满了情节，悬念引导着情节，小说没有为情感、精神和思考留下足够的空间和时间，小说人物也好，小说读者也好，都无法对这一场悲剧做深刻的思考与领悟，正如恩格尔虽然尖刻但不无道理地将《邓巴尔》归于"廉价的现代惊悚作品"①。小说结尾，奥宾让律师威尔逊对邓巴尔的悲剧说做了一段颇有哲理的结语："我们都会变成尘土，但这样的认识理解不会被摧毁，也不能被摧毁，只要有人站着活下来，愿意讲真话。"②尽管这段话里多少可以听出《哈姆雷特》的悲剧主人公对其好友霍拉旭的"遗言"（"请你在这艰难时日，即使要用痛苦的话语，也要把我的故事叙说于世"）及他自己的最后一句台词"剩下的全归于静寂"③，但缺少了此前哈姆雷特的所有思考与行为，这样的"遗言"无疑会显得空洞苍白，人为的痕迹十分明显。评论家穆雷对《邓巴尔》的结尾颇感失望，认为它未能达到屠格涅夫《草原上的李尔》结尾的悲剧深度④，而另一位评论家奥尔姆斯泰德也指出，

---

① Francisco Unger, "Still Learning: Review of Edward St. Aubyn's Dunbar", *Salmagundi*, Saratoga Springs, US: Skidmore College, 2018, pp.109-115 (110)

② Aubyn, *Dunbar*, Hogarth, 2017, p.244.

③ Hamlet, "And in this harsh world draw thy breath in pain / To tell my story" (Act 5, Scene 2, Lines 353-354), "The rest is silence" (Act 5, Scene 2, Line 363)

④ Douglas Murray, "Dark Visionary: Edward St. Aubyn demonstrates the ongoing relevance of the novel", *National Review*, 2018(3), 32-33 (33).《草原上的李尔》（萧珊译，上海文艺出版社2011年版）是屠格涅夫发表于1870年的一部中篇小说，故事主人公庄园主哈尔洛夫把田庄分给了两个女儿后遭遗弃，愤怒之下攀上农舍，拆掉了屋顶，最后屋墙倒塌，哈尔洛夫被倾倒的大梁击压身亡。

虽然奥宾将《李尔王》中的罪恶与我们当代生活关联了起来,使这个悲剧具有了当下意义,但是,"他也把我们与莎士比亚这部戏核心信息所传达的真正的恐怖隔离开来,而这正是我们需要努力理解,以免暴政将我们完全吞噬"①。

其实,小说重写戏剧还有一重挑战,即叙事方式。在一定语境下,文学作品的样式和叙事方式会在很大程度上影响作品张力的投射,作品意义和价值的传递,以及作品对接受者的震撼。在这一点上,戏剧和小说就有着相当明显的差别:戏剧是以模仿生活的原则在观众集体参与的语境下"演"出来的,世界和舞台之间即使在现代封闭式的剧院里,依然存在着模糊地带,在一定程度上允许甚至邀请观众走进剧情进行体验,至少可以旁观,但小说不同,无论小说中有多少个及多少层次的"叙事声音",他们的背后总有一个"终极叙事者",即作者。有些作者会尽最大努力把自己隐藏起来,更多地描述事件、人物及他们的声音和动作,给读者以一定的想象自由度和空间,与作品产生交流互动,并作出自己的判断和阐释,换句话说,就是让人物自己说话做事,而将自己的设计隐含在人物话语及行动中,让读者有发挥空间;但也有作者自赋全知角色,将作品的叙事内容和进程牢牢掌握在自己手中,借助这样的"作者霸权"规定着读者接收信息处理信息的范围,而很少将独立阐释之权赋予接受者。从《邓巴尔》的叙事方式看,奥宾在大部分篇章里行使的正是这样的"作者霸权":托付公司、被送病院、父女不和、小女决裂等前情,当下人物的所见所思所行,绝大部分以第三人称长短不一的回忆文字告诉读者,而且多为间接引语。这就不可避免地造成这样的效果:读者最终会意识到,作为接受者的我们所见所思以及对故事情节的情绪反应,实际上都是奥宾事先规定好的,奥宾视角和声音主宰了整个小说叙事,将自己的叙事和认知强加于读者,而读者只需要接受,不必也不可能进行互动。因此,《邓巴尔》的悲剧震撼力无法与《李尔王》比肩。

---

① Gracy Olmstead, "Less Than He Seems", *Modern Age Journal*, 2018, pp.71-74 (74)

从本质上说，当代重写经典是一柄双刃剑：一方面，重写可以借对经典的"蹭热度"，至少激发读者和评论的好奇心，具有一定成功度的重写还能些许拓展重写者的大众文化市场份额，当然也包括让经典"换一件马甲"在当代继续发挥着影响和作用，延续其经典的生命；但另一方面，任何重写都不得不被放在"原著"一边，接受"忠实度"检测，检测内容不仅是情节人物等"硬指标"，更包括意义、主题、话题、风格、语言、重写策略等"软指标"。尽管在一定意义上，后来的重写者及其作品很难撼动莎士比亚作为重写典范的地位，但莎士比亚之后众多的重写相互之间依然可以在与莎氏原作距离的远近上较量一番，在读者接受度和评论—学术界接受度两方面分出高下。毋庸置疑，这样的检测对经典重写策略、经典传承及经典—大众文学关系研究都具有一定的意义。奥宾重写《李尔王》，同样不得不在上述的两难考虑之间做出各种抉择和舍弃，但无论如何，奥宾这部通篇充斥的背叛情节、将细致深刻的内心—自然感应描画置于好莱坞式的悬疑惊悚框架中的《邓巴尔》，依然为当代莎士比亚乃至经典重写提供了一个颇有文学和学术价值的案例。

第七章

《麦克白》重写《麦克白》

第七章 《麦克白》重写《麦克白》

第1节 莎剧与当代犯罪小说的悲剧"共谋"

霍加斯出版社的当代莎士比亚重写系列中,有一位受邀作家颇为另类,即有着"北欧犯罪小说天王"之称的挪威作家尤·奈斯博①,他创作的作品常年成为挪威图书排行榜的冠军畅销书,据说在挪威的图书馆书籍借阅率排行中,奈斯博的作品始终会占据前 20 名中的 5 本,即至少四分之一。因此,他被译成英语的挪威语小说《麦克白》(2018)②自诞生之前就广受书迷期盼并瞩目,成为该系列中无可争议的畅销小说,也必然成为莎剧衍生研究的重要关注。

奈斯博将莎翁伟大悲剧之一的《麦克白》设置在 20 世纪 70 年代的苏格兰,保留了悲剧主人公的原有国籍,让麦克白在故事之初担任都城反恐特警组(SWAT)的组长,在其缉毒工作中出生入死,致力于打击犯罪集团,肃清地方政府的腐败,是当时警察局局长邓肯的得力手下。然而当地的黑势力

---

① Jo Nesbø (1960—)获得过北欧所有的犯罪小说大奖,包括玻璃钥匙、挪威最佳犯罪小说、书店业者大奖等,也曾获英国的"国际匕首奖"和美国的"爱伦坡奖"提名。

② 英译者 Don Bartlett。

头目赫卡特（Hecate）①设计要除掉邓肯，步步为营地通过人性欲望和心理执念，在毒品"精酿"的推波助澜下，让麦克白成了黑势力的帮凶。和莎剧中的三位预言麦克白命运的女巫相呼应，小说中赫卡特也派了三个女人对麦克白进行了预言式的心理暗示，告知他会被任命为"组织犯罪科"科长，而后成为警察局局长。小说中对位于麦克白夫人的是当地赌场的女巨头"夫人"（Lady），她与麦克白并非真正意义上的合法夫妻，但是两人长期同居，女方强势而颇有手腕，在麦克白的邪恶晋升之路上一直出谋划策，正是她鼓动并激励麦克白杀害了邓肯，夺取了权力。奈斯博当然不会局限在原有的莎剧情节中，他在小说中增加了各种悬念、犯罪惊悚元素，以及渲染戏剧张力的各种副线情节，把这部在莎士比亚39部戏剧作品中篇幅最短的悲剧扩展为近500页容量的小说，也由此引发了诸多争议。

以牙还牙、血债血还的悲剧情节发生在颓败、阴郁、潮湿的苏格兰某个工业城镇，与莎剧中苍茫、阴沉的麦克白城堡具有异曲同工之妙。警察局局长邓肯的理想主义激情显然与环境格格不入，这与古代的苏格兰国王前身有一定差异，不过两人都受民众爱戴和尊崇。不过大毒枭赫卡特显然是小说中新增添的社会黑势力，他在警界上下安插的各种眼线和暗探为小说加持了不少悬念和意外。此外，被权欲驱使不断步入犯罪深渊的麦克白，他在犯罪之前的心理成因，前尘往事，以及吸食毒品之后的癫狂偏执，在性爱和人际关系上的乖戾变态等，都更适于犯罪小说题材。在奈斯博的《麦克白》出版之后，作品被业界评价为："此书不同于他惯常创作的神秘小说，毕竟人人都知道故事的结局。"②

这种人人都知道故事结局的创作，必然迫使作家要在犯罪小说这一体裁

---

① 赫卡特（Hacate）的名字出现在莎剧《麦克白》二幕1场麦克白的著名独白中。麦克白在弑君之前看见了自己幻觉中的杀人匕首，"女巫正在向暗夜女神赫卡特献祭"（witchcraft celebrates / Pale Hecate's offerings"，2.1.51-52），赫卡特是罗马神话中的暗夜女神。本篇《麦克白》引文行号均根据 The Arden Shakespeare: Macbeth（K. Muir ed., 2005）版，译文均为自译。

② "'This Guy Had Really Done A Great Job Before I Started': Jo Nesbo's 'Macbeth'", Weekend Edition Saturday, 2018(4)

中付出超乎寻常的努力，委实挑战巨大。奈斯博在访谈中坦言自己最初对霍加斯出版社的邀约是排斥的，因为《麦克白》的重写打破了他原创至上的写作原则，故事的谜团和悬疑不再是探究谁是凶手，而是麦克白自身，究竟是什么在驱使着他？为何英雄变成了罪人和凶手？不过，奈斯博最终接受挑战，原因除了这部莎剧是他人生中阅读的第一部经典剧作外，也在于他对于解开一个英雄沦为罪人的谜团充满了兴趣，或者说，这也是莎剧《麦克白》超越时空的悬疑和魅力之一。

莎士比亚在剧中的格言名句长久占据人们的内心，那些隽永的诗行，生存的喟叹，已然在作品之外有了恒久的生命。为了摆脱这一重文字的影响焦虑，奈斯博的第一步尝试就是抛却原剧台词，尤其是格言名句的文学束缚，以犯罪小说侧重情节和悬念为主。在同一个访谈中，奈斯博甚至直率地认为《麦克白》在故事架构上"并不完美，存在缺陷，而也许这也是该剧如此迷人的原因之一，它并不真的合乎情理，例如三个女巫和那些预言"[①]。

也许正是这个所谓的缺陷突破口，让奈斯博看到了情节走向和安排上可以放入较多原创内容的可能。从某种隐喻视角看，女巫预言的超自然神谕力量，特别是置于犯罪小说的架构下，成了作家擅长的共谋设计。三个古怪女人的预言也成为赫卡特阴谋排线的一个关键步骤，是贩毒谋权棋局中的一步棋。于是，这一当代小说的莎剧重写，成了以动机和内心反思为线索的某种悲剧共谋，所有的因素和关系最终促成了事件的发生，推动了人物的决断和实际行为。同时，莎剧中超自然力量控制个人命运的公案，其中的神性和神秘被彻底解构：原来一切都是人为，是个体基于欲求的选择。神谕转变为明码标价的交易，而交易需要双方达成共谋，麦克白为了获得大毒枭赫卡特承诺的报偿，在权欲和理想的撕扯中沦为罪恶之人。因而作家聚焦的心理逻辑揭示，既是他对这一莎士比亚悲剧的深入诠释和解读，又是他在创作上的新

---

① "'This Guy Had Really Done A Great Job Before I Started': Jo Nesbo's 'Macbeth'", *Weekend Edition Saturday*, 2018(4)

鲜尝试。因此人们可以想见，随着时代和文化的更迭，有过金融从业、音乐创作及演绎、长期犯罪小说创作等丰富经历的奈斯博，必然会给人们呈现一个不同的麦克白。

犯罪小说与经典文学的交融共谋

犯罪小说一般被认为属于通俗文学范畴，"自19世纪开始就在通俗文学中占据重要地位，但是关于谋杀、混乱、伤害等故事，传统意义上被视为仅仅是娱乐消遣"①，然而在近几十年的文学研究中，犯罪小说被越来越多的学者关注，其阅读也日益超出了仅限于对故事的关注；同样，在莎士比亚研究领域，莎剧研究和犯罪学之间互为影响的关联也不断被探讨。其中《麦克白》更是被视为分析犯罪的典型案例，其中的谋杀、疯癫、性别危机等，都是犯罪学研究的重要元素。不少研究者认为，犯罪学的理论视角可以很大程度上帮助人们进一步理解《麦克白》，而莎剧的犯罪情节又为犯罪心理等提供了生动的细节。在众多的犯罪小说创作中，作家对于犯罪、犯罪动机、法律的束缚和漏洞、社会弊端、体制腐败等，都必然有系统性的了解和钻研，甚至是科学理性角度的现代性思索。相比之下，莎剧《麦克白》中更为基本的人性探究，典型的悲剧性英雄堕落情节，本质上触及了犯罪学中最核心的质询："谁是罪魁祸首，是个人，还是社会？"② 同样，优秀的犯罪小说必然不能回避这样的质询。

依然是从这个核心质询出发，莎剧的经典恒久价值就在于，《麦克白》所能揭示的答案复杂多重，无论在性别差异、心理成因、体制结构、行政执法等角度，个人和社会之间既有相互依存关系，又能交织出无数棱面和冲突，

---

① Elena Avanzas Alvarez, "Criminal Readings: The Transformative and Instructive Power of Crime Fiction", *Journal of Comparative Literature and Aesthetics*, vol. 42, no. 3, 2019, p.142.

② Jeffrey R. Wilson, "MACBETH AND CRIMINOLOGY." *College Literature*, vol. 46, no. 2, 2019, p.454.

碰撞出潜在的张力，而麦克白的堕落近乎成为犯罪故事的模板。

根据威尔逊（Wilson）的梳理，莎剧《麦克白》从时间发展、方式方法、论据观点上揭示了不断发展的犯罪学流派，经典学派的犯罪成因和预防理论，脱胎于启蒙运动的理性主义思考，即将犯罪视为一种选择：个体在对僭越法律所带来的风险和报偿之间进行权衡，最终有了行为选择；此后经典学派被19世纪的生物学流派取而代之，提出犯罪是一种生物现象，而这种对于犯罪天性的表述自然在20世纪被批判纠错，由此又有两个新的学派出现了，一个是犯罪心理学派，受到弗洛伊德及其后来者的心理研究的影响和启示，将犯罪视为某种心理进程的结果；另一个就是社会学派，它侧重犯罪的文化根源，而非天性或心理的成因。当今的犯罪学研究则更多从这四大流派的综合与交融中强调犯罪的生物性、社会性、心理性成因。莎剧《麦克白》虽然诞生于几百年前，却能随着时间的进程和诠释的不断丰富，揭示出人们对犯罪不断深入的了解；同样，优秀的犯罪小说必然再现了多重、复杂的犯罪因素，突出超越个体选择的外部成因，并渲染个人内在的犯罪心理，在思想、文化、心理、生物学等交叉错综的关系中，呈现真实。因此，奈斯博以犯罪小说形式重写《麦克白》，同样揭示了莎士比亚悲剧和现代犯罪之间具有理念上的密切关联，两部不同文类的作品都在竭力探讨"谁是罪魁祸首？"这一本质问题。

如果说犯罪小说具备固有的文类特征，无论是作家还是读者都会在相对固定、模式化的结构框架中对待故事的发展，由此揭示、观察、反思人性的黑暗，那么奈斯博对于莎剧经典的创造性重写和挪用（appropriation），其最大的挑战就是：如何在犯罪故事的走向这一悬念基本消解的前提下，让传统的"读者—探"身份不失其趣味性和重要性，让悬疑或问题的探索不减其震撼和感染力？

莎剧的线性时间的有序展现，将麦克白的犯罪过程巨细揭示，戏剧体裁对行为过程的生动表演，与"二战"之后犯罪小说对罪恶发生发展过程的侧重描述相呼应，也是一种受众感受上的重要影响。正如阿尔瓦雷茨所概述的：

"过程性犯罪小说,正如这一名称所表征的,就是通过线索解开犯罪案件,这些线索通过受众的阅读,或观看这一作品得到系统揭示。"① 这一解释与莎士比亚的戏剧展现不谋而合,而阅读奈斯博重写作品的读者虽然得知结局,但如果解开线索的过程得以创新、丰富、渲染,尤其是奈斯博擅长在犯罪过程中埋入新的线索和解谜构思,并以他之前的一系列作品获得了书迷的认同,甚至是信赖和期待,读者们早已主动进入了某种共谋的阅读模式,只是这次共谋是莎剧、小说、阅读反应等诸多因素的共振过程。于是,莎剧中的犯罪被置于不同的法律、社会、文化、道德语境中重复,有了新的创造构成,这一重复本质上对伦理、心理、性别、阶层标准进行了质疑和推敲,尽管主谋罪犯麦克白和麦克白夫人不变,犯罪的背景、动机,它所破坏的系统等,因为置换而引发的伦理、性别等思索就会不同,即历史、社会的语境差异造成了经典和重写的某种共谋性的对话与启示,甚至一部分读者会在过程的推演中产生复杂的共情和反思。尤其当奈斯博将几位主角的内心独白和犯罪前因及心理情结细致描述,将事业追求、个人命运的挫败和创伤记忆交织其中,并且因为传媒渠道、法律制裁、行政程序、辩论思维、认知心理学的发展,受众们对麦克白的悲剧诠释日益复调矛盾,这让奈斯博对本质上搁置主创道德伦理判断的莎剧就更利用得如鱼得水、得心应手。假如阿尔瓦雷茨所言"犯罪叙事成了21世纪最畅销、最受喜爱的故事类型之一"② 确实可信,那么读者阅读参与度极高的这一小说体裁,特别是奈斯博现实中确有大批喜爱他达到了"盲从"程度的书迷,哪怕这一数量庞大的读者群令严肃学者头疼和质疑,小说《麦克白》对于推动莎剧经典的接受和认知,对于读者个人可持续的经典影响,也必然是前所未有的。莎剧的主角麦克白及其夫人,他们的前生后世,更是在多重维度上得到了延展。

---

① Elena Avanzas Alvarez, "Criminal Readings: The Transformative and Instructive Power of Crime Fiction", *Journal of Comparative Literature and Aesthetics*, vol. 42, no. 3, 2019, pp.143-144.

② Elena Avanzas Alvarez, "Criminal Readings: The Transformative and Instructive Power of Crime Fiction", *Journal of Comparative Literature and Aesthetics*, vol. 42, no. 3, 2019, p.150.

第七章 《麦克白》重写《麦克白》

莎士比亚在《麦克白》的一幕一景中用短短十几行确立了超自然场景，以三个女巫的齐声高喊"美即丑，丑即美"①揭示了一个阴郁的，即将被罪恶和欲望颠覆的故事空间。此后麦克白以平乱叛贼的凯旋英雄形象登场，他骁勇善战的特征直入人心，男性气质的显著，对三女巫的命运预言的接受和质疑，以及此后麦克白夫人的出现会形成观剧上的心理张力和悬念感。奈斯博也在小说伊始立即确立故事发生的时空，以"闪烁的雨滴自天而降，穿过黑暗，落向灯影浮动的港口"开篇，阴郁的苏格兰小城景象跃入眼帘，寒冷的西北风令读者联想到莎剧中苏格兰荒原的寒风呼啸。这相近的基调让等待故事和人物的受众早已做好了见证悲剧的心理准备。对于奈斯博，其作品"在伦敦每23秒就售出一本"②，他深知读者在期待什么，麦克白必须像他其他小说中的主人公，诸如哈利·霍尔系列（Harry Hole Series）中的一样，多面复杂，一方面深情款款，果敢坚强，另一方面受到童年创伤和原生家庭的心理影响，被欲望和爱情驱使，一步步走入罪恶深渊。这样的人物不似莎剧中的横空出世，除了心理成因和社会角色等复杂犯罪动机，这位堕落主角在奈斯博犯罪小说的王国中，在读者的心目中，有着动态、可信、容易被认知的特征，适合于那个虚构世界。因此，小说对于莎剧的场景沿用，甚至是基于原故事空间的氛围营造，是一种认同和呼应的犯罪空间确立，麦克白的因弗尼斯城堡对位于"夫人"一手经营的小城赌场"因弗尼斯"，莎剧中移动的博南森林对位于堪称城市历史象征的巨大火车头"博南"，风雨沧桑的古代苏格兰则成为遍布黑社会组织、毒贩、瘾君子、街头流浪者、腐败行政机构的城市，而这些场景的对位式确立，或者跨时空的置换挪用，让奈斯博建立了一个犯罪场域，或者也可以称作实验场所，以经典作品所确定的犯罪结局和走向，来达成不同寻常的探索和震撼。

---

① *Macbeth* (Act 1, Scene 1, Line 11)

② Alice. O'Keeffe, "Phantom: in a six-page special. The Bookseller interviews key authors with books out next spring. First, Jo Nesbo", *The Bookseller*, no. 5508, 2011(12), p.25.

《麦克白》之所以成为莎翁最重要的悲剧之一，原本正面积极的英雄主人公在人性上的彻底堕落，尤其是其中的心理成因，欲望驱使，以及两性关系上的错综互动，其哲学、社会学、艺术的意义深刻而博大。龙勃罗梭①在其《犯罪女性》（1893）中，就以莎翁笔下的麦克白夫人为典型案例，提出女性犯罪者在"生物学和心理学特征上类似于男性"②，其中麦克白夫人在得知麦克白凯旋晋升、三女巫预言、邓肯即将光临城堡庆贺的信件后，她的一段心理独白成为犯罪研究关注的重点：

> 来吧，你们这些幽灵
> 总想着杀人取命，来，去掉我女人的天性
> 把最残酷的念头
> 填满了我，从头顶到脚跟。③

这段独白中的 unsex 在此后的性别研究和犯罪心理研究上引发了各种争议，而龙勃罗梭此处的观点也被威尔逊诟病为"在男性暴力和犯罪的男权文化下滋生的退化的观点"④。

诚然，莎剧文本在无数人的诠释中恰恰显现出经得住时间考验的文学潜能，麦克白和麦克白夫人的两性关系，在一系列犯罪事件的谋划、实施、反应中，不断质疑并解构着这段独白中的决绝，其中性别差异下的心理动机，可以被视为莎士比亚嵌入这部悲剧的矛盾核心之一，也是奈斯博竭力在重写中进行阐释和细节补充的重点。因此，莎士比亚在舞台上渲染麦克白和麦克

---

① Cesare Lombroso（1835—1909），19世纪意大利人类学家、法学家、犯罪学家。

② 转引自 Jeffrey R. Wilson, "MACBETH AND CRIMINOLOGY", *College Literature*, vol. 46, no. 2, 2019, p.456。

③ "Come, you spirits / That tend on mortal thoughts, unsex me here, / And fill me from the crown to the toe topful / Of direst cruelty!" (*Macbeth*, Act 1, Scene 5, Lines 38-41)

④ Jeffrey R. Wilson, "MACBETH AND CRIMINOLOGY", *College Literature*, vol. 46, no. 2, 2019, p.458。

白夫人经历犯罪的过程和思想、情绪表达，让舞台表演的复调诠释来丰富人物的内在心理，而奈斯博则通过小说叙述将几个主要人物犯罪的前因后果更具体、综合地揭示。无论是莎剧，还是小说，心理因素的解读必然都会推翻龙勃罗梭的性别置换论调，而更加开放地强调犯罪心理的流动性、含混性，以及不确定性。有意思的是，这种心理因素的揭示也对应了当下人们普遍接受的性别流动性。

小说中麦克白夫人（她并未在法律上和麦克白缔结婚姻）被大家尊称为"夫人"，她样貌迷人性感，性格果敢，足智多谋，"没有人知道夫人的年龄，不过肯定是比33岁的麦克白要年长不少"①，因而麦克白的各种举动和发言时时被毒枭赫卡特以及其他人认为是受到了夫人的操控和摆布，而且周围人们也承认"（他们的）真爱超越了一切"②。麦克白和夫人的爱情，彼此之间的羁绊，分别源于两人不同的心理创伤和相互抚慰和弥合的需求，他们的性别异同是流动的而非二元对立的男女差异，这是当代小说家在其两性观念有了巨大发展的文化语境中对莎剧中两性关系的某种解读。例如，小说中麦克白结束了一段精彩的公众发言后，德夫和警署同事伦诺克斯谈论起这段发言必然是夫人授意，甚至道出了这番见解："女性理解内心并知道如何表达心声，因为内心就是我们体内的女性。即便大脑更为庞大，说得更多，也相信丈夫把控大局，但是悄悄做决定的是内心。"③这种完整个体中大脑和内心的互补依存，已然不同于个体之间性别差异的对立。而且，奈斯博在麦克白和夫人这对爱人关系之外，还增加了班柯和妻子维拉的恩爱夫妻生活，德夫（麦克德夫）和女警官凯斯内丝（Caithness）的婚外恋隐情，以此在莎士比亚的性别质疑创作之上，进一步消解传统的男女泾渭分明的特征。

麦克白性别心理的社会生物属性，建功立业把握强权的欲望，同样表现

---

① Nesbo, *Macbeth*, Hogarth, 2018, p.42.
② 同①。
③ 同①, p.146.

在夫人对赌场经营的规划和公司秩序建构上，这是作家对两性社会属性界限的模糊化处理；这两个犯罪男女在权力追寻欲望上的不满足，都有其早年经历的心理创伤因素，这是莎剧篇幅内没有涉及的部分和留白；此外，毒品成瘾性对于个体身心的控制也是犯罪的重要促因。他们对权力的贪欲、被毒瘾的驱使，与学者分析莎剧时所揭示的个人在犯罪动机上的生物本性有一定程度的共鸣。

犯罪动机的社会环境因素也是人们在审视和分析人物时不可忽视的部分。小说中，前警察局局长肯尼斯留下的这个机构腐败丛生、企业破产无数、犯罪和混乱不断，让继任者邓肯有从根子上治理、净化社会风气的宏大愿望，与赫卡特代表的黑势力形成了鲜明对比，后者一针见血地看到了资本主义机制中财富积累的本质动力，这种"纯粹和直白"的资本利益最大化让制毒贩毒者成了社会支柱，而非邓肯式的理想主义者。因此，邓肯的治理和理想必然是反本性的，难以维系的，也是犯罪者竭力要破坏的。同样地，莎剧中11世纪的苏格兰社会，其贵族统治的强权和话语权，早期选举形式的萌芽等，已经不同于以长子继承权为核心的世袭君主制，这让在权力阶梯上不断攀爬的麦克白，从合法正道的、艰辛的努力中瞥到了近道甚至是歧途的诱惑力。邓肯在决定王位继承人时，口口声声列出"子嗣、亲属、领主"①的远近排位，并将继承人指定为长子玛尔康，这让麦克白心生不满，甚至有了尽早企及至高权力的迫切心。同样，小说中麦克白取代警察局副局长玛尔康当上第一把手的可能，也并非非分之想。因此戏剧和小说中的社会语境，其体制上的犯罪滋生可能，都推动了悲剧的进程。

如果莎剧中三个女巫被一些学者诠释为麦克白欲望的象征化或拟人化，或是具有超自然的宿命特征，那么小说中赫卡特派出的三个怪异女人（其中一人非男非女）就是欲望的钓饵和助推器，更多人为的设计。无论动机的内

---

① "Sons, Kinsmen, Thanes" (*Macbeth*, Act 1, Scene 4, Line 35)

化还是外化，超自然还是人为，尤其是麦克白夫人最后关键性地推动、鼓励、教唆、参与，犯罪事态的发生、发展进入了不可逆转、覆水难收的境地，动机一旦变为行动，伦理道德在心理上的强烈拉锯必然产生，"永无睡眠"（"sleep no more"）的表征交响共鸣。其中环环相扣的犯罪和心理坍塌，有着相互依存、影响、交织的关系，个体在环境和体制中的行为，在跨时空的原作和小说的关联中，形成一种文学"共谋"，彼此互为社会、个体、文化、历史的产物，不可孤立隔绝。戏剧体裁的悲剧以因果内在逻辑为核心，而犯罪小说探究和揭示的亦是潜在的因果关系，其畅销性更多在于悬疑的确立以及对读者好奇的激发。

悬疑构思和心理走向

莎剧《麦克白》在架构和叙事上遵循舞台的线性时间，聚焦主线人物的命运发展，而奈斯博的当代小说创作在体裁上可以有更复杂庞大的架构，时间上的各种闪回是现代主义作品擅长的手法，而围绕麦克白夫妇的其他人物的命运走向则将叙事交织得更加错综复杂，这也在一定程度上嵌入了更多悬疑点：麦克白对班柯这种亦父亦友的关系如何步入悲剧终结？赫卡特这一取代超自然神力的大毒枭如何合理退场？德夫和麦克白昔日孤儿院中的创伤经历如何影响了两人日后的关系？究竟哪些人物是赫卡特埋入警方的眼线？负责新闻报道的凯特（Kite）会怎样利用媒体传播影响？市长和私生子的介入又如何推动复杂剧情的最终走向？而其中麦克白犯罪现实的揭示，其犯罪线索和证据的一一解析、推理和发现，都是一处处设计精巧的悬疑破解。

当然，其中最聚合互文性的处理则是莎剧研究中一直有争议的麦克白夫人的生育和这对夫妇的子嗣问题，原剧中有好几处提及孩子的伏笔，莎士比亚引而不发，成为疑点重重的谜团。例如，麦克白夫人在鼓动麦克白拿出弑君的勇气时，令人惊愕地提及：

> 我也曾喂过奶，我体会过
> 对吃奶婴儿那份温柔的爱，
> 但哪怕他正冲我开颜微笑，
> 我定会从他嘴里拔出奶头，
> 把他砸到地上，脑浆迸裂，
> 如果我曾发誓去做……①

对此，麦克白感叹"看来你只能生出男孩；你这样坚定不移的性格能生的只有男孩了"②，他臣服地认可妻子的果敢坚毅，并提及了女性生育天职，但是他对此前妻子惨绝人寰的哺乳假设的回应，在话语逻辑和情感逻辑上颇为跳脱。

在当下的莎剧解读中，人们自然受到当代心理学和心理分析的影响，人物心理病态的表征，情感障碍等也不断得以揭示，因而在犯罪小说中，奈斯博必然会对其中各个人物个性、情感、选择的心理起因、发生、发展的走向进行丰富和补充。重剂量毒品"精酿"对于个体幻觉和癫狂的促发更是将这种精神障碍推至极致，而精酿一词所对应的 brew 又巧妙地源自原剧中三女巫在大锅中将来自各种动植物的混合原料炮制成迷幻剂一幕，其中有着共谋式的呼应。小说中麦克白看到班柯鬼魂的幻觉由毒品"精酿"导致，而莎剧中的班柯和麦克白遇到三女巫后所言"难道说我们吃下了让人疯癫的根茎，把理智关进了牢笼？"③更令人认识到小说中毒品元素的运用有着巧妙的互文回

---

① "I have given suck, and know / How tender'tis to love the babe that milks me: / I would, while it was smiling in my face,/ Have pluck'd my nipple from his boneless gums, / And dash'd the brains out, / Had I so sworn …" (*Macbeth*, Act 1, Scene 7, Lines 54-59)

② "Bring forth men-children only; / For thy undaunted mettle should compose / Nothing but males." (*Macbeth*, Act 1, Scene 7, Lines 72-74)

③ "Or have we eaten on the insane root / That takes the reason prisoner?" (*Macbeth*, Act 1, Scene 3, Lines 85-86)

应。麦克白夫人从起初的足智多谋、果断冷静,到弑君后逐渐恍惚、呓语、梦游,直至病亡,这一过程中犯罪压力下的精神疾患表征一直是精神分析批评的经典案例。于是奈斯博巧妙地让原剧中惊慌失措的太医在小说中成为赫卡特安插在对方阵营的眼线,通过心理医生的催眠诊疗套取了夫人的创伤往事,以此作为赫卡特压垮夫人心理防线的制胜手段。

心理医生的角色也自然地引出了读者对于犯罪前在心理因素的关注。夫人曾经不堪的往昔,难以启齿的耻辱,身心的双重伤害,造就了她乖戾的个性。小说将莎剧中那一句充满疑惑的、将婴孩拔出乳头砸死的表述予以因果逻辑的延展,让最终心病缠身、精神恍惚、濒死的夫人抱着一个死婴不放,麦克白明白这死婴就是夫人竭力修补身心的象征,但是直到小说接近尾声,经由心理医生的催眠治疗,读者才明白夫人曾经在 13 岁时被生父强奸并生下一个女婴,此后离开了噩梦般的家庭。我们从小说中夫人催眠状态下对医生的陈述,震惊地得知她在走投无路之下,给襁褓中的女婴哺乳,而后在孩子沉睡着,幸福地朝着她微笑之际,将她砸向墙壁弄死。诚然,非自然死亡的婴儿是研究莎剧《麦克白》潜文本的一个重要关注,又有学者将麦克白夫人的梦游症解读为曾经经历过产后抑郁的后遗症(Couche),将麦克白的恍惚惊慌状态归于现代社会被大众接受的 PTSD(创伤后应激障碍症)(Barnes),这些心理病症的揭示,则在小说的多个人物中有所表现。例如,麦克白在孤儿院里长大,被人面兽心的老师劳瑞性虐凌辱,而当时的伙伴德夫帮他杀死了老师,并隐秘地逃过了法律制裁,若非如此,少年麦克白或许已经在耻辱中自尽。绝望中麦克白沉溺于毒品,直到被班柯夫妇接纳和照顾。成年后,麦克白在班柯眼里不仅是挚友和同事,"也像儿子,班柯爱他就像对弗里安斯一般视如己出"①。

小说中麦克白和夫人都因为往事而内心充满了黑洞,而毒品后来也成了

---

① Nesbo, *Macbeth*, Hogarth, 2018, p.41.

他们最快速、简便的安抚剂。尽管麦克白从夫人那里感知到"内心能被爱填补，伤痛可以被爱情缓释"①，可是在心理创伤和人性贪欲的影响和推动下，他们最终毫无退路。对于从小失去家的归属感的麦克白，只有夫人的赌场是家，和她在一起就是回家。麦克白在杀害邓肯前后，他的权力追逐欲望其实是充满矛盾的，读者从小说中甚至看到了他对于权力野心的放弃和解构，在内心彷徨和恐惧中他只想回家，回到夫人身边，可是为了得到权力他还是必须去争取。当我们在嗟叹中看到这"争取"就是一步步进入犯罪的深渊，而这深渊竟然就是达成回家的心愿，回到爱人身边，其中的反讽和人性悲剧，委实令人震惊反思。

麦克白杀害邓肯是为谋取权力抄了非法的近道，他杀害班柯的动机在莎剧中是因为女巫预言班柯后代将最终获取最高权力，因此班柯和他儿子弗里安斯是麦克白通往权力之路的威胁。小说中麦克白和班柯的关系近似父子，麦克白甚至向班柯坦言自己杀了邓肯，并让班柯协助除掉警察局副局长玛尔康，而班柯在执行时心软放走了后者。麦克白为此心生疑窦，告诉夫人，班柯对自己的关爱因为嫉妒心的毒害而转变为恨，因为自己成了对方的上司，他甚至用狗做类比，强调了温顺背后的仇恨。这番自圆其说、自欺欺人的解释，既是麦克白追杀班柯父子的自我防御式辩解，也是作家对他越发丧心病狂的扭曲心理的揭示。正如奈斯博在访谈中所言："看我到底能如何热衷并试着为麦克白做开脱式的诠释，这是很有意思的事情。而且我认为这也是莎剧《麦克白》依然新鲜、与时俱进的原因。"②

当莎剧中道出超自然预言的三个女巫在小说中成为大毒枭赫卡特与麦克白进行钱权交易的中间人，麦克白在犯罪后的愧疚感和竭力自洽的内心辩护就更有心理矛盾张力，而其中的逻辑性，人性上的可信，成为小说创作的重

---

① Nesbo, *Macbeth*, Hogarth, 2018, p.262.
② "'This Guy Had Really Done A Great Job Before I Started': Jo Nesbo's 'Macbeth'", *Weekend Edition Saturday*, 2018(4)

要挑战。小说中,当麦克白和幕后大佬赫卡特真正遇到时,后者问他:"难道你没有丝毫的道德顾忌吗?"麦克白以城市必然存在一定程度罪恶为立论前提,认为自己和赫卡特的合作至少将罪恶维持在了更低的程度:"通过你,能让这个城市有一个好的未来,所以我才接受了你。"① 这种马基雅维利式的目的论自辩,荒谬地出现在麦克白不时需要向赫卡特索取毒品的无奈中,这种成瘾性自我麻醉,恰恰道出了麦克白罪孽深重的心理状态。同样,夫人的梦游病症也得到了她自己有意识的剖析:"这不是梦魇,是记忆。"她这样告诉自己的亲信杰克,却不知对方也是赫卡特的眼线。她清楚地意识到,这段创伤记忆不需要被遗忘,并提醒自己:"要牢记我走到今日是因为舍弃了什么,我为自己无儿无女付出了代价,才能每天早上在丝被中醒来,与自己选择的男人同寝,下楼工作,进入我为自己创造的生活中。"②

此外,小说中麦克白曾经的挚友德夫,较之原剧中投奔玛尔康的麦克德夫,除了妻儿被杀害的惨痛之外,还多了一层情感羁绊,即与女警员凯斯内丝产生婚外情。德夫在妻子和情人之间纠结矛盾,小说为了丰富这个人物,还增加了他和妻子梅瑞狄斯最初的恋情,而当年梅瑞狄斯曾拒绝了麦克白的示爱,她选择了德夫,并与他步入婚姻。婚后,德夫像很多丈夫一样,在家庭生活的烦琐平常中日渐心生厌倦,与同事发生恋情。经过一番情感挣扎,德夫决定放弃凯斯内丝回归家庭,却为时已晚,最终遭遇了麦克白安排的灭门惨景。麦克白和德夫之间的关系异常复杂矛盾,他们经历过一段德夫帮助麦克白杀了性虐狂老师的往事,彼此缄默地守着一个不可告人的犯罪事实,他们同在一家孤儿院成长,一起上的警校,因而德夫最后亲手杀死麦克白,个中自有五味杂陈的感受,不止于单纯的复仇和除害。

云谲波诡中,麦克白不断竭力斩除通往权力巅峰的障碍,最终到了市长层面,于是他要动用媒体一贯擅长的揭开丑闻的伎俩,想暴露市长图瓦特

---

① Nesbo, *Macbeth*, Hogarth, 2018, p.206.
② 同上,p.219.

（Tourtell）恋童癖的丑陋，以此取代对方的位置，为自己的野心进一步加权。结果图瓦特果敢地站出来承认了自己曾经的出轨往事和有私生子的事实，并恳请市民们谅解。至此，图瓦特身边不时出现的少年不再引发各种负面猜忌。图瓦特和他的私生子的关系，以及在故事尾声时父子两人卷入的惊心动魄的危机并最终获救，其中的细节也隐含地揭示了小说中屡次出现的原生家庭对个体心理和个性发展的影响。无论是自小因母亲难产去世、父亲自私出走而成为孤儿的麦克白，还是家庭遭遇仇杀后被孤儿院收养的德夫，抑或是少年时被生父性侵并驱逐出家门的夫人，还有一直软弱窝囊地充当赫卡特眼线，同时又充当麦克白间谍的双面人伦诺克斯，这双面特务的角色，让伦诺克斯生活在伦理矛盾的撕裂中，而他本人因为天生的白化病症，无法像正常人那样有相对常态的家庭生活，因此也在心理和行为发展上遭遇更大的伤痛。这个一直在故事中被读者忽略的角色，在小说发展到后期，承担了悬疑设计中的枢纽作用。

麦克白在夫人那里得到的抚慰，很大程度上遮蔽了梅瑞狄斯曾经给他留下的情感挫败创伤，直到他认定的与夫人的真爱，让他显意识中确信梅瑞狄斯已然不存在，但是他在杀害德夫的布局中，让无辜的梅瑞狄斯和孩子们丧生，也为原剧中的这段残害多了另一层心理维度的诠释。

在副线情节的增补中，各种悬疑被设置，而后一一解开，奈斯博这一架构和心理走向的描述，让他一贯在犯罪小说中揭示犯罪心理的创作优势得以发挥。德夫在情人凯斯内丝面前卸下了所有的精神武装，道出了麦克白和他的往事，当凯斯内丝指出："可是他（麦克白）并不想要这个，德夫。这城市、权力、财富，他压根不在乎，他只想要她（夫人）的爱。"德夫由此感喟："麦克白是被爱情驱使，而我则被嫉妒和仇恨驱使。……明天我就去杀掉这个自己昔日的挚友。……"① 当凯斯内丝将麦克白堕落的原动力诠释为爱情时，故

---

① Nesbo, *Macbeth*, Hogarth, 2018, p.371.

第七章 《麦克白》重写《麦克白》

事外的读者或许应该由此看到这病态的爱情渴望实则为麦克白不断填补自己心理缺失的渴望，无论是家庭之爱的匮乏，梅瑞狄斯那里的初恋挫败，还是此后不断想要获得夫人认可的努力，都隐藏在麦克白的犯罪动机中。即便是最终除掉麦克白的德夫，在凯斯内丝面前也承认自己一直都是狂妄自私的人，并疑惑自己不明白她竟然会爱上他。后者的解释是："有些女人臣服于那些她们觉得可以拯救自己的男人，而另外一些则对她们以为可以拯救的男人毫无招架之力。"①

此言一出，我们自然会意识到，麦克白和夫人之间的所谓爱情，就是彼此坚信可以获得对方拯救并主动向对方施救的双重精神依赖，这也是莎剧中麦克白夫妇可以被深入解读的情感关系。奈斯博很明确地在书中揭示这种男女之间深入吸引的原因，他们并非被对方的真善美吸引，他们之间牢不可破的信任和依赖，恰恰源于彼此向对方展示自己最黑暗、无助、丑陋的一面，夫人明白：就是因为他爱着自己那令其他男人都惊慌胆寒的那一部分，而且，夫人也是唯一能理解麦克白曾因为长期毒品注射而留下身体伤疤的女人。莎士比亚嵌入戏剧文本的诠释潜能，被奈斯博明确表达，并且通过悬疑和疑点的揭开这种犯罪小说的通常做法来达成。

悬疑的多方设置和读者的好奇心激发，历来是犯罪小说的流行畅销卖点，而人们在区分经典和通俗畅销作品时，常常以前者的"被阅读和重读价值"对照于后者的"被消费后即丢弃"，但是书评者又不得不承认后者"满足了人们的某种基本需求。"② 因此，对于奈斯博对悬疑构思和心理丰富的处理，我们既看到畅销书作家对于经典资源的有效挖掘和利用，同时又进一步反思在两种创作中人性之恶的心理复杂性，以及欲望在推动人心理和实践中的重要作用。霍加斯出版社的莎士比亚重写系列，主旨即以"中品"（middle brow,

---

① Nesbo, *Macbeth*, Hogarth, 2018, p.371.

② Ian Sansom, "Criminal convictions: the consolations of crime fiction, past and present", *New Statesman*, vol. 142, no. 5168-5169, 2013(7), p.65+. *Gale Literature Resource Center*, link.gale.com/apps/doc/ A339743843/LitRC?u=fudanu&sid=bookmark-LitRC&xid=909cadcc. Accessed 16 Oct. 2021.

又称"平眉")来推广经典(high brow)的受众。所以奈斯博的重写创作,尤其在犯罪小说的重要特征,即悬疑架构上,与莎翁的悲剧创作形成一种合力与协同,至少对读者产生的思考和情感触动具有同向性。

莎士比亚在诸多戏剧中持续不断地探讨和表述犯罪,方式和手法在不同戏剧中有着丰富多元的体现,但柯伦认为"读者可以在他的创作中发现一个显著鲜明的趋向,即他对犯罪的探究是超越人性个体的",犯罪和罪恶不止于个体的共性可以被视为经典莎剧和奈斯博犯罪小说重写的某种隐喻性共谋,正如柯伦进一步指出的:"莎士比亚在《麦克白》中所想象的犯罪并不是有序发展的,而是思想和行为之间具有流动的、现象性的互动交替,犯罪念头和犯罪行为常常难以区分。"[1] 莎剧中二幕1场麦克白看到幻觉中的匕首一段,最具有犯罪心念和行动的互动性,常常被学者用来进行细读分析。念头与实践彼此交融,心理动因和结果预想及自我辩护不断推动犯罪情节的发展,小说重写在这一点上更是拓展了情节,增加了人物。故事最终不同人物对于结局的喟叹或反思,让作品更凸显启示性。当然,莎剧在这方面的潜能更加丰富,而犯罪小说通过悬疑吸引受众,也将经典隐藏的、深度的内容进行了更易于被读者接受的处理。

重塑与市场化的商业共谋

让读者更容易接受作品,或者说让作品更适于市场的意图,也是霍加斯出版社莎士比亚重写系列的选题初衷,即重写作品的定位是"中品"之作,贯通经典和畅销的差距。然而莎剧自诞生之初本质上就是吸引大众的戏剧作品,原本就兼具着贯通精英和大众的特质,只是其语言的精妙、风格的独特,以及历史中的演变,日益成为学院派研究的经典案例和世界文学的圭臬。但

---

[1] Kevin Curran, "Feeling criminal in *Macbeth*", *Criticism*, vol. 54, no. 3, 2012, pp.391-392.

是，其本质上的市场化意图，与犯罪悬疑小说在读者中的畅销性，尤其是在商业上的"共谋"，性质上并无冲突。犯罪小说在图书市场定位上一般被视为通俗畅销作品，以娱乐大众为主要目的。不过，近几十年来，有不少学者以犯罪小说为研究案例，认为当代犯罪小说"发展出了新的叙述标准，与当代小说佳作相得益彰"[①]。从历史视角看，犯罪情节历来是小说和戏剧情节中相当重要的部分，而经典作品中的犯罪心理张力自文学发展之初就以其丰富的诠释潜力吸引着研究者们的关注。

莎剧在展现人性罪恶的发生、发展和结果时，剧作家、演员、观众形成了探究、演绎和观察犯罪的协同者，或者叫合作者，他们之间的视角不同，感受和理解的差异会随着作品的接受不断磨合、交互、融合和发展。随着时间的推进，人们对犯罪的反思、分析不断深入和丰富，作品的内涵和外延也有了不断更新，这符合文学经典历时弥新的生命魅力。犯罪小说在其发展历程中，读者对于戏剧性和动作性（尤其是暴力、惊悚）的关注，随着当下不少犯罪作品越发重视情节的建构和人物的内心矛盾，也发生着注意力转移。犯罪背后的社会体制、伦理价值、文化语境的揭示成为作品内涵不断丰富的契机，曾经粗线条、简单化的扬善除恶模式得以改变和复杂化。这一方面的特点，奈斯博的犯罪小说能给予典型、鲜明的例证，正如之前所分析的，心理层面的动机，人所不可或缺的生物性本质在犯罪中的影响，甚至包括科学理论在人性犯罪动机上微观视角的理性揭示，以及法制、伦理、社会制度下的犯罪叙述，必然吸引着更多有着良好教育背景和文化素养的受众。

值得关注的是，从文学伦理批评的视角分析，"有着安宁、愉悦家庭的文明人依然有对残忍和丑恶的想象需求"[②]，而文学等艺术作品正好给了这种需

---

① Brynhildsvoll, Knut, "The Detective Novel: A Mainstream Literary Genre?", *Forum for World Literature Studies*, vol. 10, no. 2, 2018(6), p.261+. *Gale Literature Resource Center*, link.gale.com/apps/doc/A555076526/LitRC?u=fudanu&sid=bookmark-LitRC&xid=1d117f03. Accessed 11 Oct. 2021.

② Brynhildsvoll, Knut, "The Detective Novel: A Mainstream Literary Genre?", *Forum for World Literature Studies*, vol. 10, no. 2, 2018(6), p.261+. *Gale Literature Resource Center*, link.gale.com/apps/doc/A555076526/LitRC?u=fudanu&sid=bookmark-LitRC&xid=1d117f03. Accessed 11 Oct. 2021.

求某种可控的形式和情感出口。无论是莎剧舞台引发的观剧兴奋和感受满足，还是犯罪小说读者在小说的罪恶冒险和铤而走险中得到乐趣，作品在市场特征上都有着对受众日常烦琐和无聊生活的代偿功能，而且从伦理导向视角看，剧作家和小说家被接受和认可，无论是大众喜爱还是官方或上层意识形态的审核准过，也都有作品在揭示和反思罪恶上的积极意义。无论主创在作品背后的意图如何，其中的道德和伦理导泻作用一定是被认可的，这种即便是抽离了艺术和文学考量的正向伦理意义，其商业价值的重要必备前提，莎翁和奈斯博必然有着跨越时空的共识。

随着犯罪小说逐步进入严肃文学，不断被学者们重视和关注，其具有广泛受众的商业性与文学价值之间不再被视为有必然的矛盾性，正如莎剧从来不诞生于精英阶层，也必然有着迎合大众兴趣和热情的特征。的确，奈斯博也被视为"提升了犯罪小说的文学标准"[1]。他在探索犯罪的发展中，让笔下的麦克白不负莎士比亚所给予的丰富性和矛盾性，在展现惊悚犯罪的过程中，显然并不一味迎合畅销作品的简单化和单向度。原剧中麦克白谋杀邓肯前看到幻觉中的刀剑的一幕，这段不断被学者探讨和分析的经典片段，即犯罪个体内心思索的自我碾磨、拉锯，在奈斯博的笔下，则演变为麦克白在犯罪前脑海中对各种细节的闪回和反思，他最终感叹着"有时候罪恶是出于正义啊，麦克白"[2]。这感叹振聋发聩地将读者的思绪引入了更深的理解层面，而书中反复出现的麦克白的政治理念"民有、民治、民享"，也让读者像莎剧观众一样，对于悲剧主角的命运解读，以及罪恶背后的复杂因素，有了不同于单纯获取娱乐的意义。

从普通的犯罪小说到主流现实主义文学创作的发展，另一个重要的界限突破在于犯罪小说在呈现族裔差异和性别政治的同时，与20世纪文学批评中

---

[1] Knut Brynhildsvoll, "The Detective Novel: A Mainstream Literary Genre?", *Forum for World Literature Studies*, vol. 10, no. 2, 2018(6), p.261+. *Gale Literature Resource Center*, link.gale.com/apps/doc/A555076526/LitRC?u=fudanu&sid=bookmark-LitRC&xid=1d117f03. Accessed 11 Oct. 2021.

[2] Nesbo, *Macbeth*, Hogarth, 2018, p.107.

日渐成为热点的族裔文学和性别研究的态势相呼应,因此在受众市场上也顺应了当代读者的文化关注和需求。莎剧的经典性也恰恰反映了其戏剧文本中具有顺应时代发展而不断可被挖掘的批评潜能。另外,随着视觉时代的影像影响,犯罪小说中富有动态和戏剧张力的情节,既呼应了莎剧舞台自身在视觉和听觉上的丰富性,也创意利用了各种艺术新媒体的再现风格,顺应市场消费的趋势,具备影视化改编的特征。

从传播学角度看,莎剧的成功和深入人心,与莎士比亚精湛绝伦的语言风格、高度适于舞台再现的表演特质、莎剧台词的魅力等不无重要关系。没有人会质疑莎剧经典名句在生活中的频频使用,在文学典故和互文性中的屡屡出现。例如,美国著名作家福克纳就将自己的长篇代表作题为《喧哗与骚动》,书名直接援引自《麦克白》五幕5场中麦克白得知妻子离世,面对惨淡的境遇,进行了一段早已超越文本而广泛传播的独白:

> 她早晚也终究一死;
> 总有听到死讯的那个时刻。
> 明天,明天,又一个明天,
> 就这么一天接一天走着小步,
> 直走到命定的最后一刻;
> 所有的昨天不过为白痴照亮了
> 走向死亡的蒙尘之路。灭了吧,灭了吧,短暂的烛光!
> 生命不过是行走的影子,是可怜的戏子
> 在戏台上蹦蹦跶跶走完自己的时间,
> 随后便永归静寂;人生就是白痴讲述的
> 一段故事,充满了喧嚣与躁怒,

了无意义。①

    这段独白在几代人的内心掀起了无数波澜，也成为舞台表演时被大众期待的那部分。莎翁的这段表述，已然超越了麦克白的个人悲剧，在不同受众的心中激发起个人对命运、抱负、生存的反思和感喟。试想，这既关乎又跳跃出个体命运的悲叹和沉思，在莎士比亚写就的瞬间，或是被大声表达的刹那，其深入灵魂和深入骨髓的萦绕盘旋，挥之不去，必然是这部悲剧此后被反复提及、传播的重中之重。因此，奈斯博的小说重写自然不会错过，也不会忽视这段广为人知的生命叹息。不过，作家将明日复明日的感喟化作了夫人死前留下的书面遗言："明天，明天，又一个明天。一天天在泥泞中挣扎着往前爬，到头来一切努力只是再一次将太阳谋杀，让所有人更接近死亡。"②这段日复一日耗尽生命的绝望表述几乎是对莎翁笔下麦克白悲剧的重复呼应，在小说中被重复提及两次。麦克白面对着夫人的尸体，对她手下亲信杰克说："她装了一会儿活人，但这只是死亡的抽搐。"阅读至此，读者们仿佛听到了剧中麦克白道出"蹦蹦跶跶"时的叹息，眼前浮现出那仿佛抽搐般的生命状态。竭力要跳出经典之囿，尤其是莎士比亚无韵体诗行的奈斯博，写到此处一定在耳际或脑海中对这段话感到挥之不去。在原本就长驱直入人们心灵的台词上，他不必回避，可以渲染，甚而重复，以此将自己的诠释波及更多读者的内心。此处，麦克白"审视自己，惊讶于他既不感到难过，也没有绝望。也许很久以来他就明白会是这样的结局……他所有的感觉就是空茫"③。而后，他重读夫人"日复一日"的遗言，意识到"渴望被爱和有能力

---

① She should have died hereafter; / There would have been a time for such a word. / To-morrow, and to-morrow, and to-morrow, / Creeps in this petty pace from day to day, / To the last syllable of recorded time; / And all our yesterdays have lighted fools / The way to dusty death. Out, out, brief candle! / Life's but a walking shadow, a poor player / That struts and frets his hour upon the stage, / And then is heard no more; it is a tale / Told by an idiot, full of sound and fury, / Signifying nothing. (*Macbeth*, Act 5, Scene 5, Lines 17-29)

② Nesbo, *Macbeth*, Hogarth, 2018, p.409.

③ 同②, p.410.

施爱,这二者给人类力量,也是他们的致命伤。让人们有爱的希望,便有了移山的力量;剥夺这希望,风一吹就瘫下"①。

小说借着这段跨时空深入传播的表达,传递着犯罪背后的情感动机,而"移山"的隐喻,既巧妙对应了莎剧中博南森林移到了邓西嫩的"超自然"场景,又上演了小说中那巨大沉重的蒸汽机火车头贝沙·博南挣脱近百年生锈、凝滞的桎梏,在城市广场上移动起来的惊人一幕,博南机车头如洪水般不可阻挡地冲向因弗尼斯赌场,也彻底瓦解了麦克白认为自己必有神助的虚妄,面对着因为母亲惨遭切腹而提前来到人世的德夫,这个不是女人分娩而生的对手,麦克白最终接受了"死亡的大赦"。②

奈斯博此时既借助莎剧的传播力量,又创意地道出了他通过犯罪小说对经典的不同解读。在小说中,死亡是解脱和对罪恶的赦免,麦克白将德夫视为拯救者:"只有你能给我死亡,将我送到能与爱人相聚的地方,德夫,拯救我吧。"③ 相对照的是,罪恶背后的始作俑者赫卡特却得不到被人杀死的大赦,连街上的少年,这个曾被他无情伤害过的人,都不愿动手结果他性命,而让他自我了结。借着这些已然深入人心的莎剧细节,奈斯博的创作始终在超越"仅仅是犯罪故事"的畅销通俗作品的局限,借助经典莎剧和犯罪小说的巨大传播力,通过这两者相对安全、稳固的模式,将意义揭示并表达。这种做法基于"价值最大化理论"④,根据戴维斯⑤的观点,思想理念可以通过作品得到形象列举,以犯罪小说为例,读者和案件解密人在共同面对难题和谜题时,会产生情感和思想的相互认同,因而优秀的犯罪小说家,如奈斯博等,擅长将思想和理论见解等内嵌于作品,借传播的动能,达成价值的高效增量。这

---

① Nesbo, *Macbeth*, Hogarth, 2018, p.418.

② 同①, p.438.

③ 同①, p.439.

④ Elena Avanzas Alvarez, "Criminal Readings: The Transformative and Instructive Power of Crime Fiction", *Journal of Comparative Literature and Aesthetics*, vol. 42, no. 3, 2019, p.142, p.148.

⑤ David Davies, "Fictionality, Fictive Utterance, and the Assertive Author", *Mimesis: Metaphysics, Cognition, Pragmatics.* London College Publication, 2012, pp.61-85.

一点，和莎剧创作与舞台表演传播，必然异曲同工。

　　此外，有一个不容忽视的市场因素也很大程度上确立了两部作品在传播上的特质，即广大的戏迷（书迷）的前提存在，或者用当下文化市场上更应景的叫法，即庞大"粉丝"或网络流量的拥趸。这一群体的存在，尤其是对创作者类似忠诚的信任感，特别是奈斯博众多因为喜爱他的作品风格而无条件支持和消费文化产品的读者，更是将经典和重写的传播推广至价值最大化，这必然也是霍加斯出版社邀请奈斯博加入莎士比亚重写系列时的重要考量。于是莎剧中的苏格兰古国和奈斯博笔下的机构腐败、毒品泛滥的犯罪城镇形成关联，那曾经令诸多犯罪小说读者熟悉的氛围和场景与经典悲剧有了奇妙的交叠，并高效促发了作品的传播受众影响，甚至具备了连载性、系统性、延续性的作品影响力，同时在一定层面上打破了经典和大众娱乐的界限，将经典文学的意义渗透进人们日常的生活和讨论中。

　　颇有意味的是，在小说《麦克白》的最后，当一切尘埃落定，作家让曾经的因弗尼斯赌场被改建为城市图书馆，并且已新近开放，由此将被彻底摧毁、推翻的一切有了新的转换和生命力。图书馆作为汲取信息和知识的空间，与博弈、挥霍、孤注一掷、转瞬空虚的赌场有了鲜明对照，它是被逆转价值和功能的所在，也是改变的意义所在。在犯罪现象学的视域下，莎士比亚的《麦克白》揭示了行为和意识的彼此影响、拉锯、促动，构想犯罪和实施犯罪之间的过程关系，而这部伟大的悲剧也给人们提供了"对（犯罪）思维进行思维的绝佳路径"①。由此看，奈斯博仿佛是莎士比亚跨越时空的共谋人，在这条路径上，在对罪恶意识的思考进程中，为人们创意再现了麦克白的反思，而我们深知，麦克白必然不止于个体，他与历史、社会、体制、系统、其他个体和群体等密不可分。

---

① Kevin Curran, "Feeling criminal in Macbeth", *Criticism*, vol. 54, no. 3, 2012, p.398.

第七章 《麦克白》重写《麦克白》

第2节 留空的魅力与填空的陷阱:《麦克白》从莎士比亚到奈斯博

在重写或改写莎士比亚的时候,"具象化"(concretization)或"实证化"(substantiation)是重要且常常相当有效的策略。这一策略与"拓写"(extension)有着比较明显的相似之处,但两者间却存在着深层次的差异。从表面来看,"具象化"和"拓写"都致力于写出原作中因各种考虑或限制而未作详细描述的人物或情节细节,但后者所叙述的是以原作情节或人物为起点或终点、在此前或此后所发生的故事,类似"前传"或"续说",只说明"剧中人物何以至此"或"剧中事件来龙去脉",而叙事本身与原作并没有实质性的改变或影响,与原作也并不产生直接的对话。这样的"拓写",比较典型的前有克拉克的三卷本《莎士比亚女主角的少女时代》,后有厄普代克的《格特鲁德与克劳迪斯》[①],作者根据自己的理解和想象,拓写了相关的剧中人物在剧情开始前的生活经历,试图为剧情人物的存在和情感行为提供一个"合理"的前情。尽管这样的作品的确具有特定的文学甚至批评价值,但由于它们事实上并未改写或重写莎士比亚原作,没有构成与原作的对话,因此不在本研

[①] Mary Cowden Clarke, *The Girlhood of Shakespeare's Heroines*, 3 vols., Smith & Son, 1850; Cambridge, 2009; John Updike, *Gertrude and Claudius*, Knopf, 2000.

究的范围之内。与"拓写"不同,"具象化"或"实证化"策略将关注点放在原作的"空白处",即原作中人物和情节本身中的"空白"和"断点",以及其他各处被作者有意无意忽略了的事实细节,重写者在原作语境中通过合理的想象,填实空处,接上断点,部分地起到了"说清问题解答疑问"的作用。奈斯博的重写《麦克白》,正是在当下语境里将莎士比亚著名悲剧置于犯罪小说范式中、以具象化策略"填补"莎士比亚原作中人物和情节"空白"的一部典型作品。

处处留白的莎士比亚《麦克白》

无论篇幅短长,莎士比亚的戏剧总需要做一定的删节改编才能保证演出在两个小时内结束,另外,观众在剧场中看戏,被剧情的悬念与冲突引领,多半不会注意某些细节或来不及就那些细节想到什么问题,悲剧的主题压倒一切。但在导演对演员讲戏的时候,在教授对学生讲解的时候,在重写者构思小说情节人物的时候,始终会发现莎士比亚的戏剧里充满着"空白",到处是看似明确、实际上却模棱两可的细节与片段,需要包括重写者在内的讲述(重述)者有意无意地加以阐释,填上"漏洞",补上"短缺",回答"疑问"。《麦克白》全剧 2300 行左右①,的确是莎士比亚最短的作品,但在这部篇幅不长、节奏紧凑的悲剧中,同样有莎士比亚的"处处留空",为迄今的阐释、批评和重述努力提出了十分有意义的挑战。

由于戏剧人物与戏剧动作(无论与该人物是否有直接关系)密切相关,本节的讨论便围绕莎士比亚《麦克白》中的主要人物展开,包括三女巫及赫卡特、麦克白、麦克白夫人、班戈,以及玛尔康。

第一个"空"就是"三女巫":她们到底是什么样的存在?是实际存在的,

---

① 各版本的行数并不统一,如皇家莎士比亚剧院版的《莎士比亚全集》(Jonathan Bate & Eric Rasmussen eds., *William Shakespeare: the Complete Works*, RSC, 2007)中该剧总行数为 2289。

还是超自然的，还是麦克白（和班戈！）潜意识的戏剧外化？换个比喻说，三女巫是麦克白在走向邓肯卧室的路上用"心之眼"看见的那柄滴血匕首还是他别在腰间的那把真实的匕首？这些问题（"空"）向来是阐释和研究剧本及人物时的讨论热点。不过，还有一个细节，似乎也是一个颇有意思的"空"，那就是：尽管各版本《麦克白》在"人物表"及标注出场人物时，都将这三个人物标注为"女巫"（witches），但在包括三女巫在内的所有人物的具体台词中，均不见"女巫"一词，主要的莎剧全集版本所用的有"weyard sisters"（wayward 的变体）① 和"weird"两种，前者更接近于描述有控制或预见命运之能力的人，与后者所含的"有超自然能力、会使妖术、邪恶"的意思有一些差别。这样的差异，必然给细心的改编或重写者留下充分的想象和推演空间。

　　与三女巫相关的还有两处细节：一是她们的"上司"赫卡特（Hecate），二是三女巫第二次见麦克白发生的事。赫卡特这个人物在莎士比亚《麦克白》中戏份很少，三幕 5 场中，她在一段长达 30 余行的台词② 中批评三女巫私自与麦克白做交易，在四幕 1 场中，她带着另三个女巫过来，视察这三个见过麦克白和班戈、此时正在用大铁锅熬迷魂药的女巫，简单嘱咐两句就离开了。这个细节可以有力佐证三女巫是实际存在的观点，可这样一来，她们此前对麦克白和班戈的预言似乎成了这几个人自说自话的恶作剧，并没有更大的阴谋在后面，然而，她们哪里来的权力，竟可以随意决定一国数君的命运？另一处细节与此相关：再次遇见麦克白时的那三个箴言，其实不是女巫给的，是从她们熬药的大锅里升腾出的三个鬼魂发出的。那么，赫卡特，女巫，鬼

---

① 皇家莎士比亚剧院版用"weyard sisters"，第一对开本用的是"weyward"，Oxford、Arden、Bevington 等用的是"weird"。该词在《麦克白》中共出现 5 次：第一次是三女巫自称（Act 1, Scene 1, Line 33），第二次是麦克白夫人看完麦克白的信之后（Act 1, Scene 5, Line 5），第三次是班戈告诉麦克白自己日前梦到三女巫（Act 2, Scene 1, Line 23），第四次是麦克白告诉夫人自己得再次求见三女巫（Act 3, Scene 4, Line 154），第五次是麦克白"看见"班戈鬼魂及八王幻象后问赶来的雷诺克斯是否看见三女巫（Act 4, Scene 1, Line 146）。

② *Macbeth* (Act 3, Scene 5, Lines 2-34)

魂,到底是什么关系?到底是谁在操纵着这一场惊天大悲剧?

第二个"空"与麦克白有关,是麦克白在三幕1场中对"光秃秃的权杖"（a barren sceptre）即无后的焦虑。剧中的麦克白夫妇没有子女,而与之形成强烈对照的,是几乎所有其他重要人物都有儿子:邓肯不仅有玛尔康,还有个小儿子道纳班,班戈有弗里安斯,麦克德夫妻子女俱全,连剧情中十分次要的人物西华德伯爵,也带着儿子小西华德一起上了倒麦的战场。在人物表中,甚至还有"浑身是血的孩子"和"戴王冠的孩子"。那么,问题就来了:如何解释麦克白夫妇婚后无嗣?"戴冠小儿"和"带血小儿"分别与剧中哪些人物有关?是什么关系?问题来自空白,给阐释、研究、重写者留下充分的空间。

班戈的情况似乎算不上问题,因为莎士比亚在剧情和台词中留下了比较充分的证据,能为"班戈也有野心""班戈比麦克白更高明"这样的判断提供佐证。在一幕3场中,班戈主动向三女巫打听自己的前程;女巫一走,麦克白和班戈之间发生了一段意味深长的对话:你孩子要当国王啦（问题:麦克白为什么不先说"我要当国王啦"?）——是你要当国王了,而且还要做考德领主,女巫就这么说的（问题:班戈在回避什么?为什么要回避?）;接着邓肯差人前来宣布将考德领地赐予麦克白,做出惊讶反应的正是班戈:"魔鬼竟能说真话?"接着,两人又来了一段对话:你不希望自己的孩子做国王吗——你要这么想,那就得让你先当国王啊。这段对话和前一段有一个共同的特点:各自都在提醒对方将从女巫预言中得到好处,却刻意或无意地"忽略"了自己能得到的好处。还有另外两处细节,似乎也证明班戈对女巫的预言念念不忘:二幕1场中班戈遇见麦克白时主动"漫不经心"地说自己前一晚"梦见了那三个能把控人命运的姐妹",并在三幕1场的独白中再次提到三姐妹的预言。然而,仅凭上述的细节其实并不能完全判定班戈同样是野心家,而且比麦克白更狡诈成熟,自己不动作,静待事态发展,他坐收渔人之利。因为,莎士比亚并没有为班戈提供更多的、如麦克白夫妇一样的明确的台词来说明自己同样的野心，而班戈几次与麦克白照面时说起三女巫，也完全有可能出于内心的警觉，担心麦克白真动了弑君的念头，便故意这么说，暗示他不要"为人作嫁"。这样的两可，事实上就是一个空白，同样为阐释改写的人们提供了充分的想象空间。

至于麦克白夫人，最大的问题向来是她那句"我若起过誓，一定会把奶头从哺乳的婴儿嘴里拔出来，把婴儿扔到地上砸得他脑浆四溅"①。到底是莎士比亚的"恨女"之言，还是麦克白夫人情急之下不择言辞，什么狠心绝情就说什么？但是，她这里提到了"婴儿"，这与她和麦克白没有孩子有什么关系吗？还是她有一段被莎士比亚忽略了的前情，被她摔死的婴儿是那次婚姻的结果？如此残忍血腥的事件，有没有给麦克白夫人的身心留下创伤？等等等等，一连串的问题，一连串的空白。当然还有一个细节：五幕1场中她的侍女向麦克白报告，夫人已数次梦游，但这一次，麦克白夫人在梦游时从书桌上拿了一张纸，在上面写了几句话，然后封起来放好②。这一细节直到全剧结束都没有再出现过，麦克白夫人到底写了什么？注意到这一细节的重写者很难拒绝展开想象填补空白的诱惑。

邓肯的长子玛尔康本身没有太重太复杂的戏份，二幕3场中，他凭本能感觉情况不妙，便和弟弟道纳班不辞而别，两人分别逃往英格兰和爱尔兰，留下一句十分发人深省的台词："血缘越近，血腥越浓"③。然而，当他和英格兰军队打败了麦克白，他自己登上苏格兰王座，在公开宣布胜利和登基，并召回所有流亡在外的苏格兰亲友时，竟然没有提到胞弟道纳班，而无论是从血脉还是宫廷事务看，道纳班都应该比其他人更接近更重要。当然，道纳班在剧本里只是个"打酱油"的角色，没有一句台词，或许这可以解释莎士比亚写到后来大概是把他给忘了。但是在改编者重写者眼里，这样的"省略"

---

① *Macbeth* (Act 1, Scene 7, Lines 58-63)
② *Macbeth* (Act 5, Scene 1, Lines 4-5)
③ *Macbeth* (Act 2, Scene 3, Lines 150-51)

又构成一个可供填充的空白。

奈斯博的填空质料：性与毒品

莎士比亚的《麦克白》处处留白，一是不得已，二是没关系。不得已，是因为在他那个时代，往往得赶时间写剧本，匆匆写完交给剧团，听任演员增加删减，同时还得把剧本塞进两小时戏台演出的时间限制内，不可能每个情节或人物的细节都照顾到；没关系，是因为吸引观众的是情节主线，人物台词讲完就过去了，除非特别重大的谬误或疏漏，一般来说，即使观众觉得好像听到了什么微妙的东西，也立刻被剧情带着走了，没有时间多想的。更有意思的是，莎士比亚戏剧的生命力，似乎与其中的"留白"也多少有点关系：留白越多，问题越多，神秘点越多，尝试解密揭秘的努力也越多。设想，如果莎剧写成了考试的"标准答案"，哪怕他再伟大辉煌，恐怕也只能活在博物馆和历史书里了。

一旦把剧本改写或重写成小说，文学媒介变了，情况就不太一样了。小说可以反复翻阅，读者有充分的时间停下来寻找各种蛛丝马迹及其相互联系，可以随时停下来思考质疑，除了作者故意设下的"陷阱"外，许多的细节必须具体化，且不允许留下太多的漏洞或空白。同时，在改编或重写的过程中，原作的"霸权"处处可见，就莎剧而言，即便不论思想主题，从剧情结构和走向到人物刻画再到台词对话，都在相当程度上规定或限制了重写者的创作自由，因此，对改编者或重写者而言，二度创作的冲动和满足感主要来自"填空"的诱惑：原作中的各种"空白"是宝贵的机会，可以用自己的想象和创作技巧在小说提供的篇幅空间里去巧妙填空，在经典作品留出的点点裂隙里把自己的光透照出来。从这个意义上说，奈斯博重写《麦克白》的填空策略可以成为经典重写的一个颇有意义的研究案例。

把一部两千来行的剧本扩充到英文版近450页的篇幅，奈斯博必须往空

第七章　《麦克白》重写《麦克白》

里填上足够多的料①，而他的策略之一就是充分发掘和利用莎剧中围绕麦克白、（麦克白）夫人，以及麦克白与（麦克）德夫出现的各种空白，进行相当充分的信息填补与情节拓展。在小说《麦克白》中，除了相当必要且巧妙地对莎剧原作进行"挪用"或"借用"②之外，奈斯博用了大量的回溯篇幅，讲述麦克白、夫人和德夫各自的经历，以及两两之间的关系由来，塑造并描述了悲剧中几位主要角色的完整人生，而填空的主要质料恰好是他作为悬疑凶杀犯罪小说之王常用且现成的材料：毒品与性。

就毒品而言，莎士比亚的《麦克白》中的确提到过类似的东西，三女巫第一次出现并消失后，班戈就疑惑地说："难道是我们吃下了让人发疯的根茎③把理智当囚犯锁了起来？"④但后来就再未他见提起。从情节上看，班戈本人并无失去理智的细节，而无论是麦克白还是麦克白夫人的精神恍惚或理智失常，都没有与药物甚至酒精相关的证据。奈斯博把原剧中的有毒草药现成地衍生而成了毒品，把毒品写进了麦克白和夫人的成长经历，并把小城内外和警局内外的贩毒—寻毒—吸毒—扫毒编进了整个小说的情节框架：赫卡特和斯韦诺是两大贩毒黑帮，为争夺市场控制而渗透进了警局；麦克白少年时期起就开始吸毒，在故事主线中，麦克白不时与夫人同床共吸，每逢紧张局面都要去寻找毒品，吸食后每每出现幻觉；到最后生死关头临近，常用的毒品已不足以使他保持即使是短暂的精神稳定，他竟直接向毒贩索求新制出

---

① 小说增加了市长图瓦特、伦诺克斯（莎剧中一贵族的名字）双面卧底等细节，使情节更为复杂惊险，但这些线索莎剧原无，不能算填空，故不在文中讨论。

② 奈斯博《麦克白》对莎剧的主要挪用包括：借用女巫铁锅炼药（四幕1场）的细节将小说中的毒品称为"精酿"（brew）；莎剧中麦克白砍下叛军对手的头颅（一幕2场）在小说中成了他暗令杀手取班戈的首级；莎剧开场时提到的协助叛军的挪威王斯韦诺（Sweno），其名字被用在了小说中另一贩毒黑帮的首领头上；奈斯博把赫卡特安插成所有一切黑幕及悲剧背后的最终指使，并在他和三女巫之间插进了莎剧中查无此人的女人"斯特莱迦"（Strega）；莎剧中被麦克白误以为移动的"博南森林"（Birnam Forest）在小说中成了一台巨大的、废弃但依然能开动的蒸汽机车头，名叫"贝沙·博南"（Bertha Birnam）；本来是麦克白领地封号的"格拉米斯"（Glamis）在小说中成了（麦克）德夫逃离麦克白凶杀的一条货轮的名字；莎剧中一位几乎没有任何存在感的贵族凯思尼斯（Caithness），在奈斯博小说中跨性别地成了（麦克）达夫的警队女同行兼地下情人。不一而足。

③ 可能指俗称"天仙子"（莨菪）的有毒药草。

④ *Macbeth* (Act 1, Scene 3, Lines 86-87)

的大能量致幻剂。就这样，小说中麦克白和夫人的吸毒便十分自然地"解释"了原剧中两人数次幻觉，麦克白夫人数次搓手、梦游的原因，并把麦克白和毒品交易及黑帮捆在了一起，填满了原剧中麦克白和三女巫若即若离混沌模糊的关系的空白。

如果说班戈的那个"让人发疯的根茎"让奈斯博用毒品构建了他重写的框架和主要情节内容，那么同样在全剧只出现过一次的"sex"（性/性别），则更成为重写者铺张想象的起点。其实"sex"这个词在莎士比亚的《麦克白》中并无单独出现，它是麦克白夫人得知邓肯要来赴宴时那句"unsex me"（"改变我的性别吧"）中"unsex"的词干，而那句台词的意思是恨自己不是男儿身，无法亲手去实现那弑君篡位的野心。就这样，"性别"被改成了"性"，又一大篇故事被敷衍出来：原来麦克白与儿时密友警校同窗达夫在酒吧分别认识了梅瑞狄斯和瑞塔，达夫与瑞塔立刻进入状态，而麦克白对梅瑞狄斯则似乎总是吞吞吐吐，停留于言谈，当姑娘大胆走出第一步时，麦克白居然退却，被发现原来他有性功能障碍，而起因则是后来在回溯时透露的"童年遭遇性侵"。梅瑞狄斯极度失望，立刻与德夫结婚。在另一条线索上，麦克白夫人也有性创伤：她曾被父亲性侵，怀孕生子，在极度悲痛和恍惚中杀死孩子，始终被性噩梦骚扰。这样一来，奈斯博似乎回答了原剧中留下的问题：麦克白夫妇之所以没有孩子，是两人各自经历中的性侵事件在其潜意识中留下创伤，造成了性障碍，造成了"杀子"的悲剧，而原剧中麦克白与麦克德夫之间相对简单的关系，在小说中也演绎成了两人间多少带上了性与情的因素的恩怨纠葛①，致德夫除自己外一家数口惨死于疯狂残忍的屠杀中。

毒品与性，本来就是奈斯博十分熟悉的话题，写起来自然丝丝入扣，环环紧凑，很好地发挥着营造强烈悬念和动作张力的功能，小说也处处体现着

---

① 小说中还有相当篇幅描写达夫与警局同事凯恩尼斯的婚外情，但此细节与莎剧并无关系，只是奈斯博把莎剧中的贵族凯恩尼斯的名字安在了这位女警头上。

重写者对主题、情节、人物等的把控。他在小说出版后的一次采访①中认为，"《麦克白》的确有瑕疵，但也许正因为如此它才如此引人入胜"，显然，他所谓的"瑕疵"，正是莎剧原作中的处处留白，为他提供了充分发挥重写意义的空间。作为重写者，他认为自己"只需要故事的框架""情节是否超自然还是人自己做决定"，在他看来，"匕首、女巫、博南森林：处理这些并不难，比如把匕首换成手枪"。的确，奈斯博十分细致地发现并充分利用了莎剧留空，用自己熟悉擅长的质料和叙事手法加以铺陈，使其小说重写《麦克白》成为独树一帜的犯罪小说。

心理刻画缺位：奈斯博留空《麦克白》

在上述的同一个采访中，主持人迪特罗（Scott Detrow）谈到奈斯博的小说"为21世纪的观众重新想象莎翁"，认为这一重写具有很好的当下意义，奈斯博也回应说，他的设想是围绕"人物如何从小说开始时的英雄变成了小说结尾时的恶棍"这一主线来重写莎翁原剧，他希望能在小说中表达"有时合逻辑，有时不合逻辑"的"人物心理"，但采用的策略中却包括"把散文台词和著名片段扔到一边"。显然，他未能注意到，莎剧《麦克白》中的那些著名的台词片段，正是从深层上十分合逻辑地透露了人物的内心，而这些片段本身就为小说重写提供了极为充分的想象和创作空间，但奈斯博似乎错失了很多这样的宝贵机会，他在毒品和性、在阴谋和凶杀上得心应手的操作，使他希望对麦克白等犯罪人物进行"心理刻画"的计划在实施和效果上都显得差强人意。

其实，如果能好好挪用，莎士比亚原剧中至少有三段独白可以在重写中为加深对麦克白的心理刻画起到关键作用，第一段是第一幕第7场中麦克白

---

① "'This Guy Had Really Done A Great Job Before I Started': Jo Nesbo's 'Macbeth'", *Weekend Edition Saturday*, National Public Radio, Inc., Apr. 7, 2018. 以下引用均出自此采访的文字版。

纠结于那个可怕的弑君野心是不是要"快干快了",第二段就是第二幕第1场中他在去弑杀邓肯的路上突然看见"匕首"幻象,第三段是同样著名的"明天",发生在第五幕第5场麦克白被告知夫人死讯之后①。在第一段独白中,麦克白始于极具犯罪心理特征的孤注一掷心态,幻想着能收获犯罪的果实又逃脱迟早会来的法律惩罚。其实,这样的心态在实际社会和生活中具有普遍性:无论是有意违规犯错还是践踏法律行凶作恶,实施人都希望自己的行为能一了百了,"就这一次,永远做人"是极为普遍的心态。但是莎士比亚并未让麦克白的思考停留在个人层面,在随后的台词中,他让麦克白先后从信仰、人伦、良心三个方面对自己未满足野心而要实施的罪恶计划进行了反复的思量:从信仰上说,罪犯即便能逃过法律的惩罚,却逃不过最终审判日的惩罚;从人伦上说,为臣岂能弑君,为主岂能害客;从良心上说,因为邓肯为君清廉,深受爱戴,定会有良心如天使将他的弑君杀客的罪行广告天下。这段独白展示了麦克白内心深处的"柔软点",使他具备了"人"的本性,使他与彻底的恶棍罪犯有了本质的差别,从而使这出悲剧超越了个人而带有了普遍意义,莎士比亚的《麦克白》是一出人的悲剧,是可能发生在每一个观众或读者、每一个人身上的悲剧。

麦克白关于"匕首"的那段独白,是莎士比亚笔下又一段犯罪心理刻画的经典文字。麦克白"看见"滴血匕首,不仅为饰演麦克白的演员提出了极大的挑战,也为所有接触到这部戏的人留下了充分的想象空间,为改编或重写这一人物,特别是挖掘其内心深处人性与罪犯的纠结和争斗提供了巨大的可能。上文述及,奈斯博在采访中认为,莎剧中的有些细节可以在小说重写中较容易地得到利用或改写,比如把匕首变为手枪。事实上,小说《麦克白》中的主人公不仅手里有枪,更有一个自小练成的神奇的"飞刀"绝技,数步之外百发百中不差毫厘。他凭着一手飞刀绝技,在不少关键场合击杀黑帮,

---

① 以上三段麦克白独白的完整译文见本篇附录。

拯救同伴，开因弗尼斯赌场的"夫人"就是他以飞刀从绑匪手下救出后成为他人生伴侣的。他刺杀上司邓肯的那一段更是令人拍案叫绝：麦克白面对熟睡的邓肯发现自己无法下手，正准备离开卧室，听到邓肯在背后喊他的名字，更是从镀金的门把手反光上看见邓肯从枕头下掏出手枪，千钧一发之际他转身飞刀割断了邓肯的喉咙。但是，精彩的动作描写却没有给心理刻画留下更多的空间，未能很好利用莎剧的那段台词更好地揭示麦克白的心理厚度，对麦克白心理纠结的描述止步于不忍心下手，这不能不说是这部重写的一个遗憾。

  莎士比亚放在麦克白嘴里的那段"明天，明天，又一个明天"的独白，不仅点出了麦克白个人悲剧的意义，更将其投射到了整个人类和人性上，从而带有了超时空的意义，而这样的超时空意义，正是经典文学独有的特质。它们表面上是写一人一时一地，其意义却体现在人类整体，超越时空和地域。就麦克白悲剧而言，从本质上看就是一个极端的浮士德隐喻，即他以为可以用自己的灵魂（当然还有道德、亲情等）换来永远的幸福和无边的权势，却使自己深陷于道德败坏精神空虚的罪犯境地，到头来发现，付出了惨重的代价却了无意义。这样一段独白，几乎成了《麦克白》悲剧的标志，是任何搬演或重写都无法绕开的，它同时也是任何搬演或重写的试金石。在处理这一桥段时，奈斯博十分巧妙地把莎剧中夫人梦游写遗书的细节与三个"明天"的独白糅合到一起。遗书上只有寥寥两行：

  明天，明天，明天。每一天都在泥沼里爬行，到头来，做成的所有就是再次杀死太阳，
    把所有人推得离死亡更近。①

---

① Nesbo, *Macbeth*, Hogarth, 2018, p.409.

而此时小说中的麦克白所感到的,就只剩下"空"了,为了它,麦克白付出了道德、亲情、名誉、灵魂的惨痛代价。但是,把原作中主人公悔之晚矣、人生如戏的深刻领悟和反思基本抛弃,又把仅剩的三个"明天"改放在"夫人"的笔下,这显然浅化了小说中麦克白的心理和情感厚度,从而浅化了这一思考的普遍意义,与重写者写出主人公从英雄到恶棍的心理转变的设想似有南辕北辙之嫌。

奈斯博的两难与选择

或许,奈斯博所谓的写"人物心理",指的是他用于填空的主要质料:压抑在麦克白潜意识中的性侵创伤及后果(可能的性无能),但是从小说整体来看,性侵创伤无论是对麦克白还是夫人,都只是现成的借口,甚至可能是重写者为小说人物的行为找的借口,而不是他们犯罪的直接原因。麦克白要篡夺警察局局长的位子,最直接的可能就是对权势的欲望和野心,要刻画人物的心理深度,恐怕需要从这一点上下功夫。在这一点上,莎士比亚的《理查三世》可以提供很好的比较与参照。在这部著名的历史剧中,阴谋篡位的波林勃洛克(即后来的理查三世)哀叹自己天生畸形,并以此作为他后来一系列恶行的借口,但这完全不能成为他此后作恶多端的理由和原因,和麦克白一样,作恶犯罪的原因是他们的权力欲望,野心膨胀到了可以不惜用谎言、威吓、谋杀等罪行来满足的地步,而莎士比亚的麦克白比他的理查三世更胜一筹的地方,恰好在于麦克白始终有着一丝人性,使他能够在最后关头反思自己如何走到了万劫不复的这一步,从而如亚里士多德所言,以其深刻的悲剧性使观众读者感到"惊惧",并"荡涤"着他们的天性良心。

反观奈斯博的重写,他用充分的篇幅描述了麦克白和夫人潜意识中的性侵创伤,却未能以同样充分的篇幅展示相关人物在这出犯罪大剧中的道德纠结和心理深度,在填补原作留白的过程中,使整个故事具象为:一群因各自生活遭遇而有各种精神和行为问题的人，以清除恶势力为借口，在野心驱使下疯狂相互陷害杀戮。其结果就是，充分的情节性和动作性在一定程度上削弱了人物的思想和心理深度，从而削弱了麦克白故事的悲剧性。犯罪杀人的故事本身并不是悲剧，而如果过分强调特定的过去经历（借口），该人物在情节事件中的行为和行动选择就不再具有普遍的适合度，观众与读者将会把它当作与己无关的"别人的故事"，从而减弱悲剧的教育警醒意义。就麦克白而言，莎士比亚的原作写人的悲剧，写人性悲剧，写犯罪心理，并以其语言的美与力量震撼着观众和读者的灵魂，而奈斯博的重写，同样写丰富的人物，写特定的人性，写犯罪心理，但这一切或多或少被湮没在巨大复杂、惊心动魄的犯罪小说架构中，使读者的关注集中在令人无法喘气的悬念及节奏中，很难有机会探究麦克白内心深处到底有什么东西同样能使我们动容。连奈斯博本人在上面提到的那次采访中也不得不承认，"这家伙（按指莎士比亚）的确在我前头干得很漂亮"。

奈斯博的小说重写麦克白提出了经典重写中一个富有意义的问题：重写策略中的"补白"和"具象化"，的确能富有创意地对原作进行铺陈拓展，解答问题，捋顺情节和人物等，但这样做是否一定要以神秘消失、想象关闭、开放情节变成闭环情节等为代价？是否一定要以原作的诗意和灵魂震撼力为代价？

本章附录一 ①

若此事一完就此完事，那应当	If it were done when 'tis done, then 'twere well
快干快了；若这样的暗杀做成，	It were done quickly: if the assassination
且没有后患相随，若暗杀一完，	Could trammel up the consequence, and catch
成功到手，那我期盼就在这里	With his surcease success; that but this blow
一刀下去万事遂成，一了百了，	Might be the be-all and the end-all here,
站在时间的此岸河边，去赌上	But here, upon this bank and shoal of time,
自己未来的生活。但这样的事	We'd jump the life to come. But in these cases
终究要遭审判，我们只想叫人	We still have judgment here; that we but teach
去做流血的恶事，可真要做了，	Bloody instructions, which, being taught, return
会反让授计人倒霉：公平的正义	To plague the inventor: this even-handed justice
会把我们举着毒酒杯的手引向	Commends the ingredients of our poison'd chalice
我们自己的嘴边。他来是出于双重信任：	To our own lips. He's here in double trust;
首先，我是他亲戚又是他臣下，	First, as I am his kinsman and his subject,
断不能有此恶行；我还是主人，	Strong both against the deed; then, as his host,
更应该向企图谋杀者关紧大门，	Who should against his murderer shut the door,
而不是举刀相向。再说，这邓肯	Not bear the knife myself. Besides, this Duncan
性情举止那么温柔，在位为君	Hath borne his faculties so meek, hath been
如此清廉自好，若真的被弑，	So clear in his great office, that his virtues
他的善行一定会像天使那样，	Will plead like angels, trumpet-tongued, against
用响亮的宣告谴责那深重的恶行，	The deep damnation of his taking-off;
人们的怜悯心会像新生的裸婴	And pity, like a naked new-born babe,

---

① 本篇附录中的译文均为作者自译。

骑在云端飞驰，或像天上的风神	Striding the blast, or heaven's cherubim, horsed
坐着凡人看不见的马拉云车，	Upon the sightless couriers of the air,
把这可怕行为吹进所有人的眼里，	Shall blow the horrid deed in every eye,
而人们的眼泪将把这狂风淹息。	That tears shall drown the wind. (Act 1, Scene 7, Lines 1-25)

本章附录二

我眼前看见的是一把匕首吗？	Is this a dagger which I see before me,
刀把正对着我的手。	The handle toward my hand?
来呀，让我抓住你。	Come, let me clutch thee.
没抓到，可我明明看见你的。	I have thee not, and yet I see thee still.
要命的幻象，难道只能看见你，	Art thou not, fatal vision, sensible
却无法抓着？还是说，你只是	To feeling as to sight? or art thou but
人心里的匕首，是虚幻的想象，	A dagger of the mind, a false creation,
来自被欲火压着的大脑？	Proceeding from the heat-oppressed brain?
可是我看得见你，你有形有状，	I see thee yet, in form as palpable
和我现拿在手里的一样。	As this which now I draw.
你指引着我该去的方向，	Thou marshall'st me the way that I was going;
也告诉我该用什么工具。	And such an instrument I was to use.
要么是我的双眼被其他的感官蒙蔽，	Mine eyes are made the fools o' the other senses,
不然就胜过它们所有；我还是看见你，	Or else worth all the rest; I see thee still,
你的锋刃和鞘套正在滴血，	And on thy blade and dudgeon gouts of blood,
刚才可没有的。没有这回事：	Which was not so before. There's no such thing:
是我血腥的念头才让我的眼睛	It is the bloody business which informs
看到了这样的情景。	Thus to mine eyes. (Act 2, Scene 1, Lines 40-56)

本章附录三

明天，明天，又一个明天，	Tomorrow, and tomorrow, and tomorrow,
就这样日复一日碎步向前	Creeps in this petty pace from day to day
直走到早已定下的最后时刻：	To the last syllable of recorded time:
所有的昨天都只为愚人照亮	And all our yesterdays have lighted fools
通往尘泥之死的道路。灭了吧，灭了吧，	The way to dusty death. Out, out,
短暂的烛火。	brief candle.
人生不过是行走的影子，在戏台上	Life's but a walking shadow, a poor player
蹦跶着演完了自己的角色，	That struts and frets his hour upon the stage
然后就没了踪迹。人生是一段	And then is heard no more. It is a tale
白痴讲述的故事，充满喧嚣与狂怒，	Told by an idiot, full of sound and fury,
却没有半点意义。	Signifying nothing. (Act 5, Scene 5, Lines 19-28)

第八章

霍加斯之外:《哈姆雷特》与《李尔王》

第八章 霍加斯之外:《哈姆雷特》与《李尔王》

第1节 "核"内聚与裂变:《哈姆雷特》引发《坚果壳》

若将莎士比亚和英国当代作家麦克尤恩(Ian McEwan,1948—)发生关联,会产生怎样的化学效果?全球的莎迷和麦克尤恩书迷又有着怎样的重叠比例?他们会对这样的联系发生何种想象、期盼和评说?2016年麦克尤恩的小说《坚果壳》(*Nutshell*)就从非常独特、新颖、匪夷所思的角度,对莎剧中最受关注和评论的《哈姆雷特》进行了大胆的,甚至开脑洞式的当代小说创作,将第一人称叙述者设计为母亲子宫里受孕38周的胎儿,从胎儿的有限视角和宛若"坚果核"般狭窄逼仄的子宫生存空间,讲述母亲背叛父亲,与父亲的胞弟,即自己的叔父偷情,并最终设局毒死父亲的经过。

这个从头至尾带着嘲讽、揶揄、哲人口吻的胎儿,耽于生存思辨、哲学探究、心理分析、文化反思,他口中的奸情谋杀故事,贯穿叙述的复仇愤懑和忧郁,以及不时犹豫和游移不定的情绪,指涉何其分明,令读者立即对位莎翁笔下的丹麦王子哈姆雷特,尽管这个第一人称叙述者贯穿始终地缺失名字。其他人物随之一一落实,怀孕的美妇人特鲁迪(Trudy)即王后格特鲁德(Gertrude),叔父克劳德(Claude)即克劳迪斯(Claudius),父亲约翰(John Cairncross)则是老哈姆雷特王。莎剧中其他人物和大量复杂情节被大刀阔斧删除，故事简洁明了，线索清晰，几乎不见盘根错节的副线。诗人型出版人约翰遭遇了妻子特鲁迪的背叛，因为年轻貌美的特鲁迪对丈夫掉书袋式的诗学理念和诗行吟诵心生厌倦，尽管她身怀六甲，还是与丈夫的弟弟克劳德发生不伦之恋，并执意让丈夫搬离两人的家，方便与小叔子偷情。身为地产开发商的克劳德与兄长截然不同，他粗俗实际，经商有道。故事的来龙去脉完全由特鲁迪腹中的胎儿叙述，他听到了父母的争执和决裂，也得知了叔父和母亲要设计完美犯罪，毒死父亲。当谋杀达成后，父亲所谓的情人艾洛蒂（Elodie）又坦言了出轨之事子虚乌有（真实与否读者不得而知），此后母亲情绪复杂，与叔父在罪恶感中相互指责，硝烟弥漫，心惊胆战。直到故事结尾处，胎儿决定破水诞生，在一片混乱不堪中来到现实世界。

更令人错愕而倍感荒谬的是，尚未出世的胎儿竟然口吻老练，思想成熟，知识广博，毫无人们所期待的天真懵懂，他是真正意义被局限在"坚果核"内，行动上极端受限，思想和想象却天马行空、自由无垠。于是，这个受困于母体的胎儿哲学家，时刻关注父母和叔叔之间的情爱背叛关系，担忧着自己进入人世的危机，还不时显在或潜在地引用莎士比亚典故和名句，也从其他名人那里引经据典，将哈姆雷特式的痛苦、困惑、矛盾、犹豫贯穿始终，这种思想历程，仿佛是与莎士比亚，与所有了解莎翁悲剧《哈姆雷特》的观众或读者，甚至包括莎士比亚学者等，展开一场交流和辩论。

然而，穿越这道看似诡异的变形屏障，读者发现文学创作的内核，它在当代小说和经典莎剧之间是高度交融的，即对于人性意义的探究，对情感忠诚的反思，对生存潜能的求索。尽管这部奇特的小说背后，也能看到英国18世纪小说家劳伦斯·斯特恩（Laurence Sterne，1713—1768）的代表作，即奇书《项狄传》（*Tristram Shandy*，1767）的影子，例如叙述者项狄能从自己生命受孕之初，基于自我感受开始叙述；也有学者甚至提到了印度史诗《摩诃婆罗多》中尚在母体的胎儿叙述，但是从小说的情节走向和人物关系看，莎剧《哈姆雷特》的母版特征毋庸置疑。如果说莎士比亚再现了文艺复兴时期的英国民族特性，那么麦克尤恩的创作则同样代表了当下的英国文化和个性。尽管时空变化，个体对于生存和人性情感、欲求的担忧和焦虑是共振的，而那个不断互文隐喻的坚果核，也由此成了个体生命能量内聚和裂变的象征核心。借助莎翁笔下的哈姆雷特王子，麦克尤恩继续着他小说创作的主题：三角恋、母子关系、背叛、救赎、文化探寻和生存反思，与诸多莎剧当代小说重写不同的是，《坚果壳》对于经典原点的观照始终隐匿含蓄，作家遵从自我风格彰显，聚焦自身关注的主题探究和人际关系，更多是从经典借力，汲取灵感，其作品内核的爆发力更突出着力点的巧妙独特，因而令人更觉原作潜在深入，直至渗透遁形。

《坚果壳》出版于2016年，其恰逢莎士比亚逝世400周年，无论是英国国内还是全球围绕莎士比亚主题的各种文化活动频繁，"莎士比亚是凝聚全人类伟大共识，同时也是彰显本质差异的最佳载体，而后者更为关键"[1]。霍加斯出版社在400周年庆典的前一年发起了出版莎士比亚当代小说重写系列的计划，而此系列中至今独缺当时纳入方案的弗林（Gillian Flynn）重写《哈姆雷特》，其他作家的莎剧重写创作在学界和读者圈的接受和效果也毁誉参半，毕竟创作受到了市场干预和出版社命题的无形限制。但是，学术界对《坚果壳》却赞誉有加，有学者甚至认为，所有霍加斯莎士比亚系列的小说重写，"都比麦克尤恩根据《哈姆雷特》重写的小说《坚果壳》逊色"[2]。这一直言不讳的高度赞赏，除了对小说创作自主、自发、自由前提的捍卫，也让我们更关注原典和重写在彼此影响中的创新和突破意义，关注经典之核在时间发展中内聚和裂变的重要性。毕竟，《坚果壳》只截取了原著的小小一段，大大浓缩了原剧情节，聚焦在一个爆发点上，围绕乱伦偷情、毒杀亲夫，甚至有意避开了任何显在的哈姆雷特互文，除了小说标题源自哈姆雷特的名句。麦克

---

[1] 转引自 Elena Bandin and Elisa Gonzalez, "Ian McEwan Celebrates Shakespeare: Hamlet in a Nutshell", *Critical Survey*, vol. 33, no. 2, 2021, p.17.

[2] Ángeles de la Concha, 转引自同上。

尤恩甚至在访谈中否认了自己有重写《哈姆雷特》的意图，表明："我确实无此重写打算，它只是莫名地潜入了作品。"① 尽管如此，莎剧与小说的暗合和互文无处不在。

"核"内聚：取自莎剧的思想内核

我们可以将标题"坚果核"的隐喻视为两部作品相互关联和互文作用的核心。这一名词出于第二幕第2场哈姆雷特王子与两位同学的对话："我可以被关锁在坚果壳里，却依然觉得自己如国王般主宰着无限空间。"② 暂时搁置此句台词的语境，我们明白它早已超脱了故事的局限，成为人们反复援引的名言，并以此与自己当下的生活境遇和感受结合。

莎士比亚戏剧的思想内核具有超乎想象的超越性和可塑性，格林布拉特（Stephen Greenblatt）常以莎士比亚幽灵无处不在来揭示其巨大的、渗透性的影响，道布森（Michael Dobson）将莎士比亚的幽灵视为"一种被所有的、多样的（方式）汲取占用的一种权威形象"③。因而，麦克尤恩所指的"莫名地潜入"也就得到了很可信的诠释。试想，个体生命的生存境遇的现实、物理局限，与个人欲望、理想、思想的广袤无垠，其本质的矛盾冲突是文学创作中不断揭示的母题，而丹麦王子在他所认知的大监狱中痛苦挣扎，在良知、情感、人伦的困境中不断反思，试图挣脱束缚，这潜在的、恒久的抗争，在那个胎儿身上得以形象再现。那不得歇的思想躁动，个体与外界恒久的对立矛盾和痛苦磨合，即将面对现实的不安焦虑，爱憎交织的错综复杂，个人对

---

① 转引自 Elena Bandin and Elisa Gonzalez, "Ian McEwan Celebrates Shakespeare: Hamlet in a Nutshell", *Critical Survey*, vol. 33, no. 2, 2021, p.18.

② "I could be bounded in a nutshell, / and count myself a king of infinite space."(*Hamlet*, Act 2, Scene 2, Lines 257-8) 除另有注明外，本文的《哈姆雷特》引语均为作者自译。

③ Paul Franssen, "Shakespeare's afterlives: raising and laying the ghost of authority", *Critical Survey*, vol. 21, no. 3, 2009(9), p.6+. Gale Literature Resource Center, link.gale.com/apps/doc/A216631856/LitRC?u=fudanu&sid= bookmark-LitRC&xid=a6699f2b. Accessed 24 Nov. 2021.

第八章 霍加斯之外:《哈姆雷特》与《李尔王》

一己之力的无奈颓然,却又不断要超越限制的努力,诸如此类的纠结,不啻莎剧的思想内核在不同作品创作和解读上汇聚、内敛着蓄势待发的力量。

语境的差异和关联

哈姆雷特提及的坚果核,源于他对罗森格兰兹和吉尔登斯吞询问打探的回复,他在父亲突然去世和母亲火速改嫁叔叔的双重痛苦下,在政权篡夺及弑君的怀疑煎熬中,表明人的思虑能让现实的生存境遇变成监狱般逼仄痛苦之地,罗森格兰兹很直接地回应道"啊,那是因为您抱负宏大使它成了果壳/而容不下您的思想"①,将王子的痛苦很直接地解读为巨大的抱负和有限现实的矛盾,而哈姆雷特对此的反驳中恰恰表明,人生活在坚果核般的境遇中并不痛苦,只要心量无限大,而梦魇才是他最大的障碍②。梦魇何为?这就是核心的内聚力之一:在莎剧中,吉尔登斯吞简单直接地将梦魇等同于个人抱负,认为"抱负的本质只不过是梦的幻影"③,如果个人抱负或野心的实质如剧中人物所言,无非是梦的阴影,那么哈姆雷特此后那句"梦本身即是一个幻影"④,就留下了巨大的解读空间和潜能。这阴影的幻象,仿佛无凭无据的猜忌,如空气般轻浮而难以把握,全凭着心思的运作。由此,麦克尤恩笔下这个并未真正踏入人世的胎儿,仅凭在子宫内的倾听、想象、感知,将无凭无据的空幻落实在前因后果的推测中,感知着由特鲁迪所触及的现实世界,直到最终,他对隔着子宫壁的生存忍无可忍,用指甲捅破了胞衣,迎来了"生命之初的破水。我的羊水保护层消失了"⑤。基于幻象般的猜测和推论只在小

---

① "Why, then your ambition makes it one; / 'tis too narrow for your mind." *Hamlet*, (Act 2, Scene 2, Lines 255-256)
② "were it not that I have bad dreams." *Hamlet*, (Act 2, Scene 2, Line 259)
③ "the very substance of the ambitious is merely the / shadow of a dream." *Hamlet*, (Act 2, Scene 2, Lines 261-262)
④ "A dream itself is but a shadow." *Hamlet*, (Act 2, Scene 2, Line 263)
⑤ McEwan, *Nutshell*, Jonathan Cape, 2016.

说最终进入现实世界："我瞥了一眼克劳德，比我想象的更瘦小，瘦削的双肩，狐媚狡猾的样子。显然是一副恶心的表情。"①这个"我"终于挣脱"坚果核"的突破，迎来的残忍现实却是，原本对特鲁迪信誓旦旦、忠贞不渝的克劳德竟然在她分娩时刻本能地问及护照在何处，想要逃避罪恶和被捕。

于是，耽于肉欲的偷情，惨绝人寰的毒杀，在胎儿之前各种困惑、猜测、推断、迟疑、矛盾的思想过后，彻底反讽荒谬地化为情感的虚无，那曾经是无垠宇宙中心骛八极的个体，在思想狂澜的落幕之际，用一段对母亲特鲁迪的描写颠覆了《哈姆雷特》中人本主义的崇高和超越："我父亲没说错，那是一张动人的脸。头发比我想的更加乌黑，眼睛是更为清浅的碧绿，双颊因方才的发力依然绯红，鼻子的确小巧。这张脸让我觉得看到了整个世界。美丽、动人、凶残。"②和莎剧更为呼应的是全书终结处的戏谑模仿，它回应了坚果核在其原出处的"监狱"指代，新生婴儿即将进入这个比子宫更广博的人世，而究其根本，那里只是比子宫更大一些的另一个坚果核，那是"我们的监狱，我希望别太小，希望在那扇沉重的大门外，被无数人踩踏的阶梯不断向上：起初是痛苦，接着是公正，而后有了意义。余下的是混沌（The rest is chaos）"③。

余下的是混沌，和丹麦王子临终的那句"余下的是寂静。"④形成了萦绕不去的交响，两个不同语境下的生存思考也引发了读者的进一步深思。雅诺威茨曾指出，从哈姆雷特的世界观可以揭示出莎士比亚对于哥白尼革命和当时"新哲学"的接受，尤其是王子关于坚果核的感喟中"无限的空间"（infinite space）一词，与中世纪的哲学家库萨著名的神学观，即"上帝就是圆心无处

---

① McEwan, *Nutshell*, Jonathan Cape, 2016, p.94.
② 同上。
③ 同上，p.95.
④ "The rest is silence." (*Hamlet*, Act 5, Scene 2, Line 362)

第八章 霍加斯之外：《哈姆雷特》与《李尔王》

不在、圆周无处可寻的天体"①。这与哥白尼的日心说理论一致，而这观点在当时的英国文艺复兴时期并非广泛认同。这一从当时语境看属于突破性、前卫的世界观和生存观，和哈姆雷特在思索个人意志与肉体限制的冲突中形成富有张力的比照，自由意志和生存困境的矛盾给个体带来的痛苦与反思延宕并回响在麦克尤恩笔下的胎儿身上。哈姆雷特在篡位者克劳迪斯面前，深感丹麦是一座监狱，自己时刻被监视，而唯有自行结束生命才或许是出路。他对于无垠宇宙的感叹，其本意并非人们所积极汲取的境由心生的理想，更多是对身体和心灵的双重束缚的抗诉。当昔日的两位同学顺势将这段话中的"国王"（king）一词做了字面意义的解读，认为王子是在觊觎真正的国王位置和王权，可哈姆雷特却始终思忖着那梦魇中的阴影，即老哈姆雷特王幽灵的控诉和谋杀篡位揭秘。复仇的重任和扬善除恶的政治目的，更是王子身上超乎众人的负荷与束缚。这些沉重的压力，是哈姆雷特身为王子的重要身份所特有的，那逼仄的坚果核，在莎士比亚创作时代中全新的无垠宇宙的天体理论的背景之下，更凸显其宏大庄严的意味。哈姆雷特的命运局限是多重的，他的王子身份限制了他的肆意妄为，篡位弑君的叔父时刻威胁到他的人身安全，加之父王亡灵让他立下的复仇承诺，包括对母亲的矛盾情结，这一切都让他无法挣脱束缚，成为思想上真正自由，可以不充当政治工具或复仇途径的个体。

莎剧中的坚果核也被视为跳脱悲剧故事情节的舞台艺术本身，可以被隐喻地视为将大千世界和人类情感通过表演再现的剧场，它有限的空间包罗万象，上天入地无所不能，而丹麦王子设计的戏中戏"捕鼠机"，一方面成为试探克劳迪斯罪疚心理的试金石，另一方面又是王子将人生视为舞台戏剧的造梦空间。这狭窄受限的空间里，无论心量多么广袤，他个人被迫扮演着角色，

---

① Nicholas of Cusa (1401-1464); Henry Janowitz, "Some evidence on Shakespeare's knowledge of the Copernican Revolution and the 'new Philosophy'", *Shakespeare Newsletter*, vol. 51, no. 3, 2001, p.79+. *Gale Literature Resource Center*, link.gale.com/apps/doc/A84152406/LitRC?u=fudanu&sid=bookmark-LitRC&xid =9033672f. Accessed 27 Nov. 2021.

甚至受到不公命运的欺凌。王子的装疯卖傻，那表演性浓重的生命叹息和感喟，都是在复仇承诺的束缚之下的角色演绎，是坚果核里的乾坤大戏。因此有学者指出："哈姆雷特被迫扮演某个角色，这本质上就是对他自由的限制，而这一特殊的、粗野的角色尤其不体面。……在所有的莎剧中，也许最具有自省性，最戏剧性保持自我意识的作品就是《哈姆雷特》。"① 因此，坚果核的限制和无奈，是丹麦王子的命运，也是戏剧之外剧作家本人的反思，同样是文艺复兴时期逐渐觉醒的自我，乃至于日益强调自我的当下人们，共有的思想内核。从这部最具自我意识的作品，从哈姆雷特这个自然也是最具自我意识的角色中，麦克尤恩可以提取典型的、耽于反思、关注自我生存的第一人称叙述者，即便他尚未来到人间，他的思想时刻突破障碍，推翻俗曰，以其剧场调度般的精准和布局，来达成一种对经典的对话，解构式解读，甚至是反讽式回应。他要让王子在最后导演般的"余下的是寂静"的剧场评析，转为"余下的是混沌"，将小说的场域幻化为剧场舞台，这坚果核般的束缚，从宏大、肃穆、悲剧英雄的庄严视角，转变为琐碎、戏谑、肉身凡胎的平常叙述。这个内核，从美学、哲学、戏剧艺术、生存反思，转移拓展到生理、感官、情绪、物质层面的感受，哈姆雷特的死亡终结了他受束缚的人世苦痛，而胎儿自产道啼哭着诞出，也是一种束缚的终结，两者都是对其前在角色的拒绝和抵抗。

需要强调的是，麦克尤恩坦言自己并非重写《哈姆雷特》，本质上并不会否定他的创作和莎剧经典的关联。其中的内核思想，除了"坚果核"字面意义上的重合，也表明了一个众所公认的观点，即莎剧具备微妙而极具包容的特征，其作品中的细节，经过修订、重组、变形、隐射、增减，哪怕是扭曲，可以在不同的创作中显现。无论我们怎样用诸如"媒介间性"（intermediality）或"化身"（embodiment）等名词来表述，这种具有内聚特征的思想内核，更

---

① Mark Rose, "Hamlet and the Shape of Revenge", *English Literary Renaissance*, vol. 1, no. 2, 1971, pp.132-143.

像是能悄然"改变他人具有繁殖功能的 DNA 序列,以此拦截或阻碍复制"①。这是一个非常有趣的观点,即这样的内核旨在干扰复制,也就是说,它并不鼓励复制性质的重复和模仿,而是在生命多样性和丰富性上产生推动力。因此,麦克尤恩的《坚果壳》之于《哈姆雷特》,其原创和新颖的生命力丝毫不受经典影响的限制,而是获得了经典莎剧核内聚的能量和动力。小说为读者指向的是更丰富的哲思和质疑,开启的是不同于莎剧的诠释空间,并且其颠覆和反讽的意义,在于我们会给予全新的解读和文化反思,甚至与经典形成更复调、深入的对话,导向更多超出经典原作所能涵盖或诠释的问题。

麦克尤恩不时从莎士比亚、卡夫卡②等大师那里获得当代小说创作的灵感,从经典的主题内核汲取能量,他转换时空和语境,将《哈姆雷特》中的弑君情节扩展、渲染、变形,置于当代伦敦,让当代世界无处不在的传媒信息,如特鲁迪常听的网络播客,以及中东局势、都市地产经济、文学出版趋势等,进入读者的阅读,引发同时代共鸣。关键在于,《坚果壳》从展现模式转变为叙述模式,作品的受众因而从侧重观看、观察,转为侧重倾听,其视角也从观戏的相对全知全能,转为极度受限的第一人称叙述,而这一胎儿叙述者,也仅凭着子宫里的感知,间接知晓母亲与叔叔的不伦恋,两人设计毒杀父亲的事件发展。胎儿以石破天惊、惊世骇俗的开场白揭开了小说的序幕:"此时的我,正头朝下地身处女性体内。"③极具反讽的是,这个头朝下的胎儿,恰恰栩栩如生地自我构成了坚果核的意象,他此后的絮叨,必然是核内聚的能量发散,这个显然魔幻现实主义色彩浓重的叙述,被麦克尤恩成熟、老练、

---

① Pascale Aebischer, "Reenacting Shakespeare in the Shakespeare Aftermath: The Intermedial Turn and Turn to Embodiment", *Shakespeare Studies*, vol. 48, 2020, p.248+. *Gale Literature Resource Center*, link.gale.com/apps/ doc/A639274101/LitRC?u=fudanu&sid=bookmark-LitRC&xid=6b54beb0, Accessed 24 Nov., 2021.

② 麦克尤恩出版于 2019 年的中篇小说《蟑螂》(*The Cockroach*)即对卡夫卡《变形记》的重写。参见 Robson, Leo, "Kafka comes to Downing Street: Ian McEwan's fantastical political satire is the latest product of his passion for tinkering with reality", *New Statesman*, vol. 148, no. 5491, 2019(10), p.48+. *Gale Literature Resource Center*, link.gale.com/apps/doc/A603152771/LitRC?u=fudanu&sid=bookmark-LitRC&xid=7704b411. Accessed 24 Nov. 2021。

③ McEwan, *Nutshell*, Jonathan Cape, 2016.

权威的叙述交叠甚而掩盖。这个内核着力点，必然有别于丹麦王子的沉思，它从一开始就荒诞不经地做出了反社会传统、挑衅文化规律和禁忌的宣言，胎儿由内而外的洞察，包括对男女性爱的感知，酗酒、乱伦和谋杀的间性体验，以及对特鲁迪身外的政治、科学、文化、艺术、经济的理解，都得从这个头朝下的内核视角收集并辐射能量。身为内核的胎儿，这个即将足月的生命，其中枢神经在母体中不断发展完善，生理构造逐步完成，他清醒地自觉："好几周前，我的神经沟槽闭合，脊椎骨成型，好几百万的幼小神经元生成。"① 这神奇的生命能量的涌动，将小小的坚果核的生命力渲染得无以复加，精彩绝伦，让每个经由如此过程称为当下自我的读者不由得心潮澎湃，一时忘却魔幻和荒诞，随着胎儿的叙述和他共同体验和思考。

隐喻象征与当下：生命局限和悖反

从哈姆雷特的生命感喟中，我们能感受其坚果核隐喻中基于人本主义思想而深发的认知方式，它带着唯我论的强烈主观色彩，有着境由心生的超越，却带着悲怆和无奈的意味。在王子受困的丹麦古国，篡位夺权的弑君罪恶，在小说中被麦克尤恩颠覆地以特鲁迪情爱嫉妒、克劳德谋取伦敦北区房产利润的动机取代，被毒杀的约翰只是一位不合时宜的诗人和不合时宜的文学出版人。内核动因的巨大差异和悖反，将这一充满文艺色彩的隐喻放在读者面前，通过胎儿叙述加以渲染。父亲约翰屡次要给母亲读诗，屡次被冷酷地断然拒绝，他和"猫头鹰"女诗人的恋情从未被证实，但是他岌岌可危的生存境遇，被妻子怠慢、轻视的可悲，被商人弟弟轻侮嘲笑的耻辱，都在传达着传统文学在经济唯上的当下社会中的无力、无奈和现实脱离。在胎儿的反思中，年轻人的思考不再是哈姆雷特王子式的生存探究，"一种奇怪的情绪左右

---

① McEwan, *Nutshell*, Jonathan Cape, 2016, p.9.

着受了些教育的年轻人。他们大步向前,时而愤慨,但多数时间充满迫切渴望,渴望被权威支持,得到自我身份选择上的认可"①。这种由他人或权威的认可所建构的自我身份,是放弃思想内核和自我坚持的遗憾。

虽然这个怀孕 9 个月的胎儿重复着哈姆雷特"被锁进坚果壳"的经历,但紧接着的后半句成了"透过两英寸厚的象牙色肉体看世界,即那一粒沙子。为何不呢,既然所有文学、艺术、人类的努力,都只是宇宙那可能的万物中的一粒尘埃,甚至这个宇宙或许也只是无数亦真亦幻的宇宙中的一粒尘埃"②。其中,个体无穷的微小,对比其极致的以小见大,即在渺小和广袤的辩证关系上,这个经典隐喻有着高度的融合。如果说莎士比亚竭力从哈姆雷特身上揭示人性的以小见大,凸显文艺复兴时期人本主义所强调的人是万物之灵的思想;那么麦克尤恩则是在当下语境中将人在生存之链顶端的优势予以质疑和解构,他通过胎儿明确指出,"意识生命的开启就是幻想的终结,即关于非存在的幻想,即真实的爆发。那是现实主义战胜了魔幻,即'是'(is)战胜了'似乎'(seems)"③。这个观点基于胎儿对自己生命的反思,也是对哈姆雷特第四段,即最著名的独白中"生存(to be)还是灭亡(not to be)"的诠释性挪用。因为哈姆雷特的存在反思,他对于生命操控的能力,虽然受限于对来生(after-life)未知的忧虑和恐惧,最终迟疑而没有采取行动,但其中的无奈,相较于胎儿受制于母体,一旦"我母亲卷入了那件事,由此我也卷入了,哪怕我本身也许是想阻拦此事"④,其中的困顿无力和绝望,更甚于古代的丹麦王子。此外,在"是"和"似乎"的互文上,更直接的关联是《哈姆雷特》第一幕第 2 场中哈姆雷特对王后咬文嚼字的回答:

---

① McEwan, *Nutshell*, Jonathan Cape, 2016, p.72.
② 同上,p.36.
③ 同上,p.9.
④ 同③。

  似乎,母亲!不,它是真真切切的。我不懂什么"似乎"不"似乎"。

  好妈妈,我这件墨墨的外套,
  是礼俗规定的丧服,
  我勉强吐出的叹息,
  我滚滚江流般的眼泪,
  我一脸的悲苦沮丧,
  一切的仪式、外表和忧伤流露,
  都不能表示出我的真切的情绪。那些东西才是做给人看的,
  因为谁都可以做出那副样子。
  那些东西不过是悲哀的装饰和衣服,
  但我郁结的心事根本无法表达。①

  哈姆雷特强调自己对于父亲的突然离世的哀悼伤怀,是确凿真实的情感,绝非"似乎"的虚饰,表述中有对伪善虚假之人的隐射,但"似乎"在《坚果壳》的语境中则成了肉体真实存在的沉重负担和真正束缚,是对虚妄、幻想、耽于诗意空幻的消解,文字背后透露的是生命既已成型,思想就得承受这肉体之累和有形的现实,这种无奈是无处遁形的。即便再是形而上,"我身处此地,除了身体和脑子不停发育,别无他事,我吸收着一切,哪怕是琐碎点滴,而且这还占了大部分"②。生活中占多数比例的琐碎,消解了身处高位、举足轻重的王子的高贵,更糟糕的是,胎儿在那富有肌肉弹性的子宫中,被动、愤怒、绝望地对一起谋杀从策划、实施到罪恶掩盖的全过程完全无能为力,被迫卷入其中,感受生父的生命终结。

  莎剧中剑拔弩张、堂皇宏大的场景,对应着人物之间大起大落、大爱大

---

① *Hamlet* (Act 1, Scene 2, Lines 76-86).
② McEwan, *Nutshell*, Jonathan Cape, 2016, p.10.

第八章 霍加斯之外:《哈姆雷特》与《李尔王》

恨的感情,而可怜的胎儿却在母亲和叔叔情色肉欲的床笫私事中,"咬紧牙关,将身体用力顶住子宫壁……每一次活塞冲击,我都害怕他会冲破而入,捅了我软骨的脑袋,把精子撒进了我的思想,那可尽是些陈腐的黏液。"① 这令人瞠目结舌、尴尬荒诞的感受,近乎挑战了人的隐秘感知,而坚果核隐喻的最大疑窦在于:叙述者所得知的核外一切,既过度真实,又在本质上属于间接甚至背离。即便我们进行科学角度的分析,子宫内的胎儿并非母体的自我复制,其生命自身就是一种创造,是父母双方基因的组合,因而核心中的生命、母体特鲁迪对于他,必然有一半是异己,更勿论那陌生未知的子宫外的世界。

所以这个内核对无垠外界是无能为力的,即便他得知母亲和叔叔要毒杀父亲,竭尽全力想要扭转父亲即他基因的另一半的死亡命运,他必然是失败的,身不由己的。这个胎儿具有哈姆雷特所展现的人类可以思考的巨大内核能量,人类具有理性的优势。然而麦克尤恩将这一理性能量的反讽意义予以渲染,坚果核的思想隐喻从哈姆雷特的感叹伊始,就隐藏了其监狱般束缚的寓意。罪恶深重的丹麦王宫是一座监狱,可人的思想也是束缚人自由的又一座监狱,各种空幻、邪恶、怪异的念头左右人的行为,并不仅限于王子本人。因思虑念头而影响的处境,在哈姆雷特看来,不就是"这世间的一切于我是那么的腻味、陈腐、平庸,毫无意义"② 吗?正如利维所言:"作为戏剧角色,哈姆雷特几乎是思考行为的化身。在他身上,思想如此激烈,栩栩如生,近乎成为实际行为本身。"③ 由此看,核内聚的能量,在其近乎等同于实际行为的同时,又失落于无奈、无力改变现实的本质特征,所以在麦克尤恩的小说中,胎儿必然要挣脱子宫诞出,从而彻底否定和摈弃既定的身份,进入混沌

---

① McEwan, *Nutshell*, Jonathan Cape, 2016, p.17.

② "How weary, stale, flat, and unprofitable / Seem to me all the uses of this world." *Hamlet*, (Act 1, Scene 2, Lines 133-134).

③ Eric P. Levy, "The mind of man in Hamlet", *Renascence: Essays on Values in Literature*, vol. 54, no. 4, 2002, p.219+. *Gale Literature Resource Center*, link.gale.com/apps/doc/A97451002/LitRC?u=fudanu&sid=book mark-LitRC&xid=f2c336d4. Accessed 27 Nov. 2021.

的现实,一如哈姆雷特对霍拉旭所说,"天地之间有许多的事情,你梦所未及"。① 小说中胎儿限于其本质的无作为,与哈姆雷特不断被人们探究诠释的犹豫不决、耽于思想,缺乏果敢行动,形成了互文的深意,两者都不断内聚其思想的能量,让人看到和感受到这种内聚最终将抵达爆裂的趋势。

关键在于,被看到和感受到恰恰就是核内聚的重要意义,无论是哈姆雷特,还是胎儿,他们的思想过程,反思内容,恰恰影响着戏剧观众和读者的认识论和现实感受,正如利维指出的:"哈姆雷特的理念发展,其最深刻的寓意并非他如何认识自我,而是他的思考如何重新界定了思考功能本身,并由此深化了'什么是人',即这种理性动物的复杂性。"② 尤其是人之思想复杂和局限,和世界的广阔无垠之巨大悖反,其中的关系一直是艺术创作者无法回避,也难以穷尽的主题。时间和现实发展的迭代并未将人之肉身和哲思的内在困境突破。

"核"裂变

哈姆雷特的"坚果核"在其不断衍生的新作品中变幻着意义。读者在麦克尤恩的小说中凝神这内核巨大的能量,也感受着它冲破自身的"裂变"发展。作为当代英国著名小说家,麦克尤恩以其"耽于乖僻、古怪、毛骨悚然"被读者关注,并被评论为"其吸引力的秘密在于独具风格的病态"③。从他的近20年的创作趋势看,作品中逐渐频繁地隐藏着元小说特征,马尔科姆注意到,麦克尤恩"显然经常将文学自身作为写作主题,关注解释事物、讲述

---

① "There are more things in heaven and earth, Horatio, / Than are dreamt of in your philosophy." (*Hamlet*, Act 1, Scene 5, Lines 174-175)

② Eric P. Levy, "The mind of man in Hamlet", *Renascence: Essays on Values in Literature*, vol. 54, no. 4, 2002, p.219+. *Gale Literature Resource Center*, link.gale.com/apps/doc/A97451002/LitRC?u=fudanu&sid=book mark-LitRC&xid=f2c336d4. Accessed 27 Nov. 2021.

③ David Malcolm, "Understanding Ian McEwan", *Understanding Ian McEwan*, University of South Carolina Press, 2002, pp.1-19.

第八章 霍加斯之外：《哈姆雷特》与《李尔王》

故事的难度、可能性，和复杂性"①，所以从深层角度看，《坚果壳》是借助了一个荒诞不经、魔幻的故事，实质上在讨论文学，分析那个贯穿并超越了经典莎剧《哈姆雷特》的生存问题，是将莎翁塑造的这一耽于思虑的丹麦王子变形为当代的胎儿，将其坚果核般的能量从宏大、高贵、深邃的关注裂变在（后）现代性的琐碎细节中。

于是，在看似叙述结构精巧的故事中，基于非实证主义的沉思蔓延渗透小说始终，诸如从特鲁迪的酗酒、情感、性爱、嫉妒、罪疚中反思女性主义的矛盾反讽，从克劳德的地产盈利、猥琐卑下中探究商业发展中人性的逼仄和淡化，从约翰不被广泛认同的诗学情怀和形而上的不切实际，分析理性和科学维度下的文学艺术的困境，更勿论父母子女的生理和伦理关系，教育体制的弊端，以及工具理性和艺术疯癫的矛盾等。胎儿对母亲身份的质疑，他深陷依恋、恐惧、憎恨、怜悯等矛盾情绪的反应，必然超越了弗洛伊德关于恋母情结的诠释分析。

在作品内核式的思索过程中，思索引发的结果呈现出各个人物的非理性特质，尤其是特鲁迪在约翰宣布让她搬出住处，并引介情人后，那怒不可遏的嫉妒之火，以及立即决定采取毒杀行为的表现，反讽地与她和克劳德一步步细致设计完美犯罪，逻辑缜密地准备应对警方调查等，形成了滑稽的对比，而最终两人在慌乱中迎来了胎儿的降生，绝望而颓然地等待罪恶的暴露，狂飙地推动故事走向悬而未决的终曲。这个从坚果核中爆发并外放的一切，席卷了麦克尤恩惯于书写的主题，如乱伦、虐童、恋物癖、奴役、性爱与谋杀的恐怖结合、退化、肢解等，以至于引发人们对麦克尤恩作品道德伦理审视的担忧。

这种近乎碎片化的呈现，在《坚果壳》中形象生动地以胎儿的思考和感受得以达成，那些基于感受的猜测和想象，似乎难以形成富有现实主义风格

---

① David Malcolm, "Understanding Ian McEwan", *Understanding Ian McEwan*, University of South Carolina Press, 2002, pp.1-19.

的可信叙述,而更倾向于方向错综的思考漫反射。这些漫反射的叙述片段就像核裂变,动摇了我们曾经稳固的认知和思维,影响了我们的情感反应。

经典及重写中的衍生、拓展、变异与颠覆

因此,我们能从《哈姆雷特》和《坚果壳》的暗合中,看到经典和重写所展现的衍生、拓展、变异的生命力,尽管《坚果壳》几乎在各种表现形式和风格特色上截然迥异于莎剧《哈姆雷特》。莎士比亚的创作本质上具有不断衍生潜能的原因,其实根植于他本身擅长对前在作品的情节、人物、主题等的再利用,并将戏剧载体的适应性大力拓展。事实上可以认为,莎士比亚小说衍生在21世纪正经历着一次文艺复兴,就像一场在不同的媒介的渗透和参与之下的能量裂变,而这些新的媒介载体,包括影视、互联网传播、前沿科技、大数据研究、数字出版等,使人们的观看和阅读模式发生了巨变,同时,无论是创作者还是接受者,他们对于经典越发具有主动和参与性,也具备了更多的解读和批评视角。麦克尤恩匪夷所思地将读者带回了出生前的母体子宫,这个弗洛伊德都感叹"没有任何其他地方比它更让人能明确承认我们'曾经驻留过'"①,并由此卷起一场出生前的思维爆破,通过所有的间接途径,以内核本质为意识的辐射中心,在母亲收听调频广播、播客自媒体、自私妄为地在孕晚期品尝葡萄酒、震颤的性高潮、与克劳德的耳鬓厮磨、警方的调查问询等,将哈姆雷特的"文字,文字,文字"②的基本词义进行了数字化增长和变异,把莎士比亚借由哈姆雷特对人性的内在探索推进至极。如果莎剧中克劳迪斯担忧王子的忧郁仿佛母鸡孵蛋般引发糟糕后果,那么麦克尤恩小说中的胎儿就成了那只即将被孵化的"蛋",前者在如何死亡上纠结,后者的所有困惑逆转为怎样诞生,因而从余下的是沉寂掉转为破水而出后直面的混沌。

---

① Frances Wilson, "Too close to the son", *TLS. Times Literary Supplement,* no. 5919, 2016(9), p.23.
② "Words, words, words." (*Hamlet*, Act 2, Scene 2, Line 193)

第八章 霍加斯之外:《哈姆雷特》与《李尔王》

不同于哈姆雷特被父王的幽灵告知谋杀的秘密,胎儿事先就得知了毒杀计划,无法用行动干预,他在子宫里构思了写给生父的一封信,他在"我们时间不多了""请原谅我长话短说"①的开场白后,竟然离题式地提及某日父亲约翰为特鲁迪读诗,"那首诗专门写给粗心、漠然的读者,写给失意的恋人,一个真正的人""它关于枉然的迷恋、痛苦的情感执着、徒劳而不被认可的渴望……"在一系列关于这首十四行诗的诠释和评说中,我们愕然而怪诞地体会着哈姆雷特这位耽于沉思和犹豫不决的王子超越时空的强大生命,直到此信反高潮地提醒约翰:"不要走下楼梯。只要漫不经心地道别,赶紧上车走人。哪怕你必须下楼,千万别喝果汁,尽快告辞。我以后会解释的。"②长话短说、开门见山的直接,竟然继续在思考的延宕中丧失了功能和意义!这荒诞不经的本质重复,会在读者内心引爆新的感触,想到胎儿的生父在小说始终从未真正为即将到来的新生命予以关爱和考虑,他沉溺于陈腐的诗意和爱情背叛的悲情,毫无发乎本性的父爱感受。即便是小说中约翰带着女诗人艾洛蒂前来告别,并对妻子宣称自己和女诗人的相知相恋,这一挑衅举动,哪怕动机如何含混,本质就是对《哈姆雷特》中戏中戏的一种修辞性借用,只是王子的戏中戏是为了试探克劳迪斯的罪恶心理,而约翰的婚外情表演,则是为了在善妒的特鲁迪心中激发起情绪狂澜,约翰甚至有意在宣告"恋情"后要为特鲁迪最后一次朗诵诗。于是我们看到胎儿对母亲复杂情绪的感受,并断言"她恨艾洛蒂超过了她爱约翰",此处英文原文的动词表述是一般现在时,极具反讽意义。特鲁迪与克劳德的偷情,原本就是对婚姻的背叛,而约翰带来的诗人情人却煽动了女性的情爱嫉妒,因而故事中的毒杀动机十分复杂。特鲁迪对克劳德和约翰这对兄弟的感情,从莎剧中的隐而不宣,艺术忽略,转变为小说转移聚焦之后的能量反应堆,从这个爆破点,读者不仅看到所谓爱情的颠覆消散,也会对人们普遍接受的俄狄浦斯情结产生不同于传统解读的

---

① McEwan, *Nutshell*, Jonathan Cape, 2016, p.45.
② 同上。

反思。胎儿对母亲特鲁迪的评价几乎釜底抽薪："我憎恶她和她的悔恨。她是如何从约翰走向克劳德，从诗意转为陈词滥调的？她堕落地步入臭烘烘的猪圈，和她的白痴情人在烂泥里翻腾，躺在污秽和迷狂中，策划着房屋霸占，让一个善良的男人痛苦不堪，屈辱而死。……这就是她，在同一天里寡廉鲜耻地从谋杀无缝衔接至自怨自艾。"①

胎儿的感叹和领悟常常超出读者的预期和认知，当他得知母亲和叔叔将毒杀设计为约翰的自杀，便有了如下的哲思："我父亲的自杀虚构将成为我自行了结的灵感，是生活在模仿艺术。"②试想，一个尚未真正诞生的胎儿，居然被荒诞地用来模仿丹麦王子的自杀犹豫，并自嘲地表述为"自缢者陷入弄巧成拙的死循环""某些努力在酝酿之初就注定徒劳，并非因为懦弱，而是因为其本性"。③这样的生命反观，恰恰对立于哈姆雷特的人性赞美：

> 人是一件多么了不起的杰作！多么高尚的理性！多么无限的能力！形体动作都那么迅疾可敬！行为举止多像是天使！智慧明断多像是天神！世间至美！万物之灵！④

人性之美和超越被胎儿戏谑地颠覆，在特鲁迪身上，任性跋扈和自私取代了爱情和忠贞。小说中当艾洛蒂告诉特鲁迪，说约翰之前公开两人的婚外恋情，并宣布要搬回自己合法的住宅，本质是为了煽动特鲁迪的妒火："他从来就没想抛弃你。……我们之间什么都没有，约翰·凯恩克罗斯只是我的编辑、朋友和师长。"⑤这个真伪不清的泄露，被麦克尤恩加以隐秘的戏谑反讽：

---

① McEwan, *Nutshell*, Jonathan Cape, 2016, p.59.
② 同上，p.64.
③ 同上，p.67.
④ What a piece / of work is a man! How noble in reason! how infinite / in faculty! in form and moving, how express and admirable! / in action how like an angel! in apprehension how / like a god! the beauty of the world! the paragon of / animals! (*Hamlet*, Act 2, Scene 2, Lines 307-312)
⑤ McEwan, *Nutshell*, Jonathan Cape, 2016, p.70.

第八章 霍加斯之外：《哈姆雷特》与《李尔王》

当读者因此猜测特鲁迪内心的狂澜，认为约翰执着的爱，他为了让妻子回心转意的所有这些谎言，必然会让特鲁迪愧疚悔恨，而胎儿也确实地感受到了母亲身体的颤抖。然而艾洛蒂在告知约翰的遗容后，留下了巨大的解读空间，故事在胎儿一句淡淡地描述中忽然滑出了人们的推断："我父亲那骇人的微笑将一切逆转，那洞察一切地咧嘴一笑冷在逝者的脸庞上冷冰冰地展开。"①

于是，那疑似的、尚存的真爱希望终于彻底消散，无论约翰和艾洛蒂是否有私情，母亲的妒火、父亲遗容那深知一切的微笑，都确凿地传达了这样的信息，浪漫爱情只是我们想象的、基于自私自利和欲望的东西。它动摇了母亲谋杀亲夫后的笃定，而那抹诡秘的微笑仿佛《哈姆雷特》中父亲的亡灵，他经由艾洛蒂的叙述，渐渐成型，出没于特鲁迪的梦境："他来自停尸间，就为了找到我们，为了弄明白自己到底想要什么。……这并非幻觉，这是实实在在的父亲。……他那骇人的双唇嚅动着，却没有发出声音。"② 这幽灵的重返同样解构了《哈姆雷特》中的庄严肃穆和悲情，仿佛剧中那破晓的钟声，在经历了时空的巨大变化后，荒腔走板地转调成了喑哑的呜咽，却引发人们进入不同的质询。

这种裂变，有着不破不立的目的，其颠覆的用意，尤其是在对经典的解构式对话中，既是一种破坏，也是一种创立。例如，通过父亲约翰这个失败的出版人和诗人角色，作者深刻揭示并探讨文学艺术在当下的困境。穷困潦倒的文学生计与约翰的梦想有着巨大落差，他希望自己能慧眼识才，甚至出版未来诺贝尔作家的作品；他明知自己赚钱赚得不如妻子多，更远低于弟弟，却精神胜利地想着自己能背诵千首诗歌。他还"真心相信写诗赞美我母亲（她的双眸、秀发、双唇），赶来大声诵读就会感动她，被重新迎回自己的家"。可是母亲对这样的诗情是麻木而冷漠的，"这种毫无时尚可言的十四行诗形式"。可是胎儿却如同学者般评价起诗歌："大多数现代诗都让我感到冰冷。太

---

① McEwan, *Nutshell*, Jonathan Cape, 2016, p.73.
② 同上，p.90.

多的自我,对他人的过于冷冰冰,短短一行却有着太多的抱怨。"① 无论是对文学,还是对真挚的爱,在梦想和现实之间,胎儿自觉父亲和他一样都爱得徒劳枉然。在叔叔克劳德这一地产开发商面前,形而上的一切都变得如此滑稽荒谬而无用。母亲对于实用主义的趋利倾向,让她在面对这个世界时,目光早已越过了那些艺术、文学、哲理。她的选择,又何尝不是当下很多人的共鸣?面对环境污染、饥荒灾难、毒品泛滥、气候变化,"森林、物种和北极冰层的消失,利益驱动和农药毒害的农业正消除着生态之美,海洋弱酸化……言论自由将不再自由,自由民主不再是显而易见的目标灯塔,机器人偷走了人们的工作,自由权利和安保措施展开肉搏,社会主义陷入耻辱,资本主义被腐化……"这一切,远远偏离于丹麦王子的困惑和痛苦,完全是作家愤慨中直接的观点介入,借由这局限重重的坚果核不断放大和爆破,他甚至让特鲁迪这个自身就被当代物质至上文化污染破坏的女性做了超乎她认知的总结:"这些灾难都是我们双重天性导致的。我们既聪慧又幼稚,建造了一个过于复杂而危险的世界,这使得我们争强好斗的本性难以应付。"②

这个危机重重的世界早已不是哈姆雷特面对的困境,莎剧经典成了一个爆炸能量的燃点,麦克尤恩甚至反讽地让听了母亲上述见解的胎儿继续发表哲思高论,反思道:"我们在戏剧、诗歌、小说、电影中激发自身黑暗的思想,而此时又在注释评论中不断继续。"③读到此处,相信不少人会哑然失笑,这反讽的嘲弄,原来并不指向他人,也并非仅仅解构正典,矛头还刺向自己,完全是一剑封喉的毙命颠覆和自我否定。

这种通过经典的裂变形式进行的创作或评论,在麦克尤恩之前也有不少成功的范例,无论是斯托帕德将中心视角偏移到哈姆雷特的两个同学罗森格

---

① McEwan, *Nutshell*, Jonathan Cape, 2016, p.14.
② 同上,p.19.
③ 同上,p.20.

兰兹和吉尔登斯吞的后现代戏剧重写①，还是知名女性主义学者肖沃特②从奥菲莉亚视角展开的评论，这些林林总总的衍生，在麦克尤恩笔下都被揶揄为"暗黑中的思想"，通过本核爆发出强大的能量。鲁思文曾转引艾略特在《传统和个人才华》（1919）一文中的精辟评述："艺术作品的'完整'存在秩序在于，它始终被某些'真正新颖'的东西的'续发'（supervention）而'改变'。"③20世纪早期的艾略特若是看到当下数字时代的各种"续发"，甚至性质上呈现数字式变异的衍生，应该会对这一存在秩序和原核的关系进行更深入的批判性反思。胎儿在反思父母和叔叔的三角关系时，发人深省地道出了一个被无数人忽略的真相："当爱情消亡，婚姻成了废墟，首当其冲的受害者就是诚实的记忆，那对往昔得体、厚道的回忆。"④于是，从表层看，现实的不愉快和龃龉否定了往日美好的回忆，当下扭曲着过去，现在任性错改着历史。从深层看，这种"续发"的破坏力和夸张性，在巨大能量的裹挟之下，我们究竟如何回溯，透过重重的裂变，看到内核？

超越裂变的进阶或退化

尽管小说家麦克尤恩并不明确表示《坚果壳》是一种经典重写，他只需对自己的作品风格、主题和叙事手法等负责，但是读者依然会清晰地看到两者的关系。不同的读者应该也会对此有不同的解读态度，对文本的互文和衍生进行深入探讨。诚然，在莎士比亚的衍生作品中，不乏通俗化、娱乐化、简单化、机械化的创作。即便是知名出版社、著名作家的重写之作，也有不少被诟病和质疑之处。读者会不自觉地对作品进行关联和比较，做出自己的

---

① Tom Stoppard, *Rosencrantz and Guildenstern Are Dead*, London: Faber and Faber, 1966.

② Elaine Showalter, "Representing Ophelia: Women, Madness and the Responsibilities of Feminist Criticism", In Parker and Geoffrey Hartman ed., *Shakespeare and the Question of Theory*, New York: Methuen, 1985.

③ K. K. Ruthven, "Preposterous Chatterton", *ELH*, vol. 71, 2004, pp.345-375.

④ McEwan, *Nutshell*, Jonathan Cape, 2016, p.39.

判断和分析。有意思的是，此时暂时搁置臧否，以《哈姆雷特》中王子在父亲和叔父之间进行对比的表述为例："那是一位多么优秀的国王，和现在的这个／相比，简直是天神与淫兽"，"天壤之别！""我父亲的弟弟，但他和我父亲一点都不像，就如我一点都不像那大力天神。"① 天神和色狼、天和地，这鲜明的比照出自王子的内心，也饱含着他个人情绪和血缘亲疏，对父亲的尊崇和爱戴，而母亲和叔父出人意料的仓促婚礼，给哈姆雷特的判断设置了重要的前在意识和伦理基准线，在伦理、血亲、情感、理智的几重影响下，这种对立反差的形成能被观众接受。王子还自嘲地将父亲和叔父的比照，等同于自己和大力神的差距。同样，在小说中，当胎儿震惊地得知母亲的出轨对象居然是自己的叔叔时，他的反应为："母亲喜欢我父亲的弟弟，背叛了她的丈夫，伤害了她的儿子。我叔叔偷了他兄长的妻子，骗了他侄子的父亲，极大地侮辱了他嫂子的儿子。"② 这番近乎文字游戏般饶舌的人物关系强调和交叠，本质上凸显了这层关系有违人伦的前提，加强了人物进行判断的立场，"我父亲本质上是毫无防备的，我目前身处的状况亦是如此。我叔叔，我基因组的四分之一，我父亲的半数，可是他和我父亲的差异，如同我和维吉尔或蒙田的距离"③。

从这个片段的比较分析来看，经典和衍生，或者说内核和裂变的关系，有了某种诙谐的隐喻联动。正如小说中胎儿在这段父亲和叔叔的比较之后，转而道出了"我之前一直把她（母亲）的爱想当然了"④。这个"想当然"，在小说中有其情节语境下的特殊意义，反讽强烈，因为不仅母亲的爱或许并不存在，连胎儿一直捍卫维护的父亲，也并未关注和关切胎儿的存在。其实，这也是我们在进行文学分析时不断会因为各种认知前提，情感体验，个人经

---

① "So excellent a king; that was, to this, / Hyperion to a satyr "(*Hamlet*, 1.2.139-140), "Heaven and earth!"(*Hamlet*, Act 1, Scene 2, Line 142), "My father's brother, but no more like my father / Than I to Hercules." (*Hamlet*, Act 1, Scene 2, Lines 152-153)

② McEwan, *Nutshell*, Jonathan Cape, 2016, p.22.

③ 同②, p.23.

④ 同③。

第八章 霍加斯之外：《哈姆雷特》与《李尔王》

历、知识结构、文化学养等的影响，而产生的主观判断，这里的"想当然"并非消极，而是文学感受和批评中的一种自然现象，诠释的主权在读者和受众手中。

麦克尤恩身为当代作家，从莎士比亚的《哈姆雷特》中汲取创作灵感、文化反思，读者从莎剧的研读中看到经典文本在当下向自我敞开，在衍生的小说中探寻源头和生成联系，不同的受众，无论在何种时间、空间、特殊文化场域中，对作品的判断，都会有不同程度的"想当然"，也会在各种透镜或滤镜的加持中，产生形形色色的比照。这种比照，如果会自省地、揶揄地加一句"可能想当然"了，想必裂变的意义就在于此。

麦克尤恩睿智地在作品中通过胎儿告诉大家："然而这是生活最具有限制性的真实：它始终是当下，始终是此在，从不是那时候和那里。"① 这一点恰恰契合了小说家在 2007 年一次访谈时的观点，当时采访者提出，小说在当下生活中的角色就是在人类感受的混沌中建构秩序，麦克尤恩回答道："我确实认为小说是在这一方面的某种调查、旅行、开放式的探究。"② 这个关于小说即刻、动态的特质，在麦克尤恩被问及自己创作中沿袭影响最大的作家时，也得到了渲染和佐证，即他认为 19 世纪的作家，如奥斯汀、巴尔扎克、福罗拜、狄更斯等对他的创作影响最深远，原因在于这些人的创作引领读者进入了人物的思想，探索思想动态建构中的意义。从更深一层意义来诠释，即作品在激发思考的过程中所体现的动态意义，落实到这一点，我们也就能看到，从莎剧经典的内核，到当代小说的诠释裂变，无论是人们溯源式地从历史语境和文本中探索到的意义，还是聚焦于当下衍生所阐发的新形式和新思考，如果诠释能量的动态依然存在，脑力激荡和思想捶打的意义就在于此。

由此，我们从一个小小的坚果核般的局限中，看到了其内在巨大的诠释

---

① McEwan, *Nutshell*, Jonathan Cape, 2016, p.23.

② David Lynn, "A conversation with Ian McEwan", *The Kenyon Review*, vol. 29, no. 3, 2007, p.38+. *Gale Literature Resource Center*, link.gale.com/apps/doc/A165911409/LitRC?u=fudanu&sid=bookmark-LitRC&xid= 5444f6dc. Accessed 24 Nov. 2021.

潜能和开放性，也在经典莎剧坚果核的隐喻中，反思了自《哈姆雷特》的原点所爆发的衍生能量，当麦克尤恩的小说《坚果壳》在奇妙地"编外"补充着霍加斯出版社目前恰好暂缺的《哈姆雷特》重写时，作品的独特和差异恰恰让人们从相对"循规蹈矩"的重写中出逸，看到了莎剧在开放和颠覆中一触即发的生成魅力。

第八章　霍加斯之外：《哈姆雷特》与《李尔王》

第 2 节　《哈姆雷特》"前传"：厄普代克的《格特鲁德与克劳迪斯》

关于无穷的《哈姆雷特》，其悲剧故事的前因也同样被几代受众推想和探究，美国当代著名作家约翰·厄普代克（John Updike，1932—2009）的长篇小说《格特鲁德与克劳迪斯》（*Gertrude and Claudius*，2000）在衍生作品中是最受关注之一。小说被称为《哈姆雷特》前传，出版当年即被《纽约时报书评》杂志（*The New York Times Book Review*）选为年度最佳作品。此作让编辑和读者印象最深刻之处在于其叙述焦点的彻底改变，即从王子哈姆雷特转为母后格特鲁德，其次是篡位者克劳迪斯。于是被广为接受的弑君和叔嫂联姻情节有了深入的个体心理、犯罪成因、情欲驱动、伦理道德层面的揭示和剖析。莎士比亚笔下人本主义的典范哈姆雷特反而成了小说背景中的次要角色，读者将关注聚焦在格特鲁德、哈姆雷特王、克劳迪斯的三角关系上，其中偏离的视线和由此而生的反思，自然引发了当代学者对于莎翁的当代重写和衍生创作的探究。

厄普代克的尝试先于伦敦的霍加斯出版社莎士比亚小说重写系列之前，从该小说的影响来看，它也是莎剧当代衍生的一个重要里程碑。莎剧衍生在创作之初就笼罩在强烈的影响焦虑中，故霍加斯出版社推出系列重写作品的出版方案，也被学者评论为"雄心勃勃，胆识过人，而前期资金投入必然巨大"①。诚然，莎剧衍生本质上是"改写的改写"，或者称为"衍生之衍生"，即莎士比亚从霍林谢德（Holinshed）的英国史、希腊历史学家普鲁塔克的作品，以及意大利诸多街头巷尾、大众民间的故事等获得戏剧的素材，而莎翁之后的作家又从这些戏剧作品继续衍生出新的作品，其中创作的文类转换频繁多样，语境变化显而易见，而有一点毋庸置疑，即莎士比亚在改写或重写的过程中，他对于经典衍生在接受或评价上的焦虑一定远远低于他此后的作家。莎士比亚自身成为诗学、戏剧的大师和丰碑，是世界文学宝贵的精神遗产，在他之后的衍生创作，不只是勇气、才华、心血的巨大考验，也是一种在致敬前提下的努力超越之举，衍生作品在读者面前，既是一种创新尝试，又是对经典给予独特的诠释。在莎士比亚的诗意想象和伦理想象的影响中，厄普代克将其戏剧公正和道德质询的推演功能不断发挥，他在《格特鲁德与克劳迪斯》的创作中，最显著的文学继承是揭示困惑与痛苦，而非以明确的表态来解决难题。换言之，即学者高普尼克称之的"莎士比亚通过揭示人性的丧失来彰显人性。"②

事实上，一部合格的莎剧衍生作品，需要如同接受经典莎剧那样，让读者在阅读中经受思想的锤炼，而非仅仅获得阅读的轻松愉悦。另外，莎剧衍生还得承受更严苛的细查和批评，正如《格特鲁德与克劳迪斯》自出版以来，也受到了不少负面评论，尤其是厄普代克在小说中将哈姆雷特边缘化处理的手法，甚至把他塑造为骄纵、任性、乖张的青年，引发了一些读者的不满。加之厄普代克身为美国当代作家，他笔下的中世纪后期的各个人物都不免带有所谓当代人的情欲和心理个性，尤其是王后格特鲁德被赋予了当代女性的觉醒意识，被诟病有历史违和感。更勿论小说将弑君的动机做了可信的辩护和分析，至少引发了某种理解和同情，在一定程度上与弑君、篡位、夺爱、

---

① Adam Gopnik, "Brush Up Your Shakespeare", *The New Yorker*, vol. 92, no. 33, 2016(10), p.85.
② Adam Gopnik, "Brush Up Your Shakespeare", *The New Yorker*, vol. 92, no. 33, 2016(10), p.85.

第八章　霍加斯之外：《哈姆雷特》与《李尔王》

乱伦的普遍道德伦理判断产生矛盾。

厄普代克将小说分成三部分，令人疑惑之处在于，每一部分人物的名称发生一定的改变，这一有意为之的名称差异会在后面的论述部分进行分析，此处先暂时搁置，统一以莎剧中的人物名字指称。第一部分主要阐述少女格特鲁德对爱情和婚姻的理解与接受。格特鲁德是丹麦国王洛里克（Rorik）的女儿，母亲在她3岁时早逝，她一直是父亲的掌上明珠。活泼任性的格特鲁德内心对父亲为自己选定的丈夫并不满意，但是后者为国王除掉挪威暴君而赢得了乘龙快婿的资格，而他的胞弟与他个性截然不同，桀骜不驯，狂野散漫。婚后不久，洛里克去世，女婿成了丹麦国王，格特鲁德生下了王子哈姆雷特；洛里克的大臣波洛尼厄斯对王后忠心耿耿，他目睹了格特鲁德婚后的惆怅不满，不时予以安慰劝解。格特鲁德甚至对儿子哈姆雷特也缺乏亲近。王子脾气执拗阴郁，耽于想象，多愁善感。当丈夫忙于通过军事力量扩张国土，格特鲁德与小叔子克劳迪斯越走越近，着迷于他在南方的流浪传奇，慢慢倾心于对方，而克劳迪斯也深深地爱上了自己的嫂子，但两人的感情暂时止于含蓄暧昧。

第二部分中，29岁的哈姆雷特执意要待在德国威腾伯格的学校里，让父王十分不悦，并催促他返回丹麦，为继承王位做好准备，而他也被认为对波洛尼厄斯的女儿奥菲莉亚心怀爱意，尽管父王认为奥菲莉亚心智有所欠缺。此时，国王和弟弟克劳迪斯的矛盾加剧，而格特鲁德和克劳迪斯也终于冲破了各种顾忌和隐忍，在波洛尼厄斯提供的乡野别墅中发生了肉体关系，并不时相约偷情，尽管彼此都背负着罪疚和后悔，一次次想终止这样的背叛，却感到彼此的爱欲缠绵已然覆水难收。这一切终于被国王察觉，老哈姆雷特私下警告克劳迪斯，说自己知晓隐情，并告知要处死波洛尼厄斯，放逐克劳迪斯，没收他所有领地，但国王决定原谅王后，认为她是受诱惑和被骗者。走投无路之际，在波洛尼厄斯的协助下，克劳迪斯趁着兄长午后在花园小憩之际，将毒药倒入了国王的耳朵。格特鲁德对整个弑君前后都毫不知情，一直以为丈夫并未察觉奸情，将国王的猝死看作意外。此后，因为哈姆雷特远在德国，克劳迪斯便承担起国王葬礼和国家政务。

第三部分中，克劳迪斯成为新的国王，并娶嫂子为妻。情节发展完全符合莎剧，小说结尾止于一幕二景的内容，在原剧的戏剧呈现之下，更多了心理层面的揭示和细节的补充与丰富。

厄普代克以其观照当下生活和读者感受的"兔子四部曲"①长篇代表作为广大读者接受，他的文学建树同样令人瞩目，屡获普利策奖、美国国家图书奖、美国国家图书评论协会奖等。他在一次谈及文学创作时说："与其说我对告知他人小说或诗歌讲述了什么，有何'意义'等有兴趣，不如说我更热衷于暗示人们关注阅读的体验。"② 因此，身为读者或研究者，我们也可以通过自己的阅读体验和诠释理解来比较这部前传衍生作品与莎剧《哈姆雷特》的内在关联和接受意义，将批评重心更多放置于莎剧及其衍生的诠释和接受。

叙述焦点：女性情感与个体认知

《格特鲁德与克劳迪斯》开篇就展示出这部莎剧衍生创作在语言上的大胆突破，表现出厄普代克深厚精湛的文字功底和文献资料运用能力，以及他在字里行间对莎翁的致敬和竭力挣脱影响焦虑的用心。这部作品最令人印象深刻的改变是叙述焦点的转移，即将关注点移到王后格特鲁德，更多是从她的女性情感体验和个体认知来重写理解《哈姆雷特》。此外，克劳迪斯的内心感受也得到更深入、拓展的揭示，还有大臣波洛尼厄斯在三角关系中的枢纽作用，以及他个人生活对故事发展的影响等。

---

① 厄普代克的"兔子四部曲"分别为《兔子跑吧》（*Rabbit, Run*, 1960）、《兔子归来》（*Rabbit Redux*, 1971）、《兔子富了》（*Rabbit is Rich*, 1981）、《兔子歇了》（*Rabbit at Rest*, 1990），主要讲述了主人公哈利·"兔子"·埃斯特罗姆（Harry "Rabbit" Angstrom）自中学篮球明星、结婚成家、发家致富，直到离世的生活经历和感受，由此形象生动地揭示了美国战后几十年的社会历史。

② Rex Roberts, "Evaluating Updike", *Insight on the News*, vol. 16, no. 47, 2000(12), pp.26-27.

第八章 霍加斯之外:《哈姆雷特》与《李尔王》

身为丹麦王洛里克的掌上明珠,少女时的格特鲁德有着不同于其他女性的独立觉醒意识,尤其是3岁丧母的经历更令她对周遭敏感多疑,因缺失母爱而倍感孤独,对情感有着更高的需求。格特鲁德的母亲曾是洛里克征服之国的公主,被洛里克俘虏并强娶,对丈夫的杀父之仇心怀憎恨,但是洛里克却一直对格特鲁德言之凿凿地宣称她是父母爱情的结晶,并强势地安排了女儿的婚恋对象,即未来王位的继承人。格特鲁德得知未婚夫曾经在征战中残忍杀害过战败国国王的妹妹,他除了醉心政治军事伟业,只把爱情婚姻视为权力的附属,轻慢女性的尊严,于是她从最初就对婚姻有着忤逆心绪,虽然最终无奈出嫁。格特鲁德婚后的惆怅和失落是显而易见的,即便是新婚之夜,丈夫的倒头大睡更是让她自尊被践踏伤害,更奢谈欲求的满足和身心愉悦。她意识到自己只是丈夫的泄欲工具,并非浪漫爱人,因此在怀孕和为人母的体验上,也并未有发乎天性的喜悦和温柔感受,甚至对小哈姆雷特有着莫名的疏远和陌生感。常年孤独的格特鲁德只有昔日父亲的忠诚大臣波洛尼厄斯可以交流,并不时听取他的安慰和建议。

然而,真正能填补格特鲁德失落和怅惘的人是小叔子克劳迪斯,这个浪子的丰富经历和传奇叙说打开了嫂子的认知世界,充实了她的生活和想象,也弥补了平淡乏味生活的遗憾。那些关乎自由不羁的故事,以及深感被关注和重视的满足,深深地捕获了王后的芳心。与丈夫的宏图大志相比,克劳迪斯的俗世悲喜更接地气,也更与格特鲁德的生活相关。此时的两人,并非一般浪漫故事中的年轻天真,克劳迪斯已经47岁,格特鲁德则到了35岁的成熟年龄,因而两情相悦并非受制于冲昏头脑的激情,并不缺乏坚实的理性考量和最初的隐忍克制。

当读者因为叙述焦点的偏移而重新关注格特鲁德时,会发现在《哈姆雷特》中曾经忽略的各种问题,尤其是女性意识的觉醒,身体和心灵的双重需求。尽管格特鲁德从丈夫那里得知两兄弟相处并不融洽,克劳迪斯身处弱势,各方面都逊色于兄长,但是她真正在意的是克劳迪斯对她的用心和关注,她也由此平衡了丈夫和儿子对自己的忽视。克劳迪斯与格特鲁德的交流是真正意义的信息平等和互动，童年回忆，心理的失衡，浪子的游历和孤独，丹麦之外的广阔天地，尤其是南方各国在文艺复兴影响下对个体生命和艺术创造的重视。格特鲁德的心门得以敞开，原本闭塞压抑的情绪得以释放。她从克劳迪斯那里重新获得了积极的自我认知，感觉真正被关爱和欣赏，哪怕最初克劳迪斯的示爱含蓄隐忍，但是炽烈程度格特鲁德是能明确感知的。他们两人的相处是浪漫而富有想象色彩的，读者也能清楚地意识到这段相互吸引的恋情中并没有掺杂任何对王权的觊觎和贪婪。

在厄普代克笔下，格特鲁德既有他之前作品中女性的普遍特质，又有强烈的历史色彩，她的心理反应、身份特征、行为表现放在当时的社会历史语境中，更具有鲜明生动的意义。《纽约时报》就曾评论："他（厄普代克）创造了一个真正令人信服的角色，一个在脆弱和直率，果敢和天真之间不断切换的女性。"① 这一人物塑造的前提是厄普代克一直觉得格特鲁德在莎剧中被忽视了，十分不完整，她和克劳迪斯的婚姻必须具有合乎人性的揭示，而非广大读者普遍认为的轻浮、淫荡和背叛，因为莎翁着重刻画了王子哈姆雷特的愤怒情绪和怨恨不满，让读者本能地随着主角的视角和情绪做出了解读和判断。尽管《哈姆雷特》中被忽视的女性不止格特鲁德一人，还有奥菲莉亚，可是厄普代克坦言："我一直喜爱她（格特鲁德），对她怀有温柔的情绪。"② 试想，中世纪的女性都过早地进入婚姻，为人母，她们被人安排着命运，在完整的个体意识形成之前，已然难有扭转命运的机会。格特鲁德不到20岁就生下了哈姆雷特，身处政治权力斗争的夹缝中，只能被动地成为男性的附属，甚至是政治关系上的棋子或兑换利益的商品。因此，尽管格特鲁德从一开始就质疑自己对父亲为她选择的夫婿没有真情，可是她还是从政治大局出发，

---

① "Interview: John Updike discusses his new novel, 'Gertrude and Claudius'", *Talk of the Nation*, 2000(3). *Gale Literature Resource Center*, link.gale.com/apps/doc/A162307365/LitRC?u=fudanu&sid=bookmark-LitRC& xid=86cd1c47. Accessed 15 Dec. 2021.

② 同上。

不断用理智说服自己，理性地评判对方是优秀的，与他结婚是对父亲、对社稷的重要责任和义务。由此，我们看到，克劳迪斯才是格特鲁德生命中第一次真正爱上的男性，他符合格特鲁德心中游侠的形象，而征服格特鲁德芳心对于克劳迪斯而言，也是一直身处兄长阴影下的某种反抗和自我彰显。若说两人的恋情纯度，格特鲁德应该是更纯粹的那一方。

当我们从积习已久的、对格特鲁德不忠的怀疑和责怪中出来，从她的视角和立场重新体验，会理解格特鲁德在怅惘失落的无聊中不断寻求精神寄托的心理反应；对于她，真正的自由是一种奢望，但直面真实的自我，质询什么是自己需要的身心愉悦，应该是一种被理解的个体需求。虽然当时基督教的伦理道德标准尚未真正在丹麦被系统接受，但是几百年来人们基于普遍意义的善恶道德判断，大都会质疑格特鲁德缺乏应有的愧疚心理。

小说中，格特鲁德对弑君罪行一无所知，克劳迪斯和波洛尼厄斯有意隐瞒了犯罪细节，并发誓绝不泄露真相，尽量将叔嫂联姻做到合理合情。但是格特鲁德真实的不安和焦虑，她试图说服自己，为自己出轨克劳迪斯内心不断辩护，这些微妙的心理矛盾也在字里行间得以揭示。更为反讽的是，格特鲁德的状态，在小说每一部分伊始，都以"国王很生气"[①]来反衬，而"国王"这同一个词却是格特鲁德一生经历过的三个男人，最初她16岁，因为对父王的女婿选择表示不满，甚至颇为叛逆地对父亲说："可是我觉得他一点都不细腻含蓄。"这种对配偶细腻含蓄的要求，本质上颠覆了父权社会中女性的被动角色，自然引发了国王的不快。第二次她47岁已过中年，丈夫哈姆雷特王因为王子29岁滞留威腾伯格不归而愠怒，这朝向妻子的不满情绪，实则是对母亲失职的指责。第三次国王成了克劳迪斯，他的生气是因为要命令30岁的哈姆雷特返回丹麦，格特鲁德依然是国王愠怒的被动接受者，承担着调和家庭关系的义务。她的生活始终局限于父亲、丈夫、儿子之间。读者也从"国

[①] "The king was irate." (*Hamlet*, Act 3, Scene 7, Line 163)

王很生气"的重复中见证、反观格特鲁德的命运,为人女,为人妻,为人母,她追求真实自我的努力贯穿了全书,可那无处回避的男性愠怒和不满仍然是无形的压力,是她身为女人应该承担的义务。

厄普代克在访谈中也坦言,他这样以格特鲁德为焦点的创作自有很大风险,而身为男性作家或许也带着无意识的性别歧视,但是"为了取悦书评人而创作,这是自讨苦吃之举,因为真正的书评者是不能取悦的,你也不知如何去取悦,你只有尽力靠近人物,给他们尽可能丰满的生命力,从他们的立场看问题,哪怕是邪恶的立场"。不过,他更是坦言:"不知为何,从女性的视角来写作是很愉悦的。"① 身为女性主义运动和文化盛期时代的作家,他跳脱了历史语境,赋予格特鲁德超越历史的觉醒,虽然女性主义一词从未在她的时代出现,但是厄普代克将其本质理解为"关乎权力,主导自己生命的权力,控制自己决策的权力"②,而非对男人生气心怀负疚的压抑。

此外,格特鲁德在肉体上出轨时已经47岁,而她在这个并不年轻的年龄才意识到自身有从未被打开过的潜能,她深切地感知:"对于男人,爱是他们对美不懈追求的一部分;而对于我们,爱就是不断深入的自我认知,它让我们从内在发现自我。"③ 格特鲁德的这一观点,仿佛是对莎剧经典的一种隐喻,当莎剧故事不断被解读诠释时,它的内在潜能依然能被不断打开,不断深入。格特鲁德这一女性角色,不仅给读者,也包括学者,一个重新挖掘人物潜能的着力点,也赋予我们另一种可能,即经典不断在不同语境下重新诞生和焕发生命的潜能,其内核可以不断深入挖掘的潜能。

格特鲁德自身的语言系统和谐地接轨于莎士比亚的《哈姆雷特》,这是厄普代克在语言上的天赋和匠心独具所赋予的效果。格特鲁德拥有自己的表

---

① "Interview: John Updike discusses his new novel, 'Gertrude and Claudius'", *Talk of the Nation*, 2000(3). *Gale Literature Resource Center*, link.gale.com/apps/doc/A162307365/LitRC?u=fudanu&sid=bookmark-LitRC& xid=86cd1c47. Accessed 15 Dec. 2021.

② 同①。

③ Updike, *Gertrude and Clandins*, Knopf, 2000, p.186.

述和语篇，也颠覆了哈姆雷特曾经感叹的"脆弱啊，你的名字就叫女人"！①她聪慧、倔强、敏感，甚至忤逆伦理大胆追求性爱欢愉，在厄普代克笔下，她的"脆弱"是最终让理智服从肉体冲动，出轨了克劳迪斯。尽管王子的"脆弱"论断也基于母亲火速嫁给叔叔的现实，但是其中的意义，因为视角的差异，出现了内在的逆转，"脆弱"让渡于"自我意识"，被缜密的兼具逻辑和感性的女性语言表述而辩护。"当我行使着这具身体，我无法制止因所闻而动的灵魂，我的灵魂在我第一声哭号中寻求表达，就像我自母体诞生般在空气中爆发。"②在厄普代克的塑造中，格特鲁德即便受困于有限的生存境地，她仍是一个完整的，融理性和感性，灵魂和肉体为统一的人，而非单纯地沦于工具。当父亲以未来女婿深受民众爱戴为由来说服女儿时，格特鲁德回应道："受公众爱戴的品质……会是私密爱情的障碍。"③这一回应揭示了她对人之社会和个体功能的差异的理解，也基于她的理性思考。她甚至认为男性的所谓完美本身就是一种缺陷，因为"妻子是来让男人完整的"，而一个已然完美的男人从爱情婚姻角度而言就是一种缺憾，因为他走进婚姻更多是出于整体的政治需求，而非个人渴望。

格特鲁德在伦理道德上的矛盾和冲突贯穿了生活，尽管她无法自己选择丈夫，但内心不时将丈夫和克劳迪斯进行比较，这也是个体情感诉求和情欲相对于社会规范和法则的矛盾冲突，恰好在老哈姆雷特和胞弟克劳迪斯的对话中得到了意义的呼应："天性是双刃剑，是暴力和修复的二合，是理性滋养和损害的源头。"④因此，这种个体的困惑和矛盾，从格特鲁德的立场重新展现，不同于王子哈姆雷特的灵肉挣扎，但本质是相通的，也是个人普遍、恒久的内心矛盾。虽然在格特鲁德的时代，女性的身体渴望还是禁忌，不被关

---

① "Frailty, thy name is woman!" (*Hamlet*, Act 1, Scene 2, Line 146)
② Updike, *Gertrude and Clandins*, Knopf, 2000, p.94.
③ 同②, p.4.
④ 同②, p.220.

注和理解。

同样，在格特鲁德与王子的母子关系上，厄普代克扭转了关注视角，从母亲的立场审视哈姆雷特，将人们普遍认知的被动的、无私奉献的、给予养育的母爱，转移到母亲的精神需求上。面对哈姆雷特这个"脆弱、敏感、伶牙俐齿的孩子"，格特鲁德甚至感觉"她生命的一段旅程被略过了"①。这里有一处微妙的表述，即"脆弱"（fragile）一词从《哈姆雷特》中王子对母亲的评断，逆转为母亲对儿子的形容。格特鲁德不再是儿子口中脆弱的女性，因为在她身上，与其说激情附属于身体，毋宁说它是精神的材质。身为母亲的格特鲁德比哈姆雷特更多感性和激情的冲动，她清楚地意识到母子关系的某种陌生和疏离，仿佛水滴和油无法相互渗透交融，她将淡漠乖僻的儿子视为"他父亲的血脉，隐忍、抽象"②。她对波洛尼厄斯抱怨着："我是我父亲的女儿，而后成了一位心不在焉的丈夫的妻子，接着是一个淡漠的儿子的母亲。"③ 从本质看，哈姆雷特王子是格特鲁德强悍的父亲和雄心勃勃的丈夫的延续、衍生，是桎梏她命运的枷锁，因而格特鲁德在无奈之下向波洛尼厄斯求助，希望能借住他郊外的房子，有一个能暂时真正属于自己的空间，这个能让她从妻子和母亲角色中逃避的暂时空间，让她在卸下这双重角色时，自然地走向了情欲和自我的解放。正如有学者指出的："这逆转了弗洛伊德的观点，即欲望的主体是男性，而客体是女性。"④ 格特鲁德挣脱出母亲的角色，主动寻求自由空间，跨出了满足他人的被动和被物化的境地，成为自身欲望的主体。她绝不是一个无私奉献的天使般母亲的角色，从最初她认为的妻子让丈夫完整的主动角色，直接越过了让儿子完整的塑造企图，回归到让自己趋于完整的努力之中。尽管这种挣扎在父权体制中最终是徒劳枉然的，但是她对此的

---

① Updike, *Gertrude and Claudius*, Knopf, 2000, p.35.
② 同①。
③ 同①，p.95.
④ Laura Elena Savu, "In desire's grip: gender, politics, and intertextual games in Updike's Gertrude and Claudius", *Papers on Language & Literature*, vol. 39, no. 1, 2003, p.22.

第八章　霍加斯之外：《哈姆雷特》与《李尔王》

反叛，或者说被大众普遍诠释为背叛、通奸的不轨行为，在厄普代克的小说重写中至少有了辩解和被深入剖析甚至理解的机会。

情欲向格特鲁德展开了另一个权力世界，正如格林布拉特所阐释："小说中的通奸双方都充满肉欲，不得体地摩擦和探求着，令哈姆雷特憎恶反感，但正是这种肉欲治愈而非囚禁了灵魂。"① 厄普代克也曾非常明确地指出："要将性爱自隐匿处拽出，拉下祭坛，置于人之行为的连贯统一中。"② 克劳迪斯对于格特鲁德，就是她合法的死气沉沉和空虚生活中的救赎者，只有他知晓进入她心灵内核的路径，懂得她最深邃的激情。但她意识到，自己对丈夫只是责任，是拘谨严肃的神父施加给妻子的顺从义务，对此他们都是罪恶可怜的生灵。在完整主动的个人和失落被动的妻子之间，格特鲁德离经叛道地偏向了前者。她有超乎时代甚至自我的激情论，"对女人而言，激情本质属于精神"③。在她和克劳迪斯尚未灵肉交融前，她对于两人的恋情的态度是明确的，"这是罪恶"。可是克劳迪斯却开启了她对于伦理道德的深入反思，他的质疑是："世间有忤逆教会的罪恶，也有忤逆天性的罪恶，而天性是上帝更古老而纯粹的作品。我们的罪恶就是长久以来对自己天性的否定。"④ 对这样的观点，即便将其解读为诡辩，厄普代克也借由这个论点，把格特鲁德的"罪恶"作为对读者的质询明确提出了：她究竟是忠实，还是忤逆自己的天性？若是归顺于宗教伦理施加于女性的"天职"，就能被视为清白纯洁吗？

然而，作品中反讽之处在于，格特鲁德从一段婚姻进入了另一段，尽管厄普代克让她对克劳迪斯的弑君罪恶一无所知，也不知老哈姆雷特其实知晓了这段奸情，让她在此后新的责任和义务中，更审慎、冷静反观自己之前的

---

① Stephen Greenblatt, "With Dirge in Marriage", *New Republic*, vol. 222, no. 8, 2000(2), pp.32-38 (35)

② 转引自 James A. Schiff, "Hamlet Predux", *Books Jan./Feb.* 2000, pp.66-68. (*Updike's Version. Rewriting The Scarlet Letter*. Columbia: University of Missouri Press, 1992)

③ Updike, *Gertrude and Claudius*, Knopf, 2000, p.132.

④ 同③, p.90.

僭越，明白"历史并非僵死凝滞，而是活在我们心中，引我们走到当下"①。如此来看，小说的结尾止于《哈姆雷特》一幕2场的宫廷，让克劳迪斯那句"一切都会好的"带上了历史的荒谬。正如克劳迪斯不知在下一段历史中自己会被王子刺死，格特鲁德对天性和罪恶的反思，对完整自我的探寻，也必然局限在历史中，正如她对克劳迪斯坦露心声时所说的："一切生者都会死亡。让此生虚掷在对来世，或对未来灾难的无尽担忧中，这也是一种罪恶。"②

厄普代克转换聚焦点的叙述，让读者在女性的自省和觉醒中，回应着同样被莎翁关注的生命意义，不同于王子对生死的犹豫，对来世的迟疑和彷徨，格特鲁德在现世肉身和不朽灵魂之间的探寻与选择，对照于她自觉在儿子面前肮脏、羞愧、卑下、浅薄、愚蠢、邪恶，所有这一切，都被揭示并展现在读者面前，这种哈姆雷特视角和格特鲁德自我剖析视角的交叠，让人们对这一经典悲剧中的人物有了更全面、深入、动态生成的观察，而非之前立场鲜明的判断。

除了格特鲁德这一叙述焦点的确立，哈姆雷特成了小说中的次要人物。作品中人物被赋予更多笔墨和话语的还有老臣波洛尼厄斯，他是历经洛里克、老哈姆雷特、克劳迪斯的三朝元老，也是格特鲁德生活中不可或缺的角色，"如果她的父亲是赋予她生命的太阳，那考兰布斯（波洛尼厄斯）就是那反射光亮的月亮"③。波洛尼厄斯对王后的忠诚和亲密甚于对国王哈姆雷特。这个在莎剧中表现出愚忠的大臣，在小说中有了丰富的个性揭示，他的各种举动和决定也有了基于社会、文化、政治、心理的前提。如果说小说中有间乎雌雄的角色，那波洛尼厄斯就是典型的中介体，承担着反衬格特鲁德和克劳迪斯性别角色的载体作用。他有自己的婚姻故事，既是男权体系的捍卫者，如他对妻子的物化和权利剥夺，对女儿奥菲莉亚爱情的强势干预，都体现了男

---

① Updike, *Gertrude and Claudius*, Knopf, 2000, p.166.
② 同上，p.138.
③ 同上，p.39.

第八章　霍加斯之外：《哈姆雷特》与《李尔王》

性话语霸权；他又是格特鲁德隐秘心事的倾听者，是克劳迪斯弑君的秘密合谋者，然而最终被两任国王视为政治盘局中昏庸、无用的棋子，本质是权力角逐中被动的牺牲品。正如月亮因为反射太阳光而被照见，波洛尼厄斯的角色恰好是几个人物之间聚焦转换的中介。通过他，小说中女性角色的揭示又多了一层丰富的色彩和光影。不仅女儿奥菲莉亚是他世故之道的教育对象和实践者，也是当时父系社会中女性价值的典型体现。莎剧中父亲对于女儿关于美德贞洁的规劝告诫，在厄普代克的笔下延续并充实着，奥菲莉亚得远离"欲望的箭矢和危险"[①]，不能轻信男人的海誓山盟。小说中，哈姆雷特王曾对格特鲁德说："决不能信任一个家有待嫁闺女的谏言者"，由此我们能发现，格特鲁德和奥菲莉亚，本质是交叠统一的，王后在奥菲莉亚身上看到了曾经的自我，她们俩也是波洛尼厄斯给予价值观的投射对象，通过他的人生戒条，女性身份和个性得到了另一种视角的展现。奥菲莉亚对王后坦言，父亲和兄长都告诫她要保护贞洁和身为女人的价值与荣誉，因为"这些都属于他们。"可是王后却对少女说："你的（一切）只属于你自己。"[②] 这令人惊讶的观点不啻对波洛尼厄斯的反讽式回应：格特鲁德在困顿中屡屡倾诉心声的对象，这位几乎取代她缺失的父爱和母爱的月光般的存在，这位奥菲莉亚言听计从的严父，就这样被格特鲁德的觉醒自我轻巧而间接否定了。

对波洛尼厄斯的人物刻画，更多是为了突出和深化小说焦点人物的塑造，他对于女性，无论是妻子、格特鲁德，还是女儿奥菲莉亚的认识，都是建立在自以为是甚至幻想基础上的，与事实有着巨大的反差。他近乎自恋式的自我价值笃信，也在几任国王的实际评判，甚至嫌弃中，被反讽地颠覆了。这种颠覆和解构，恰是反衬了格特鲁德的叛逆和自我建构，揭示了在坚固持久的男权话语体系中，已然潜伏着即将爆发而出的破坏力。

[①] "the shot and danger of desire." (*Hamlet*, Act 1, Scene 3, Line 35)

[②] Updike, *Gertrude and Clandins*, Knopf, 2000, p.182.

弑君动机的复杂和心理阐释

在叙述焦点的偏移之外，小说另一个重要的衍生意义，是让人们从《哈姆雷特》的传统善恶判断中抽离，重新关注和反思弑君的犯罪动机，尤其是其中复杂的心理阐释。哈姆雷特王和弟弟克劳迪斯这对兄弟的关系并非莎士比亚的戏剧重点，只存在于人们解读戏剧时阐发的潜文本中。但是厄普代克在阐述两性关系时，也较为细致地充实了这对兄弟的关系，以此丰富弑君前后的心理动机和反应。

从小说的发展看，克劳迪斯不是单向度的恶人，他与兄长的关系长期处于力量悬殊的对比中，无论是童年的成长经历，还是青少年时期的外界评价和期许，直到兄长成为丹麦国王，有了美丽的王后，那根植已久的弱者的嫉妒一直深埋在克劳迪斯的内心。他长期在南部漂泊和征战，始终身处光芒四射的兄长背后的阴影中。无论外形、气质、能力等，他都没有人们惯常欣赏的帝王相，他只能不断游历在那些无须被比较的地方。

从心理层面上，除了对格特鲁德的恋情，克劳迪斯的情欲征服也是一种对自己长期自卑、压抑心结的释缓和疗愈。他对王后的爱情，掺杂着许多复杂的心理、生理，以及政治权力等的因素，但是他也在内心独白中，确凿地表达了对格特鲁德毫无虚假的感情："对她的爱已经将我生吞活剥了。"[①] 在莎剧中，哈姆雷特曾明确告知母亲，"你不能把这称为爱情"，"因为到了你这把年纪／沸腾的热血已然褪去"[②]，从当下读者的角度和感受来看，小说中克劳迪斯给予格特鲁德的爱和满足，对应于王子的这一自以为是的武断观念，其意义恰是体现了厄普代克赋予的当下性别文化的进步。克劳迪斯的情爱理念

---

① Updike, *Gertrude and Clandins*, Knopf, 2000, p.72.

② "You cannot call it love", "for at your age / The heyday in the blood is tame".(*Hemlet*, Act 3, Scene 4, Lines 68-69)

本质上是超前于哈姆雷特父子的,他对王后的理解和态度更多开放和理解,两人之间长期被鄙夷、唾弃的肉欲之爱,在小说中被赋予解放、疗愈的作用,这一点悄然而巧妙地松弛并解绑了不少读者从莎剧而来的根深蒂固的伦理观。

从兄长哈姆雷特王的视角,他自己始终是光辉荣耀的中心,在对格特鲁德谈及弟弟时,他认为克劳迪斯虽然在不少方面很有才华,当然也有魅力,他相信获取生命价值自有捷径,可以绕过持久辛劳和对责任的忠诚。他面对克劳迪斯时也是毫不隐讳地告诉后者,他永远只能使自己卑微隐匿的影子。在兄长正统、主流、普适的价值观念下,克劳迪斯的"捷径"是阴暗卑下的,可是光芒四射的兄长恰恰忽略了波洛尼厄斯曾道出的那句发人深省的话:"我们又有谁能摆脱与他人的羁绊来定义自我?世上并不存在自由无羁的自我。"① 这是身为优秀国王的盲点,他断裂了所有人际关联来评断个人,忽略了自己对他人自由和生存的无心僭越,即便克劳迪斯对他指出:"你以为明白的道理其实偏离真实,但你却一意孤行。"② 在发现了奸情后,哈姆雷特王决断地告知克劳迪斯,他会立即处死波洛尼厄斯,放逐克劳迪斯并没收财产。更令克劳迪斯尊严挫败的是,兄长直言不讳地对他评论道:"你会比尘埃更卑微,因为后者与羞辱无关",同时他宣称美丽的格特鲁德永远属于自己,并决定原谅妻子,因为"她被骗了"。

此时,隔墙有耳的波洛尼厄斯也得知了国王处死自己的打算,在生死存亡的时刻必然会劝说克劳迪斯做出弑君计谋,并竭力支持配合。当读者从更高的层面看到人物之间的彼此关系和情感影响时,克劳迪斯最终毒害兄长的罪恶有了可信、可理解的前提。当克劳迪斯在小说的第三部分成为国王,迅速娶了格特鲁德之后,故事的走向渐渐与莎剧并轨重合,但是人们有了层次丰富的前在理解,由此内心产生了剧烈的戏剧反讽,即人人都深知克劳迪斯

---

① Updike, *Gertrude and Clandins*, Knopf, 2000, pp.94-95.

② 同上,p.147.

和格特鲁德不久即告别人世的情节走向，而新国王对未来的踌躇满志和希望，王后内心的各种心理拉锯，都将成为《哈姆雷特》悲剧绝响中的余音。在这种反讽的情绪之上，相信人们对人物的解读会更综合、复调、深入。正如厄普代克自己在小说的后记中坦言的："撇开被遮掩的谋杀，克劳迪斯似乎是一位有能力的国王，而格特鲁德则是高贵的王后，奥菲莉亚天性美好，波洛尼厄斯作为谏言者则殚精竭虑却并非邪恶，里昂提斯就是个普通年轻人。是哈姆雷特将所有这些人拽入了死亡。"①

厄普代克的小说在《哈姆雷特》的开篇终止，克劳迪斯一手拉着王后的手，一手握着权杖，对未来心怀憧憬："克劳迪斯的时代降临了；它会在丹麦编年史中熠熠生辉。……一切都会好的。"② 可是读者们都明白，这憧憬即将毁灭终结。这结尾不啻厄普代克的一个玩笑。正如温森特所指出的，"将克劳迪斯仅仅理解为一个恶魔是非常有局限的，而如哈姆雷特所认为的，把格特鲁德视为荡妇，则大大地略去了这一丹麦王家的人性复杂性，这些都是莎士比亚希望我们去推断的"③，莎剧的开放潜能不仅赋予作家，也赋予人们推断和分析的权利，而非被动、简单地对待作品。

渐变的名字、渐进的关联

小说和莎剧暗含的关联，还体现在厄普代克与莎士比亚对取材和衍生利用的精巧高超。小说的三个部分中，人物的名字都不同，只有第三部分才与莎剧中人物名称重合，而读者也从阅读最初的陌生化感受，最终进入了小说和莎剧的艺术融合。

小说中前两部分使用的人物名字巧妙地取自有关莎士比亚《哈姆雷特》

---

① Updike, *Gertrude and Clandins*, Knopf, 2000, p.212.
② 同上，p.210.
③ Norah Vincent, "Not to Be", *National Review*, vol. 52, no. 5, 2000(3), pp.57-58.

第八章　霍加斯之外：《哈姆雷特》与《李尔王》

故事源头的两个重要文献：其一为12世纪后期丹麦历史学家格拉玛提库斯用拉丁文撰写的《丹麦编年史》，其二是16世纪法国作家弗朗索瓦的《悲剧故事》①。这些主要人物的名字变化，确实会令读者困惑，增加其阅读障碍，也有一些评论认为这是厄普代克有意设置的阅读障碍和关注偏移。萨克索叙述版本中的名字出现在第一部分，克劳迪斯为"芬格"（Feng），其兄长为"霍汶迪尔"（Horwendil），格特鲁德则是"格鲁莎"（Gerutha），小哈姆雷特是"阿姆莱特"（Amleth），波洛尼厄斯是"柯拉姆卜斯"（Corambus）；取自弗朗索瓦的则出现在小说第二部分，人物名字分别为"芬贡"（Fengon），"霍文迪尔"（Horvendile），"格鲁特"（Geruthe），"哈姆卜莱特"（Hamblet），"柯拉姆比斯"（Corambis 等）；第三部分则回归莎剧中的英语化名字，这些名字的演变，从形式上也能大致辨认出其中的相似程度。

在访谈中，厄普代克对主持人所说的"貌似历史研究"之感，回应说："我不认为这样做令人困惑……编辑建议也许加一个前言来解释会更有效。"② 对如此做法，我们可以将小说三部分视为某种历史的发展演变，其中自有一种时代和空间变迁，即从中世纪演变自文艺复兴的文化发展，从北欧的历史传奇过渡到英国化的文艺复兴悲剧，再延伸至当下对历史的解读和回应，让表象看似莎剧的衍生有了更广阔、纵深的历史传承和延展意义。于是，一个个有着历史标记的作品，仿佛都成了当下反思的跳板和触发点，莎士比亚亦进入了具有前在和后续的动态生成中，莎翁作品中暗含和采用的素材也被读者明确感知。

厄普代克也在小说的后记中清晰地列出了其他相关的互文性借鉴资源，甚至包括当代的电影改编，即布拉纳（Kenneth Branagh）1996年改编的长达

---

① Saxo Grammaticus (c.1150-c.1220): *Historia Danica*; François de Belleforest (1530-1583): *Histoires tragiques*.

② "Interview: John Updike discusses his new novel, 'Gertrude and Claudius'", *Talk of the Nation*, 2000(3). *Gale Literature Resource Center*, link.gale.com/apps/doc/A162307365/ LitRC?u=fudanu&sid=bookmark-LitRC& xid=86cd1c47. Accessed 15 Dec. 2021.

4小时的电影《哈姆雷特》等,并对名字的变化又做了一番资料说明。学者萨武也曾指出:"很显然厄普代克关注的更多是莎剧之前究竟发生了什么,而非剧中发生了什么。"① 因此这种以三个版本的人物姓名来讲述故事的做法,也是对焦点转移的某种含蓄标注,甚至是对莎剧《哈姆雷特》做出的陌生化艺术处理。

从小说的第一部分可知,哈姆雷特王子的名字"阿姆莱特"源于其父亲的战争凯旋,以此纪念游吟诗人们吟唱的一处沙洲,也间接地彰显了父亲的荣耀。但是格特鲁德并不喜欢这个名字,这个象征男性荣耀的名字让她对自己身体诞下的生命、对孩子最初的爱心生阴霾。由此,这个最初充满了北欧军事色彩和地域特色的名字,和其他人物的名字一样,逐渐在小说的三部分的发展更迭中具有了历史的延展性,最终在莎士比亚赋予的名字中被英文化,也落实了文艺复兴时期人本主义的特征。这种暗含,恰好是学者温森特所指出的:"在很大程度上,西方文学的故事始终是一种模仿。或许用致敬一词更为恰当。维吉尔致敬荷马,但丁致敬维吉尔,弥尔顿致敬但丁,更近一些的乔伊斯重述《奥德赛》并将其置于20世纪早期的都柏林。莎士比亚也汲取古希腊和罗马的经典……"② 厄普代克直接用不同的前在故事版本的名字,将经典衍生和重述巧妙地融合并呈现在他的当代小说中,形成致敬的致敬,仿佛一条生生不息的文化基因链不断传递着神秘的密码。

在对莎士比亚《哈姆雷特》的衍生重述中,厄普代克正是通过叙述焦点的偏离,人物心理动机的丰富化,以及巧妙嵌入的名字转变,让经典衍生有了动态发展和传承的意义。同时,无论是厄普代克,还是莎士比亚,创作者由前在作品为触发点,始终在为受众努力呈现和揭示着不断生成的文学意义。

---

① Laura Elena Savu, "In desire's grip: gender, politics, and intertextual games in Updike's *Gertrude and Claudius*", *Papers on Language & Literature*, vol. 39, no. 1, 2003, p.22.

② Norah Vincent, "Not to Be", *National Review*, vol. 52, no. 5, 2000(3), pp.57-58.

第八章　霍加斯之外：《哈姆雷特》与《李尔王》

第 3 节　生命与生存的生态反思：《一千英亩》之于《李尔王》

　　文学创作似乎存在着一种恒久的重复变奏特质，即经典的故事时常被重新创作。重写作品中，即便是对经典之作的重写，不乏成功和颇有知名度的典型，诸如乔伊斯的《尤利西斯》之于《奥德赛》，莱斯（Rhys）的《藻海无边》（*Wide Sargasso Sea*）之于《简·爱》、奥尼尔的《榆树下的欲望》之于古希腊悲剧等。在霍加斯出版社的当代莎剧重写计划之前很多年，美国作家简·斯迈利（Jane Smiley）关于《李尔王》的当代变奏创作《一千英亩》（*A Thousand Acres*, 1991）就已引发学界的关注和探讨，并获得当年普利策奖及美国国家书评奖（National Book Critics Circle Award），成为同时获得美国国内文学界两项最高殊荣的少数作品之一。

　　20 世纪 90 年代，学者已经热衷于经典重写的研究，并提出：''作家为何会意图明确地选择重新讲述既已存在的故事或神话？为何此类创作在近期如此频繁？''[①] 让经典故事与时俱进，展现新的创作和解读视角，或是在文类、叙述方式上进行不同的尝试，在经典的艺术模糊性所提供的解读潜力中挖掘

---

① James A. Schiff, "Contemporary Retellings: *A Thousand Acres* as the Latest Lear", *Critique: Studies in Contemporary Fiction*, vol. 39, no. 4, 1998, pp.367-381.

新意等诸如此类的动机不一而足。在历史发展和进程中，各种涉及性别、族裔、国别文化、受众观念等问题也层出不穷，由此，通过经典和重写创作的棱镜，新的反思和启示持续发生。当然，诸如"小说已死"的末世预言也在不断对文学创作者敲响警钟，小说形式、手法、主题的陈腐僵化等不断被当代读者诟病，小说的英文单词 novel 从词源所强调的"创新"在当代更是遭到挑战和质疑。艾略特早在 1923 年曾经就乔伊斯《尤利西斯》的神话重写做了如下论述："乔伊斯先生运用的这一方式，后人一定会争相效仿。"[①] 近百年来，我们确实看到了这一现象的重复发生和流行。尤其是当越来越多曾经被边缘化的个人和群体（如女性、少数族裔、曾经的被殖民群体、西方主流观之外的人们、性别取向差异化人群等）在不断质疑和推翻前在观念，人和自然的关系、科技工业化和环境等新问题都以新的方式出现，经典重写的意义就更为丰富多元。

正是在这样的语境下，《一千英亩》将《李尔王》的故事从大女儿高纳里尔（吉妮）的视角重新讲述，将古代英伦王国转变为美国中西部艾奥瓦州的一个农场，尤其是以女性的视角和全新的生态观来看待不同时空下的家庭悲剧，让读者不无新鲜感地倾听到了曾经被压抑的声音，认识了那些可能被忽略的身心伤害，看到了超越个体或家庭悲剧的宏大生态格局。这种尝试，斯迈利不会是第一个，也一定不是最终一个，但是她一定是诸多重述的声音中不会被忽视的那一个。

《一千英亩》的情节背景为 1979 年的美国中产阶级农场生活。身为农场主的父亲拉里·库克拥有泽布伦县最优质、最广阔的农场，占地一千英亩，土壤肥沃，耕种精良。身为典型的美国农场主和一言九鼎的一家之主，拉里几乎是权力、意志、勤勉、踏实的象征，时时处处要身处核心位置。拉里的老友哈罗德（格洛斯特）的其中一个儿子杰斯（埃德蒙）刚从西部返乡，带

[①] T. S. Eliot, "Ulysses, Order, and Myth", Frank Kermode ed., *Selected Prose of T.S. Eliot*, New York: Harcourt, 1975, pp.175-78 (177)

第八章 霍加斯之外：《哈姆雷特》与《李尔王》

回了诸多新思想和设备，而另一个儿子洛伦（埃德加）的存在，包括母亲的早逝等，不时引发一家人的矛盾。拉里因自己年事已高，在合理规避遗产税的前提下，决定将家族农场进行公司化经营，要把农场的股份分给三个女儿吉妮、萝丝（里根）、凯洛琳（柯蒂莉亚），小女儿凯洛琳因为追求城市的律师生涯，不愿意留在农场，对此表示反对。两个大女儿都是农场主妇，她们赞同父亲的想法，获得了土地权，而凯洛琳虽然是父亲最宠爱的女儿，却最终被排除在农场股份之外。

故事的走向似乎与《李尔王》不断平行对位，代际的权力更迭自然导致了矛盾和冲突，当拉里日渐感受到自己不再有话语权后，愤怒不断堆积，直至某天在他暴怒之后，和李尔王一样走进了暴风雨；凯洛琳和弗兰克结婚后回来抚慰伤心的父亲。从表象看，类似的情节处理不时对位原著：哈罗德因为萝丝的丈夫皮特（康沃尔）致盲，吉妮和萝丝与杰斯发生了三角恋，姐妹彼此心生怨恨，吉妮甚至企图对萝丝施毒；拉里最终和凯洛琳和解，此后因为心脏病去世；经过一番家庭冲突和法律纠纷，库克家族失去了农场。然而，除了表象的相似，故事的内核却发生了根本性的变化。最显著的是叙述视角完全从吉妮出发，读者随着她的所思所感和各种经历及体验，发现了表象之下的家族隐秘。悲剧《李尔王》的故事则是舞台上各个人物同等距离的呈现，观众无法进入人物的内在意识和心理活动，即便是李尔王的呐喊也是他在癫狂状态下的情绪袒露，是宣泄张扬的舞台表现。

莎剧中的高纳里尔冷酷、残忍、野心勃勃，观众和读者无法进入她真实的内心，只能在潜台词和潜文本中不断深挖诠释潜能，但是第一人称叙述者吉妮的生活却让读者在深入了解的前提下破除了邪恶女性的前见，惊讶地从她与萝丝的交流和她此后的回忆中得知了家庭的惊天秘密：原来拉里是乱伦性虐两个女儿的暴力父亲，而吉妮和萝丝本质上是身心遭受肆虐和毁灭的受害人，她们长期挣扎在自我价值的失落和尊严的丧失中。当隐藏的父权之恶被逐步暴露后，读者对这个架构类似的故事产生了截然不同的解读。

自小说出版后,各种评论和分析以女性主义创作为主,同时也有不少诠释在质疑第一人称叙述者的可信程度,女性自我的真实性和叙述动机。毕竟在故事中,吉妮看似漠然、被动,因为不孕不育而时时焦虑,但她毕竟有"恶"的动机,她与杰斯事实上存在婚外奸情,她得知萝丝和杰斯的关系后,也试图对妹妹下毒,她对凯洛琳能拥有更好的机会,不受心灵伤害而心存嫉恨。但是,正因为这些羞耻细节的坦露,读者或许更能接受一个真实、现实的女性,在因为合理合情而生的共情中,从吉妮的角度看待她身外的人际和世界,从她最初被动接受的女性角色中,重新思考社会、环境、自然、心理层面的生存境地。

《李尔王》展现的更多是男主人公自我的觉醒和领悟过程,而《一千英亩》从女性的视角转换了人们的理解和感受方式。在近几十年众多性别研究和探索之外,若是我们再转换一下观察作品的视角,从人物的经历反观他们生存的生态环境,那我们又会看到怎样一种景象呢?

带着这样的疑问,我们更愿意冷静地在不同人物的关系中抽离,保持一定的观察距离,甚至将视线和思索投射到更宏大的生存环境下,看到时空变化中,文化变迁中,看似相像的悲剧,是否仅仅只源于人性本身?是否我们该囿于莎剧原作,将农场悲剧同样归因于人性贪欲的邪恶,傲慢和虚荣下的昏庸盲目?斯迈利的重写式创作,和其他诸多优秀的经典重创一样,让读者深刻体验到核心故事的复杂复调和丰富变奏。在斯迈利的农场叙述中,尤其是当个人或群体生活在特殊的时空环境下,人与土地的关系,自然生态对生命产生了潜在而重要的影响,人物在家庭、劳作、生育、情爱、土地的牵绊等方面就会产生微妙、深层、不同的感知。也有一些学者质疑这部小说的细节,认为"我们了解了太多关于养猪、机械研磨系统、联合收割机等(作家的)理念是,只要你全心投入阅读,就会沉浸于小说洋溢的美国诗学。但事

第八章 霍加斯之外:《哈姆雷特》与《李尔王》

实是沦陷"①。然而,我们同样也可以在这种"沦陷"中看到,当代的经典重写,恰是在后现代的"解构"浪潮下松动并摇晃着貌似固若金汤的前在观念。有学者曾提出,当代的经典重写可以总体分为支持性重写(rewriting as support)和断裂性重写(rewriting as disruption)两种②,《一千英亩》显然属于后者,目的就是建立一种反差的距离,从而将笃信的前见推翻。因此,《李尔王》既是《一千英亩》的"主文本"(host-text),为"客文本"(guest-text)提供了情节、人物和形式③,这种共生的互文关系同时又形成了另一种阅读情境,客文本在其中将主文本逐步消解,尤其是向主文本的价值和伦理提出疑问。因此,在小说出版后的二十多年里,女性主义视角的解读和批评不断出现,而同样随着时间的推移,基于这些批评之外的不同视角也在持续丰富着经典和重写文本的互文体系。

叙述声音的转换,人物关系的细节化补充,权力更迭的前提差异等,都让生存在这个核心故事里的生命有了不同的情感和认知模式,而所有这些元素之上的生态环境和特质,这个在原著和重写中都相对隐蔽低调的因素,在读者的文化语境中却不断被重视,因而日趋积极地介入了作品的诠释和研究中。对于那些知识结构丰富广博的读者,经典和重写的动态关联,与他自身的文化体系也在不断互动,并激发出新的启示和疑问。为何在不同的时代和语境下,家庭悲剧的产生促因有所差异?忠诚信任、幸福安宁、责任和性关系等,会因为环境、起居和工作方式的不同而发生怎样的改变?经济和生产模式造成的权力差异,又对人际和自我价值认知造成了怎样的影响?当身为读者的我们因为倾听吉妮的叙述声音而心生共情时,我们是否该反思,那些

---

① 转引自 Eric Patterson, "Jane Smiley: Overview." In Dave Mote ed., *Contemporary Popular Writers*, St. James Press, 1997. *Gale Literature Resource Center*, link.gale.com/apps/doc/H1420007489/LitRC?u=fudanu&sid=LitRC&xid=52589dc8. Accessed 21 Mar. 2021。

② Anna Lindhe, "Interpersonal complications and intertextual relations: A Thousand Acres and King Lear", *Nordic Journal of English Studies*, vol. 4, no. 1, 2005, p.55+. *Gale Literature Resource Center*, link.gale.com/apps/doc/ A351789238/LitRC?u=fudanu&sid=LitRC&xid=59c906d0. Accessed 21 Mar. 2021。

③ David Cowart, *Literary Symbiosis: The Reconfigured Text in the Twentieth-Century Writing*. Athens and London: The University of Georgia Press, 1993, p.4.

没有发出声音的人物，如果也有叙述权，他（她）们的诠释又会让故事的走向，让生存感受，产生怎样的变异？换言之，如果当下文学研究所热衷的叙述诊疗在吉妮身上产生效应，那么，我们又是在怎样的生态情境下对这种诊疗式叙述进行反思呢？

这些关于小说重写的疑问，同样适用于我们对待经典悲剧的反思。当高纳里尔的刻板丑恶面貌因为女性叙述而发生颠覆性改变时，我们不妨重新抽离，试问一下，国家权力和土地的拥有权的改变，在全知全能的叙述展现视角下，究竟会隐藏或遮蔽怎样的潜文本？

所以我们在阅读和研究《一千英亩》时，对莎剧《李尔王》的影响关注会随着思考的深入而逐步淡化，情节和人物的再循环利用，更重要的意义应该在于探索不同文化和历史语境下的生存问题。小说对经典莎剧的生态女性主义视角的重新建构，本质上改变了读者对家庭关系、性别关系、创伤记忆、社会环境和自然环境等的认识，尤其是潜在生态因素导致的吉妮的五次妊娠早期流产、母亲（原剧中缺失的人物）和萝丝罹患癌症、父亲拉里的老年痴呆症状等，更深刻地揭示了当下人们对于自己生存发展的迫切关注。

反观莎士比亚批评研究，其发展脉络也不断与时代的新思考并行：20世纪六七十年代开始兴起女性主义批评，七八十年代的性别政治研究，80年代以后的马克思主义批评诠释，以及之后在生态政治和绿色激进主义（Green activism）推动下，莎学研究在环保主义浪潮中的政治和社会关注等[1]，都从一定程度上鲜明地反映了经典重写的焦点变迁，从而为我们当下的比较研究提供了有益的研究视野和起点。

---

[1] Gabriel Egan, *Shakespeare and Ecocritical Theory*, Bloomsbury Arden Shakespeare, 2015, pp.1-2.

第八章　霍加斯之外：《哈姆雷特》与《李尔王》

人类对生态的既为（Done）与未为（Undone）

在《一千英亩》的最终，吉妮感叹道："无论如何，悔恨就是我所继承的遗产的一部分。"① 遗憾和怅惘的语调贯穿着小说叙述的始终。在莎士比亚的生态批评研究上，伊根曾提出过莎剧所内嵌的一个重要生态理念，他指出："莎士比亚明确意识到，当下对未来的预期，包含了日后对当下进行回顾时所心怀的自豪感，这本身是当下的一种修辞行为，有利于激励目前衰微的斗志，鼓舞人们坚定实践的信心，否则大家会举步不前。"② 在伊根的解读中，这种预期性的未来回顾（anticipated retrospection），可以有助于人们理解莎剧中的某些结局究竟是确实无可避免，还是纯属偶然，即因为事件或原本可避免的个人行为导致。这种"要不是……"（but-for）的归因逻辑，是潜藏在文学作品中生态解读之下的反思。例如，一些莎剧人物和戏剧之外的观众，都会情不自禁地追索故事走向的诸多成因，反思假如既定行为没有发生，结局又会如何。这种思考在文学作品中具有普遍性，但是莎剧中诸如麦克白夫人在丈夫弑君行为成为既定事实后，受内心煎熬而有了梦游行为，不断喟叹的"覆水难收"③，成为当下人们在生存中反思自我行为选择和结果的某种检验公式，其中追悔莫及的枉然无奈感，其实是"何必当初"的警示，也是对灾难性后果必然来临的预示。生态批评上的既定行为和未做行为的逻辑关系，正是对人类在环境中行为和态度的告诫。

从小说标题《一千英亩》来看，特别是英文原标题未用定冠词 the 而是不定冠词 a，其中大环境对个体的意识、情感等影响，在情节的特殊性之上又具有数字大小的普适性。一千英亩的广阔农场，就像《李尔王》中的领土

---

① Smiley, *A Thousand Acres*, Anchor, 1991, p.580.
② Gabriel Egan, *Shakespeare and Ecocritical Theory*, Bloomsbury Arden Shakespeare, 2015, p.5.
③ "What's done cannot be undone." (*Macbeth*, Act 5, Scene 1, Line 65)

疆域一样，令人心生一种拥有权力和尊严的确信。若说李尔王的国土更为抽象，充满象征，那么斯迈利笔下的一千英亩则具象并经历着生态变化，它对应着农场上各家族对土地真正拥有和按揭支付的比例，因为经营的差异而产生变化。所以，小说中的农场与《李尔王》中土地瓜分比例和父女之情的亲疏的数字表征的差异在于，它有着10英尺厚度的表层土，夏日蝉鸣蛙叫，是从前辈直至吉妮一代辛劳耕作和经营的结果，是基于拉里的父辈们预期性的美好未来回顾而发展起来的。但是，土地与人们的生活和感受息息相关，美好的预期因为不断发展的耕种和经营方式，因为对产出利润和效率的进一步追求，正发生着难以逆转的变化。肥沃的土壤因为化学药剂而污染水源，导致吉妮习惯性流产，农场居民的各种或显性或隐性的健康问题，尽管吉妮并未明确表明，我们对她的母亲、萝丝、杰斯母亲、拉里的晚年失智等病因，都心存各种环境促因的疑虑。

此外，在《一千英亩》中，类似的预期性的未来回顾也从女性视角揭示了一种发人深省的思考。例如，吉妮从母亲昔日的好友玛丽那里得知，当年母亲希望她能有更多的选择，希望她读大学，不愿意她这么早就结婚，都没来得及多看看其他地方，尝试过其他事情。吉妮意识到，原来正是当年父亲对母亲这种想法的断然否定，自己才有了今日的生活和怅然，而自己家族原来是通过并不光彩的手段才有了这千亩良田。这些"要不是"的既定行为和未做行为的关系模式，促发了吉妮不断挫败、压抑和痛苦的心理反应。正如伊根在《莎士比亚和生态理论》中分析"既定/未成"逻辑关系时所解释的："倘若我们珍视某种态势，那么我们最好是维护它而非心怀日后恢复的愿望去破坏它。"[①] 从这个观点分析，中西部农场上的先辈们在产量、利润和效率的推进下，将应该是维护的未成行为变成了过度开发的既定行为，他们的预期性未来回顾或许过于乐观，而吉妮的当下就是父辈们的"未来"，无论是在自

---

① Gabriel Egan, *Shakespeare and Ecocritical Theory*, Bloomsbury Arden Shakespeare, 2015, p.9.

然环境，还是在家庭环境上，这种"未来回顾"都令人遗憾：污染问题在悄然消解着家人的健康，恶化两性和代际关系，父亲拉里当年也根本没有尊重母亲对女儿成长的期待，而事后也毫无反思，更令吉妮和萝丝绝望和颓然的是，拉里对她们曾经的性虐蹂躏，从未在他的"要不是"的反思中出现哪怕是半点忏悔和愧疚的影子。

父亲拉里对于女儿们的控制权源于他对个体能力和强权的过度自信，同样，农场经营的最终失败，也一直没有跳脱出人类中心论的傲慢。最终走出农场生活的吉妮依然在偿还债务的过程中，但是她最后的那段叙述似乎让人们对这一家庭悲剧的轮回产生延宕的疑虑和反思：

> 我不能说自己原谅了父亲，可是此刻我能想象他或许永远不愿回想起这样一幕：曾经的深夜，在劳作和饮酒之后，他游荡在房屋周围，有一股不可思议的冲动刺激着他，推动着他，用一层坚不可摧的自我迷雾围绕住他，那迷雾一定是漆黑一团。这闪闪发光的黑曜石碎片，正是我要竭力守护好的。[①]

这团漆黑，在小说中显然是人性的幽暗，因为吉妮的这一想象是被她自己回想之前企图用草药毒杀萝丝的行为所致，她因为萝丝和杰斯的恋情而心生嫉恨，曾将一罐加了毒芹的香肠交给萝丝。小说中这罐毒物幸好并未被食用，从某种程度上推翻了"覆水难收"的既为/未为模式的追悔。吉妮从自己的那团黑暗，想到了父亲的那团漆黑的冲动，而她用"守护"（safeguard）来结束全书，似乎解构了该词表面上的正面意义，深层意义上揭示了人身为环境和自然产物所必然带有的幽暗甚至邪恶，因而这一"守护"意在防止和防御，即警示人们，有了这样的领悟，预见性的未来回顾中，就让未成的行

[①] Smiley, *A Thousand Acres*, Anchor, 1991.

为，始终不要变成既定，因而也在更深意义上与伊根"将地球视为单个的具有自我调节的有机体"①的生态论点相符合。人之理性和身体的美好与完善，在生态批评中被视为启蒙主义思想所导致的人类中心论的错误所在，同样，小说最终，吉妮要竭力让人性的黑暗被防御守护住，始终保持未为（undone），实为对自己生存意义的深刻反思。

在莎学研究的近二十年中，学者们就莎剧的当下主义（presentism）批评进行过激烈的争论，尽管人们对莎剧的当下性仍然持不同观点，莎剧的重写创作依然坚持从经典文本中探寻与当下生活的相关性，而打破人类中心论的生态关注，就是《一千英亩》所给予的生存思考。从吉妮的叙述中，斯迈利将《李尔王》中潜在的个性塑造元素加以挖掘，从生物学（自然 Nature）和教育习得（养育 Nurture）两个层面揭示人物价值观和生存观念的形成。《李尔王》中，国土和财产权益的继承是显性的一面，而生物学角度的脾性、个体延续相对较为隐含，因此当下的研究中，人们也会对高纳里尔和里根的贪欲、飞扬跋扈等，生发遗传学或家庭教育等方面的反思，而《一千英亩》中，拉里被欲望驱使的乱伦性虐，其既定行为对两个女儿的心理和生理伤害不可逆转，他对妻子的压抑和控制，让她对女儿们的教育影响和发展期待被阻止和挫败，更重要的是，从作品看，拉里似乎从未产生过预期性未来回顾，他只对自己失去权力而愤懑暴怒，直至失智，他都从未有过忏悔醒悟。他和小女儿凯洛琳的所谓和解，与李尔王和柯蒂莉亚的不同，前者是因"未做行为"而带来的同盟可能，是基于凯洛琳成为专业律师的权益便利，后者才是自我认识和觉悟的结果。

学者们发现，莎士比亚的戏剧人物塑造经常显示出"表观遗传学"②的影响，遗传学意义的因果报应在李尔王对高纳里尔的咒骂上表现得尤其明显：

---

① Gabriel Egan, *Shakespeare and Ecocritical Theory*, Bloomsbury Arden Shakespeare, 2015, p.19.

② 表演遗传学（Epigenetics）：该理论强调生物遗传对人的个性形成有决定性作用，但环境因素和教育对个性的改良和重塑亦有重大影响。

第八章 霍加斯之外：《哈姆雷特》与《李尔王》

> 听着，造化的女神，听我的吁诉！要是你想使这畜生生男育女，请你改变你的意旨吧！取消她的生殖的能力，干涸她的产育的器官，让她的枯瘠的身体里永远生不出一个子女来！要是她必须生产，请你让她生下一个忤逆狂悖的孩子，使她终身受苦！让她年轻的额角上很早就刻了皱纹；眼泪流下她的脸颊，磨成一道道的沟壑；她的鞠育的辛劳，只换到一声冷笑和一个白眼；让她也感觉到一个负心的孩子，比毒蛇的齿牙还要多么使人痛入骨髓！①

李尔王这种鉴于高纳里尔的既定行为所感喟的预期性未来回顾，在愤然诅咒的同时，隐藏着"罪有应得"的逻辑，但反讽的是，从生物性遗传和教育习得性影响的视角看，这段咒骂的盲点在于老父忽略了生命之链上自己的作用和影响。

小说中，吉妮确实陷入了不孕不育的痛苦中，这似乎是对莎剧的某种遥远而潜在的呼应。吉妮对自己的身体有着父权社会负面影响下的羞耻感："我不愿意看见自己的身体。我以为这一切都是正常的，大家都一样。"② 母亲对于女儿性别特征的淡化教育，尤其对女性性感彰显的反感，本质上都是生存环境对个体的认知和情感影响。吉妮和萝丝在身体上的羞耻和伤害感觉影响了她们对周围人际的看法，父亲对母亲和女儿的身体暴力甚至凌辱，依然不改他在农场社会中被尊敬的事实。无论是自然环境，还是社会环境的影响，都以不可逆转的既定行为，改变着女儿们的生活境遇和思想。无法生育的自卑，对身体的耻辱，对自我性别的憎恶，让吉妮和萝丝在与杰斯的关系上更陷入困境。她们在既定婚姻的约束下，与杰斯发生婚外情，彼此都僭越了伦理道德界限，明知不可为而为之，更是挑衅了预期性未来回顾的追悔莫及

---

① *King Leary* (Act 1, Scene 4, Lines 268-280). 朱生豪译。
② Smiley, *A Thousand Acres*, Anchor, 1991, p.437.

可能。

　　尤其是萝丝，她明知吉妮和杰斯发生了关系，却带着某种报复和嫉妒，或许还有自己患上乳腺癌的愤懑不满，在近乎绝望的困斗挣扎中，将内心隐藏了很久的乱伦受虐经历，包括因此而发的自私、不满、嫉妒等一一袒露，她目睹吉妮将希望投注在杰斯身上，却无情地告知姐姐，自己和杰斯才是彼此相连，真正在一起。身患绝症的萝丝缺失了"覆水难收"的追悔，她利用姐姐无法生育的痛苦来夺取她的尊严。萝丝内心明白自己没有实质意义的未来，她的当下行为只是为了对过往痛苦的弥补和缓释；对吉妮而言，萝丝的背叛恰恰让她感受到此刻被改变的是过往，不是未来。未来就像一个铁盖压在她身上，而过往在她脚下翻腾流动，渐渐消散，在它的核心处，有着最彻底改变的正是萝丝本人。

　　吉妮希望退回到萝丝未告知真相之前，希望这既定的告知行为从未发生。"我宁愿她（萝丝）没有告诉我真相，因为现在我看到的，比她希望我看到的更甚，看透她才是我无法承受的。"[①] 于是，吉妮有了用毒药杀害萝丝的想法，她阅读各种草本读物的书籍，最终选定了毒芹。小说中这个可怕的算计最终没有成为既定行为，小说尾声处，吉妮决定告别农场，前往大学专攻心理学，进一步解开这错综复杂的内心隐秘。

　　此外，小说始终在女性的回忆叙述中展开，而在记忆的追溯中，人物在做出行为和决定时，其预期性的未来回顾，有了更错综的时间点，即其中的"未来"亦是回忆中的"未来"。拉里对两个女儿的性侵事实，在萝丝的记忆中是鲜明、难忘、痛苦、耻辱的，而在吉妮的记忆中，它起初是被压抑、有意遗忘的，但是在萝丝的坦露中，"未来的回顾"被激发并唤醒，于是她相对稳定的当下被颠覆，她对父亲的情感和态度也发生了质的改变。类似地，几代人对于土壤、水源、牲畜、农作物等的改变，就像深藏压抑的人类回忆，

[①] Smiley, *A Thousand Acres*, Anchor, 1991.

负面影响会在某个节点一触即发,既定行为的后果绝无抹杀消融的可能。在小说情节不断展开的过程中,我们逐步了解不同人物的经历,其实也在目睹小说题目中一千英亩农场土地的变迁,正如一位学者所言:"她(吉妮)也在告诉我们千亩农场自身的故事,回忆它们是如何积累,记录它们又是如何失去的。"[①] 土地的故事和人类的故事并行交织着,这个过程中,人的身体和情感被凌辱,土地则因被拉里等农夫们集约化农耕和过度利用而不断恶化,更糟糕的是,如果警示性、预期性的未来回顾依然缺席,不可逆转的伤害将继续发生。

女性视角下的生命互联

人和土地,人与环境的密切关联,在《李尔王》中是隐含性的,而在《一千英亩》中则更多显性。同样,生命的彼此关联,通过女性视角的追忆叙述,在作品中不断被推演揭示。在父女关系上,吉妮最早的记忆中父亲的身形是巨大的,嗓音是低沉的,即便是彼此对话,她也只对着工装裤、衬衫、靴子讲话。母亲则在女儿们还没有能力真正了解父亲前离世。二妹萝丝 34 岁时诊断出乳腺癌,乳房切除,经受化疗折磨,身体虚弱,精神焦虑。吉妮担负起为自己、妹妹和父亲三个家庭饮食起居的主要责任,甚至要照顾两个外甥女的生活和学习。农场环境、家庭状况、身体健康等因素束缚着两个女儿,两人无数次地怀着"要不是"的前提改变设想,想要离开当下的生活,离开丈夫,接受大学教育,自食其力,所有的不甘都是个人命运的遗憾,为了他人做出的各种让步和妥协。拉里和哈罗德在农场土地上的竞争影响着家庭氛围,在哈罗德炫耀两个儿子的联手,并进一步投资的驱动下,拉里为了超越对手,急着要将农场经营和资产转移至三个女儿手中。正如李尔王的权力依

[①] Sinead McDermott, "Memory, Nostalgia, and Gender in *A Thousand Acres*", *Signs*, vol. 28, no. 1, 2002, pp.389-407.

附于土地疆域,拉里的权威也仰仗农场耕地和经营,而土地权力的更迭,若是在《李尔王》中主要是第三人称旁观者视野中权欲和自私的彰显,那么在《一千英亩》中,吉妮的第一人称叙述则揭示了更为错综复杂、幽微暧昧的自我认知和人际,是对她曾经以为的父权神性的祛魅,也是对人们惯常的自然农耕和田园牧歌生活的解构。平分农场股份时,吉妮的观点并非出于自私,而是对拉里的敬畏和恐惧,以及女儿对父亲、妻子对丈夫的无意识的顺服,因为丈夫泰一直向往对农场的自主经营权。

小女儿在《李尔王》和《一千英亩》中的比重有着很大的不同。凯洛琳在身体上未受父亲的伤害,经过大学教育走出了农场,被两位姐姐羡慕甚而嫉妒。这种自童年就开始的父亲的偏爱,既加固了两个大女儿之间的团结和一致利益,又为吉妮和萝丝之间的相爱相杀铺垫了更为复杂的前提。经济利益、生活场景、教育背景的相似,加之母亲早逝,让她们对凯洛琳有着替代母亲的责任,也在一定程度上保护了妹妹免遭父亲的性伤害,但同时这些生活和环境的类似又让吉妮和萝丝始终身处相互比较和竞争的关系中;杰斯与她们的三角关系,更是加剧了两姐妹之间的怨恨。此外,吉妮和萝丝彼此身体上的缺憾,如前者的习惯性流产,后者的乳腺癌,又是不良自然环境和家庭环境中的负面产物。女性因为无法挣脱自然和人际双重环境的束缚和限制,最终沦为受害和施害者的细节,正是因为吉妮袒露式的叙述而渐渐展现,她们的身体和思想情绪更受到生活境遇和人际关系的影响。

女性身体和自然环境的关联在叙述中也格外紧密相关。一望无际的玉米地并非传统审美中那样温暖美好,土壤作物的化学剂的施用,间接影响了井水的质量,吉妮从杰斯告知的消息中才醒悟到自己屡屡流产的可能原因,母亲和萝丝的癌症,拉里的老年痴呆和心脏疾病,与集约化和工业化农耕的化肥和杀虫剂的关系也有着必然的因果联系。莎翁通过李尔王在暴风骤雨中的呐喊,揭示着人性之恶与荒野废墟的呼应相连,同时,戏剧也展现着个体生命在自然中的渺小,在暴风肆虐中的无力绝望。尽管李尔王有颓然虚弱的时

第八章　霍加斯之外：《哈姆雷特》与《李尔王》

刻，但是在莎士比亚时代，尤其是人文主义萌生发展的语境下，人之宇宙中心论及万物之灵的思想，根深蒂固地改变着人们对生命的理解。然而，随着时间的推移，自然科学的发展，中心论的笃信被个体生命之间，人与自然之间的相互关联，彼此影响，甚至因果相关而渐渐解构。若说莎翁悲剧中李尔王从疯癫中醒悟，意识到自己的昏庸和错误，与柯蒂莉亚和解，那么《一千英亩》中拉里对凯洛琳的谅解和此后对两个大女儿的法律诉讼，更多是源于他常年受农药污染后的老年失智，而非真正意义上的精神转变。

李尔王对于女儿性别剥夺式的诅咒，隐喻般在小说中以吉妮的不育症和萝丝的乳腺癌得以体现，乳房切除手术让萝丝失去了一定的女性特征，最终癌细胞扩散失去生命。这令人哀叹、痛惜的结局，与人物的童年遭遇、精神伤害、家庭关系密切相关，也与生活环境中的生态危机密不可分。生命的彼此环环相扣，交互影响，尤其是精神思想与自然生命的深入联系，无论是在经典悲剧还是当代小说中，都有鲜明彰显。正如李尔王的大女婿奥本尼对高纳里尔说的一段话："人要是蔑视了自己的本源，／就很难保持自己的本分；／枝干要是把自己斫断了，／就受不到液汁，只得枯萎凋谢，／到头来只是一堆枯柴。"[①] 此处人与树木的比喻关联，让我们看到了生存环境下的生命个体在内外的各个元素间彼此交错的有机关系。

回归农场的浪子杰斯犹如生态和文化的异己因素，他的面容显现着某种奇怪的、充满希望的、周围其他人都不可能有的知识，他对于农耕和机械的知识，尤其是对土壤影响水源导致不孕不育的信息掌握，他对吉妮无论在见解、生活态度、性爱等方面的影响，是危险、刺激，甚至邪恶的，他打破了昔日农场看似的平静，搅乱了貌似的人际平衡，让吉妮对生活环境和自身有了新的认识。90多年前，当吉妮的曾祖父辈在泽布伦县定居时，那里湿润、

---

① "That nature which contemns its origin / Cannot be bordered certain in itself. / She that herself will sliver and disbranch / From her material sap perforce must wither, / And come to deadly use." (*King Lear*, Act 4, Scene 2, Lines 33-37)

充满沼泽、闪着光泽，成百上千只鹈鹕在香蒲丛中筑巢，可是自60年代初之后，吉妮甚至看不见一只鹈鹕了。她觉得，眼前这片景色正教自己明白在看得见的层面下还有着什么。

自然环境经历着肉眼看不见的变化，人物的肉体和意识也在发生着潜在的改变。拉里既是农场土壤和生态改变的主导型施行者，也是对妻子、女儿们身心塑造和影响的权威者。女性身心受到的男权僭越，与肥沃、优质土地遭受的男性主导的资本主义开发经营的僭越，有着高度的相似性，而共生环境的利益大多以施害者为中心。小说中与格洛斯特对位的哈罗德，他的致盲并非因为被残忍挖去双眼，而是因为农药无水氨意外进入双眼，而当时他恰巧没有佩戴护目镜，眼部的水分遇强碱性发生了剧烈反应。这种意外的背后自有其因果报应式的逻辑，一如被压抑的声音最终会爆发呐喊。

在吉妮的回忆叙述中，她把受困于欲望、耻辱和恐惧的自己称为"畸人，就像三条腿的女人，而我的畸形，我早在中学前后就认识到这一点，每每在约会时会让我有瘫痪麻痹的可能"①。斯迈利不断在吉妮和萝丝身上，尤其是第一叙述者吉妮的经历中挖掘女性心理成因和无意识的复杂性。杰斯的出现促成了吉妮的身体觉醒和自我意识，因为丈夫泰与她的结合始终受控于父亲，泰和拉里在土地观念和生活理念上的高度一致，泰的隐忍，以及他对妻子不断尝试怀孕的反对和冷漠，其实持续阻碍着吉妮对自我的认识。常年在外的杰斯则深受东方禅学的影响，奉行素食主义，提倡有机耕种，是吉妮固有的生态系统的撕裂者和外来者，"杰斯就是吉妮觉醒的催化剂，无论是身体还是心理"②。也正是杰斯，让吉妮对家庭和农场上的各种健康问题有了不同的认识，意识到人对土地也有暴力破坏和蹂躏的行为，而杰斯本人逃避战争，对美国在越南的战争有深入的批判性反思。杰斯的这种"被社会的不合理排斥

---

① Smiley, *A Thousand Acres*, Anchor, 1991, p.411.
② Tim Keppel, "Goneril's Version: A Thousand Acres and King Lear", *South Dakota Review*, vol. 33, no. 2, 1995, pp.105-117.

第八章 霍加斯之外：《哈姆雷特》与《李尔王》

让他对社会的意识形态基础具有深刻洞察，尽管他本人同样依赖于此，深受其影响。"① 杰斯如同生态环境中的异己，他对于环境毒素的观点，既真实，也隐喻地成为整部作品的"毒害母题"②，无论是女性身体，还是被人类普遍喻为大地母亲的土壤，都受到了不同程度的破坏。

女性的受伤害，同样会连锁地影响到他人，包括男性：哈罗德被农药致盲，萝丝的丈夫皮特因为酒精中毒驱车进入采石场丧身，吉妮因为杰斯和萝丝的情爱背叛，嫉恨中企图用毒芹杀害妹妹，尽管现实中癌症先手夺取了萝丝的性命。小说结局处，吉妮清洗毒物的容器，决定担负起抚养萝丝两个女儿的成长。与《李尔王》中的柯蒂莉亚截然不同的是，凯洛琳没有走向悲惨的命运结局，她的全部行动和决策都更为独立，她对父亲也没有童年的创伤记忆。虽然在斯迈利的笔下，凯洛琳这个人物塑造相对扁平，缺乏生动的、意识的深层面再现，她在与吉妮的最后重聚中，拒绝姐姐用回忆叙述来破坏自己的童年记忆，也断然决定不受昔日的负面影响，不达成和姐姐的和解。凯洛琳的这种拒绝和忽略态度，甚至是自欺的固执和盲目，究竟会对她生活产生怎样的后果，小说最终是没有答案的，但是其开放式的诠释空间也给读者们带来了反思的意义：如何正视回忆，正视创伤对自我认识和人际关系的影响？是回避、忽略、依从，还是审视、追悔、批判和修复？

互文的环境观

远离农场的凯洛琳并没有让我们看到一个生动可信的人物，她在作者笔下缺乏足够的心理深度，她的见解和态度来自不同的空间和生态系统。然而，家庭其他成员的喜怒哀乐和意识变化，都发生在农场上。农场在叙述中占据

---

① Jonathan Dollimore, "King Lear and Essentialist Humanism", Jonathan Dollimore ed., *Radical Tragedy*, Sussex: The Harvester Press, 1984, p.201.

② Tim Keppel, "Goneril's Version: A Thousand Acres and King Lear", *South Dakota Review*, vol. 33, no. 2, 1995, pp.105-117.

着重要的、近乎核心的作用。除了凯洛琳，作品中其他人物的命运几乎都与土地密切相关，甚至依附于土地。人物的生存就是以土地为根本依据，后者本质上就是人物的生存资源和途径。这片美国中西部的农场土地，正不断受到公司经营模式和银行财政干涉的影响。美国式的应许之地和白手起家理念在这段时间逐渐被质疑。小说中，一家人夜间玩"大富翁"的牌桌游戏，其实隐喻了农场在商业垄断、集约化管理下的岌岌可危，小说最后，库克家族最终失去土地，农场被公司收购。更重要的是，斯迈利在小说最初的题词中，就援引了美国作家勒叙厄尔①自传体散文"古人和新人"中的一段话："身体重复着风景。它们源于彼此，创造着彼此。季节性的大地之躯，可怕的人口迁移，世纪的交替，在我们身上留下深刻印记，我们面对着这个绿色星球上前所未有的变化。"②小说中人物的身体、意识等，与土地隐秘相连，从全书看，土地就是身体的隐喻，而人们拥有、耕种、开发、破坏土地，改变环境的同时也在改变着自身的身体和生活。

土地和身体的隐喻关系，是《一千英亩》中潜在的生态环境观，女性的生殖和哺乳功能，也对应着土地的富饶和滋养能力。她笔下被化肥、杀虫剂和机械耕种改变的土壤，在一定程度上也呼应着《李尔王》中命运和上苍对个人生存的奖惩和控制。李尔王在暴风雨中的呐喊，让观众感应到神秘而无形的自然力量，仿佛天眼审视着世间沧桑变化，但是本质却是在促成李尔王对自我的深刻认知和了解。同样，在工业化和科技发展的当下，这些隐藏的力量就在人与环境的互动中，而这些看似神秘的运作，其实本质源于人类自身的行为。埃德加在面对父亲格洛斯特时，说过这样一段令人深省的话："这世上最大的愚蠢就是：我们倒霉，时常是我们自己的作为所致，可我们却把

---

① Meridel Le Sueur (1900-1996)
② Smiley, *A Thousand Acres*, Anchor, 1991, p.3.

灾祸归怨于日月星辰，好像我们做恶人完全是出于不得已……"① 埃德加的话让人们反思，人之行为和意识对周遭的影响，以及这种影响对自我生存的反作用力。所谓的天道，很大程度上与人道彼此相关互动，互为本源。吉妮最终跳脱出农场的环境，前往城市的餐馆打工，生活在公寓的两居室里，在不同的环境和生态体系中反观昔日的生活。斯迈利并没有给予她任何积极乐观的结局，而是在面对截然不同的高速公路、水泥丛林、人造景观时，对环境和差异有更多反思和开放的态度。李尔王抱着柯蒂莉亚的尸体悲恸不已的结局，同样瓦解了人们一味寄托于天道仁慈公正、善有善报的笃信，似乎有违于正向的公平正义和希望。

因此，小说最后吉妮在和丈夫泰的对话中，对这种悲剧性结局道出了作家想要给予的诠释和思考："你看到的是这一段辉煌的历史，而我看到的是一次次打击。我看到人因为渴望而去获取，并对自己的所作所为加以弥补，求个心安理得。我看到人们让他人付出代价，而后遮蔽事实，忘掉代价。"② 这段历史，不同的人视角下的见解不同，正如大片农场的集约化发展，有人看到辉煌，有人看到破坏，甚至有学者结合小说开头的题词，把这部对《李尔王》的小说重写视为"一种隐含式的、对美利坚合众国建立历史中的殖民和人口迁移而进行的批判"③。综观小说，其中也不乏田园文化乡愁的情绪，对复原可能的向往和渴望，当然也有主观想象中的事实变形，如同李尔王最终和小女儿一同被关押牢狱时，他对柯蒂莉亚说："我们两人要像笼中鸟一样唱唱歌。你求我为你祝福时，我就跪下来求你饶恕。我们就这样活着，祈祷，唱歌，讲讲古老的故事，嘲笑披着金翅的蝴蝶，听听那可怜的无赖讲述宫廷

---

① "This is the excellent foppery of the world, that when we are sick in fortune, often the surfeit of our own behaviour, we make guilty of our disasters the sun, the moon and the stars, as if we were villains on necessity …" (*King Lear*, 1.2.118-122, R.A. Foaks ed., *The Arden Shakespeare*, 2005 reprint of 1997)

② Smiley, *A Thousand Acres*, Anchor, 1991, p.536.

③ Sinead McDermott, "Memory, Nostalgia, and Gender in A Thousand Acres", *Signs*, vol. 28, no. 1, 2002, pp.389-407.

里的消息。"① 这种对过往的怀旧式修复和自我精神诊疗，对于李尔王而言是永远失落的生命终点，而对于吉妮，尽管作家没有给出美好的未来，却让她的声音不断萦绕，至少给读者一种讯息，即她依然会见证历史，至少不会为求心安理得而遮蔽掩盖，为欲求而不惜代价。

在吉妮的见证中，关于土地的美国梦在表面祥和丰饶中逐步瓦解，她也从年少时努力保持一个美好外表的戒律中挣脱出来，领悟到表象和内里的差异矛盾。斯迈利在接受国家图书奖时也坦言这部作品是"针对某种土地耕种和利用方式提出的综合性辩驳，因为这种方式导致了环境灾难，损伤人们的生命，破坏了我们国家的道德生活"②。小说在对土地的思考和对女性意识的探究上有着深层次的关联；对于土地的滥用和过度开发，与对女性身体的凌辱和僭越，一定程度上就是对生态和生存平衡的破坏。拉里心中不断买地、种粮食、再买地、种更多粮食，并以此来喂养全世界的完美、高大的农场主形象，他那优质高产的土地，最终在女性的叙述下分崩离析。人们听到了原本一直隐匿沉默的声音，不同的叙述和生活感受将生存环境中的水土、植物、鸟儿、昆虫等也纳入生命思考，正如吉妮所诉说的："我以前喜欢在心里想着它们，因为它们就是土地，而土地就是宝藏，曾经更肥沃、富饶，有着无尽的往昔和未来，比任何其他土地都更为生机勃勃。"（204）令人遗憾的是，它们此后在集约化机械耕种、化学剂、水土污染下不断恶化，和小说中的女性身心一样，成为应许之地这个梦想下的牺牲品。

与斯迈利笔下富有女性感知和身体特质的土地和环境不同，莎士比亚让李尔王在荒野的暴风雨中呐喊着："震天动地的雷霆啊，砸扁这浑圆结实的地

---

① "We two alone will sing like birds i'the cage. / When thou dost ask me blessing I'll kneel down / And ask of thee forgiveness. So we'll live / And pray, and sing, and tell old tales, and laugh / At gilded butterflies, and hear poor rogues / Talk of court news; …" (*King Lear*, Act 5, Scene 3, Lines 9-14)

② John F. Baker and Calvin Reid, "17th NBCC Awards: Idealism Meets Commercialism", *Publishers Weekly*, 1992(3), 10.

球吧！砸碎造化的模型，把铸造出忘恩负义之人的种子全都泼洒干净吧！"①从中可见，在李尔王眼中，人类生存的地球空间是被动、无生命的，是造化的模型，无论是神，还是人，和自然的关系是主从的，自然是秩序层次上被动、低下的那部分，是服从于被动、受控逻辑的，也是西方文化中思想／身体，男性／女性，理性／情感，主体／客体二元论系统中的有机组成部分。这种主导和被动关系中的人与环境观，在李尔王形容他的国土"遮天的森林，肥沃的天地，富饶的江河，一望无际的草原"，并豪迈地对高纳里尔说"都归你，从此奉你做女主人"②时，得以鲜明体现。这种自然环境的赞颂，一直是镌刻在人们记忆、想象、无意识中的传统的、田园牧歌、怀旧式的感受，却在《一千英亩》中遭到质疑和颠覆。

在《李尔王》和《一千英亩》不断深入的互文交织，以及由此激发的生态反思中，但愿人们能领悟各种生命和生存环境的诸多因素间彼此相关、平等、尊重的意义，在思想和行为上更多一些预示性的未来反思，尽量减少遗憾追悔和覆水难收的痛苦，让同样亘古恒久的文学艺术和人文、自然的环境同时焕发勃勃生机，共生共长。

---

① "And thou, all-shaking thunder, / Strike flat the thick rotundity o'the world, / Crack nature's moulds, all germens spill at once / That make ingrateful man!" (*King Lear*, Act 3, Scene 2, Lines 6-9)

② *King Leary* (Act 1, Scene 1, Lines 165-167)

第4节　谁在言说？谁的故事:《一千英亩》对《李尔王》的重写策略

斯迈利的《一千英亩》[①] 出版于1991年，1992年先后获普利策奖与美国国家书评奖。这部根据莎士比亚著名悲剧《李尔王》写成的长篇小说，迄今已有包括中文[②]在内的数十种语言的译本，1998年还被改编搬上了大银幕[③]。

《一千英亩》在场景与人物设计和情节线索等方面，莎士比亚《李尔王》的影子随处可见。小说重写将故事的发生地放在美国中西部明尼苏达州的一个农场上，情节语境是农场上的日常生活与劳作，是农场人的家庭与邻里，而《李尔王》的剧情起点虽然是在王宫，但大部分场景都在王宫之外，最重要的场景都在荒野之中，呼应着美国西部广漠的荒蛮之地。《李尔王》采用了莎士比亚擅长的双情节线结构，李尔与三个女儿（高纳里尔、里根、柯蒂莉亚）的主线与格洛斯特与两个儿子（埃德加、埃德蒙）的副线交叉穿插，

[①] Jane Smiley, *A Thousand Acres*, Anchor, 1991.
[②] 斯迈利:《一千英亩》，张冲等译，上海译文出版社1999年版。本节引文均出于此版。
[③] 《一千英亩》，美国试金石电影公司1998年出品；改编斯迈利（Jane Smiley）、琼斯（Laura Jones）、导演穆尔豪斯（Jocelyn Moorhouse），主演菲弗（Michelle Pfeiffer）、兰格（Jessica Lange）、莱伊（Jennifer Jason Leigh）等。

第八章　霍加斯之外：《哈姆雷特》与《李尔王》

相互呼应，加强了全局的悲剧意义，也使悲剧更加具有了普遍性。在《一千英亩》中，斯迈利同样设计了两个层次，两条线索：主线的老父亲拉里·库克与三个女儿吉妮、萝丝和凯洛琳，副线的农场邻居父亲哈罗德与大儿子洛伦、二儿子杰斯，只是斯迈利的杰斯并不像莎士比亚的埃德蒙那样是更得父亲宠爱的私生子，杰斯当过兵，退伍后在国外游荡多年才回到农场。从主副线的关系来看，莎士比亚的李尔王与格罗斯特是君臣关系，副线的作用是拓展悲剧视野，加深悲剧意义，而在《一千英亩》中，拉里与哈罗德是农场邻居，又是农场经营方面的竞争对手，而后者在这方面一直处于下风，始终心怀羡慕嫉妒恨，总希望找机会看邻居丢丑的场面，希望能以某种方式至少赢回一局①。他的大儿子洛伦在情节中并不十分活跃，但小儿子杰斯一方面与哈罗德及哥哥洛伦关系紧张，另一方面与拉里家的吉妮和罗丝却有着秘密的感情纠缠。

《一千英亩》的故事情节从一开始就明显模仿了莎士比亚的《李尔王》：莎剧中年迈的李尔把自己的王国一分为三，交给三个女儿，由此引发了一系列震天撼地、直刺人心的人间悲剧，在《一千英亩》中，年迈的父亲决定把自己一生苦心经营并引为自豪的"一千英亩"农场分给三个女儿，条件就是，每人得说几句让老父可心的话。虽然父亲的这一决定来得十分突然，事先根本没有与三个女儿商量过，深知父亲一生执拗倔强、独断专行的吉妮和萝丝还是在将信将疑中做出欢喜的表示，接受了父亲的安排，但在大城市德莫因做律师的小女儿凯洛琳却出于职业习惯和对乡村生活的厌恶，拒绝了父亲的"赠与"，连一句表示感谢的话都没有。父亲勃然大怒，当场把她拒之门外。接着，老人在暴风雨之夜酒后驾车肇事，三姐妹之间的一场场明争暗斗，很多细节似乎都能在莎士比亚的《李尔王》中找到响应。

不过，斯迈利小说的出发点显然与莎士比亚的悲剧不同。莎剧以李尔王

---

① 他后来在教堂聚餐会上突然当众揭穿拉里家的"丑闻"（女儿"虐待"父亲）。

悲剧为主线,以李尔王的视角和话语来叙事,而斯迈利的小说则以大女儿吉妮的第一人称叙事展开,直接用女性叙事替代了男性视角,在表面类似的"老父—三女"框架中,借当代美国西部的自然、文化、社会语境,书写着当代女性对莎剧经典作品的质疑(question)与协商(negotiation);在引发悲剧的那个"三分家产"情节中,在震撼人心的李尔荒野呼喊的场景中,莎士比亚的李尔王都主宰着情节和话语,是事件的讲述人,是充满惶惑和仇恨的诅咒话语的发出者,更是观众读者关注的中心,而在斯迈利的《一千英亩》中,从分家到结局整个情节都是女性(大女儿吉妮)叙事的构建,这一点,直接与《李尔王》中的男性叙事形成对照与对话。

《一千英亩》对人物、人物关系及故事叙述者的重写,颠覆了莎士比亚原作中李尔王代表的男权中心主义,凸显了深受男权压抑的三位女儿所体现的女性意识和女性诉求,加重了女性自己的故事的分量。小说中的老父亲虽然还是主要人物之一,小说真正的主角却是故事叙事者、大女儿吉妮,女性故事的篇幅明显增加。吉妮身为女性,要同男性及其他女性打交道;她是大姐,要同两个妹妹相处;她是妻子,要使丈夫泰感到满足;她更是女儿,要使父亲处处满意。在小说中,吉妮是好大姐,对妹妹们竭尽忍让,息事宁人,宁愿自己受委屈;她努力做个好妻子,绝对是一位出色的家庭主妇,从早到晚操持家务,把丈夫服侍得周周到到,同时还要在农忙时下田帮忙;作为女儿,她可谓尽孝尽顺,按时去独自住在不远处的老父亲家里烧好一日三餐,按时为他浆洗换晒,为老人的安全和健康操心。然而,她的努力似乎全都落了空:当她极度困惑,需要在精神上得到安慰和指点,前去寻找她所钟情的男人杰斯时,得到的却是彬彬有礼的回答,后来甚至还发现,原来杰斯与妹妹萝丝有染。在当律师的小妹面前,吉妮不仅是个"乡巴佬",甚至被怀疑预谋夺取老父全部家产而被她告上法庭。丈夫泰是个老实又实际得可怕的农民,他以为自己的需要就是吉妮的需要,自己的理想就是吉妮的理想,而他的理想就是:不惜一切代价,做老丈人的好女婿,继承田产,开一间现代化的养猪场。

第八章 霍加斯之外:《哈姆雷特》与《李尔王》

他从来没有意识到,吉妮作为女性,除了是妻子,有自己的需要和理想。至于老父亲,他把吉妮为他所做的一切都看作理所当然,不允许女儿对他有任何怀疑和限制,哪怕是出于安全考虑的限制。他性格乖张独断,从来不听吉妮的任何解释,也不向她解释自己行动的原因,自己提出分田产,后来却上法庭去控告吉妮企图谋夺他的财产。出事的那个暴风雨之夜,他用十分恶毒的语言咒骂吉妮,让人联想起《李尔王》中李尔在荒原暴风雨中对两个女儿呼天抢地的恶毒诅咒,但不同的是,斯迈利的小说改变了叙事主体,让吉妮来复述老父的污言秽语,更加彰显的是长久的男权意识压抑下女性的屈辱与无助。

与莎士比亚众多戏剧中"母亲缺失"的特点一样,《一千英亩》中吉妮三姐妹的母亲也早早去世,尽管吉妮曾乘机到父亲的房间和阁楼上努力寻找母亲的痕迹,试图唤回对母亲的记忆,但在她悲剧人生中始终无法挥之而去的,依然是父亲拉里·库克,父亲控制着她的人生,影响着她生活的方方面面。她对父亲的感觉,与其说是爱,不如说是怕,她最怕他的眼睛,与父亲对视会使她感觉莫名的恐惧,而她为父亲所做的一切,与其说是出于真正的儿女之情,不如说是出于讨好,希望能借此逃避父亲可怕的目光。她的生活完全操控在父亲手里,她的婚姻,她与两个妹妹的关系,她与其他人的往来,她自己的生活,处处都留下了父亲的踪迹。吉妮的确有心理障碍,而造成这一心理障碍的真正原因却被她一直深深地压抑在无意识中,竭力否认,竭力忘怀。但是,那个梦魇始终存在着,在一个暴风雨之夜,在妹妹萝丝的一再逼问下,她终于从无意识中重新拾回了那个可怕的记忆:少女时代的她,和妹妹萝丝一样,曾遭受父亲乱伦行为的摧残。

父亲的乱伦行为几乎对吉妮生活的所有方面都造成了挥之不去的伤害,特别是心理上和无意识中的伤害。从那以后,吉妮对自己的身体产生了奇怪的疏远感和陌生感,好像身体是她本人之外的存在,可以作为物体对象端详,可以上下抚摸,但就是没有感觉,没有情感。婚后的性生活,对她完全是可有可无，极少有兴奋快乐的感觉。也正是这一可怕的经历，使她对父亲的记忆只剩下那双可怕的眼睛，面对父亲，她能做的一切就是服从，做一个"乖女儿"。父亲的影响对吉妮人生产生了毁灭性的后果，甚至体现在她连续六次流产的痛苦经历上：父亲为农场获得好收成而在田间喷洒化肥农药，渗入土壤，渗入地下水，流进各处窨井，而其中一处正是吉妮的饮用水源。

当然，斯迈利用《一千英亩》重写莎士比亚，并非单纯地"蹭"莎士比亚《李尔王》经典悲剧的光环，并非为了写一通迎合"当代口味"的通奸、乱伦、投毒、家暴、背叛的耸人听闻的故事。事实上，斯迈利通过改换叙事者，用吉妮的自述，用三姐妹对老父亲从绝对服从到据理力争甚至反抗和反制，描写了当代美国女性的自我意识觉醒和对父权思想体制的抗争，并以此与莎士比亚《李尔王》的父权视角形成对话，以小说重写的方式进行着对《李尔王》的女性主义批评，而这，正是大多数严肃的重写经典的文学作品有意无意间自带的文学批评功能和意义。

事实上，在莎士比亚的《李尔王》中，三位女性人物对李尔并非始终逆来顺受，只不过在李尔的主导言说中、在历史和文化的传统语境下，她们分别被套上了"被宠坏""不孝"，甚至是"忘恩负义""有违天理人伦"的坏名声，高纳里尔和里根更是成了"恶女人"。柯狄莉亚的"被宠坏"和"不孝"，虽然是冲两位姐姐言不由衷的话语而来的，但是她在本质上是仪式性和游戏性的"三分王国"场景中，破坏话语行为准则中的"礼貌原则"①，将本该在其他场合对姐姐们发泄的不满和指责，反冲着年已耄耋且最宠爱她的父亲一顿反怼，毁掉了整个话语交际事件，也毁掉了自己。反观高纳里尔和里根，她们对"分国"的仪式和游戏性质心知肚明，因此遵守着"礼貌原则"，说了一番明显是阿谀奉承的话，配合老父亲演了一场父慈女孝的戏，老父满足

---

① "话语行为理论"（Speech Act Theory）中的"礼貌原则"（Maxim of Politeness），参见 G.N. Leech, *Principles of Pragmatics* (Longman 1983); R.D. Sell, *Literary Pragmatics* (Routledge 1991)，何自然《语用学概论》（湖南教育出版社 1987 年版）。

虚荣，女儿得到实惠，而她们被扣"虚伪"恶名，其深层原因是，柯狄莉亚对她们的指责呼应了人们潜意识中对"虚伪"的认知和厌弃。她们的"不孝"和"忤逆"，多半是李尔主导的话语呼应着观众经验所造成的结果①，而她们人性与道德上的"恶"，如通奸、背叛等，多半发生在姐妹之争的情节中，这些情节与她们和李尔的关系并无太多的瓜葛，但是，这并不妨碍人们（无论是观众读者还是学者）据此倒推认定她们对李尔犯下了"恶"。至于柯狄莉亚，"分国"时违反话语行为准则的行为，因"直率"和"可怜"（被剥夺应得的国土、被剥夺嫁妆）得到谅解，她引法国军队进入祖国，更因"救父"和"惨死"而被绝大多数人无视②。

《一千英亩》中的女性抗争，更多地带有了当代生活、普通人、家庭日常的特点。萝丝也是父亲乱伦的受害者，与姐姐吉妮的隐忍抑制不同的是，萝丝一向与父亲公开地格格不入，为保护自己的两个女儿，坚持将她们送去寄宿学校。她还多次表达了要干一点让爸爸出丑的事情的愿望。小妹凯洛琳一开始就在分地事件上顶撞父亲，摔门而去，声称自己不愿与此事有任何瓜葛③。作为故事情节的叙事者，吉妮不仅是父权传统的受害人，同时也是反抗者，她的反抗体现在小说情节的诸多细微之处。她努力以姐姐的身份对两位妹妹发出忠告、提出要求，严格限制老父随意驾车外出惹事，甚至以"没收车钥匙"和"卖了车"作为警告；她奋力寻求自己向往的爱情生活，追求自己所钟情的男子并接受他的爱；她要摆脱自己永远是丈夫"计划"中一个因素的地位，毅然离家外出打工，开始独立的生活；甚至当她得知妹妹萝丝"勾

---

① 事实上，很难在《李尔王》中找到两个女儿"虐待"父亲的实际剧情与台词的证据，大部分"虐父"指控都来自李尔本人，而她们削减李尔随从的理由（如"一家不容二主"等），在现实生活中也并非完全无理。

② 尽管《李尔王》的剧情故事发生时，英法之间尚未形成明确的主权国家间的关系，但在莎士比亚时代，特别是面对近现代观众上演此戏，柯狄莉亚以"救父"为由引外（法）军进入祖（英）国一节，恐怕很难不引起质疑。

③ 在与父亲的关系上，斯迈利的凯洛琳也大致遵循了莎士比亚的柯狄莉亚与李尔的关系。凯洛琳后来（主动）与父亲和解，甚至还支持并实际参与了已有失智端倪的老父亲向两位姐姐发起的收回农场的民事诉讼。当然，以"农场经营不善"为理由的诉讼最后败诉，一如柯狄莉亚带法国军队回英国拯救父亲未能成功。

引"上了自己钟情的杰斯后,打算用一罐掺着有毒物质的香肠报复萝丝①,这一情节以极为特殊的方式象征着吉妮自我意识的觉醒,象征着她要与过去的一切告别。因此,斯迈利的《一千英亩》实际上是书写女性从传统父权压抑下觉醒历程的小说,是由女性的发声,讲述自己经过父权体制在肉体、心理、生活、无意识等多方面的压迫之后,如何战胜心理障碍,战胜自我,并与这一传统抗争。她在鼓足勇气警告拉里不准再私自驾车外出后的感受:

> 我对父亲说了这番话,听上去好像他是我的孩子,这让人兴奋,而把他视作我自己的孩子的感觉则不仅仅是兴奋。用这种下命令的口气说话真痛快。这在我心中创造了一个未来,其中的一切都井然有序,好比一幅用透视法画的图,容易打发的日子在远处依稀可见,而我自己则位居前方,位置突出,神情果断。②

这已经超越了"竟敢反怼父亲"的一时痛快,而把自己放在了那幅用透视法画的图"前方","位置突出",这明显传递着作为女性的她开始觉醒的信息。虽然这样的觉醒和抗争在故事情节中还有反复,她在一次与父亲的争执后无奈放弃了自己的观点,意识到"一旦父亲断然坚持自己的观点,我的观点也就无影无踪了。现在,我甚至记不起来我有什么观点"③,但情节发展到最后,吉妮还是自豪地觉得,自己在和父亲的抗争中终于是胜利者,因为她终于敢于面对过去,面对自己,而她的对手则依然把自己封锁在幻象之中,不敢面对事实,不敢面对过去。

更有意思的是,作为一部文学作品,《一千英亩》的叙事风格颇具"女人味",堪称是一部极具特色的"女性小说"。如果我们能不带任何价值判断因

---

① 《李尔王》中,高纳里尔的丈夫埃德蒙与里根私通,高纳里尔最终毒死妹妹里根后自杀。
② 斯迈利:《一千英亩》,张冲等译,上海译文出版社1999年版,第157—158页。
③ 同②,第191页。

素（特别是所谓的"政治正确"）来使用"感性""感觉"这样的字眼，应当说，这部小说的字里行间处处漫透着"感性"和"感觉"。吉妮认为，对生活经历不能用"理性标签"来标识，那样反而会歪曲了事实，或使原本生动活泼丰富多彩的生活变得苍白无味。吉妮对于这一点所说的，应该不止于这位小说人物本身：

> 事实上，一贴标签，[事件]就看不明白了。我要做的就是在脑子里把它们想象出来，而我用以"明白"它们的方法，就是绕着它们，透过它们，微微闪光，只要有一道亮光，一阵气味，一丝声音，一种味道，一个实在的感受，就足以理解每一桩具体的事件了。[①]

因此，小说描写套着过紧的衣服时皮肤所体验到的不舒服，描写家庭主妇细碎琐屑的日常生活，描写进行毫无激情的性生活时灵肉分离的感觉，描写母亲衣橱里各式各样的服饰，描写吉妮对有自己孩子的渴望，以及她几乎要把妹妹萝丝的两个女儿看作自己的孩子的渴望，等等。的确，小说的许多片段让人读来觉得琐碎细小，甚至让人有跳段翻页的冲动，但是，感觉细致，情感丰富，直觉敏锐，正好是多数女性的优点和特点，女作家斯迈利笔下这样的女性，也就十分自然了。

《一千英亩》的故事以美国中西部广袤的农场为空间语境，整个情节也围绕农场经营展开，因此，人与自然、科技与农耕的关系是叙事的基色，而这一点，也使斯迈利的这部小说重写与莎士比亚的《李尔王》形成颇有意义的对照。人与自然、李尔王与自然的关系，历来是关于《李尔王》的研究评论的焦点问题之一，甚至有学者以专著形式专门研究该剧中"nature"及其派

---

① 斯迈利：《一千英亩》，张冲等译，上海译文出版社1999年版，第336页。

生词如"natural"和"unnatural"①。白发苍苍、悲愤欲绝的李尔在荒原上暴风雨中呼天抢地，吁请天降重罚毁灭两个"有违天性"（unnatural）的女儿，将这一巨大的、超乎常人认知的悲剧永久刻印在人们心中；在悲剧的最后时刻，李尔抱着濒临死亡的柯狄莉亚，悲痛欲绝地质问嘶喊道："为什么一条狗、一匹马、一只老鼠，都有它们的生命，而你却没有一丝呼吸？你是永远回不来了，回不来了，回不来了，回不来了，回不来了！"②这些场景中，人与自然的关系，人与草木走兽等非人生物的关系，总是能引发深深的迷惘和各种学术探究。不过，从本质上看，《李尔王》中的"人"（李尔）与"非人"（自然）不仅是两个相互独立的存在，而且有上下尊卑之别：自然是李尔悲剧上演的"场景"，李尔则始终在向（无论是自然的还是神性的）上天倾诉悲愤、恳求复仇，而造成李尔悲剧的，既不是李尔本人有违逆上天的行为，也不是上天有意惩罚李尔的"计划"，换句话说，李尔的悲剧，并不是人与自然、人与上天互动的结果。然而，在《一千英亩》中，人与自然的关系以完全不同的方式展现在我们眼前。在斯迈利的这部小说重写中，我们看见了人与自然的互动，特别是看见了人对自然的所作所为、人类"改造自然"的雄心与技巧对自然、对人类自身造成的深远影响，而这样的关系重写，正好呼应着当时及当前人们的生态关切，特别是这一关切的文学批评表征：生态主义批评。

  《一千英亩》的生态关怀主要体现在两个方面：小说叙事者吉妮对这片土地深沉的爱和眷恋，以及她目睹农场上以父亲为代表的人们凭自己的劳作和科技的帮助而"改天换地"的后果。吉妮出生于农场，成长于农场，父亲农场周围也都是农场，他们的邻居也都是农民。似乎广袤无垠的土地，为吉妮的想象提供了丰富的源泉，也是她一往情深所寄。小说中经常可以读到吉妮对这片家园土地充满爱意的描述，如下面这长长一段的文字：

---

① 如 *Shakespeare's Doctrine of Nature: A Study of "King Lear"* (John F. Danby, Faber & Faber, 1961), *Concepts of Nature in Shakespeare's "King Lear"* (Olga Nikitina, GRIN Verlag, 2014)。

② *King Lear* (Act 5, Scene 5, Lines 305-307). 译文为作者自译。

第八章 霍加斯之外:《哈姆雷特》与《李尔王》

> 几千年来,这块土地河流纵横。数不清的一代代水生植物、鸟类、兽类、昆虫在这里生长,分解,消亡。我喜欢想象万物懒洋洋地在温暖的、汤汁一般的水中漂流的样子——叶子、种子、羽毛、鳞片、肉、骨头、花瓣、花粉——随后,这些东西便混迹于水底湿透的土壤,且自身亦化入其中。我喜欢想象日落时,成千上万只鸟儿遮天蔽日地飞过,在沼泽中度过一夜,或想象它们在繁殖季节闹哄哄的叫声、叽叽声,成千上万对翅膀呼啦啦的拍打声,它们树枝般的腿或蹼在水中拍打时发出的噼啪声,以及那些只有放大了数百倍才能辨别出的细小声响。沼泽里到处是鱼:做钓饵用的小银鱼和米诺鱼,胭脂鱼,各种太阳鱼,等等,鱼倒都是平平常常的鱼,但有上百万条,甚至上亿条。我喜欢想象它们,因为它们是土地,而土地就是财富,此处的土壤比别处的土层更深,土质更肥沃,过去和未来生长于斯的丰富多彩的生命使得这片土地更富有生气。①

土地是生命的源泉,土地为生命提供支撑,提供意义,提供情感。当然,这片土地刚被农场上的人们获得时,大部分是浅水沼泽,并不适宜耕作。因此,人们开始了改造自然的行动,在周围开挖排水明渠,在地表和地下按精心设计的网格铺设下排水暗管,把沼泽渐渐变成丰饶的可耕地。但是,

> 这块土地一旦被排水管道整齐醒目地一框,就成了人们各种各样的计划——包括诡计——的发源地。每一英亩土地都让人眼红,都不易到手,而且无论到手多少都没有个够。任何一块田地,任何一个农场,都象征着历史上的某种热情。②

---

① 斯迈利:《一千英亩》,张冲等译,上海译文出版社1999年版,第139—140页。
② 同上,第140页。

  土地的意义被异化了，它成了征服的对象，物产源头，更成了人们争抢的对象，成了人们夸耀成就的证据。为了提高产量，农场上的人们引进了农药化肥，在一时提高收成的同时，破坏了土壤的结构，改变了农作物汲取的养分和汲取养分的方式。更可怕的是，人类在欢呼自己对大自然"改造"成功的同时，并没有意识到这样的"成功"反过来戕害人类自身，成为当今人类社会及其生存境况的一大灾难，这一灾难，充分体现在极端天气频发和人类恶性疾病发病率暴涨上。如果说，小说中对这些可怕进程的描写尚且是出于作家无意或有意对局部问题的关注，三十年后的今天，当我们阅读这些讲述时，不得不为人类对大自然的愚蠢和不负责任的行为感到震惊和痛悔。

  小说情节发展到最后，主要人物为之付出了感情、体力、金钱等代价的"一千英亩农场"终于倒闭出售，父亲和萝丝先后死去，萝丝的丈夫也因酒驾事故死去，杰斯扔下了曾经和他有情感交集的两姐妹而远走他乡，小妹凯洛琳早早就宣布不愿与农场的任何事情有关联，吉妮在最后离开已经失去了的农场时，回想着逝去的人们，回想着发生在这片土地上的一切：

>   每个逝去的人都给我留下一些东西，每当我回想起他们中的一个，我就感觉到自己所继承的东西：回想起杰斯，就让我想起我们喝上的受污染的水及其流径，水渗进土壤，流进排水井，流进暗黑无光的神秘的地下化学物质之海，然后从饮水井里被抽取上来，冰凉可口，流进了萝丝家的水龙头，流进了我家的水龙头。每当我开车行驶在乡间，远远看见运送无水奥摩尼亚的卡车，看见生产除草剂的公司，看见秋天在农田上劳作的农民，看见四周一圈黑土坡地上，表层土壤发白，玉米只能像长在沙砾地上那样直直地插着，因为土壤里根本吸收不到养分……①

---

① 斯迈利：《一千英亩》，张冲等译，上海译文出版社1999年版，第407页。

与莎士比亚的李尔向上天绝望求助不同，这段沉思体现了人与人、人与自然的交互关系，特别是人伤害自然并最终反受其害，令人想起莎士比亚另一出著名悲剧《麦克白》中那句"公平的正义终将把我们举在手里的毒酒推送到我们自己嘴边"①。更有意思的是，吉妮的沉思一开始是在怀念出现在自己农场生活中的人们，可思绪很快就从人转移到了自然，从这些人想到了这些人对自然的所作所为。人与自然（天）不再是下和上的关系，不再是索求与赐予的关系，而是一个宇宙"共同体"中的存在，终究要相辅相生，否则，一味追求人类自己的利益，一味以"人定胜天"为终极目的，哪怕这样的利益再有"理由"，也只是人类自我中心的理由，用它来主导与自然（天）的关系，必定是相杀相害、反过来害了人类自己的一场终极悲剧。

就这样，斯迈利用《一千英亩》小说重写莎士比亚《李尔王》，让莎士比亚那本质上直击人性的、残酷的和不加掩饰的社会与个人悲剧，在当代社会、人和自然之间再次上演一番，在将经典呈现于当代的同时，更拓展和丰富了经典的意义。

---

① "this even-handed Justice/Commends th'ingredience of our poison'd chalice/To our own lips". *Macbeth* (Act 1, Scene 7, Lines 10-12). 译文为作者自译。

莎士比亚小说重写：成就、局限、创新与价值（代结语）

至此，本研究首先逐本讨论了霍加斯系列中的 7 部莎士比亚的当代小说重写作品，并将另外两部有相当影响力的莎剧重写作品及一部"衍生"作品放在参照系中，以期将经典当代重写的话题置于更广阔的视域之下进行探讨。作为小说重写原本的莎士比亚戏剧的经典性已毋庸置疑，作为重写成果的小说也都出自当代名望颇盛的作家，重写作品本身也因丰富多样的重写策略而精彩纷呈，它们为传承和拓展经典原作提供了有价值的案例，也提出了与经典文学和大众文学在当下的互动关联的问题。

思考重写：霍加斯系列内外

谢瓦利埃重写《奥赛罗》的《新来的男生》首先引起关注的，自然是其时代换置的书写策略。作者将莎剧中的主要角色替换为一群十来岁的少年，将经典原作中的复杂人性和社会、历史问题与青春期问题结合。少年的身体和心智都远未成熟，个体意识和世界观尚未建立，在作家笔下呈现一种难以把控和界定的流动性。本研究认为，《新来的男生》在小说创作之外，又借经典媒介探究青少年主观认知的构建。因此,莎剧并非创作的起点,也非解读的终点,而是在不同的语境中诠释和建构意义的作用力。不过,该书作者也注意到,《新来的男生》将《奥赛罗》中对种族问题的处理,有前置(从成年人到未成年人)与泛化(从社会到学校)的倾向,更有将原作层次丰富的意义简单化为种族歧视的结果,这说明,谢瓦利埃在重写《奥赛罗》的实际操作和结果上遇到了不小的挑战,而这样的挑战在当代重写经典的努力与策略方面带有一定的普遍性。

小说《邓巴尔》重写《李尔王》是本书研究的第二个案例。该书作者指出,奥宾的《邓巴尔》借截然不同于戏剧的小说体裁,彻底改变了情节产生的时空背景,聚焦于权力、金钱、欲望和亲情,并让数字时代的媒介成为全新的权力话语支点,引发当下媒体革命时期读者在作品内外的独特反思。更有意思的是,奥宾还把自己的情感经历和反思放入《邓巴尔》所呈现的悲剧净化心灵及升华感情的体验中,这种体现个性原创的重写,无论是对熟稔原作的读者,还是对与经典生疏陌生的读者,都有着程度不一的新鲜感。该书作者认为,这部重写作品最有启发的揭示在于:文学作品和现实世界产生各种纷繁复杂的联系,后者在被前者书写和重构的过程中,并不能由此得以闭合、有序、稳固地安排,而是随着人们的阅读和接受,作品不断被重新语境化,而在性别、社会、心理、历史等的研究探索中,作品内外的现实也在不断变化,因而我们对待经典改写的态度也不断变得更为包容和开放。不过,该书作者也指出,从本质上说,当代重写经典是一柄双刃剑:一方面,重写可以借对经典的"蹭热度",至少激发读者和评论的好奇心,具有一定成功度的重写还能些许拓展重写者的大众文化市场份额,当然也包括让经典"换一件马甲"在当代继续发挥着影响和作用,延续其经典的生命;但另一方面,任何重写都不得不被放在"原著"旁接受"忠实度"检测。奥宾重写《李尔王》,同样不得不在上述的两难考虑之间做出各种抉择和舍弃,但无论如何,奥宾这部通篇充斥着背叛情节、将细致深刻的内心——自然感应描画置于好莱坞式的悬疑惊悚框架中的《邓巴尔》，依然为当代莎士比亚乃至经典重写提供了一个颇有文学和学术价值的案例。

重写《麦克白》的奈斯博是当代北欧著名的犯罪小说作家，而莎士比亚的悲剧主人公的堕落几乎可以完美地成为犯罪故事的模板，因此，奈斯博的《麦克白》在性别差异、心理成因、体制结构、行政执法等角度，将莎剧中的犯罪置于不同的法律、社会、文化、道德语境中重复，有了新的创造构成，这一重写本质上对伦理、心理、性别、阶层标准进行了质疑和推敲，尽管主谋罪犯麦克白和麦克白夫人不变，但犯罪的背景、动机，它所破坏的系统等，因为置换而引发的伦理、性别等思索就会不同，即历史、社会的语境差异造成了经典和重写的某种共谋性的对话与启示，造成了莎剧、小说、阅读反应等诸多因素的共振过程。当然，本研究也注意到，奈斯博的重写《麦克白》，是在当下语境里将莎士比亚著名悲剧置于犯罪小说范式，以具象化策略"填补"莎士比亚原作中人物和情节"空白"的一部典型作品，它提出了经典重写中一个富有意义的问题：重写策略中的"补白"和"具象化"，的确能富有创意地对原作进行铺陈拓展，解答问题，捋顺情节和人物等，但这样做是否一定要以神秘消失、想象关闭、开放情节变成闭环情节等为代价？

性别关系和婚姻家庭是难以穷尽的文学母题，泰勒重写《驯悍记》的《醋女孩》，从当代两性冲突入手，描写了年轻女性与社会规范，家庭关系、爱情互动的力量拉锯，适应着当下都市女性在社会人际上的改变和新的需求，同时也是市场不断调适广大女性读者阅读需求和文化关注的某种实践。泰勒调整了莎剧的主线和副线，将原剧重写成充满幽默又抚慰人心的家庭小说，演绎了人际关系和情节张力，较之莎剧的戏剧化处理，自然有许多不同的比较点。不过，本研究也指出，当泰勒为原作的所有因素都加上了柔光滤镜，使人物失去了"悍"，使动作谈不上"驯"，莎士比亚原作的问题性和话题性也随之失去，剧情体现的矛盾冲突也大大弱化。结果，《醋女孩》写出的是泰勒本人希望的事态原委和发展，莎士比亚只是一个由头；泰勒写的是自己想写的故事，是自己风格的故事，与莎士比亚有没有关系似乎并不重要。

重写与原作的互文，是本研究关注的重点之一，而对雅各布森重写《威尼斯商人》的作品《我叫夏洛克》的讨论，则比较集中地体现了这样的关注。本研究认为，雅各布森的小说重写，正是其借与莎士比亚戏剧的互文再次揭示了他一直在探索的主题：何为犹太人？犹太人的普遍意义究竟何在？是否因为犹太人的自我文化认同和态度，以及既得的宗教信念，让他成为一种社会异在？事实上，《我叫夏洛克》暗示着提出疑问有时比给出答案更为重要，因而"芬克勒问题"依然存在，它貌似在质询什么是犹太人，实则是在询问什么是人性，并同时揭示答案的无穷和不定。本研究认为，《我叫夏洛克》中重写与经典原作之间的互文互动，还有独到的体现，既除了作品整体处处可见的与莎士比亚《威尼斯商人》的"对话协商"外，更在主题、观点等层面上对原作进行阐释和展开对话，以读者的身份对原作发表自己的看法，对话则借重写的各种策略对原作的相关内容进行批评性研究和创见性改造。在《我叫夏洛克》中，"歧视偏见"和"复仇与怜悯"成为雅各布森阐述和协商《威尼斯商人》的两个重要话题，因此，在尽可能保留重写与原作之间在人物与事件的关联的同时，雅各布森让人物及其所言所为体现当下语境的各种意义，从而引发人们对原作的当下意义的思考，使重写不仅具有市场价值，更拓展了原作的当下意义。

对于阿特伍德重写《暴风雨》的《贱种》，本研究围绕其叙事范式的颠覆与创新展开，认为作者将原作发生在荒岛上的故事搬到了当代的监狱，将粗俗鄙陋的犯人与殿堂级经典文学联系在一起，用文学的魔法功能在文化荒岛般的监狱中展开引人入胜、扣人心弦的情节，甚至有争议地在监狱演出之后，让角色扮演者进一步讨论和分析剧中人物，从元批评的视角将《暴风雨》的当代诠释跨时空和文化语境地深入。这一重写策略极具隐喻构思，小说无论是对莎剧的独特有趣的利用，还是其故事叙述本身，在经典重塑创新、教育层面的范式颠覆和重构等，都有值得挖掘和探讨的意义。另外，阿特伍德的《贱种》在基本呼应莎剧主题情节人物的同时，在许多方面加进了很多充满自己独特的创作构思的因素，使《贱种》超越了简单的、复制式的经典重写，而在多层面上与原作展开对话和商榷，并通过小说最后全体演员对剧中人物的"未来人生"的想象，展示了莎剧经典与当今大众文学和文化的互动。本研究指出，阿特伍德采取的"以大众文化为框、以经典为本、与经典对话"的叙事策略，是成功的当代重写的重要途径。

莎士比亚的《冬天的故事》是其晚期作品，代表莎翁臻于成熟的思想，尤其代表了剧作家对人性和生命的重要反思和世界观，以及晚期的伦理和美学观，这使当代重写有了不小的挑战。温特森的小说《时隙》则点明原剧在时间进程中人物的内在变化、超自然的、神性的外力的影响、各种事件的神秘叠加和巧合等，将叙事核心聚焦于时间的罅隙。当然，更具有普遍意义的是，不仅是戏剧或小说故事中的人物在时间的变迁和罅隙中经历、感受、领悟着生命的意义，文学作品之外的创作者，包括莎士比亚和小说家，以及受众，包括观众、读者、学者们，都在时间流变和罅隙中产生作品诠释和感受上的异同。对此，本研究独辟蹊径，对源自《冬天的故事》的《时隙》章节标题做了"跟踪"研究，认为可以把小说章节标题描述为"叙事路标"，而温特森为《时隙》设立的路标独具特色：它们所指不仅"向内"进入小说，也"向外"进入莎翁剧本，更"交互相向"，即形成了《时间之隙》与《冬天的故事》的对话，而这一点正好体现了经典重写的一个重要特质。因此，本篇研究的特点之一就是以《时间之隙》的章节内容为线索，探源标题语句在《冬天的故事》中剧情内外的意义，分析该语句在重写中的指涉、借用和衍生发展，借以探讨温特森在重写莎剧经典过程中原本幽灵的存在与影响，以及重写与原本的对话和发展。

虽然霍加斯系列很遗憾地缺了原计划中的《哈姆雷特》重写，但在霍加斯计划之外，依然有当代重要作家对该剧影响颇大的小说重写，为此，本研究将麦克尤恩的《坚果壳》和厄普代克的《格特鲁德与克劳迪斯》纳入了讨论范围，另外，还研究了另一位当代美国的重要作家斯迈利重写《李尔王》的《一千英亩》。希望扩大了的研究范围能与霍加斯系列形成参照和对照，以更好地呈现当代小说重写莎士比亚的成就与问题，并为当代重写经典提供更多的案例与思考。

反思重写：当代化与大众化的问题

对霍加斯系列的重写，书评界毁誉参半，所毁的原因多半归咎于重写小说的"大众文化"或"大众文学"因素，而国内的中文版出来后也几乎没有引发很大的反响。国内外的学术界也显得十分谨慎，除了不多的单篇研究论文外，似乎没有更多的批评关注了。本研究认为，在评价和研究经典作品当下重写的时候，如何看待重写作品与经典原作之间的契合与裂隙？如何评判重写作品的文学品质与当下意义？如何看待重写作品的策略？我们可以且应该思考经典重写的原则与价值，探讨这些问题，引发在这一领域进一步的学术探究和实践努力。

有意思的是，如果谈重写，莎士比亚本人就是一个将原作重写成经典的最经典的案例。尽管莎士比亚的经典化是多种历史、社会、文化、文学等因素共同作用的结果，但一个事实无法否认，即在别人笔下不太成功的作品，经他之手点石成金，终成经典。当然，并非38部莎剧部部经典，但其大多数戏剧从主题到人物、从语言到剧情，均达到了文学和戏剧可能达到的高峰，因此，莎士比亚之所为经典，不是一戏一剧之功，而是在数量和质量上集悲喜主题、人性呈现、语言表述、剧场情节等元素之大成的经典，若用莎士比亚之经典来衡量后来的作品，恐怕能出其右者鲜有人在。但是，这样的观察并不能被完全用来作为评价当代莎士比亚重写的标准，就本研究而言，不能借此来评判霍加斯系列及其他的莎剧小说重写成就，因为，文类变了，时代变了，文学市场变了，作家群和受众也都变了。要对研究对象做出比较中肯的评价，必须将其置于当下语境中来考察，而不是简单地用"是否经典"或"是否已成经典"这样宽泛而简单的标准来衡量。

同理，对霍加斯系列及本研究所涉及的另外4部莎剧重写作品的评价，也不能简单地以"是否忠于原著"或"是否全面体现原著细节"作为标准，更不能用"重写作品是否经典"来衡量。首先，当下化的经典重写，大多属于大众文学，或将经典文学大众化的产品，因此，体现时代特征的"当下化"和沟通经典与大众的"大众化"，应该更适合用来作为评价标准，至少是众多标准中比较重要的内容。从本质上看，"当下化"的莎剧重写体现的是莎剧经典依然在当代重写的潜文本中生生不息，这正是经典作品得以超越时代、社会、文化语境而代代传承的重要品质。本研究涉及的莎剧的当代小说重写作品，均以各自的方式说明，莎士比亚衍生和文化利用始终在生成建构、积极参与着社会历史，尽管莎学研究界对此观点和态度不一，但是有一个事实不容否定：对经典的解读，从未有个人、群体、时代能给予终极意义。因为时间并非静止，受众不断变化，所以生成变化应该才是经典生命的常态。这一点，对我们自己如何对待自己的经典、如何在新时代语境下传承和发扬这些经典、如何发掘我们自己的经典中的当下意义，都具有很好的参考价值。

事实上，当代重写经典的"大众化"策略，既是必需又有无奈。既然是面向出版市场和大众读者，重写的定位在"高—中—低品"（high-middle-low brows）的谱系中，只能考虑"中品"与"低品"，即借普通读者大众能理解和接受（喜闻乐见）的方式，力求最大限度地传达经典原作中的某些内容和主题。还有一点需要考虑的，是"高—中—低品"之间本身并没有绝对无法转换和相互融合的隔绝，正如文化批评家豪威尔斯所指出，大众化的作品本身杂糅着"高—中—低品"的成分，而某一时代的"低品"，经常是"窃用"前一时代的"高品"的结果，而所谓"高品"也经常借用自己时代最低品的东西（Howells 309）。至于重写的无奈则体现在，无论重写成功与否，最终依然指向经典（莎士比亚）原作，依然只是拓展写出了经典原作的某一个或几

莎士比亚小说重写：成就、局限、创新与价值（代结语）

个点，无法展示全貌，更遑论力量与震撼[①]。当然，我们也必须认识到，经典的形成是一个相当长的、在历史、社会、文化等多种因素共同参与的过程，莎士比亚之所为经典的历程就是明证，因此，用"是否经典"来对当代经典重写做评价，缺乏足够的理据。

尽管在一定意义上，重写者及其作品很难撼动莎士比亚作为重写典范的地位，但莎士比亚之后众多的重写相互之间依然可以在与莎氏原作距离的远近上较量一番，在读者接受度和评论—学术界接受度接受检测，分出高下，而检测内容不仅是情节人物等"硬指标"，更包括意义、主题、话题、风格、语言、重写策略等"软指标"。毋庸置疑，这样的检测对经典重写策略、经典传承及经典—大众文学关系研究都具有一定的意义。在这样的思考下，本研究所涉及的8部莎剧的11部当代小说重写中，《我叫夏洛克》《贱种》《时隙》《邓巴尔》等几部应该是更有特色和深度的作品，而《坚果壳》《一千英亩》等作为文学作品本身已具备了足够的经典性。

关于重写策略的问题，本研究指出：在重写或改写莎士比亚的时候，"具象化"（concretization）或"实证化"（substantiation）是重要且常常相当有效的策略。这一策略与"拓写"（extension）有着比较明显的相似之处，但两者间却存在着深层次的差异。从表面来看，"具象化"和"拓写"都致力于写出原作中因各种考虑或限制而未做详细描述的人物或情节细节，但后者所叙述的是以原作情节或人物为起点或终点、在此前或此后所发生的故事，类似于"前传"或"续说"，只说明"剧中人物何以至此"或"剧中事件来龙去脉"，而叙事本身与原作并没有实质性的改变或影响，与原作也并不产生直接的对话。同时，"拓写"作者根据自己的理解和想象，拓写了相关的剧中人物在剧情开始前的生活经历，试图为剧情人物的存在和情感行为提供一个"合理"的前情，但并未改写或重写莎士比亚原作，没有构成与原作的对话。与"拓

[①] 参见 Lorraine York: *Margaret Atwood and the Labour of Literary Celebrity*. U of Toronto Press, 2013. p.148。

写"不同,"具象化"或"实证化"策略将关注点放在原作的"空白处",即原作中人物和情节本身中的"空白"和"断点",以及其他各处被作者有意无意忽略了的事实细节,重写者在原作语境中通过合理的想象,填实空处,接上断点,部分地起到了"说清问题解答疑问"的作用。

关于本研究的结构与风格

最后,需要对本研究成果的结构风格做一点说明。首先,两位研究者未采用时下较流行的理论先行、框架(或视阈)为结构的研究线路,而从研究者的主体性与研究对象文本的整体性入手,以文本问题为导向,将各种理论视角与观点融入批评叙事之中,将尽可能深刻的学术性与尽可能广泛的可读性(受众可达性)结合起来。本研究成果的结构大体参照当下国际上学术著作的结构,即在一个主标题(著作封面标题)及次标题(书内各章标题)之下,由数位学者根据自己的研究领域提供单篇成果。另外,由于本研究牵涉具体研究对象众多,且由两位学者分工合作完成,各人在关注角度、研究视角、问题把握、切入点、语言风格等方面的不同,不仅为本书主体一章两节的结构提出了需要,也提供了可能。研究者希望,这部学术著作能提供一条略有不同的研究路径,并表明:同样的文本,研究者完全可以根据自己的习惯和风格,从一个侧面提出自己的观察思考,呈现有独特视角和书写风格的观点,以拓宽研究视野。我们相信,这一路径同样是学术研究的可行之路。

附 录

附录一："莎士比亚小说化"重写及衍生作品选录

1807

Tales from Shakespeare (Marry & Charles Lamb)

1838

Shakespeare and His Friends (Robert Folkestone Williams)

1851

The Girlhood of Shakespeare's Heroines, 3 vols. (Mary Cowden Clarke)

1924

Gertrude of Denmark (Lillie Buffum Chace Wyman)

1937

Hamlet, Revenge (Michael Innes)

1940

Hamlet Had an Uncle (James Branch Cabell)

1976

Bullets for Macbeth (Marvin Kaye)

1981

Shakespeare's Dog (Leon Rooke)

1985

Audition for Murder (P. M. Carlson)

1991

Shakespeare's Boy (Casimir Dukahz)

A Thousand Acres（Jane Smiley）

1993

Mrs. Shakespeare: *The* Complete Works (Robert Nye)

1999

Thirteenth Night (Alan Gordon)

2000

Gertrude and Claudius (John Updike)

2001

A Mystery of Errors (Simon Hawke: Shakespeare and Smythe series)

Ill Met by Moonlight (Sarah A. Hoyt: fantasy trilogy)

2002

School of Night (Alan Wall)

Much Ado About Murder (Simon Hawke: Shakespeare and Smythe series)

The Slaying of the Shrew (Simon Hawke: Shakespeare and Smythe series)

All Night Awake (Sarah A. Hoyt: fantasy trilogy)

2003

Chasing Shakespeares (Sarah Smith)

The Merchant of Vengeance (Simon Hawke: Shakespeare and Smythe series)

Any Man So Daring (Sarah A. Hoyt: fantasy trilogy)

2004

The Hamlet Murders (David Rotenberg)

An Antic Disposition (Alan Gordon)

2006

A Thousand Acres (Jane Smiley)

2009

Lady Macbeth (Susan F. King)

2010

Haunt Me Still (Jennifer Lee Carrell)

2013

Arthur's Tragedy (Arthur Phillips)

2014

Shakespeare as Fiction (Thomas Fresh)

2015

The Gap of Time (Jeanette Winterson: Hogarth Shakespeare Series)

Hag-Seed (Margret Atwood: Hogarth Shakespeare Series)

Shylock Is My Name (Howard Jacobson: Hogarth Shakespeare Series)

2016

Nutshell (Ian McEwan: Doubleday, 2016)

Vinegar Girl (Anne Tylor: Hogarth Shakespeare Series)

2017

New Boy (Tracy Chevalier: Hogarth Shakespeare Series)

Dunbar (Edward St. Aubyn: Hogarth Shakespeare Series)

2018

Macbeth (Joe Nesbø: Hogarth Shakespeare Series)

附录二：主要参考文献[①]

[1] Aebischer, Pascale, "Reenacting Shakespeare in the Shakespeare Aftermath: The Intermedial Turn and Turn to Embodiment", *Shakespeare Studies*, vol. 48, 2020.

[2] Alvarez, Elena Avanzas, "Criminal Readings: The Transformative and Instructive Power of Crime Fiction", *Journal of Comparative Literature and Aesthetics*, vol. 42, no. 3, 2019.

[3] Bandin, Elena, and Elisa Gonzalez, "Ian McEwan Celebrates Shakespeare: Hamlet in a Nutshell", *Critical Survey*, vol. 33, no. 2, 2021.

[4] Beauregard, David N., "Shakespeare against the Skeptics: Nature and Grace in *The Winter's Tale*", Stephen W. Smith and Travis Curtright ed., *Shakespeare's Last Plays*: *Essays in Literature and Politics*, Lexington Books, 2002.

[5] Beeler, Karin E., "Margaret Atwood: Overview", Dave Mote ed., *Contemporary Popular Writers*, St. James Press, 1997.

[6] Bennett, B.T., "Feminism and Editing Mary Wollstonecroft Shelley: The Editor And?/Or? The Text", George Bornstein and Ralph G. Williams eds., *Palimpsest*: *Editorial Theory in the Humanities*. Ann Abor: University of Michigan Press, 1993.

[7] Bevington, David ed., *The Complete Works of Shakespeare* (4th edition), New York: HarperCollins, 1992.

[8] Bieman, Elizabeth, *William Shakespeare*: *The Romances*, New York: Twayne Publishers.

[9] Birch, Dinah, "My wooing dance: Anne Tyler's defiant retelling of *The Taming of the Shrew*", *Times Literary Supplement*, no. 5907, 2016.

[10] Bloom, Harold, *The Anxiety of Influence* (2nd edition), Oxford, 1997.

[①] 本目录下只列著作与期刊论文的纸质出版物，网络及报刊引文来源均在引用当页脚注中。

[11] Bloom, Harold ed., *King Lear. Major Literary Characters*, New York: Chelsea House, 1992.

[12] Boose, Linda, "Scolding Brides and Bridling Scolds: Taming the Woman's Unruly Member", *Shakespeare Quarterly*, 1991(42).

[13] Braganza, V. M. "The Danger in Metaphor: 'Dismembering Resemblances' in *Dunbar and King Lear*", *Shakespeare*, 2019.

[14] Brown, Karen McCarthy, "The Power to Heal: Haitian Women in Vodou", Consuelo López-Springfield ed., *Daughters of Caliban*: *Caribbean Women in the Twentieth Century*, Bloomington: Indiana University Press, 1997.

[15] Brynhildsvoll, Knut, "The Detective Novel: A Mainstream Literary Genre?", *Forum for World Literature Studies*, vol. 10, no. 2, 2018(6).

[16] Calbi, M., *Spectral Shakespeares*: *Media Adaptations in the Twenty-First Century*, Palgrave, 2013.

[17] Callaghan, Dympna ed., *A Feminist Companion to Shakespeare*, London: Blackwell Publishers, 2000.

[18] Carden, Mary Paniccia, "Remembering/Engendering the Heartland: Sexed Language, Embodied Space, and America's Foundational Fictions" in Jane Smiley's *A Thousand Acres*, *Frontiers*, vol. 18, no. 2, 1997.

[19] Cartelli, Thomas, *Reenacting Shakespeare in the Shakespeare Aftermath*: *The Intermedial Turn and Turn to Embodiment*, New York: Palgrave Macmillan, 2019.

[20] Couche, Christine, "A Mind Diseased: Reading Lady Macbeth's Madness", Philippa Kelly and L. E. Semler ed., *Word and Self Estranged in English Texts*, 1550–1660, Burlington, VT: Ashgate. 2010.

[21] Cowart, David, *Literary Symbiosis*: *The Reconfigured Text in the Twentieth-Century Writing*, Athens and London: The University of Georgia Press, 1993.

[22] Curran, Kevin, "Feeling criminal in Macbeth", *Criticism*, vol. 54, no. 3, 2012.

[23] Dobson, M., *The Making of the National Poet*, Clarendon, 1992.

[24] Dollimore, Jonathan, "King Lear and Essentialist Humanism", *Radical Tragedy*.

Sussex: The Harvester Press, 1984.

[25] David Davies, "Fictionality, Fictive Utterance, and the Assertive Author", *Mimesis: Metaphysics, Cognition, Pragmatics*. London College Publication, 2012.

[26] Margaret Anne Doody, "Shakespeare's Novels: Charlotte Lennox Illustrated", *Studies in the Novel*, Vol.51, no.1, 2019.

[27] Gabriel Egan, *Shakespeare and Ecocritical Theory*, Bloomsbury Arden Shakespeare, 2015.

[28] T. S. Eliot, "Ulysses, Order, and Myth", Frank Kermode ed., *Selected Prose of T.S. Eliot*, New York: Harcourt, 1975.

[29] Natalie K Eschenbaum, "Modernising Misogyny in Shakespeare's Shrew", *Critical Survey*, vol. 33, no. 2, 2021.

[30] Fischlin, D. & M. Fortier, *Adaptations of Shakespeare: A Critical Anthology*, Routledge, 2000.

[31] Paul Franssen, "Shakespeare's afterlives: raising and laying the ghost of authority", *Critical Survey*, vol. 21, no. 3, 2009.

[32] Russell Fraser, *Shakespeare: The Later Years*, New York: Columbia University Press, 1991.

[33] E. French, *Selling Shakespeare to Hollywood*, U Hertfordshire, 2006.

[34] Harold Goddard, "King Lear", *The Meaning of Shakespeare*, 2 vols. Chicago: University of Chicago Press, 1951.

[35] Stephen Greenblatt, "With Dirge in Marriage", *New Republic*, vol. 222, no. 8, 2000.

[36] Margot Heinemann, "How Brecht Read Shakespeare", Jonathan Dollimore and Alan Sinfield eds., *Political Shakespeare: Essays in Cultural Materialism* (2nd edition), Manchester: Manchester UP, 1994.

[37] Graham Holderness, "Shakespeare and the Modern Novel", *Critical Survey*, vol. 33, no. 2, New York: Berghahn Journals, 2021.

[38] Coral Howells, "True Trash: Genre Fiction Revisited in Margaret Atwood's *Stone

Mattress, The Heart Goes Last, and Hag-Seed", *Contemporary Women's Writing*, Oxford University Press, 2017.

[39] Linda Hutcheon, *A Theory of Adaptation* (2nd edition), Routledge, 2012.

[40] Christopher Innes, "Introduction: Remaking Modern Classics", *Modern Drama*, vol. 43, no.2, 2000.

[41] Henry Janowitz, "Some evidence on Shakespeare's knowledge of the Copernican Revolution and the 'new Philosophy'", *Shakespeare Newsletter*, vol. 51, no. 3, 2001.

[42] Michael P. Jensen, "Talking books with Emma Smith", *Shakespeare Newsletter*, vol. 66, no. 1, 2016.

[43] K. Johanson, *Shakespeare Adaptations from the Early 18th Century*, Fairleigh Dickinson, 2014.

[44] Greg Johnson, "Fiction in Review", *Yale Review*, Vol. 104 (4), 2016.

[45] P. Kapadia, *Native Shakespeares: Indigenous Appropriations on a Global Stage*, Routledge, 2016.

[46] Tim Keppel, "Goneril's Version: *A Thousand Acres* and *King Lear*", *South Dakota Review*, vol. 33, no. 2, 1995.

[47] Philippa Kelly, "Finding King Lear's Female Parts", Douglas A. Brooks ed., *New Studies in the Shakespearean Heroine*, Edwin Mellen Press, 2004.

[48] M. J. Kidnie, *Shakespeare and the Problem of Adaptation*, Routledge, 2009.

[49] Theresa M. Krier, "The Triumph of Time: Paradox in The Winter's Tale", *Centennial Review* 26, no. 4, 1982.

[50] Lanier Douglas, *Shakespeare and Modern Popular Culture*, Oxford, 2002.

[51] Irene Lara, "Beyond Caliban's Curses: The Decolonial Feminist Literacy of Sycorax", *Journal of International Women's Studies*, vol. 9, no. 1, 2007.

[52] Jill L Levenson, "'The Bard is Immanent': politics in adaptations of Shakespeare's plays since the 1960s", *Forum for World Literature Studies*, vol. 6, no. 1, 2014.

[53] Michelle Lee, ed., "The Winter's Tale." *Shakespearean Criticism*, vol. 101, 2006.

[54] Richard Levin, "King Lear Defamiliarized", James Ogden and Arthur H. Scouten ed., *Lear from Study to Stage: Essays in Criticism*, Associated University Presses, 1997.

[55] Eric P. Levy, "The mind of man in Hamlet", *Renascence: Essays on Values in Literature*, vol. 54, no. 4, 2002.

[56] Anna Lindhe, "Interpersonal complications and intertextual relations: *A Thousand Acres* and *King Lear*", *Nordic Journal of English Studies*, vol. 4, no. 1, 2005.

[57] David Lynn, "A conversation with Ian McEwan", *The Kenyon Review*, vol. 29, no. 3, 2007.

[58] David Malcolm, "Understanding Ian McEwan", *Understanding Ian McEwan*, University of South Carolina Press, 2002.

[59] Jean I. Marsden, *The Appropriation of Shakespeare: Post-Renaissance Reconstructions of the Works and the Myth*, St. Martin's Press, 1991.

[60] Jean I. Marsden, "Adaptation in Decline", *The Re-Imagined Text: Shakespeare, Adaptation, & Eighteenth-Century Literary Theory*, University Press of Kentucky, 1995.

[61] Sinead McDermott, "Memory, Nostalgia, and Gender in *A Thousand Acres*", *Signs*, vol. 28, no. 1, 2002.

[62] Ian McEwan, *Nutshell*. Doubleday, 2016.

[63] Siddhartha Mukherjee, "Inside Job", *The New York Times Book Review*, 2016.

[64] B. Murray, *Shakespeare Adaptations from the Restoration*, 2005.

[65] Douglas Murray, "Dark Visionary: Edward St. Aubyn demonstrates the ongoing relevance of the novel", *National Review*, 2018.

[66] Anna K. Nardo, "Dialogue in Shakespearean offshoots", *Literature-Film Quarterly*, vol. 34, no. 2, 2006.

[67] A. D. Nuttall, "The Winter's Tale: Ovid Transformed", A. B. Taylor ed., *Shakespeare's Ovid: The Metamorphoses in the Plays and Poems*, Cambridge: Cambridge University Press, 2000.

[68] Cynthia Ozick, "An Old, Mad, Blind, Despised and Dying King", *The New York Times Book Review*, 2017.

[69] Laurie E. Osborne, "Canon Fodder and Conscripted Genres: The Hogarth Project and the Modern Shakespeare Novel", *Critical Survey*, vol. 33, no. 2, 2021.

[70] S. O'Neill, *Shakespeare and YouTube: New Media Forms of the Bard*, Bloomsbury, 2014.

[71] Brian Richardson, "Negotiating Closure in Victory and Postcolonial Rewritings of The Tempest", *Conradiana*, vol. 48, no. 2, 2016.

[72] Elizabeth. Rivlin, "Loving Shakespeare: Anne Tyler's *Vinegar Girl* and the Hogarth Shakespeare Project", *Critical Survey*, vol. 33, no. 2, 2021.

[73] Rex Roberts, "Evaluating Updike", *Insight on the News*, vol. 16, no. 47, 2000.

[74] Mark Rose, "Hamlet and the Shape of Revenge", *English Literary Renaissance*, vol. 1, no. 2, 1971.

[75] Gregory J. Rubinson, "Jeanette Winterson", *The Fiction of Rushdie, Barnes, Winterson and Carter*, McFarland, 2005.

[76] K. K. Ruthven, "Preposterous Chatterton", *ELH*, vol. 71, 2004.

[77] Debapriya Sarkar, "The Tempest's Other Plots", *Shakespeare Studies*, vol. 45, 2017.

[78] James A. Schiff, "Contemporary Retellings: *A Thousand Acres* as the Latest Lear", *Critique: Studies in Contemporary Fiction*, vol. 39, no. 4, 1998.

[79] Julie Sanders, *Novel Shakespeares: Twentieth-century women novelists and appropriation*, Manchester UP, 2001.

[80] Julie Sanders, *Adaptation and Appropriation* (2nd edition), Routledge, 2015.

[81] Laura Elena Savu, "In desire's grip: gender, politics, and intertextual games in Updike's *Gertrude and Claudius*", *Papers on Language & Literature*, vol. 39, no. 1, 2003.

[82] Jonathan P.A. Sell, "Venetian masks: intercultural allusion, transcultural identity, and two Othellos", *Atlantis, revista de la Asociación Española de Estudios Anglo-*

Norteamericanos, 2004.

[83] Amy L. Smith, "Performing marriage with a difference: wooing, wedding, and bedding in *The Taming of the Shrew*", *Comparative Drama*, 2002.

[84] Emma Smith, "The Critical Reception of Shakespeare", Margreta de Grazia and Stanley Wells ed., *The New Cambridge Companion to Shakespeare*, Cambridge UP, 2009.

[85] Philip Smith, "Shakespeare Criticism and Performance in Children's Literature: In Summer Light and Becca Fair and Foul", *Jeunesse: Young People, Texts, Cultures*, vol. 12, no. 2, 2020.

[86] Grace Tiffany, "Recognizing *Othello's* ambiguities", *Shakespeare Newsletter*, vol. 63, no. 1, 2013.

[87] R. Shaughnessy, *The Cambridge Companion to Shakespeare and Popular Culture*, Cambridge, 2007.

[88] James A. Schiff, "Hamlet Predux", *Books Jan./Feb*, 2000.

[89] James A. Schiff, *Rewriting The Scarlet Letter*, Columbia: University of Missouri Press, 1992.

[90] Elaine Showalter, "Representing Ophelia: Women, Madness and the Responsibilities of Feminist Criticism", Parker and Geoffrey Hartman ed., *Shakespeare and the Question of Theory*, New York: Methuen, 1985.

[91] Jane Smiley, "'Kiss Me Katya' in Anne Tyler's updated Taming of the Shrew", *New York Times Book Review*, 2016(121:28).

[92] Philip Smith, "Margaret Atwood's Tempests: Critiques of Shakespearean Essentialism in Bodily Harm and *Hag-Seed*", *Margaret Atwood Studies*, 2017(11).

[93] Ahmet Suner, "Be Not Afeared: Sycorax and the Rhetoric of Fear in *The Tempest*", *Renascence: Essays on Values in Literature*, Vol. 71 (3), Marquette University Press, 2019.

[94] Gary Taylor, *Reinventing Shakespeare: A Cultural History from the Restoration to the Present*, Widenfeld and Nicholson, 1989.

[95] Ann. Thompson, ed.. S*hakespeare 1984*: *The Taming of the Shrew*, Cambridge UP, 1982.

[96] Francisco Unger, "Still Learning: Review of Edward St. Aubyn's *Dunbar*", *Salmagundi*, 200/201, Saratoga Springs, US: Skidmore College, 2018.

[97] Scott Veale, "Gertrude and Claudius. (New & Noteworthy Paperbacks)", *The New York Times Book Review*, vol. 106, no. 27, 2001.

[98] Norah Vincent, "Not to Be", *National Review*, vol. 52, no. 5, 2000.

[99] Barry Weller, "Induction and Inference: Theater, Transformation, and the Construction of Identity in The Taming of the Shrew", *Creative Imitation*: *New Essays on Renaissance Literature in Honor of Thomas M. Green, Center for Medieval and Early Renaissance Studies*, 1992.

[100] Patricia Rowe Willrich, "Watching Through Windows: A Perspective on Anne Tyler", *The Virginia Quarterly Review*, vol. 68, no. 3, 1992.

[101] Frances Wilson, "Too close to the son", *Times Literary Supplement*, no. 5919, 2016.

[102] Jeffrey R. Wilson, "Macbeth And Criminology", *College Literature*, vol. 46, no. 2, 2019.

[103] Ramora Wray, "The Morals of Macbeth and Peace as Process: Adapting Shakespeare in Northern Ireland's Maximum Security Prison", *Shakespeare Quarterly*, Vol. 62, No. 3, Oxford University Press, 2011.

[104] Yang Lingui, "How influence works in Shakespeare's creation and recreation", *Forum for World Literature Studies*, vol. 6, no. 1, 2014.

后　记

一、本书为两位作者的共同研究成果，著作署名先后按作者实际贡献篇幅而定。两位作者分工如下：

张琼：第一章至第七章各章第 1 节；第八章第 1—3 节。

张冲：引论；第一章至第七章各章第 2 节；第八章第 4 节；结语与附录。

二、下列章节原文曾刊发于学术期刊，收入本书时均做了必要的修补增订：

第三章第 1 节："《威尼斯商人》与《我叫夏洛克》：互文变奏的和弦"（张琼：《互文变奏的和弦：论雅各布森的〈我叫夏洛克〉》，《英美文学论丛》第 35 辑，2021 年 11 月秋季刊）；

第五章第 2 节："'她眼前一黑'：《新来的男生》中种族话题的前置与泛化"（张冲：《挥之不去的种族话题：论〈新来的男生〉重写〈奥赛罗〉的策略》，《英美文学论丛》第 37 辑，2022 年 11 月秋季刊）；

第六章第 1 节："《李尔王》与《邓巴尔》：悲剧再生的个体经历与反思"（张琼：《悲剧再生的个体经历与反思：论〈李尔王〉与〈邓巴尔〉》，《中国莎士比亚研究》第 5 辑，2022 年 11 月）；

第七章第 1 节："《麦克白》的反思：莎剧与当代犯罪小说的悲剧'共

谋'"（张琼:《莎士比亚经典与大众文学的"共谋"：论奈斯博的小说重写〈麦克白〉》,《社会科学研究》2022年第4期，全文收入《中国人民大学报刊资料复印"外国文学研究"》2023年第2期）。